NATUREZA-MORTA

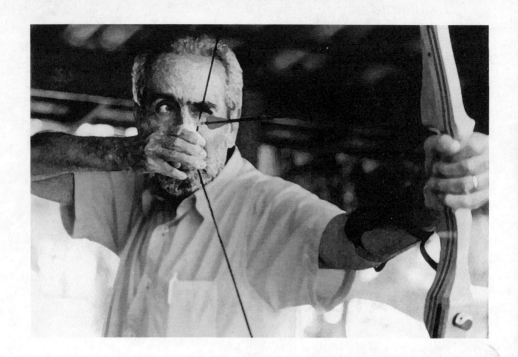

O Arqueiro

GERALDO JORDÃO PEREIRA (1938-2008) começou sua carreira aos 17 anos, quando foi trabalhar com seu pai, o célebre editor José Olympio, publicando obras marcantes como *O menino do dedo verde*, de Maurice Druon, e *Minha vida*, de Charles Chaplin.

Em 1976, fundou a Editora Salamandra com o propósito de formar uma nova geração de leitores e acabou criando um dos catálogos infantis mais premiados do Brasil. Em 1992, fugindo de sua linha editorial, lançou *Muitas vidas, muitos mestres*, de Brian Weiss, livro que deu origem à Editora Sextante.

Fã de histórias de suspense, Geraldo descobriu *O Código Da Vinci* antes mesmo de ele ser lançado nos Estados Unidos. A aposta em ficção, que não era o foco da Sextante, foi certeira: o título se transformou em um dos maiores fenômenos editoriais de todos os tempos.

Mas não foi só aos livros que se dedicou. Com seu desejo de ajudar o próximo, Geraldo desenvolveu diversos projetos sociais que se tornaram sua grande paixão.

Com a missão de publicar histórias empolgantes, tornar os livros cada vez mais acessíveis e despertar o amor pela leitura, a Editora Arqueiro é uma homenagem a esta figura extraordinária, capaz de enxergar mais além, mirar nas coisas verdadeiramente importantes e não perder o idealismo e a esperança diante dos desafios e contratempos da vida.

MISTÉRIOS EM SÉRIE
é a nova coleção da Editora Arqueiro, dedicada a um dos gêneros literários mais populares do mundo.

Os Mistérios em Série contêm investigações, crimes e quase sempre algum assassinato. Mas as histórias não se destacam por violência, truculência, cenas fortes ou vocabulário pesado. Ao contrário, são livros que abordam temas como a bondade inata do ser humano, a amizade, a generosidade, o sentimento de pertencimento a uma comunidade, e, muitas vezes, o bom humor e os prazeres da vida.

A ideia é que você termine a leitura com aquela sensação boa de contentamento, aconchego e tranquilidade. Não por acaso, escolhemos uma confortável poltrona como símbolo da nossa coleção.

Se você gosta de uma boa trama de mistério, adora acompanhar a trajetória dos mesmos personagens ao longo de vários volumes de uma série, mas não quer ler livros com excesso de violência e crueldade, essa coleção é para você.

Mistérios em Série. Leia sem medo.

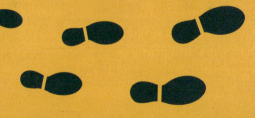

LOUISE PENNY

LOUISE PENNY mora em um pequeno vilarejo ao sul de Montreal, no Canadá, perto da fronteira com os Estados Unidos. Antes de se dedicar aos livros, ela trabalhou como jornalista. Com apoio do marido, Michael, Louise abandonou o jornalismo e criou o personagem Armand Gamache e a comunidade fictícia de Three Pines, bem como todos os seus habitantes. A série de Louise Penny é publicada em mais de 30 países.

SÉRIE INSPETOR GAMACHE

Bem-vindo a Three Pines. Nesse minúsculo vilarejo, localizado na região de Québec, no Canadá, Louise Penny criou uma comunidade idílica, povoada por figuras marcantes. Quando um crime inesperado ocorre ali, o inspetor-chefe Armand Gamache e sua equipe vêm se juntar a esse elenco de personagens.

Chefe da divisão de homicídios em Montreal, Gamache é uma lenda na polícia de Québec. Com um estilo avesso à violência, ele investiga usando principalmente a psicologia, a gentileza, a empatia e a generosidade.

MARÇO DE 2022

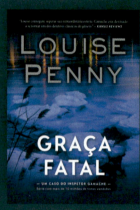

MAIO DE 2022

AGOSTO DE 2022

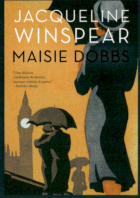

MARÇO DE 2022

JULHO DE 2022

OUTUBRO DE 2022

JACQUELINE WINSPEAR

JACQUELINE WINSPEAR nasceu e foi criada em Kent, na Inglaterra. Seu avô foi gravemente ferido na Primeira Guerra Mundial, e saber de sua história despertou um profundo interesse na guerra e sobre seus efeitos, que mais tarde formariam o pano de fundo de seus romances. Seus livros ganharam diversos prêmios e foram publicados em mais de 10 países.

SÉRIE
MAISIE DOBBS

A formidável Maisie Dobbs, psicóloga e investigadora, protagoniza esta série, passada na Londres pós-Primeira Guerra Mundial. Depois de servir como enfermeira durante a guerra, ela volta à capital britânica para trabalhar com seu mentor, o médico e detetive Dr. Maurice Blanche. Quando Blanche se aposenta, Dobbs assume seu negócio de investigação particular.

No início do primeiro romance da série, passado em 1929, Maisie está abrindo sua própria agência de investigação, representando também a história de uma mulher tentando se firmar profissionalmente num ambiente muito masculino.

Rhys Bowen

RHYS BOWEN é autora de mais de 40 livros, muitos deles best-sellers internacionais. Além de séries de mistério, como A Espiã da Realeza, ela escreve romances históricos independentes. Seus livros já foram traduzidos para 26 idiomas e receberam mais de 20 prêmios literários. Ela nasceu em Bath, na Inglaterra, mas atualmente vive entre a California e o Arizona.

SÉRIE
A ESPIÃ DA REALEZA

Temos o prazer de apresentar Lady Victoria Georgiana Charlotte Eugenie de Glen Garry e Rannoch, mais conhecida como Georgie. Apesar de ser parente da família real e 34ª na linha de sucessão ao trono britânico, ela está completamente falida. Destemida, Georgie foge de seu castelo escocês e vai para Londres tentar encontrar seu caminho no mundo, o que é desafiador para uma jovem aristocrata nos anos 30.

Prepare-se para dar boas gargalhadas na companhia da simpática Georgie – com direito a participações especiais da Rainha do Reino Unido, em cenas memoráveis.

MARÇO DE 2022

JUNHO DE 2022

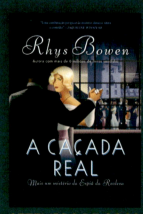

SETEMBRO DE 2022

editoraarqueiro.com.br

LOUISE PENNY

NATUREZA MORTA

— UM CASO DO INSPETOR GAMACHE —

Título original: *Still Life*
Copyright © 2005 por Louise Penny
Trecho de *A Fatal Grace* © 2007 por Louise Penny
Copyright da tradução © 2022 por Editora Arqueiro Ltda.

Todos os direitos reservados. Nenhuma parte deste livro pode ser utilizada ou reproduzida sob quaisquer meios existentes sem autorização por escrito dos editores.

"Herman Melville" © 1940 e renovado em 1968 por W. H. Auden. "For the Time Being" © 1944 e renovado em 1972 por W. H. Auden, de *Collected Poems* por W. H. Auden. Usado com permissão da Random House, Inc. "I Need to Say" © 1995 por Liz Davidson, de *In the Cave of My Heart I Found...* por Liz Davidson. Usado com permissão de Liz Davidson. "Lady Mink" e "Apology" © 2000 por Marylyn Plessner, de *Vapour Trails* por Marylyn Plessner. Usado com permissão de Stephen Jarislowsky.

tradução: Natalia Sahlit

preparo de originais: Beatriz D'Oliveira

revisão: Camila Figueiredo e Sheila Louzada

projeto gráfico e diagramação: Natali Nabekura

mapa: Rhys Davies

capa: David Baldeosingh Rotstein

adaptação de capa: Gustavo Cardozo

imagem de capa: Marc Yankus

impressão e acabamento: Lis Gráfica e Editora Ltda.

CIP-BRASIL. CATALOGAÇÃO NA PUBLICAÇÃO
SINDICATO NACIONAL DOS EDITORES DE LIVROS, RJ

P465n

Penny, Louise, 1958-
Natureza-morta / Louise Penny ; tradução Natalia Sahlit. - 1. ed. - São Paulo : Arqueiro, 2022.
304 p. ; 23 cm. (Inspetor Gamache ; 1)

Tradução de: Still life
Continua com: Graça fatal
ISBN 978-65-5565-266-6

1. Ficção canadense. I. Sahlit, Natalia. II. Título. III. Série.

22-75395

CDD: 819.13
CDU: 82-3(71)

Camila Donis Hartmann - Bibliotecária - CRB-7/6472

Todos os direitos reservados, no Brasil, por
Editora Arqueiro Ltda.
Rua Funchal, 538 – conjuntos 52 e 54 – Vila Olímpia
04551-060 – São Paulo – SP
Tel.: (11) 3868-4492 – Fax: (11) 3862-5818
E-mail: atendimento@editoraarqueiro.com.br
www.editoraarqueiro.com.br

*Ofereço este livro, junto com todo
o meu coração, a Michael.*

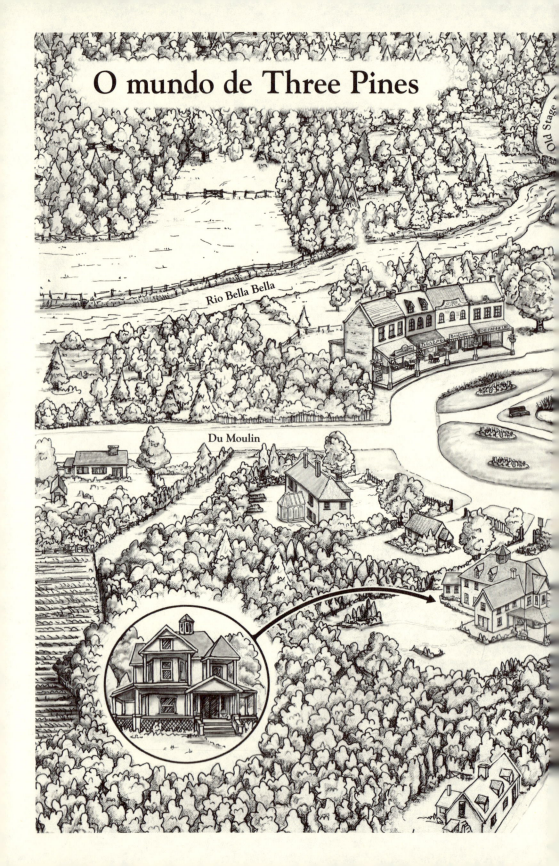

UM

Jane Neal encontrou o Criador em meio à névoa do amanhecer do domingo de Ação de Graças. Foi uma grande surpresa. A morte da Srta. Neal não foi natural, a menos que você acredite que tudo que acontece está predestinado. Nesse caso, ao longo de seus 76 anos, Jane Neal caminhou em direção a esse momento final, quando a morte a encontrou no iluminado bosque de bordos que margeava a cidade de Three Pines. Ela caiu com as pernas e os braços abertos sobre as folhas coloridas e quebradiças, como se brincasse de fazer um anjo na neve.

O inspetor-chefe Armand Gamache, da Sûreté du Québec, se ajoelhou, os joelhos estalando como um tiro de rifle de caça, as mãos grandes e expressivas pairando sobre o pequeno círculo de sangue que maculava o cardigã felpudo da mulher, como se, feito um mágico, pudesse remover o ferimento e curar a vítima. Mas ele não podia. Aquele não era o seu dom. Felizmente, Gamache tinha outros talentos. O cheiro de naftalina – o perfume de sua avó – o alcançou. Os olhos bondosos e gentis de Jane o encaravam como que surpresos em vê-lo.

Ele estava mesmo surpreso em vê-la. Esse era o seu segredinho. Não que já a tivesse visto antes. Não. Seu segredinho era que, com 50 e poucos anos, no auge de uma longa e agora aparentemente estagnada carreira, uma morte violenta ainda o surpreendia – algo estranho para o chefe de um departamento de homicídios e, talvez, uma das razões pelas quais ele não havia avançado mais no mundo frio da Sûreté. Gamache sempre torcia para que alguém tivesse se enganado e não houvesse cadáver nenhum. Mas não dava para se enganar diante do corpo cada vez mais rígido da Srta. Neal.

Ficou de pé com a ajuda do inspetor Beauvoir, abotoou o casaco Burberry acolchoado para se proteger do frio de outubro e ponderou.

Alguns dias antes, Jane Neal tinha ficado de encontrar a amiga e vizinha Clara Morrow para tomar um café no bistrô local. Clara se sentou à mesa da janela e esperou. Paciência não era o forte dela. A combinação de *café au lait* e ansiedade a deixava vibrando. Tremendo de leve, Clara olhou pela janela gradeada e viu o gramado, as casas antigas e os bordos que circundavam a praça. As árvores, se transmutando em belíssimos tons avermelhados e âmbar, eram as únicas coisas que mudavam naquela respeitável vila.

Emoldurada pelas grades, uma caminhonete desceu a Rue du Moulin, com uma bela corça malhada presa languidamente sobre o capô. Devagar, o carro contornou a praça, chamando a atenção dos moradores. Era temporada de caça, e aquele era território de caça. Mas caçadores daquele tipo vinham principalmente de Montreal e de outras cidades. Eles alugavam caminhonetes e percorriam as estradas de terra ao amanhecer ou anoitecer como bestas enormes e famintas à procura de corças. E, quando viam uma, paravam a picape, desciam e atiravam. Nem todos os caçadores eram assim, Clara sabia, mas muitos eram. Esses mesmos caçadores amarravam a corça ao capô e dirigiam pelo campo, certos de que o animal morto exposto sobre o veículo simbolizava o feito de um grande homem.

Todos os anos os caçadores atiravam em vacas, cavalos, animais de estimação e uns nos outros. E, era inacreditável, às vezes atiravam em si mesmos, talvez em episódios psicóticos nos quais se confundissem com o próprio jantar. Uma pessoa inteligente sabia que alguns caçadores – nem todos, mas muitos – achavam difícil distinguir entre um pinheiro, uma perdiz e uma pessoa.

Clara se perguntou onde estaria Jane. Como ela nunca se atrasava, seria fácil perdoá-la. Clara achava fácil perdoar a maioria das pessoas pela maioria das coisas. Fácil demais, sempre advertia seu marido, Peter. Mas ela tinha seu segredinho. Não perdoava tudo de verdade. Muitas coisas, sim. Mas, a outras, guardava e acalentava secretamente para revisitar nos momentos em que precisasse ser consolada pela maldade alheia.

Migalhas de croissant tinham caído no exemplar do *Montreal Gazette* abandonado sobre a mesa. Por entre os farelos, Clara leu as manchetes: "Parti Québécois promete realizar referendo pela soberania", "Apreensão de drogas em Townships", "Alpinistas perdidos no Trembland Park".

Clara desviou os olhos das manchetes melancólicas. Ela e Peter já não assinavam os jornais de Montreal havia muito tempo. A ignorância realmente era uma bênção. Eles preferiam o periódico local, *Williamsburg County News*, que informava sobre a vaca do Wayne, a visita dos netos da Guylaine e a colcha leiloada para a casa de repouso. De vez em quando, Clara se perguntava se eles estavam fugindo da realidade e das responsabilidades. Então percebia que não se importava. Além disso, ficava sabendo de tudo ali mesmo no Bistrô do Olivier, bem no coração de Three Pines.

– Você parece estar com a cabeça bem longe daqui – disse aquela voz conhecida e tão amada.

Lá estava Jane, esbaforida e sorridente, o rosto marcado com as linhas de antigas risadas, corado pelo frio do outono e pelo trote rápido pelo gramado que ficava entre seu chalé e o bistrô.

– Desculpa o atraso – sussurrou ela no ouvido de Clara enquanto as duas se abraçavam, uma pequena, gorducha e ofegante, a outra trinta anos mais jovem, magra e ainda vibrando por causa da cafeína. – Você está tremendo – disse Jane, sentando-se e pedindo seu próprio *café au lait*. – Eu não sabia que era tão importante.

– Sua sujismunda! – respondeu Clara, rindo.

– Hoje de manhã eu fiquei bem suja mesmo. Você ficou sabendo?

– Não, o que aconteceu? – perguntou Clara, inclinando-se para a frente, sedenta pela notícia.

Ela e Peter estavam em Montreal comprando telas e tintas acrílicas para o trabalho. Os dois eram artistas. Peter era um sucesso. Clara ainda era desconhecida e, segundo intuía secretamente a maioria de seus amigos, seguiria assim se insistisse naquelas obras insondáveis. Ela precisava admitir que o público comprador não havia apreciado sua série de úteros guerreiros, embora os utensílios domésticos com topetes enormes e pés imensos tivessem gozado de certo sucesso. Vendera um. O resto, cerca de cinquenta, estava no porão, que parecia bastante a oficina do Walt Disney.

– Não pode ser – sussurrou Clara alguns minutos depois, realmente chocada.

Estava em Three Pines havia 25 anos e nunca, nunca tinha ouvido falar de um crime ali. As pessoas só trancavam a porta para evitar que os vizinhos deixassem cestas de abobrinhas na época da colheita. Era bem verdade que, como a manchete do *Gazette* tinha deixado claro, havia outra safra que se igualava à das abobrinhas: a da maconha. Mas os que não estavam envolvidos tentavam fazer vista grossa.

Fora isso, não havia crimes. Não havia arrombamentos, vandalismo ou agressões. Nem sequer havia polícia em Three Pines. De vez em quando, Robert Lemieux e a Sûreté da província faziam uma ronda ao redor da praça só para constar. Não que fosse necessário.

Até aquela manhã.

– Será que não foi uma brincadeira? – perguntou Clara, lutando contra o cenário feio que Jane havia pintado.

– Não. Não foi uma brincadeira – disse Jane, lembrando-se da cena. – Um dos garotos riu. Agora, pensando bem, foi um som familiar. Não foi uma risada de quem achasse graça. – Jane voltou os olhos azul-claros para a amiga. Olhos cheios de espanto. – Foi um ruído que eu ouvia quando era professora. Não sempre, graças a Deus. É o barulho que os garotos fazem quando estão machucando alguma criatura e se divertindo com isso. – Jane estremeceu diante da lembrança e se embrulhou no cardigã. – Um som terrível. Ainda bem que você não estava lá.

Quando ela disse isso, Clara se esticou sobre a mesa redonda de madeira escura e segurou a mão pequena e fria de Jane, desejando de todo o coração que tivesse sido ela lá, e não a amiga.

– Você disse que eram garotos?

– Eles estavam de balaclava, então é difícil ter certeza, mas acho que sei quem eram.

– Quem?

– Philippe Croft, Gus Hennessey e Claude LaPierre. – Jane sussurrou os nomes, olhando em volta para se certificar de que ninguém estava escutando.

– Tem certeza?

Clara conhecia os três garotos. Não eram exatamente exemplos de bom comportamento, mas também não costumavam fazer aquele tipo de coisa.

– Não – admitiu Jane.

– Então é melhor não contar para ninguém.

– Tarde demais.

– Como assim, "tarde demais"?

– Eu falei o nome deles de manhã, lá na hora.

– Falou alto?

Clara sentiu o sangue bombear da cabeça aos pés e chegar ao coração. *Por favor, por favor, por favor*, implorou em silêncio.

– Gritei.

Ao ver a expressão de Clara, Jane se apressou em se justificar:

– Eu queria que eles parassem. E funcionou. Eles pararam.

Jane ainda podia ver os garotos fugindo, tropeçando pela Du Moulin, em direção à saída do vilarejo. O de máscara verde-fluorescente se virou para olhar para ela. Das mãos dele ainda pingava estrume de pato – o estrume usado como cobertura vegetal nos canteiros de flores da praça durante o outono e que ainda não tinha sido espalhado. Ela desejou ter visto a expressão dele. Será que estava com raiva? Assustado? Rindo?

– Então você estava certa. Sobre os nomes, digo.

– Provavelmente. Nunca pensei que fosse ver uma coisa dessas aqui.

– Então foi por isso que você se atrasou? Porque teve que se limpar?

– Foi. Quero dizer, não.

– Nossa, tem como você ser *mais* vaga?

– Talvez. Você está no júri da próxima exposição da galeria Arts Williamsburg, não está?

– Estou. A gente vai se encontrar hoje à tarde. O Peter também está. Por quê?

Clara prendeu a respiração. Será que tinha entendido certo? Será que, depois de tantas bajulações, provocações gentis e incentivos nem tão gentis assim, Jane finalmente estava prestes a fazer aquilo?

– Estou pronta.

Jane suspirou pesadamente, como Clara jamais havia visto. Uma rajada de migalhas de croissants voou da primeira página do *Gazette* para seu colo.

– Eu me atrasei – começou Jane, devagar, suas mãos começando a tremer – porque precisava tomar uma decisão. Tenho um quadro que quero colocar na exposição.

Então ela começou a chorar.

A arte de Jane era um segredo conhecido em Three Pines. De vez em quando, alguém caminhando pelo bosque ou por um campo tropeçava em Jane, concentrada em uma tela. Mas ela fazia a pessoa jurar que não se aproximaria, não olharia, que desviaria os olhos como se estivesse presenciando um ato quase obsceno e certamente nunca comentaria com ninguém. A única vez que Clara tinha visto Jane irritada foi quando Gabri chegou de repente por trás enquanto ela estava pintando. Ele pensou que o aviso para não espiar fosse brincadeira.

Mas se enganara. Ela estava falando muito sério. Na verdade, demorou alguns meses para Jane e Gabri fazerem as pazes; os dois se sentiram traídos. Mas a boa índole deles e o afeto que nutriam um pelo outro curaram a ferida. Ainda assim, aquilo serviu de lição.

Ninguém podia ver a arte de Jane.

Pelo menos até agora. Mas ela foi tomada por uma emoção tão forte que começou a chorar ali no bistrô. Clara ficou surpresa e assustada. Olhou furtivamente ao redor, em parte na esperança de que ninguém estivesse vendo e em parte torcendo desesperadamente para que alguém estivesse vendo e soubesse o que fazer. Então se fez a pergunta simples à qual sempre recorria como a um rosário. O que Jane faria em seu lugar? E soube a resposta: Jane a deixaria chorar, a deixaria se lamentar. Permitiria que ela quebrasse a louça, se fosse preciso. E não fugiria. Quando a tempestade passasse, estaria ali. Então abraçaria Clara, a confortaria e diria que ela não estava sozinha. Nunca estaria sozinha. Então Clara esperou, observando-a. E sentiu a angústia de não fazer nada. Aos poucos, o choro cedeu.

Clara se levantou com uma calma exagerada. Deu um abraço apertado em Jane e sentiu o corpo da idosa ranger ao voltar para o lugar. Então fez uma pequena prece de agradecimento aos deuses que distribuíam graças. A graça de chorar e a graça de observar.

– Jane, se eu soubesse que era tão doloroso, nunca teria insistido para você expor a sua arte. Desculpa.

– Ah, não, querida. – Jane estendeu o braço sobre a mesa em que estavam novamente sentadas e segurou as mãos de Clara. – Você não entende. Não são lágrimas de sofrimento. Não. Eu fui surpreendida pela alegria. – O olhar de Jane ficou perdido e ela assentiu, como se conversasse consigo mesma. – Finalmente.

– Qual é o título da obra?

– *Dia de feira*. É o desfile de encerramento da feira do condado.

E FOI ASSIM QUE, NA SEXTA ANTERIOR ao Dia de Ação de Graças, a tela foi colocada em um cavalete da galeria Arts Williamsburg. Estava embrulhada em papel pardo e amarrada com barbante, como se uma criança tivesse tentado protegê-la das frias e cruéis intempéries. Devagar e meticulosamente, Peter Morrow remexeu o nó, puxando o barbante até que se soltasse. Depois, enrolou o velho barbante na palma da mão como se fosse um novelo. Clara quis matá-lo. Queria gritar, pular da cadeira e empurrar o marido para o lado. Atirar aquele barbante patético no chão – talvez Peter junto com ele – e rasgar o papel encerado ao redor da tela. Embora o rosto dela estivesse cada vez mais plácido, seus olhos começaram a ficar arregalados.

Cuidadosamente, Peter desdobrou uma ponta do papel e depois outra, alisando os vincos com a mão. Clara não fazia ideia de que um retângulo tivesse tantos cantos. Sentia a borda da cadeira arranhar seu traseiro. O resto do júri reunido para avaliar os trabalhos parecia entediado. Clara estava ansiosa o suficiente por todos eles.

Os últimos vincos foram finalmente alisados e o papel estava pronto para ser removido. Peter se virou para os outros quatro jurados e fez um pequeno discurso antes de revelar a obra. Um discurso rápido e de bom gosto, pensou. Um pouco de contexto, um pouco de... Ele notou os olhos esbugalhados da esposa e ponderou que, quando Clara ficava absorta assim, não era hora de fazer discursos.

Peter voltou rapidamente à pintura e puxou o papel pardo, revelando o *Dia de feira*.

O queixo de Clara caiu. Ela baixou a cabeça como se o peso sobre seu pescoço de repente tivesse se tornado insuportável. Então arregalou os olhos e prendeu a respiração. Foi como se morresse por um instante. Então aquilo era o *Dia de feira*. Era perturbador. E, nitidamente, os outros jurados concordavam. No semicírculo de rostos havia vários níveis de descrença. Até a presidente, Elise Jacob, ficou em silêncio. Na verdade, parecia que ela estava tendo um derrame.

Clara detestava julgar o trabalho dos outros, e aquele era de longe o pior deles. Quis se matar por ter convencido Jane a inscrever seu primeiro trabalho para uma exposição que tinha ela própria como parte do júri. Fora puro ego? Ou mera estupidez?

– Este trabalho se chama *Dia de feira* – disse Elise, consultando suas anotações. – Foi enviado por Jane Neal, de Three Pines, uma apoiadora de longa data da Arts Williamsburg, mas que se inscreveu pela primeira vez. – Elise olhou em volta. – Comentários?

– É maravilhoso – mentiu Clara.

Todos a olharam espantados. No cavalete diante deles estava uma tela sem moldura cujo tema era óbvio. Os cavalos pareciam cavalos, as vacas pareciam vacas e as pessoas eram reconhecíveis não apenas como pessoas, mas como moradores específicos da vila. Só que eram bonecos de palito. Talvez um pequeno passo evolutivo além dos bonecos de palito. Se houvesse uma guerra entre um exército de bonecos de palito e as pessoas do *Dia de feira*, o povo do quadro venceria, já que tinha um pouco mais de músculo. E dedos. Mas estava claro que os retratados viviam em duas dimensões. Clara, tentando entender o que estava vendo e evitar comparações óbvias, sentiu que a pintura era como um desenho rupestre, só que em uma tela. Se os neandertais tivessem feiras do condado, elas seriam assim.

– *Mon Dieu*. Meu filho de 4 anos pinta melhor que isso – disse Henri Lariviere, sem evitar a comparação óbvia.

Henri trabalhava em uma pedreira quando descobriu que as pedras falavam com ele. E ele as ouvia. Depois disso, é claro que não havia volta, embora sua família sonhasse com o dia em que ele ganharia pelo menos um salário mínimo em vez de produzir imensas esculturas de pedra. Seu rosto largo estava duro e inescrutável como sempre, mas as mãos falavam por ele. Elas faziam um gesto simples e eloquente de apelo, de rendição. Ele lutava para encontrar as palavras adequadas, sabendo que Jane era amiga de muitos dos jurados.

– É horrível.

Henri desistira da luta e sucumbira à verdade. Ou isso, ou aquela descrição era delicada se comparada ao que ele realmente pensava.

Em cores vivas e saturadas, o trabalho de Jane mostrava o desfile logo antes do encerramento da feira. Só dava para distinguir os porcos das cabras porque eles eram de um vermelho berrante. As crianças pareciam adultos pequenos. Na verdade, pensou Clara, inclinando-se para a frente com hesitação, como se a tela pudesse lhe desferir mais um golpe, não eram crianças. Eram adultos pequenos mesmo. Ela reconheceu Olivier e Gabri conduzindo os coelhos azuis. Nas arquibancadas, do outro lado do desfile, estava sentada a multidão, em grande parte de perfil, pessoas se entreolhando ou com o olhar desviado umas das outras. Algumas, não muitas, encaravam Clara. Todas as bochechas eram círculos vermelhos perfeitos, denotando, Clara supôs, boa saúde. Era horrível.

– Bom, pelo menos esse é fácil – disse Irenée Calfat. – É um não.

Clara sentiu as mãos e os pés ficarem frios e dormentes.

Irenée Calfat era ceramista. Transformava pedaços de argila em trabalhos requintados. Tinha sido pioneira em uma nova forma de esmaltar as obras e agora era procurada por ceramistas do mundo inteiro. Claro que, após fazer uma peregrinação ao estúdio de Irenée Calfat, em St. Rémy, e passar cinco minutos com a Deusa do Barro, eles percebiam que tinham cometido um erro. Ela era uma das pessoas mais egocêntricas e mesquinhas da face da Terra.

Clara se perguntava como uma pessoa completamente desprovida de emoções humanas normais podia criar obras de tamanha beleza. *Enquanto você ainda está tentando*, disse a vozinha desagradável que lhe fazia companhia.

Ela olhou para Peter por cima da borda da caneca. O rosto dele estava sujo de cupcake de chocolate. Instintivamente, Clara esfregou o próprio rosto, esmagando um pedacinho de noz no cabelo sem querer. Mesmo com o rosto sujo de chocolate, Peter era fascinante. De uma beleza clássica. Alto, com ombros largos como os de um lenhador, não aparentava ser o artista delicado que era. Seu cabelo ondulado já estava ficando grisalho, ele usava óculos o tempo todo e rugas marcavam o rosto bem barbeado e os cantos dos olhos dele. Com 50 e poucos anos, parecia um empresário em uma viagem de férias. Quase todas as manhãs, Clara acordava e o observava dormir, desejando engatinhar para dentro dele e envolver seu coração para mantê-lo seguro.

O cabelo de Clara era um ímã de comida. Ela era a Carmem Miranda dos bolos e docinhos. Já Peter estava sempre impecável. Podia estar chovendo lama, mas ele voltaria para casa mais limpo do que quando havia saído. Às vezes, porém, algumas benditas vezes, sua aura natural o traía, e um pedaço de alguma coisa se prendia ao seu rosto. Clara sabia que deveria avisá-lo. Mas não avisou.

– Sabe – começou Peter, e até Irenée olhou para ele –, eu acho que é muito bom.

Irenée bufou e lançou um olhar fulminante para Henri, que a ignorou. Peter procurou Clara e sustentou o olhar dela por um instante, como se fosse uma espécie de pedra de toque. Quando Peter entrava em uma sala, sempre a esquadrinhava até encontrar Clara. Então relaxava. O mundo lá fora via um homem alto e distinto com uma esposa desgrenhada e se perguntava por quê. Algumas pessoas, principalmente a mãe de Peter, até consideravam aquela relação uma aberração da natureza. Clara era seu centro e tudo que havia de bom, saudável e feliz nele. Quando olhava para ela, ele não via os cabelos selvagens e indomáveis, os vestidos esvoaçantes e os óculos de armação de tartaruga da loja de 1,99. Não. Via seu porto seguro. Embora, é verdade, no momento também estivesse vendo uma noz amassada no cabelo dela, o que era praticamente uma marca registrada. Por instinto, levantou a mão para pentear o próprio cabelo, arrancando o pedaço de cupcake da bochecha.

– O que você está vendo? – perguntou Elise a Peter.

– Honestamente, eu não sei. Mas sei que a gente precisa aceitar este quadro.

A resposta breve de alguma forma conferiu ainda mais credibilidade à opinião dele.

– É um risco – disse Elise.

– Eu concordo – opinou Clara. – Mas qual é a pior coisa que pode acontecer? As pessoas que vierem à exposição pensarem que a gente cometeu um erro? Elas sempre pensam isso.

Elise aquiesceu.

– Eu vou dizer qual é o risco – disse Irenée, deixando implícito o vocativo "seus idiotas". – Este é um grupo comunitário, e a gente mal consegue pagar as contas. Nosso único trunfo é a nossa credibilidade. Se as pessoas acharem que aceitamos as obras não pelo valor artístico, mas por gostar do artista, como uma panelinha de amigos, vai ser o nosso fim. Esse é o risco. Ninguém vai nos levar a sério. Os artistas não vão mais querer expor os trabalhos aqui por medo de ficarem estigmatizados. O público não vai vir porque vai esperar encontrar só essas merdas tipo...

Nesse ponto, ela ficou sem palavras e apenas apontou para a tela.

Então Clara viu. Foi apenas um vislumbre, algo nos limites da consciência. Por um instante, o *Dia de feira* cintilou. As peças se encaixaram. Mas então o momento passou. Clara percebeu que havia parado de respirar de novo, mas também notou que estava olhando para uma grande obra de arte. Como Peter, ela não sabia por que ou como, mas naquele instante o mundo que parecia estar de ponta-cabeça havia se endireitado. Ela sabia que o *Dia de feira* era um trabalho extraordinário.

– Eu acho que é mais do que muito bom, é brilhante – disse ela.

– Ah, por favor. Vocês não veem que ela só está falando isso para apoiar o marido?

– Irenée, a gente já ouviu a sua opinião. Continue, Clara – incentivou Elise.

Henri se inclinou para a frente, fazendo a cadeira ranger.

Clara se levantou e caminhou devagar até a obra no cavalete. O quadro lhe transmitia tão profundamente sentimentos de tristeza e perda que ela mal conseguia conter o choro. *Como pode ser?*, se perguntou. As imagens eram tão infantis, tão simples. Ingênuas até, com gansos dançantes e pessoas sorridentes. Mas havia algo mais. Algo além do alcance.

– Desculpa. Isso é constrangedor – disse, sorrindo e sentindo as bochechas arderem. – Mas, na verdade, eu não consigo explicar.

– Por que a gente não deixa o *Dia de feira* de lado e dá uma olhada nos outros trabalhos? – sugeriu Elise. – A gente volta para ele no fim.

O restante da tarde seguiu sem percalços. O sol já estava baixando, deixando a sala ainda mais fria, quando eles voltaram a analisar o *Dia de feira*. Todos estavam exaustos e só queriam dar um fim àquilo. Peter acendeu as luzes do teto e colocou o trabalho de Jane no cavalete.

– *D'accord*. Alguém mudou de ideia sobre o *Dia de feira*? – perguntou Elise.

Silêncio.

– Então acho que são dois votos a favor e dois contra.

Elise olhou para o *Dia de feira* em silêncio. Conhecia Jane Neal de passagem e gostava dela. Jane sempre lhe parecera uma mulher sensata, bondosa e inteligente. Uma pessoa com quem gostaria de passar mais tempo. Como aquela mulher havia criado um trabalho tão descuidado e infantil? No entanto... Um novo pensamento lhe ocorreu. Não era um pensamento original ou mesmo desconhecido para Elise, mas era novo naquele dia.

– O *Dia de feira* está aceito. Vai ser exposto junto com as outras obras.

Clara saltou de alegria, derrubando a cadeira.

– Ah, me poupem – protestou Irenée.

– Exatamente! Bom trabalho. Vocês provaram a minha teoria – disse Elise, sorrindo.

– Qual teoria?

– Por qualquer motivo que seja, o *Dia de feira* nos desafia, nos comove. Seja com raiva... – disse Elise se dirigindo a Irenée. – Com confusão... – prosseguiu ela, voltando-se para Henri, que mexia a cabeça grisalha discretamente, assentindo. Ou com...

Ela lançou um olhar para Peter e Clara.

– Alegria – completou Peter no exato momento em que Clara disse "Tristeza".

Os dois se entreolharam e riram.

– Agora, eu olho para o quadro e me sinto simplesmente confusa, como o Henri. A verdade é que eu não sei se o *Dia de feira* é um exemplo brilhante de arte naïf ou só rabiscos patéticos de uma senhora maluca e sem nenhum talento. Essa é a tensão. E é por isso que a obra precisa estar na exposição. Eu garanto que vai ser o único trabalho que as pessoas vão comentar nos cafés depois do vernissage.

– Horrível – disse Ruth Zardo naquela noite, apoiando-se na bengala e bebendo um longo gole do uísque.

Os amigos de Peter e Clara estavam reunidos na sala de estar, em torno da lareira crepitante, para o jantar de véspera do Dia de Ação de Graças.

Era a calmaria que precedia a tempestade. Familiares e amigos, convidados ou não, chegariam no dia seguinte para passar o feriado prolongado na cidadezinha. O bosque estaria repleto de montanhistas e caçadores, uma combinação infeliz. A partida anual de rúgbi aconteceria no gramado no sábado de manhã, seguida pela feira da colheita à tarde – um último esforço para se livrar dos tomates e abobrinhas. Naquela noite, a fogueira seria acesa, preenchendo Three Pines com um delicioso perfume de madeira e folhas queimadas e um suspeito aroma subjacente de gaspacho.

Three Pines não constava em nenhum mapa turístico, já que ficava muito longe de qualquer estrada principal ou mesmo secundária. Assim como Nárnia, geralmente era descoberta por acaso, e causava surpresa o fato de um lugarejo tão antigo estar escondido naquele vale. Quem tinha a sorte de encontrá-lo quase sempre voltava. E o Dia de Ação de Graças, no início de outubro, era a época perfeita para isso. O clima era frio e ensolarado, e o perfume das rosas e flores do verão dava lugar ao das folhas almiscaradas, da lenha queimada e do peru assado do outono.

Olivier e Gabri relatavam os acontecimentos da manhã. A descrição era tão vívida que todos os presentes na confortável sala de estar podiam ver os garotos mascarados pegando punhados de estrume de pato do gramado: eles levantaram as mãos, as fezes escorrendo por entre os dedos, e jogaram na antiga construção de tijolinhos. Não demorou muito para os toldos azuis e brancos começarem a pingar estrume, que também escorria pelas paredes. Respingou também no letreiro "Bistrô do Olivier". Em instantes, a fachada impecável do café localizado no coração de Three Pines estava imunda, e não apenas de cocô de pato. A cidade tinha sido emporcalhada pelas palavras que preenchiam o ar estupefato: "Bichas! Viados! *Dégueulasses!*", gritavam os garotos.

Enquanto ouvia a história, Jane se lembrou de como havia saído de seu pequeno chalé de pedra, atravessara o gramado apressadamente e vira Olivier e Gabri aparecerem na porta do bistrô. Gritando de alegria, os garotos miraram nos dois homens e os atingiram com o estrume.

Jane apertou o passo, desejando que suas pernas curtas e grossas fossem mais longas. Então viu Olivier fazer uma coisa extraordinária. Enquanto os garotos gritavam e erguiam punhados de estrume, ele gentilmente pegou a mão de Gabri e a apertou, antes de levá-la aos lábios com delicadeza. Os garotos os observaram, atordoados por um instante ao ver Olivier beijar a mão suja de estrume de Gabri com os lábios sujos de estrume. Eles pareceram petrificados por aquele gesto amoroso e desafiador. Mas só por um instante. O ódio venceu e logo eles redobraram o ataque.

"Parem com isso!", gritara Jane com firmeza.

Eles interromperam o movimento dos braços, reagindo instintivamente a uma voz de autoridade. Ao se virarem, viram a pequena Jane Neal com seu vestido de estampa floral e seu cardigã amarelo se aproximando de maneira intimidadora. Um dos garotos, o que usava uma balaclava laranja, levantou o braço para atirar estrume nela.

"Não se atreva, mocinho."

Ele hesitou apenas por tempo suficiente para Jane olhá-los nos olhos.

"Philippe Croft, Gus Hennessey e Claude LaPierre", disse ela, pronunciando bem as palavras.

Foi o suficiente. Os garotos largaram o estrume e saíram correndo, passando por Jane e tropeçando colina acima. O de balaclava laranja soltou uma risada. Foi um som tão repugnante que até eclipsou o estrume. Um dos garotos se virou e olhou para trás, mas os outros o empurraram para voltar e continuar subindo a Du Moulin.

Tinha acontecido naquela manhã. E já parecia um sonho ruim.

– Foi horrível – disse Gabri, concordando com Ruth enquanto se jogava em uma das cadeiras velhas de forro desbotado aquecidas pelo fogo. – É claro que eles estavam certos: eu *sou* gay.

– E muito – continuou Olivier, recostando-se no braço da cadeira de Gabri.

– Eu já me tornei um dos gays mais fabulosos do Quebec – disse Gabri, parafraseando o escritor Quentin Crisp. – Sou uma visão e tanto.

Olivier riu e Ruth atirou outro pedaço de lenha no fogo.

– Você estava mesmo fabuloso hoje de manhã – disse Ben Hadley, o melhor amigo de Peter.

– Estava o próprio rei do esterco.

– É, tipo isso.

Na cozinha, Clara cumprimentava Myrna Landers.

– A mesa está linda – disse Myrna, tirando o casaco e revelando um cafetã roxo vibrante.

Ela entregou sua contribuição para a noite, um buquê de flores e ramos.

– Onde você quer eu coloque, querida?

Clara ficou boquiaberta. Os arranjos de Myrna eram enormes, efusivos e surpreendentes como sua criadora. Aquele continha galhos de carvalho e bordo, juncos do rio Bella Bella, que corria atrás da livraria de Myrna, galhos de macieiras ainda com algumas maçãs e imensas braçadas de ervas.

– O que é isso?

– Onde?

– Aí, no meio do arranjo.

– Uma *kielbasa*.

– Uma linguiça?

– Aham, e olha aqui dentro.

Myrna apontou para o emaranhado.

– *Poemas de W. H. Auden* – leu Clara. – Você está brincando.

– É para os meninos.

– O que mais tem aí? – perguntou Clara, analisando o arranjo imenso.

– O Denzel Washington. Mas não conta para o Gabri.

Na sala de estar, Jane continuava a história:

– ... então o Gabri me disse: "Eu trouxe o seu esterco. No meu corpo. Era bem assim que Vita Sackville-West usava."

Olivier sussurrou no ouvido de Gabri:

– Você é tão viado.

– Que bom que pelo menos um de nós é, né? – respondeu ele à boa e velha piada interna.

– Como vocês estão? – perguntou Myrna, vindo da cozinha com Clara e abraçando Gabri e Olivier enquanto Peter lhe servia uma dose de uísque.

– Acho que bem – respondeu Olivier, beijando Myrna nas duas bochechas. – É até surpreendente que não tenha acontecido antes. A gente está aqui há quanto tempo? Doze anos? – perguntou ele, ao que Gabri assentiu, a boca cheia de camembert. – E foi o primeiro ataque homofóbico que a gente sofreu. Eu fui agredido em Montreal quando era rapazinho, por um grupo de homens adultos. Aquilo, sim, foi assustador.

Todos ficaram em silêncio enquanto Olivier falava. O único barulho de fundo era o crepitar do fogo.

– Eles me bateram com pedaços de pau. É curioso, mas quando eu me lembro disso, o mais doloroso não foram os arranhões e os hematomas. Foi que, antes de me baterem, eles meio que ficaram me cutucando, sabe? – Ele imitou o gesto com o braço. – Como se eu não fosse gente.

– Esse é o primeiro passo – disse Myrna. – Eles desumanizam a vítima. Você colocou bem.

Ela falava por experiência própria. Antes de se mudar para Three Pines, tinha sido psicóloga em Montreal. E, como era negra, conhecia aquela expressão singular das pessoas que a viam como uma peça de mobília.

Ruth se virou para Olivier, mudando de assunto:

– Eu estava no porão e encontrei algumas coisas que talvez você possa vender para mim.

O porão de Ruth era o depósito dela.

– Legal. Tipo o quê?

– Umas peças de vidro vermelho...

– Ah, que ótimo. – Olivier adorava vidros coloridos. – Soprados à mão?

– Você acha que eu sou burra? Claro que são soprados à mão.

– Tem certeza de que não quer ficar com eles?

Ele sempre perguntava isso aos amigos.

– Para de me perguntar isso. Você acha que eu teria falado se estivesse na dúvida?

– Grossa.

– Fresco.

– Ok, conta mais – disse Olivier.

As coisas que Ruth guardava no porão eram incríveis. Era como se ela tivesse um portal para o passado. Parte era lixo: as cafeteiras quebradas e as torradeiras queimadas. Mas a maioria o fazia tremer de empolgação. O ganancioso negociante de antiguidades dentro dele, que era uma parte bem maior de sua personalidade do que Olivier jamais admitiria, pulava de alegria por ter acesso exclusivo aos tesouros de Ruth. Ele às vezes devaneava sobre aquele porão.

Se o porão de Ruth o animava, a casa de Jane o fazia delirar de desejo. Era doido para ver além da porta da cozinha, já que só esse cômodo guardava dezenas de milhares de dólares em antiguidades. Logo que chegou a Three Pines, Olivier ficou louco ao ver o chão de linóleo no hall de Jane.

Se a antessala e a cozinha já eram um santuário, o que podia haver além delas? Olivier balançou a cabeça para afastar o pensamento, sabendo que provavelmente se decepcionaria. Móveis da Ikea. E tapetes felpudos. Havia muito tempo parara de estranhar que Jane nunca convidasse ninguém para atravessar a porta de vaivém que dava para a sala de estar e o restante dos cômodos.

– Sobre o esterco, Jane – disse Gabri, inclinando-se sobre um dos quebra-cabeças de Peter –, posso levar para você amanhã. Você precisa de ajuda com o jardim?

– Não, está quase pronto. Mas pode ser que este seja o último ano. Está ficando muito pesado para mim.

Gabri ficou aliviado por não precisar ajudar. Cuidar do próprio jardim já era trabalho suficiente.

– Eu estou com um monte de botões de álceas – disse Jane, encaixando uma peça do céu. – Como ficaram aqueles amarelos que eu dei para você? Eu não vi.

– Eu plantei no outono, mas eles nunca me chamaram de mamãe. Você me daria mais alguns? Troco por algumas monardas.

– Meu Deus, não faça isso.

A monarda era a abobrinha do mundo das flores. Ela também ocupava um lugar de destaque na feira da colheita e, depois, na fogueira do Dia de Ação de Graças, quando desprendia um doce aroma de bergamota, como se todos os chalés de Three Pines estivessem servindo chá Earl Grey ao mesmo tempo.

– Nós contamos o que aconteceu hoje à tarde depois que todos vocês foram embora? – perguntou Gabri com uma voz impostada para que as palavras soassem nítidas a todos os ouvidos na sala. – Estávamos preparando as ervilhas para hoje à noite...

Clara revirou os olhos e murmurou para Jane:

– Provavelmente perderam o abridor de latas.

– ... quando a campainha tocou e lá estavam Matthew Croft e Philippe.

– Não! E aí?

– Philippe balbuciou: "Me desculpe por hoje de manhã."

– E o que você disse? – quis saber Myrna.

– "Então prove que está arrependido."

– Você não disse isso! – exclamou Clara, achando graça, mas também impressionada.

– Ah, disse, sim. As desculpas não pareciam muito sinceras. Ele estava arrependido de ter sido pego e com medo das possíveis consequências. Mas eu não acredito que ele estivesse realmente arrependido do que fez.

– Consciência e covardia – ponderou Clara.

– Como assim? – perguntou Ben.

– Oscar Wilde dizia que consciência e covardia são a mesma coisa. O que nos impede de fazer coisas terríveis não é a nossa consciência, mas o medo de sermos pegos.

– Será que isso é verdade? – disse Jane.

– Você faria? – perguntou Myrna a Clara.

– O quê? Se eu faria alguma coisa horrível se pudesse me safar?

– Trair o Peter, por exemplo – sugeriu Olivier. – Assaltar um banco. Ou, melhor ainda, roubar o trabalho de outro artista.

– Ah, isso é brincadeira de criança – rebateu Ruth. – Matar, por exemplo. Você atropelaria alguém? Envenenaria, talvez? Ou jogaria alguém no Bella Bella durante a cheia da primavera? Ou... – Ela olhou em volta, para os rostos meio preocupados e iluminados pela luz quente da lareira. – Ou a gente poderia botar fogo em algum lugar e não salvar as pessoas.

– O que você quer dizer com "a gente poderia", mulher branca? – respondeu Myrna, trazendo a conversa de volta para o prumo.

– Sinceramente? Com certeza. Mas matar, não – respondeu Clara olhando para Ruth, que se limitou a dar uma piscadela conspiratória.

– Imagine um mundo em que você pudesse fazer qualquer coisa. Qualquer coisa. E sair impune – sugeriu Myrna, botando lenha na fogueira. – Que poder. Quem aqui não seria corrompido?

– Jane – respondeu Ruth com firmeza. – Mas o resto de vocês... – disse ela, dando de ombros.

– E você? – perguntou Olivier a Ruth, irritado de ter sido incluído na turma à qual no fundo, no fundo, sabia que pertencia.

– Eu? Você já me conhece bem o suficiente, Olivier, para saber que eu seria a pior de todas. Trairia, roubaria, tornaria a vida de vocês um inferno.

– Pior do que já é? – perguntou Olivier, ainda aborrecido.

– Bom, agora você entrou para a minha lista – disse Ruth.

Olivier lembrou que o mais próximo que eles tinham de uma força policial era o corpo de bombeiros voluntário, do qual ele era membro, mas Ruth era a chefe. Quando Ruth Zardo ordenava que você encarasse um incêndio, você não discutia. Ela era mais assustadora do que um prédio em chamas.

– E você, Gabri? – perguntou Clara.

– Eu já fiquei com raiva o suficiente para matar, e talvez tivesse feito isso se soubesse que sairia impune.

– O que deixou você com tanta raiva? – quis saber Clara, surpresa.

– Traição, sempre e apenas traição.

– E o que foi que você fez? – perguntou Myrna.

– Terapia. Foi assim que eu conheci esse cara. – Gabri se esticou e deu um tapinha na mão de Olivier. – Acho que nós dois frequentamos aquele terapeuta por, tipo, um ano a mais do que o necessário só para nos vermos na sala de espera.

– Isso é loucura? – indagou Olivier, afastando do rosto uma mecha do cabelo louro perfeito que já estava começando a rarear.

Era macio como seda e vivia caindo em seus olhos, não importava quantos produtos usasse.

– Vocês podem debochar, mas tudo acontece por uma razão – disse Gabri. – Sem traição, sem raiva. Sem raiva, sem terapia. Sem terapia, sem Olivier. Sem Olivier, sem...

– A gente entendeu – interrompeu Olivier, erguendo as mãos em sinal de rendição.

– Eu sempre gostei do Matthew Croft – disse Jane.

– Você deu aula para ele? – perguntou Clara.

– Há muito tempo. Ele foi da penúltima turma da antiga escola, antes de ela fechar.

– Ainda acho que é uma pena ter fechado – disse Ben.

– Pelo amor de Deus, Ben, a escola fechou há vinte anos. Supera.

Só mesmo Ruth para falar assim. Quando chegou a Three Pines, Myrna se perguntou se a mulher havia tido um derrame. Sabia, por prática médica, que algumas vítimas de derrame não conseguiam controlar muito bem os impulsos. Quando Myrna levantou a questão, Clara disse que, se Ruth tivera um derrame, tinha sido antes de nascer. Pelo que sabia, ela sempre fora daquele jeito.

"Então por que todo mundo gosta dela?", perguntara Myrna.

Clara rira e dera de ombros.

"Sabe que eu às vezes me pergunto a mesma coisa? Ela sabe ser desagradável. Mas ela vale o esforço, eu acho."

– Enfim... – concluiu Gabri, bufando por ter perdido temporariamente os holofotes. – Philippe concordou em trabalhar quinze horas como voluntário no bistrô.

– Aposto que ele não ficou muito feliz com isso – comentou Peter, levantando-se.

– Apostou certo – respondeu Olivier, com um sorriso sagaz.

– Eu queria propor um brinde – disse Gabri. – Aos nossos amigos, que ficaram do nosso lado hoje. Aos nossos amigos, que passaram a manhã toda limpando o bistrô.

Era um fenômeno que Myrna já havia notado: a habilidade que algumas pessoas tinham de transformar um acontecimento terrível em um triunfo. Ela tinha pensado nisso de manhã, ainda com estrume sob as unhas, ao parar por um momento para observar as pessoas, jovens e velhas, ajudando na limpeza. E ela também estava lá. Abençoou novamente o dia em que havia deixado a cidade grande para ir vender livros para aquelas pessoas. Finalmente estava em casa. Então outra imagem lhe ocorreu, uma que havia se perdido em meio à atividade da manhã: Ruth apoiada em sua bengala, afastando-se dos outros, de forma que só Myrna viu a fisgada de dor em seu rosto enquanto a velha senhora se ajoelhava e esfregava em silêncio. A manhã inteira.

– O jantar está servido – anunciou Peter.

Alguns minutos depois, levando à boca uma garfada de ervilhas com molho, Jane elogiou:

– Delicioso. Já pode casar. São da marca Le Sueur?

– *Bien sûr*. Do monsieur Béliveau – respondeu Olivier, assentindo.

– Ah, pelo amor de Deus! – exclamou Clara. – São ervilhas enlatadas! Da mercearia! E você se considera um chef!

– As ervilhas enlatadas da Le Sueur são de primeira. Continue assim, mocinha, e no ano que vem você vai comer ervilhas enlatadas de uma marca qualquer. Quanta ingratidão – sussurrou Olivier para Jane com afetação teatral. – E no Dia de Ação de Graças, ainda por cima. Que vergonha.

Eles jantaram à luz de velas de todos os tamanhos e formatos, que tremeluziam pela cozinha. Os pratos foram bem servidos, com peru, bolinhos de castanha, batata-doce assada com marshmallows, batatas, ervilhas e molho. Todos tinham contribuído com algum prato, com exceção de Ben, que não cozinhava. Mas ele havia levado algumas garrafas de vinho, o que era ainda melhor. Aquela era uma reunião frequente, e a única maneira de Peter e Clara conseguirem promover um jantar era com a contribuição de todos.

Olivier se virou para Myrna.

– Mais um arranjo maravilhoso.

– Obrigada. Na verdade, tem algo escondido aí dentro para vocês.

– Sério? – exclamou Gabri, pondo-se de pé em um segundo.

Suas longas pernas o impulsionaram pela cozinha até o arranjo. Se Olivier era independente e difícil de agradar como um gato, Gabri parecia um cachorro são-bernardo, embora quase sempre sem tanta baba. Ele examinou com cuidado a complexa floresta.

– Eu sempre quis uma dessas! – exclamou, puxando a *kielbasa* do arranjo.

– Não, essa é para a Clara.

Todos olharam para Clara alarmados, principalmente Peter. Olivier parecia aliviado. Gabri enfiou a mão no arranjo de novo, extraindo com cuidado o livro grosso.

– *Poemas de W. H. Auden* – disse Gabri, tentando disfarçar a decepção. Mas não muito. – Não conheço esse autor.

– Ah, Gabri, você vai amar – comentou Jane.

– Ok, eu não aguento mais – disse Ruth de repente, debruçando-se sobre a mesa na direção de Jane. – A Arts Williamsburg aceitou o seu trabalho?

– Aceitou.

Foi como se a palavra acionasse molas nas cadeiras. Todos se levantaram de repente e foram ao encontro de Jane, que recebeu os abraços com entusiasmo. Ela brilhava mais que as velas. Ao recuar por um instante para observar a cena, Clara sentiu o coração bater forte e se iluminou de felicidade, grata por fazer parte daquele momento.

– Grandes artistas colocam muito de si no trabalho – disse Clara, quando todos retornaram às suas cadeiras.

– Qual é o significado especial do *Dia de feira*? – perguntou Ben.

– Isso é trapaça. Você tem que descobrir por si só. Está bem na cara – respondeu Jane, sorrindo. – Você vai descobrir, tenho certeza.

– Por que se chama *Dia de feira*? – insistiu ele.

– Porque foi pintado na feira do condado, durante o desfile final.

Jane lançou um olhar expressivo para Ben. A mãe dele, Timmer, era sua amiga e havia morrido naquela tarde da feira. Fazia quanto tempo, um mês? A cidade inteira estava no desfile, com exceção dela, que morreu de câncer sozinha, na cama, enquanto o filho estava em um leilão de antiguidades em Ottawa. Clara e Peter deram a notícia a ele. Clara nunca se esqueceria da expressão de Ben quando contou a ele que a mãe havia falecido. Não houve tristeza nem mesmo dor imediata. Só uma descrença total. E ele não foi o único a sentir isso.

– "O mal é pouco ordinário e sempre humano, compartilha a nossa cama e come à nossa mesa" – disse Jane, quase sussurrando. – Auden – explicou, apontando com a cabeça para o livro nas mãos de Gabri e abrindo um sorriso que quebrou a inesperada e inexplicável tensão.

– Talvez eu dê uma olhada no *Dia de feira* antes da exposição – disse Ben.

Jane respirou fundo.

– Eu queria convidar todos vocês para um drinque depois da abertura. Na minha sala de estar. – Se ela tivesse dito que os receberia nua, eles não teriam ficado mais surpresos. – Tenho uma surpresinha para vocês.

– Você está brincando – disse Ruth.

Com a barriga cheia de peru, torta de abóbora, vinho do Porto e café expresso, os exaustos convidados caminharam para casa, suas lanternas dançando como enormes vaga-lumes. Jane deu um beijo de boa-noite em Peter e Clara. Foi uma véspera de Ação de Graças agradável e familiar entre amigos. Clara observou Jane percorrer o sinuoso caminho através do bosque que unia as duas casas. Bem depois de Jane desaparecer, a lanterna dela ainda podia ser vista, uma luz branca e brilhante, como a do filósofo Diógenes. Foi só depois de ouvir o latido ansioso de Lucy, a cachorrinha da amiga, que Clara fechou a porta devagar. Jane estava em casa. Em segurança.

DOIS

ARMAND GAMACHE RECEBEU A LIGAÇÃO no domingo de Ação de Graças, quando estava saindo de seu apartamento em Montreal. Sua esposa, Reine-Marie, já o esperava no carro, e ele só não estava ainda a caminho do batizado da sobrinha porque sentira uma súbita necessidade de usar o banheiro.
– *Oui, allô?*
– *Monsieur l'Inspecteur?* – disse a voz jovem e educada do outro lado.
– É a agente Nichol. O superintendente me pediu para ligar. Houve um assassinato.
Após décadas na Sûreté du Québec, a maioria delas na Divisão de Homicídios, aquelas palavras ainda lhe causavam um frisson.
– Onde? – perguntou, alcançando o bloco de papel e a caneta que ficavam ao lado de cada telefone da casa.
– Uma cidadezinha em Eastern Townships. Three Pines. Posso passar aí para buscar o senhor dentro de quinze minutos.
– Foi você que matou essa pessoa? – perguntou Reine-Marie ao marido quando Armand lhe disse que não poderia passar duas horas sentado no banco duro de uma igreja estranha para assistir à missa.
– Se eu matei, vou descobrir. Quer vir junto?
– O que você vai fazer se um dia eu disser que sim?
– Eu vou adorar – respondeu ele, sincero.
Mesmo após 32 anos de casamento, ele nunca se cansava de Reine-Marie. Sabia que, se ela alguma vez o acompanhasse em uma investigação de assassinato, agiria de maneira adequada. Ela sempre sabia o que fazer. Nunca criava drama ou confusão. Ele confiava nela.

E, mais uma vez, ela fez a coisa certa ao recusar o convite.

– Vou dizer que você está bêbado de novo – disse Reine-Marie quando ele perguntou se a família dela ficaria decepcionada com sua ausência.

– Você não disse que eu estava em um centro de reabilitação na última reunião de família que eu perdi?

– Pois é, mas parece que o tratamento não funcionou.

– Coitadinha.

– Eu sou uma mártir – disse Reine-Marie, sentando-se no banco do motorista. – Se cuida, amor.

– Pode deixar, *mon coeur*.

Ele voltou ao escritório, no segundo andar, e consultou o imenso mapa da província do Quebec que havia pregado à parede. Moveu o dedo de Montreal para o sul, até Eastern Townships, e se deteve perto da fronteira com os Estados Unidos.

– Three Pines... Three Pines... – repetiu, tentando encontrar o lugar. – Será que tem outro nome? – ele se perguntou, já que era a primeira vez que não encontrava uma cidade em seu mapa detalhado. – Trois Pins, talvez?

Não, nada. Não estava preocupado, já que achar o local era trabalho de Nichol. Andou pelo amplo apartamento que eles haviam comprado no quartier Outremont de Montreal quando as crianças nasceram. Embora elas já tivessem se mudado havia muito tempo e agora criassem seus próprios filhos, o lugar nunca parecia vazio. Dividi-lo com Reine-Marie bastava. Fotos sobre o piano e estantes abarrotadas de livros, testemunhos de uma vida bem vivida. Reine-Marie também queria colocar ali as menções de louvor ao trabalho dele, mas Gamache recusara gentilmente. Todas as vezes que se deparava com os prêmios emoldurados no armário do escritório, lembrava-se não da cerimônia formal da Sûreté, mas do rosto dos mortos e dos vivos deixados para trás. Não. Aquilo não tinha lugar nas paredes de sua casa. E agora os prêmios haviam cessado completamente, desde o caso Arnot. Mesmo assim, sua família era o maior prêmio de todos.

A AGENTE YVETTE NICHOL estava revirando a casa atrás da carteira.

– Ah, fala sério, pai, você deve ter visto em algum lugar – insistia, enquanto observava o avançar impiedoso do ponteiro do relógio na parede.

O pai congelou. Ele tinha visto a carteira; a pegara mais cedo e colocara 20 dólares dentro. Aquele era o joguinho deles. Ele lhe dava um dinheiro extra, e ela fingia não notar, embora de vez em quando ele voltasse para casa após o turno da noite na cervejaria e encontrasse um éclair na geladeira com seu nome no pacote, na caligrafia nítida e quase infantil dela.

Pegara a carteira dela alguns minutos antes para colocar o dinheiro, mas quando ligaram pedindo que a filha se apresentasse em um caso de homicídio, fez algo que nunca sonhara fazer. Escondeu a carteira, junto com o cartão de identificação da Sûreté. Um pequeno documento que ela havia trabalhado anos para conseguir. Agora ele a observava lançar as almofadas do sofá no chão. *Ela vai colocar a casa abaixo nesta busca*, percebeu.

– Me ajuda, pai, eu preciso encontrar.

Ela se virou para ele, com olhos imensos e desesperados. *Por que ele está parado no meio da sala sem fazer nada?*, Yvette se perguntou. Aquela era sua grande chance, o momento sobre o qual falavam havia anos. Quantas vezes eles tinham compartilhado o sonho de que um dia ela entraria para a Sûreté? Isso finalmente acontecera e, agora, graças a muito trabalho duro e, sinceramente, a seus talentos naturais para investigação, ela tinha a chance de trabalhar em um caso de homicídio com Gamache. O pai sabia quem era o inspetor. Acompanhava a carreira dele pelos jornais.

"Seu tio Saul teve a chance de entrar para a força policial e a desperdiçou", o pai dissera a ela, balançando a cabeça. "Que vergonha. Você sabe o que acontece com os perdedores?"

"Eles perdem a vida." Yvette sabia a resposta certa. Ouvia a história da família desde que se entendia por gente.

"Seu tio Saul, seus avós. Todos. Mas você é a mais esperta da família, Yvette. A gente conta com você." E ela havia superado todas as expectativas ao se qualificar para a Sûreté. Em uma geração, a família passara de vítima das autoridades na Tchecoslováquia para aqueles que ditavam as regras. Fora de uma extremidade à outra da arma.

E ela gostava da nova posição.

Mas agora a única coisa entre a realização de todos os seus sonhos e o fracasso, como tinha acontecido com o idiota do tio Saul, era a carteira e o cartão de identificação desaparecidos. O relógio tiquetaqueava. Ela dissera ao inspetor-chefe que chegaria à casa dele em quinze minutos. Já haviam se passado cinco minutos. Tinha dez minutos para atravessar a cidade e pegar um café no caminho.

– Me ajuda – implorou, despejando o conteúdo da bolsa no chão da sala.

– Achei.

Sua irmã Angelina saiu da cozinha segurando a carteira e o cartão de identificação. Nichol praticamente se jogou nos braços dela, a beijou e correu para vestir o casaco.

Ari Nikulas observava a adorada filha mais nova, tentando memorizar cada detalhe de seu rosto precioso sem ceder ao medo terrível que se alojava em seu peito. O que ele tinha feito, plantando aquela ideia ridícula na cabeça dela? Ele não havia perdido a família na Tchecoslováquia. Inventara essa história para cativar as pessoas, soar heroico. Para ser um grande homem em seu novo país. Mas a filha acreditara, acreditara que um dia havia existido um estúpido tio Saul e uma família assassinada. E agora aquilo tinha ido longe demais. Não podia contar a verdade a ela.

Ela correu para abraçá-lo e o beijou na bochecha com barba por fazer. Ele a segurou por um longo momento, e ela fez uma pausa, olhando para aqueles olhos tensos e cansados.

– Não se preocupe, pai. Não vou decepcionar você.

E foi embora.

Ele só teve tempo de notar como um pequeno cacho do cabelo escuro dela caía junto à orelha, balançando.

Yvette Nichol tocou a campainha exatamente no tempo combinado com Gamache. Parada desajeitadamente na escadinha do prédio, olhou ao redor. Era um *quartier* bonito, e dava para ir a pé até as lojas e restaurantes da Rue Bernard. Outremont era um bairro arborizado, ocupado pela elite política e intelectual do Quebec francês. Ela já tinha visto o inspetor-chefe na sede da polícia, andando apressadamente pelos corredores, sempre seguido por um grupo de pessoas. Muito experiente, tinha a reputação de ser um mentor para os sortudos que trabalhavam com ele. Ela se considerava afortunada.

Ele abriu a porta imediatamente, colocando a boina de tweed na cabeça, e abriu um sorriso caloroso. Estendeu a mão e, após uma rápida hesitação, Nichol a apertou.

– Sou o inspetor-chefe Gamache.

– É uma honra.

Quando ela abriu a porta do carro sem identificação para ele, Gamache sentiu a fragrância inconfundível de café da lanchonete Tim Horton em copos de papel. E brioches. A jovem agente tinha feito o dever de casa. Ele só bebia café de lanchonete ao investigar um caso de assassinato. Na cabeça dele, aquilo estava tão associado ao trabalho em equipe, às longas horas de pé, no frio, em lugares úmidos, que seu coração acelerava toda vez que sentia cheiro de café industrializado e papelão molhado.

– Eu baixei o relatório preliminar da cena. Tenho uma cópia impressa aqui – disse Nichol, apontando para o banco de trás enquanto percorria o boulevard St. Denis até a autoestrada que os levaria à ponte Champlain e ao interior.

O restante da viagem transcorreu em silêncio, enquanto ele lia as parcas informações disponíveis, bebia goles de café, comia brioches e observava as fazendas planas ao redor de Montreal se aproximarem, transformando-se lentamente em colinas ondulantes e depois em montanhas maiores, cobertas pelas folhas coloridas do outono.

Cerca de vinte minutos depois de saírem da autoestrada de Eastern Townships, eles passaram por uma plaquinha velha informando que Three Pines ficava a 2 quilômetros daquela via secundária. Após sacolejarem por um ou dois minutos na estrada de terra, viram o inevitável contraste. Ao lado de um lago, havia um velho moinho de pedra, que se aquecia sob o sol do fim da manhã. Ao redor do lago, bordos, bétulas e cerejeiras balançavam as folhas frágeis, como milhares de mãos acenando para cumprimentá-los alegremente. E havia carros de polícia. As cobras do Éden. Embora, como bem sabia Gamache, a polícia não fosse o mal. A cobra já estava ali.

Gamache caminhou em direção à multidão ansiosa que havia se juntado. Conforme se aproximava, viu o mergulho da estrada, que se inclinava levemente na direção de uma cidadezinha pitoresca. A multidão crescente estava no topo da colina. Algumas pessoas olhavam para o bosque, onde só se distinguia o movimento dos policiais de jaquetas amarelas, mas a maioria olhava para ele. Gamache já vira aquelas expressões inúmeras vezes, pessoas desesperadas atrás de notícias que não queriam ouvir de jeito nenhum.

– Quem foi? O senhor pode contar para a gente o que aconteceu? – perguntou um homem alto e distinto em nome de todos.

– Sinto muito, eu acabei de chegar. Darei informações assim que puder.

O homem não pareceu satisfeito, mas assentiu. Gamache olhou o relógio: onze horas, domingo de Ação de Graças. Ele se afastou da aglomeração e caminhou para onde todos olhavam, para a atividade no bosque e o único ponto fixo que sabia estar lá.

Uma fita plástica amarela isolava o corpo e, dentro do círculo, os investigadores trabalhavam, curvados como se em uma espécie de ritual pagão. A maioria trabalhava com Gamache havia anos, mas ele sempre mantinha uma vaga aberta para um estagiário.

– Inspetor Jean Guy Beauvoir, esta é a agente Yvette Nichol.

Beauvoir acenou casualmente com a cabeça.

– Bem-vinda.

Aos 35 anos, Jean Guy Beauvoir era o segundo no comando há mais de uma década. Naquele dia, vestia uma calça de veludo cotelê e um suéter de lã sob a jaqueta de couro. O cachecol estava enrolado no pescoço de maneira elegante e aparentemente aleatória. A casualidade premeditada combinava com seu corpo tonificado, mas era facilmente desmentida pela rígida tensão da postura. Por trás da apresentação relaxada, ele estava angustiado.

– Obrigada, senhor.

Nichol se perguntou se algum dia ficaria à vontade em uma cena de assassinato como aquelas pessoas.

– Inspetor-chefe Gamache, este é Robert Lemieux – disse Beauvoir, apresentando um jovem policial que aguardava respeitosamente do outro lado do cordão de isolamento. – O agente Lemieux era o policial de plantão na Sûreté de Cowansville. Ele recebeu a ligação e veio para cá imediatamente. Isolou a cena e nos chamou.

– Excelente – respondeu Gamache, apertando a mão do homem. – Alguma coisa chamou sua atenção quando você chegou?

Lemieux pareceu perplexo com a pergunta. Na melhor das hipóteses, esperava ser autorizado a ficar por lá e observar os trabalhos sem ser enxotado. Nunca pensara que conheceria Gamache, muito menos que responderia a uma pergunta dele.

– *Bien sûr*, eu vi aquele homem ali. Um *anglais*, suspeitei pelas roupas e pela palidez. Os ingleses, pelo que percebi, têm o estômago fraco – disse

Lemieux, orgulhoso de dar aquele último insight para o inspetor-chefe, embora tivesse acabado de inventá-lo.

Ele não tinha a menor ideia se os ingleses eram mais propensos à palidez que os quebequenses, mas aquilo soava bem. Além disso, pela experiência de Lemieux, os ingleses se vestiam muito mal, e não havia a menor chance de aquele homem de camisa de flanela xadrez ser francófono.

– O nome dele é Benjamin Hadley.

Do outro lado do círculo, recostado em um bordo, Gamache avistou um homem de meia-idade. Alto, magro, parecendo muito, muito doente. Beauvoir seguiu o olhar de Gamache.

– Foi ele quem encontrou o corpo – informou Beauvoir.

– Hadley? Dos Moinhos Hadley?

Beauvoir sorriu. Não fazia ideia de como ele sabia aquilo, mas ele sabia.

– O próprio. O senhor o conhece?

– Não. Ainda não.

Beauvoir ergueu uma sobrancelha para o chefe e esperou. Gamache explicou:

– Eu vi escrito no alto do moinho.

– Estava escrito "Moinhos Hadley".

– Excelente dedução, Beauvoir.

– Um palpite, senhor.

Nichol ficou inconformada. Estivera com Gamache o tempo todo e não havia notado aquilo. O que mais ele tinha visto? E o que mais ela não tinha visto? Droga. Olhou desconfiada para Lemieux. Ele parecia querer bajular o inspetor-chefe.

– *Merci*, agente Lemieux – disse ela, estendendo a mão enquanto o inspetor-chefe estava de costas, observando o pobre *anglais*.

Lemieux apertou a mão dela, como era esperado.

– *Au revoir*.

Lemieux hesitou por um instante e olhou para as costas largas de Gamache. Depois deu de ombros e foi embora.

Armand Gamache voltou sua atenção dos vivos para os mortos. Deu alguns passos e se ajoelhou ao lado do corpo que os havia levado até ali.

Uma mecha de cabelo estava caída sobre os olhos abertos de Jane Neal. Gamache queria arrumá-la. Era sentimentalismo, sabia disso. Mas ele era sentimental. Com o tempo, dera a si mesmo a permissão para trabalhar daquele jeito. Beauvoir, por outro lado, era a razão em pessoa, e isso fazia deles um time formidável.

Gamache observou Jane Neal em silêncio. Nichol pigarreou, pensando que talvez ele tivesse esquecido onde estava. Mas ele não reagiu. Não se moveu. Jane e ele estavam parados no tempo, e ambos olhavam para um ponto fixo, um para cima e o outro, para baixo. Então os olhos dele se moveram pelo corpo dela, para o cardigã de pelo de camelo e a blusa de gola alta azul-clara. Sem joias. Será que ela havia sido assaltada? Teria que perguntar a Beauvoir. A saia de tweed estava como deveria estar após uma queda. A meia-calça, que tinha pelo menos um remendo, não estava rasgada. Provavelmente roubada, mas não violentada. Exceto pelo assassinato, é claro.

Os olhos castanho-escuros de Gamache se detiveram nas manchas senis das mãos dela. Mãos ásperas e bronzeadas que tinham acompanhado a mudança das estações. Nenhum anel nos dedos ou sinal de que um dia tivesse havido algum. Ele sempre sentia uma fisgada de dor quando olhava para as mãos de pessoas que tinham acabado de morrer, imaginando todos os objetos e pessoas que elas haviam tocado. Comida, rostos, maçanetas. Todos os gestos que haviam feito para demonstrar alegria ou tristeza. E o gesto final, é claro, para impedir o golpe fatal. O mais difícil eram as mãos dos jovens, que nunca chegariam a afastar distraidamente uma mecha grisalha dos olhos.

Levantou-se com a ajuda de Beauvoir e perguntou:

– Ela foi roubada?

– Achamos que não. O Sr. Hadley disse que ela nunca usava joias e raramente carregava bolsa. Ele acredita que vamos encontrar a bolsa na casa dela.

– Chave de casa?

– Não. Nenhuma chave. Mas o Sr. Hadley disse que as pessoas não trancam a porta por aqui.

– Agora vão trancar.

Gamache se inclinou sobre o corpo e observou o ferimento, pequeno demais, qualquer um pensaria, para drenar a vida de um ser humano. Era mais ou menos do tamanho da ponta do dedo mínimo dele.

– Alguma ideia do que causou isto?

– Estamos na temporada de caça, então talvez uma bala, embora não se pareça com nenhuma munição que eu já tenha visto.

– Na verdade, estamos na temporada de caça com arco e flecha– disse Nichol. – A caça com armas só começa daqui a duas semanas.

Os dois homens olharam para ela. Gamache aquiesceu, e os três voltaram a olhar para o ferimento, como se talvez, com concentração suficiente, pudessem fazê-lo falar.

– Então onde está a flecha? – perguntou Beauvoir.

– Tem ferimento de saída?

– Não sei – respondeu Beauvoir. – Não deixamos a médica-legista mover o corpo.

– Vamos chamá-la – disse Gamache, enquanto Beauvoir acenava para uma jovem de calça jeans e casaco impermeável que segurava uma maleta médica.

– *Monsieur l'Inspecteur* – disse a Dra. Sharon Harris, acenando com a cabeça e se ajoelhando junto ao corpo. – Ela morreu há cerca de cinco horas, talvez menos. É só um palpite.

A Dra. Harris virou Jane. Havia folhas secas grudadas no cardigã dela. Nichol ouviu um barulho de ânsia de vômito e se virou. Ben Hadley estava de costas para eles, arfando e vomitando.

– Sim, tem ferimento de saída.

– Obrigada, doutora. Vamos deixar a senhora trabalhar. Agora, venha comigo, Beauvoir. Você também, agente Nichol. Me contem o que vocês sabem.

Mesmo depois de todos aqueles anos trabalhando com Gamache em casos de assassinato e crimes violentos, Jean Guy Beauvoir ainda ficava animado ao ouvir aquela frase simples. Sinalizava que a caçada ia começar. Ele era o cão alfa. E o inspetor-chefe era o mestre da caça.

– O nome dela é Jane Neal. Tinha 76 anos. Nunca foi casada. Conseguimos essa informação com o Sr. Hadley, que disse que ela tinha a mesma idade da mãe dele, que morreu há um mês.

– Interessante. Duas mulheres idosas morreram nesta pequena vila em pouco mais de um mês. Será que...

– Eu também fiquei desconfiado, então perguntei. A mãe dele morreu após uma longa batalha contra o câncer. Eles já esperavam por isso fazia um ano.

– Continue.

– O Sr. Hadley estava andando pelo bosque por volta das oito da manhã, algo que faz sempre. O corpo da Srta. Neal estava caído no caminho. Era impossível não notar.

– O que ele fez?

– Ele disse que a reconheceu imediatamente. Então se ajoelhou e a sacudiu. Pensou que ela tivesse tido um derrame ou um infarto. Disse que estava prestes a começar uma massagem cardíaca quando viu o ferimento.

– Ele não percebeu que ela estava com os olhos vidrados e fria como mármore? – perguntou Nichol, mais confiante a essa altura.

– Você teria percebido?

– Claro. Não tem como não notar.

– A não ser que... – disse Gamache, incentivando-a a questionar o próprio argumento.

Mas ela não queria fazer isso. Queria estar certa. Embora ele claramente achasse o contrário.

– A não ser que... a não ser que eu estivesse em choque, acho.

Tinha que admitir que aquela era uma possibilidade remota.

– Olhe para o homem. Já faz três horas que ele encontrou o corpo e ainda está passando mal. Acabou de vomitar de novo. Esta mulher era importante para ele – disse Gamache, olhando para Ben Hadley. – A menos que ele esteja fingindo.

– Perdão, senhor?

– Bom, é fácil enfiar o dedo na garganta e vomitar. Causa uma boa impressão – respondeu Gamache, antes de se virar para Beauvoir. – Alguém mais sabe da morte da Srta. Neal?

– Havia um grupo de moradores na estrada, senhor – observou Nichol.

Gamache e Beauvoir olharam para ela. Nichol percebeu que se precipitara de novo. Na tentativa de impressionar e se redimir, havia feito o contrário. Respondera a uma pergunta dirigida a outra pessoa, interrompendo um oficial sênior com informações óbvias até para uma criança de 3 anos. O inspetor Gamache tinha visto aquelas pessoas tão bem quanto ela. Droga! Com um calafrio, Nichol notou que, ao tentar impressioná-los com seu brilhantismo, havia causado o efeito oposto. Estava se revelando uma idiota.

– Desculpe, senhor.

– Inspetor Beauvoir?

– Eu tentei manter a área limpa. – Ele se virou para Nichol. – Ninguém de fora e ninguém do nosso pessoal falando sobre o crime fora do perímetro.

Nichol corou. Odiava o fato de ele sentir que tinha que explicar aquilo para ela e odiava ainda mais o fato de realmente precisar da explicação.

– Mas... – completou Beauvoir, dando de ombros.

– Hora de falar com o Sr. Hadley – decidiu Gamache, caminhando com passos lentos na direção do homem.

Ben Hadley o observava, claramente ciente de que o chefe havia chegado.

– Sr. Hadley, sou o inspetor-chefe Armand Gamache, da Sûreté du Québec.

Ben estava esperando um francófono, talvez até um detetive monolíngue, então gastara alguns minutos praticando como descrever seus movimentos em francês. Agora aquele homem impecável, de bigode aparado, olhos castanho-escuros encarando-o por cima dos óculos de meia-lua, terno de três peças (aquilo era mesmo um casaco da Burberry?), boina de tweed sobre o cabelo grisalho bem arrumado, estava estendendo a mão grande – como se aquele fosse um evento de negócios ligeiramente formal – e falando inglês com sotaque britânico. Ainda assim, Ben ouvira trechos da conversa dele com os colegas, em um francês ágil e fluente. No Quebec, era comum que as pessoas falassem as duas línguas, até mesmo de maneira fluente, mas era raro encontrar um francófono falando como um membro hereditário da Câmara dos Lordes.

– Estes são o inspetor Jean Guy Beauvoir e a agente Yvette Nichol.

Todos trocaram um aperto de mãos, embora Nichol estivesse um pouco receosa por não saber o que Ben havia usado para limpar o rosto após vomitar.

– Como posso ajudar?

– Vamos dar uma volta – disse Gamache, apontando para o caminho que cruzava o bosque. – Sair um pouco daqui.

– Obrigado – respondeu Ben, realmente agradecido.

– Sinto muito pela morte da Srta. Neal. Ela era uma amiga próxima?

– Muito. Foi minha professora na escola.

Gamache o observava com atenção, seus olhos escuros pousados no rosto de Ben, assimilando o que era dito sem julgamentos ou acusações. Pela primeira vez em horas, Ben se sentiu relaxado. Gamache não disse nada, só deixou que ele continuasse:

– Jane era uma mulher maravilhosa. Eu queria ser bom com as palavras para descrevê-la para vocês.

Ben virou o rosto, envergonhado das lágrimas que voltavam a rolar. Cerrou os punhos e sentiu a dor bem-vinda das unhas cravadas nas palmas. Aquela era uma dor que entendia. A outra estava além de sua compreensão. Estranhamente, era bem maior do que quando sua mãe havia morrido. Ele se recompôs.

– Eu não entendi o que aconteceu. A morte de Jane não foi natural, foi?

– Não, Sr. Hadley, não foi.

– Alguém a matou?

– O senhor pode nos fazer um breve relato desta manhã?

– Eu encontrei Jane caída...

Gamache interrompeu:

– Desde a hora em que o senhor acordou, por favor.

Ben ergueu a sobrancelha, mas fez como foi pedido.

– Acordei por volta das sete. Eu sempre me levanto com o sol. A luz entra no meu quarto, e eu nunca me dei ao trabalho de colocar uma cortina. Levantei, tomei banho e fiz todo o resto, depois dei comida para a Daisy.

Ben observava o rosto deles com atenção, à procura de algum sinal de que estivesse dando detalhes de mais ou de menos. A agente parecia tão confusa quanto ele. O inspetor alto e bonito (Ben já tinha esquecido os nomes deles) estava anotando tudo. E o chefe o encarava com interesse, como se o encorajasse. Ele prosseguiu:

– Então a gente saiu para uma fazer caminhada, mas ela tem artrite e hoje de manhã estava com muita dor. Daisy é a minha cachorra, aliás. Enfim, eu a levei de volta para casa e saí para caminhar sozinho. Deviam ser umas 7h45 – informou Ben, deduzindo corretamente que eles estariam interessados no horário. – Leva só alguns minutos para chegar aqui, subir a rua, passar pela escola e entrar no bosque.

– O senhor encontrou alguém no caminho? – perguntou Beauvoir.

– Não, não encontrei ninguém. É possível que alguém tenha me visto, mas eu não vi ninguém. Geralmente caminho olhando para baixo, perdido nos meus pensamentos. Já passei direto pelas pessoas sem perceber. Meus amigos já sabem e não se ofendem. Eu estava caminhando pelo bosque quando alguma coisa me fez erguer o olhar.

– Por favor, tente se lembrar, Sr. Hadley. Se o senhor normalmente caminha olhando para baixo, por que levantaria a cabeça?

– Estranho, não é? Eu não consigo me lembrar. Infelizmente, como eu disse, estou sempre perdido em pensamentos. Nada profundo ou importante. Minha mãe achava graça, dizia que algumas pessoas tentam estar em dois lugares ao mesmo tempo, mas que eu, geralmente, não estou em lugar nenhum.

Ben riu, mas Nichol pensou que aquilo era uma coisa horrível para uma mãe dizer.

– Ela tinha razão, é claro. Olha só hoje. Um lindo dia de sol. Estou andando pelo bosque. É como um cartão-postal, mas eu não vejo nada, não aprecio. Só mais tarde, às vezes, quando estou em um outro lugar, é que me lembro da caminhada. Parece que a minha mente está sempre um passo atrás do meu corpo.

– E, ao erguer o olhar, o senhor... – incentivou Beauvoir.

– Eu realmente não sei o que me fez erguer o olhar, mas que bom que olhei. Eu podia ter caído em cima dela. Engraçado, mas em nenhum momento me ocorreu que ela estivesse morta. Fiquei até com medo de incomodar. Me aproximei devagar e chamei o nome dela. Então percebi certa imobilidade, e minha mente meio que explodiu. Pensei que ela tivesse tido um derrame ou um infarto – concluiu, balançando a cabeça, ainda incrédulo.

– O senhor chegou a tocar no ferimento? – perguntou Beauvoir.

– Acho que sim. Eu só me lembro de ter dado um pulo e limpado as mãos na calça. Eu entrei em pânico, como um... não sei nem o quê... uma criança histérica, talvez, comecei a andar em círculos. Que idiota! Bom, eu finalmente consegui me controlar e liguei para a emergência, do celular.

– Estou curioso – disse Gamache. – Por que o senhor levou o celular para caminhar no bosque?

– Estas terras pertencem à minha família, mas todo outono os caçadores as invadem. Não me considero muito corajoso, mas não tolero essa matança. Não tolero que matem nenhum ser vivo. As aranhas da minha casa têm nome. Toda manhã, quando saio para caminhar, levo o celular. Em parte, por medo de que um caçador bêbado atire em mim e eu precise pedir ajuda, em parte para ligar para o Ministério dos Recursos Naturais e chamar um guarda, se eu vir alguém.

– E qual é o número deles? – perguntou o inspetor-chefe Gamache de maneira educada.

– Não sei. Eu botei na discagem rápida. As minhas mãos tremem quando fico nervoso, então só programei o número.

Pela primeira vez, Ben pareceu preocupado, e o inspetor Gamache o tomou pelo braço para conduzi-lo pelo caminho.

– Desculpe por fazer tantas perguntas. O senhor é uma testemunha importante e, para ser sincero, a pessoa que encontra o corpo está sempre no topo da nossa lista de suspeitos.

Ben parou de repente e olhou para o inspetor, incrédulo.

– Suspeito de quê? O que o senhor está querendo dizer? – Ele se virou para trás e olhou para o ponto de onde tinham vindo. – Aquela é Jane Neal. Uma professora aposentada que cuidava de roseiras e dirigia a Associação de Mulheres da Igreja Anglicana. Isso só pode ter sido um acidente. O senhor não entende. Ninguém a mataria de propósito.

Nichol observava o diálogo e esperava com alguma satisfação que o inspetor-chefe Gamache colocasse aquele homem estúpido no lugar dele.

– O senhor está coberto de razão, Sr. Hadley. Isto é, de longe, o mais provável.

Yvette Nichol não acreditou no que estava ouvindo. Por que Gamache simplesmente não dizia a Hadley para descer do palco e deixá-los fazer o trabalho deles? Afinal de contas, o idiota havia mexido no corpo e depois andado para lá e para cá, bagunçando e contaminando o local todo. Não estava em posição de dar um sermão em um homem tão experiente e respeitado como Gamache.

– Nas poucas horas em que o senhor esteve aqui, alguma coisa na cena ou no corpo da Srta. Neal pareceu fora de lugar?

Gamache ficou impressionado quando Ben optou por não dizer o óbvio. Em vez disso, ele pensou por um minuto.

– Sim. Lucy, a cachorrinha dela. Eu não me lembro de já ter visto Jane sair para caminhar sem a Lucy, principalmente de manhã.

– O senhor ligou para mais alguém do celular?

A expressão de Ben mudou, como se ele tivesse sido apresentado a uma ideia brilhante e totalmente nova.

– Ah, mas eu sou mesmo um idiota! Não estou acreditando nisso. Nem pensei em ligar para Peter, para Clara ou para qualquer pessoa. Eu fiquei aqui sozinho, sem querer deixar Jane, mas tendo que lidar com a polícia. Nem me ocorreu ligar para pedir ajuda, só para a emergência. Ah, meu Deus, acho que foi o choque.

Ou talvez, pensou Nichol, *o senhor seja mesmo um idiota*. Seria difícil encontrar um ser humano menos eficiente que Ben Hadley.

– Quem são Peter e Clara? – perguntou Beauvoir.

– Peter e Clara Morrow. Meus melhores amigos. Eles são vizinhos de Jane. Jane e Clara eram como mãe e filha. Ah, coitada da Clara. Vocês acham que eles já sabem?

– Bom, vamos descobrir – disse Gamache de repente, andando com uma velocidade surpreendente pelo caminho que os levaria de volta ao corpo.

Chegando ao local, ele se virou para Beauvoir.

– Inspetor, você assume aqui. Você sabe o que está procurando. Agente, você vai ficar com o inspetor para ajudar. Que horas são?

– Onze e meia, senhor – respondeu Nichol.

– Ok. Sr. Hadley, tem algum restaurante ou café por aqui?

– Tem, sim, o Bistrô do Olivier.

Gamache se voltou para Beauvoir.

– Reúna a equipe no bistrô à uma e meia. Logo depois do almoço, o lugar deve ficar quase vazio. Estou certo, Sr. Hadley?

– Difícil dizer. Depois que a notícia se espalhar, é possível que a cidade toda se reúna lá. O bistrô é a estação central de Three Pines. Mas lá há um salão nos fundos que só abre para o jantar. Tem vista para o rio. Eles provavelmente abririam esse salão para o senhor e sua equipe.

Gamache olhou para Ben com interesse.

– É uma boa ideia. Inspetor Beauvoir, vou dar uma passada lá e falar com monsieur Olivier...

– O nome dele é Olivier Brulé – interrompeu Ben. – Ele e o companheiro dele, Gabriel Dubeau, administram o bistrô e a única pousada da cidade.

– Vou falar com eles e pedir um salão privado para o almoço. Sr. Hadley, podemos caminhar juntos até a vila? Ainda não fui lá.

– Claro.

Ben quase disse "será um prazer", mas se conteve. Havia algo naquele policial que pedia cortesia e certa formalidade. Embora eles provavelmente tivessem a mesma idade, era como se Ben estivesse ao lado do avô.

– Aquele ali é Peter Morrow – disse Ben, apontando para a multidão, que se virou para eles como em uma coreografia quando os dois homens saíram do bosque.

Ele se referia ao homem alto e preocupado que havia falado com Gamache mais cedo.

– Vou contar para vocês tudo que posso revelar até agora – disse Gamache aos cerca de trinta moradores.

Ele notou que Ben havia se posicionado ao lado de Peter Morrow.

– O nome da falecida é Jane Neal.

Gamache sabia que seria uma falsa gentileza amortecer um golpe como aquele. Algumas pessoas começaram a chorar e outras levaram as mãos à boca, como se estivessem cobrindo uma ferida. A maioria baixou a cabeça, como se aquela informação fosse pesada demais. Peter Morrow olhou para Gamache. E depois para Ben.

Gamache assimilou aquilo tudo. O Sr. Morrow não demonstrou surpresa. Nem pesar. Ansiedade, sim. Preocupação, sem dúvida. Mas tristeza?

– Como aconteceu? – perguntou alguém.

– Não sabemos ainda. Mas não foi de causas naturais.

A multidão deixou escapar um gemido involuntário e sincero. Com exceção de Peter.

– Cadê a Clara? – perguntou Ben, olhando ao redor.

Era raro ver um sem o outro. Peter apontou com a cabeça na direção da cidade.

– Na Igreja de St. Thomas.

Os três homens encontraram Clara sozinha na capela, de olhos fechados e cabeça baixa. Parado na porta, Peter observava as costas encurvadas dela e se preparava para o golpe iminente. Caminhou em silêncio pelo curto caminho entre os bancos, sentindo como se flutuasse acima do próprio corpo e observasse os próprios movimentos.

Naquela manhã, o pastor dera a notícia de que a polícia estava trabalhando no bosque atrás da velha escola. Então, à medida que a missa de Ação de Graças se desenrolava, a inquietação deles crescia. A pequena igreja logo foi preenchida pelos rumores de um acidente de caça. Uma mulher. Ferida?

Não, morta. Não sei quem. Que horror. Que horror. Bem no fundo, Clara sabia bem o tamanho do horror. A cada vez que a porta se abria, a cada raio de sol que entrava, ela implorava para Jane aparecer, atrasada, agitada, se desculpando. "Dormi demais. Que tonta. A Lucy, coitada, me acordou com um latido para sair. Mil desculpas." O pastor seguia com o sermão monocórdio, ou totalmente alheio ao drama ou desconcertado demais.

O sol atravessou os rapazes de uniforme nos vitrais da Segunda Guerra Mundial, espalhando vibrantes tons de azul, vermelho e amarelo no chão de pinho e nos bancos de carvalho. A capela tinha o mesmo cheiro de todas as igrejinhas em que Clara já havia entrado. Carvalho, pinho e livros empoeirados. Quando o coro se levantou para cantar o hino seguinte, Clara se virou para Peter:

"Você pode ir lá ver?"

Peter pegou a mão de Clara e ficou surpreso ao notar que ela estava gelada. Esfregou-a entre as próprias mãos por um instante.

"Eu vou. Vai ficar tudo bem. Olhe para mim", disse ele, tentando acalmar a mente frenética dela.

"*Louva minh'alma ao rei dos céus...*" cantava o coro.

Clara piscou.

"Vai ficar tudo bem?"

"Vai."

"*Para sempre o louvarás...*"

Aquilo tinha sido uma hora antes, e agora todo mundo já havia ido embora, inclusive o pastor, que estava atrasado para a missa de Ação de Graças em Cleghorn Halt. Clara ouviu a porta se abrir e viu o quadrado de sol crescer na nave da igreja e a sombra aparecer, a silhueta familiar mesmo quando distorcida.

Peter hesitou, depois foi devagar até o banco dela.

Naquela hora, ela soube.

TRÊS

Clara estava sentada na cozinha, esgotada e chocada. Sentia uma vontade irresistível de ligar para Jane para contar o que havia acontecido. O que havia acontecido era inconcebível. De repente, violentamente, um mundo sem Jane. Sem aquele toque, aquele conforto, aquela bondade. Clara sentiu que alguém tinha arrancado não apenas seu coração, mas também seu cérebro. *Como é possível*, se perguntou, olhando para as mãos dobradas no colo, *que o meu coração ainda esteja batendo? Preciso ligar para Jane.*

Com a permissão de Gamache, depois de sair da igreja, eles tinham ido buscar a golden retriever de Jane, Lucy, que agora estava enroscada aos pés de Clara, como se abraçasse sua perda inconcebível.

Peter só queria que a água fervesse, assim poderia fazer um chá e tudo aquilo ia passar. Talvez, diziam seu cérebro e a maneira como havia sido criado, se você fizer bastante chá e jogar conversa fora o suficiente, o tempo volte e todas as coisas ruins sejam desfeitas. Mas ele tinha vivido tempo demais com Clara para ficar em negação. Jane estava morta. Assassinada. Precisava confortar a esposa e, de alguma forma, consertar as coisas. Mas não sabia como. Revirando o armário da cozinha como um cirurgião em tempos de guerra procurando a bandagem certa, Peter separou o Yogi Tea e o Harmony Herbal Blend, embora tenha considerado a camomila por um segundo. Melhor não. *Mantenha o foco*, advertiu a si mesmo. Ele sabia que aquele opiáceo dos ingleses estava ali. E sua mão agarrou a caixa assim que a chaleira apitou. Mortes violentas demandavam Earl Grey. Ao olhar pela janela enquanto derramava a água fervente no bule e sentia dolorosos respingos na mão, viu o inspetor-chefe Gamache sentado sozinho no banco da praça. O inspetor parecia estar alimentando os pássaros, mas aquilo não fazia sentido. Levou a atenção de volta para a importante tarefa de fazer chá.

ARMAND GAMACHE SE SENTOU NO BANCO para observar os pássaros, mas principalmente para observar o vilarejo. Diante de seus olhos, Three Pines parecia desacelerar. A insistência da vida, a agitação e a energia do lugar ficaram abafadas. As vozes diminuíram de volume, os passos ficaram mais lentos. Gamache se recostou e fez o que fazia melhor. Observou. Olhou para as pessoas, para seus rostos e suas ações e, quando foi possível, ouviu o que diziam, embora elas estivessem longe demais de seu banco de madeira e ele não conseguisse entender muita coisa. Viu quem se tocava e quem não se tocava. Quem abraçava e quem apertava a mão. Notou quem tinha os olhos vermelhos e quem agia com a mesma naturalidade habitual.

Três pinheiros enormes o encaravam no fim do gramado. Entre eles e Gamache havia um lago, que estava cercado por um bando de crianças de suéter – caçando sapos, supôs. A praça ficava, como esperado, no centro da cidadezinha. Uma rua chamada The Commons a circundava com casas, exceto atrás de Gamache, onde havia uma construção que devia ser o centro comercial. Era bem pequeno. Consistia, pelo que Gamache podia ver, em uma *dépanneur*, cujo letreiro da Pepsi dizia em letras cursivas "Béliveau", e, ao lado, uma *boulangerie*, o bistrô e uma livraria. A The Commons desembocava em quatro outras ruas, como os raios de uma roda ou as direções de uma bússola.

Sentado em silêncio, observando a vida local se desenrolar ao seu redor, ficou impressionado com a beleza do lugar; com as casas antigas voltadas para a praça, os jardins e as árvores perenes. Tudo parecia natural, não planejado. E a mortalha de dor que cobria aquela pequena comunidade era vestida com dignidade, tristeza e certa familiaridade. Era uma cidadezinha antiga, e ninguém envelhece sem conhecer o luto. E a perda.

– Disseram que vai chover amanhã.

Gamache olhou para cima e viu Ben com um cachorro na coleira – velhíssimo e, pelo cheiro, talvez em decomposição.

– Será?

Gamache indicou o assento ao seu lado e Ben se sentou enquanto Daisy desabava agradecida aos pés dele.

– Amanhã de manhã. E vai esfriar.

Os dois homens ficaram em silêncio por alguns instantes.

– Aquela é a casa de Jane. – Ben apontou para um pequeno chalé de pedra à esquerda. – E a casa ao lado pertence a Peter e Clara.

Gamache acompanhou o gesto com o olhar. A casa deles era um pouco maior que a de Jane e, enquanto a dela era feita de pedras, a deles tinha tijolinhos vermelhos e havia sido construída em um estilo conhecido como legalista. Na frente, havia um alpendre simples de madeira com duas cadeiras de balanço de vime. Duas janelas ladeavam a porta e outras duas apareciam no andar de cima, com venezianas de um belo azul-escuro. O lindo jardim da frente tinha roseiras, plantas perenes e árvores frutíferas. Provavelmente macieiras selvagens, pensou Gamache. Um grupo de árvores, a maioria bordos, separava Jane Neal dos Morrows. Embora agora mais do que árvores os separassem.

– A minha fica ali – disse Ben, indicando com a cabeça uma charmosa casa de madeira branca, com uma varanda e três janelas de água-furtada. – Mas acho que aquela lá em cima também é minha.

Ben fez um gesto frouxo indicando o céu. Gamache pensou que talvez ele estivesse falando no sentido figurado ou até se referindo à meteorologia. Então seus olhos desceram das nuvens para o telhado de uma casa na encosta da colina que levava à saída de Three Pines.

– Está na minha família há gerações. Minha mãe morava lá.

Gamache não soube bem o que dizer. Já tinha visto casas assim. Muitas vezes. Era o que chamavam de "mansão vitoriana" nos seus tempos da Christ College, em Cambridge. E o Quebec, principalmente na cidade de Montreal, ostentava sua cota de mansões daquele tipo, construídas pelos barões ladrões escoceses do sistema ferroviário, da indústria de bebidas e dos bancos. Só a arrogância as mantinha de pé, mas aquele era um esteio de curto prazo, na melhor das hipóteses, já que muitas delas tinham sido demolidas ou doadas à Universidade McGill, que precisava de outra monstruosidade vitoriana tanto quanto precisava do vírus Ebola. Ben olhava para a casa com muito carinho.

– O senhor vai se mudar para a casa grande?

– Ah, vou. Mas ela precisa de uns reparos. Algumas partes parecem ter saído direto de um filme de terror. Está horrível.

Ben se lembrou de ter contado a Clara sobre a época em que ele e Peter eram crianças e, brincando de guerra no porão, se depararam com um ninho de cobras. Ele nunca tinha visto uma pessoa ficar verde, mas Clara ficou.

– O vilarejo tem esse nome por causa destas árvores? – perguntou Gamache, olhando para os três pinheiros da praça.

– O senhor não conhece a história? Estes pinheiros não são os originais, é claro. Têm só 60 anos. Minha mãe ajudou a plantar as mudas quando era jovem. Mas a cidade já tinha pinheiros desde a fundação, há uns duzentos anos. E sempre em grupos de três. Três pinheiros, Three Pines.

– Mas por quê?

Gamache se inclinou para a frente, curioso.

– Era um código. Para os legalistas do Império Unido. Eles descobriram todas estas terras, exceto a dos Abenakis, é claro – explicou Ben, e Gamache notou que ele havia apagado mil anos de vida nativa da região com uma única frase. – Mas a gente está a só uns 2 quilômetros da fronteira com os Estados Unidos. Quando as pessoas que eram leais à Coroa durante e após a Guerra de Independência estavam fugindo, elas não tinham como saber onde estariam seguras. Então um código foi criado. Um grupo de três pinheiros indicava que os legalistas eram bem-vindos.

– *Mon Dieu, c'est incroyable.* Tão elegante. Tão simples – disse Gamache, realmente impressionado. – Mas por que eu nunca ouvi falar disso? Eu estudo a história do Quebec e esse é um fato completamente desconhecido para mim.

– Talvez os ingleses queiram manter o código em segredo, para o caso de a gente precisar usar de novo.

Ben pelo menos teve o bom senso de corar ao dizer isso.

Gamache se remexeu no banco e olhou para o homem alto, de costas naturalmente curvadas, para aqueles dedos longos e sensíveis que seguravam de leve a coleira de uma cachorra que não tinha como fugir.

– O senhor está falando sério?

– O último referendo sobre a soberania passou bem perto, como o senhor sabe. E a campanha teve momentos bem feios. Nem sempre é fácil ser uma minoria no seu próprio país – disse Ben.

– Eu entendo, mas mesmo que o Quebec se separasse do Canadá, o senhor não estaria ameaçado. O senhor sabe que os seus direitos estão garantidos.

– Estão mesmo? Eu tenho o direito de colocar uma placa na minha própria língua? Ou de trabalhar apenas em inglês? Não. A polícia linguística viria atrás de mim. O Escritório da Língua Francesa. Eu sou discriminado. Até a Suprema Corte concorda. Eu quero falar inglês, inspetor-chefe.

– O senhor está falando inglês. E eu também. Assim como toda a minha equipe. O senhor precisa admitir que os ingleses são respeitados no Quebec.

– Nem sempre e não por todos.

– É verdade. Nem todos respeitam os policiais também. É a vida.

– Os senhores não são respeitados por causa de suas próprias ações, pelo que a polícia do Quebec fez no passado. Já nós não somos respeitados só porque somos ingleses. Não é a mesma coisa. O senhor faz ideia de quanto a nossa vida mudou nos últimos vinte anos? De quantos direitos perdemos? E quantos dos nossos vizinhos, amigos e familiares foram embora por causa dessas leis draconianas? Minha mãe mal falava francês, mas eu sou bilíngue. Estamos tentando, inspetor, mas ainda assim os ingleses são motivo de chacota. Levam a culpa de tudo. Os *tête carrée*, os "idiotas de cabeça quadrada". Não. – Ben Hadley acenou com a cabeça para os três pinheiros robustos que balançavam levemente ao vento. – Eu confio nos indivíduos, não no coletivo.

Aquela era uma das diferenças fundamentais entre os quebequenses anglófonos e os francófonos, refletiu Gamache: os ingleses acreditavam nos direitos individuais, enquanto os franceses sentiam que precisavam proteger os direitos coletivos. Proteger sua língua e sua cultura.

Aquele era um debate já conhecido e muitas vezes amargo, mas que raramente contagiava as relações pessoais. Gamache se lembrava de ler no *Montreal Gazette*, alguns anos antes, um artigo de um colunista que comentava que o Quebec funcionava na realidade, não apenas no papel.

– As coisas mudam, monsieur Hadley – disse Gamache gentilmente, na esperança de aliviar a tensão que havia se instalado no pequeno banco da praça.

O debate franco-inglês no Quebec era uma força polarizadora. Na opinião de Gamache, era melhor que o deixassem para os políticos e jornalistas, que não tinham nada melhor para fazer.

– Mudam mesmo, inspetor-chefe? Estamos mesmo nos tornando mais civilizados? Mais tolerantes? Menos violentos? Se as coisas tivessem mudado, o senhor não estaria aqui.

– O senhor está falando da morte da Srta. Neal. Acredita que foi assassinato?

O próprio Gamache estava se perguntando a mesma coisa.

– Não, não acredito. Mas eu sei que quem fez aquilo com ela tinha a intenção de matar um ser vivo hoje de manhã. No mínimo, matar um cervo inocente. Isso não é um ato civilizado. Não, inspetor, as pessoas não mudam. – Ben baixou a cabeça e remexeu a coleira que estava segurando. – Provavelmente estou errado – concluiu, olhando para Gamache com um sorriso que o desarmou.

Gamache compartilhava aqueles sentimentos sobre a caça, mas não poderia discordar mais em relação às pessoas. Ainda assim, aquela havia sido uma conversa reveladora, e esse era o trabalho dele: fazer as pessoas se revelarem.

Ele estivera ocupado durante aquelas duas horas desde que se despedira de Beauvoir. Havia caminhado com Peter Morrow e Ben Hadley até a igreja, onde Peter dera a notícia à esposa. Gamache ficou parado no batente da porta, para ver como ela reagia e também para não interferir. Então os deixou, e ele e o Sr. Hadley continuaram a descer a rua até chegar à cidade.

Gamache se despedira de Ben Hadley na entrada da charmosa cidadezinha e fora direto até o bistrô. Era fácil identificar o lugar com aqueles toldos azuis e brancos e as cadeiras e mesas redondas de madeira na calçada. Algumas pessoas tomavam café, todas com os olhos grudados em Gamache enquanto ele caminhava ao longo da rua.

Assim que ajustou a visão ao interior do bistrô, viu não um único salão grande, como esperava, mas dois ambientes, cada um com uma lareira aberta em que crepitavam chamas animadas. As mesas e cadeiras eram uma mistura aconchegante de antiguidades. Algumas mesas tinham poltronas com estofados tradicionais desbotados. Todas as peças pareciam ter nascido ali. Ele já havia procurado um bom número de antiguidades na vida para saber distinguir as coisas boas das ruins, e aquela jarra de bico de jaca no canto, com os copos e talheres, era um achado raro. No fundo daquele salão, havia um bar de madeira comprido com a caixa registradora. Jarras de balas de alcaçuz, paus de canela e ursinhos de goma brilhantes dividiam o balcão com embalagens individuais de cereal.

Para além dessas duas áreas, havia portas francesas, que, sem dúvida, pensou Gamache, davam em um salão de jantar – o lugar que Ben Hadley tinha recomendado.

– Posso ajudar? – perguntou em francês perfeito uma menina com o rosto coberto de acne.

– Pode. Eu queria falar com o dono, por favor. Olivier Brulé, acredito.

– Claro, vou chamá-lo. O senhor quer sentar e tomar um café enquanto espera?

O bosque estava frio, e a ideia de um *café au lait* em frente à lareira era excelente. E talvez uma ou duas balas de alcaçuz também. Enquanto esperava pelo Sr. Brulé e pelo café, ele tentou descobrir o que havia de incomum ou inesperado naquele adorável bistrô. Tinha alguma coisa estranha ali.

– Desculpe incomodar – disse uma voz gutural acima dele.

Gamache ergueu os olhos e viu uma mulher idosa com cabelos curtos e brancos apoiada em uma bengala nodosa. Quando se levantou, percebeu que ela era mais alta do que ele esperava. Mesmo apoiada na bengala, era quase tão alta quanto ele, e Gamache teve a impressão de que ela não era tão frágil quanto parecia.

Armand Gamache fez uma mesura sutil e indicou a outra cadeira da mesinha. A mulher hesitou, mas finalmente curvou a coluna rígida e se sentou.

– Meu nome é Ruth Zardo – disse ela, alto e devagar, como se falasse com uma criança estúpida. – É verdade? Jane morreu?

– É, madame Zardo. Eu sinto muito.

Um imenso estrondo, tão repentino e violento que fez até Gamache pular de susto, reverberou no bistrô. Ele notou que nenhum dos clientes sequer se mexeu. Ele demorou um segundo para perceber que o barulho tinha vindo da bengala de Ruth Zardo, que ela havia batido no chão como um homem das cavernas faria com um porrete. Nunca vira alguém fazer aquilo. Já tinha visto gente erguer e bater a bengala no chão em uma tentativa irritante de chamar a atenção, o que geralmente funcionava. Mas Ruth Zardo pegara a bengala com um movimento rápido e aparentemente ensaiado, segurara a ponta reta e a balançara sobre a cabeça até que o lado curvo atingisse o chão.

– E o que o senhor está fazendo aqui enquanto Jane está morta no bosque? Que espécie de policial o senhor é? Quem matou Jane?

O bistrô ficou em silêncio por um instante, então os murmúrios de conversa recomeçaram. Armand Gamache sustentou o olhar imperioso dela com seus olhos pensativos e se inclinou sobre a mesa até ter certeza de que só ela poderia ouvi-lo. Acreditando que ele estivesse prestes a sussurrar o nome da pessoa que havia matado a amiga, Ruth se debruçou também.

– Ruth Zardo, meu trabalho é descobrir quem matou sua amiga. E eu vou fazer isso. Vou fazer isso da maneira que achar apropriada. Não vou me intimidar e não vou admitir ser tratado com desrespeito. Esta é a minha investigação. Se a senhora tem algo a dizer ou perguntar, por favor, faça isso. Mas nunca, nunca mais sacuda esta bengala perto de mim de novo. E nunca mais fale comigo desse jeito.

– Que audácia a minha! Este policial está obviamente trabalhando duro. – Ruth se levantou ao mesmo tempo que erguia a voz. – Quem sou eu para atrapalhar a fina flor da Sûreté.

Gamache se perguntou se Ruth Zardo realmente acreditava que aquele sarcasmo renderia frutos e também qual seria o motivo daquela atitude.

– Sra. Zardo, o que vai querer? – perguntou a jovem garçonete, como se nada tivesse acontecido.

Ou talvez aquela fosse apenas uma pausa no drama.

– Um uísque, por favor, Marie – respondeu Ruth, de repente murchando e afundando de volta na cadeira. – Sinto muito. Desculpe.

Ela falou como alguém que estava acostumada a pedir desculpas.

– Eu podia culpar a morte de Jane pelo meu mau comportamento, mas o senhor vai acabar descobrindo que sou assim mesmo. Brigo por tudo. É estranho, mas a vida me parece uma grande briga. Tudo na vida.

– Então devo esperar que aconteça de novo?

– Ah, provavelmente. Mas pelo menos o senhor vai ter companhia na trincheira. E eu prometo não bater mais a minha bengala, pelo menos não perto do senhor.

Armand Gamache se recostou na cadeira assim que o *café au lait* e os doces chegaram. Ele os recolheu e, com toda a dignidade que conseguiu reunir, se voltou para Ruth.

– Uma bala, madame?

Ruth pegou a maior e mordeu a ponta da bala vermelha.

– Como aconteceu? – perguntou ela.

– Parece que foi um acidente de caça. Mas a senhora consegue pensar em alguém que pudesse querer matar sua amiga?

Ruth contou a Gamache sobre o episódio dos garotos com estrume de pato. Quando ela terminou, o inspetor perguntou:

– Por que a senhora acha que esses garotos podem ter matado Jane? Eu concordo que o que eles fizeram é bastante reprovável, mas se ela já tinha denunciado todos eles, a morte dela não impediria nada. O que eles ganhariam com isso?

– Vingança? – sugeriu Ruth. – Nessa idade, a humilhação é uma ofensa capital. É verdade que foram eles que tentaram humilhar Olivier e Gabri, mas o jogo virou. E quem faz bullying não gosta de provar do próprio veneno.

Gamache assentiu. Era possível. Mas, a menos que eles fossem psicóticos, a vingança assumiria outros contornos, algo que não envolvesse um assassinato a sangue-frio.

– Há quanto tempo a senhora conhecia a Sra. Neal?

– Senhorita. Ela nunca se casou – corrigiu Ruth. – Embora quase tenha se casado uma vez. Como era mesmo o nome dele? – Ela consultou o arquivo amarelado de sua mente. – Andy. Andy Selchuk. Não. Sel... Sel... Selinsky. Andreas Selinsky. Isso foi há muitos anos. Cinquenta ou mais. Bom, não importa.

– Por favor, me conte – insistiu Gamache.

Ruth aquiesceu e mexeu distraidamente o uísque com a ponta da bala de alcaçuz.

– Andy Selinsky era madeireiro. Estas colinas foram ocupadas por operações madeireiras por uns cem anos. A maioria já fechou. Andy trabalhava no Mont Écho, na operação da Thompson. Alguns lenhadores eram homens violentos. Eles trabalhavam a semana toda na montanha, dormindo por lá durante as tempestades e a temporada de caça aos ursos, e os borrachudos deviam deixá-los malucos. Eles se lambuzavam de gordura de urso para afastar os insetos. Tinham mais medo dos borrachudos do que dos ursos. Nos fins de semana, quando saíam do bosque, pareciam a sujeira personificada.

Gamache ouvia com atenção, realmente interessado, embora duvidasse que aquilo tudo fosse pertinente à investigação.

– Mas a operação da Kaye Thompson era diferente. Eu não sei como ela fazia isso, mas de alguma forma mantinha aqueles homens imensos na linha.

Ninguém mexia com a Kaye – contou Ruth, com admiração. – Andy Selinsky foi crescendo até virar capataz. Era um líder nato. Jane se apaixonou por ele, embora eu tenha que admitir que a maioria de nós também tinha uma quedinha pelo Andy. Aqueles ombros enormes e aquele rosto forte...

Gamache se sentiu voltando no tempo enquanto ela falava.

– Ele era imenso, mas gentil. Não, gentil não é bem a palavra. Decente. Ele podia ser durão, até bruto. Mas não era violento. E era limpo. Cheirava a sabão Ivory. Quando ele vinha para a cidade com os outros lenhadores da fábrica Thompson, eles se destacavam por não feder a gordura de urso rançosa. Kaye devia esfregar aqueles lenhadores com soda cáustica.

Gamache ponderou quão baixo era o padrão quando tudo o que um homem precisava fazer para atrair uma mulher era não cheirar a ursos em decomposição.

– Na dança de abertura da feira do condado, Andy escolheu Jane como par. – Ruth ficou relembrando em silêncio. – Eu nunca entendi. Quero dizer, Jane era bacana e tal. Todo mundo gostava dela. Mas, francamente, ela era o cão chupando manga. Parecia uma cabra.

Ruth riu alto da imagem evocada. Era verdade. O rosto da jovem Jane parecia se esticar para a frente, como se tentasse alcançar alguma coisa; enquanto o nariz se projetava, o queixo se retraía. Ela também era míope, embora os pais se recusassem a admitir que não haviam produzido uma criança perfeita e ignorassem o problema. Isso apenas acentuava aquele olhar perscrutador, que a fazia esticar o pescoço até o limite para colocar o mundo em foco. Ela tinha uma expressão que sempre parecia perguntar: "Isso é de comer?" A jovem Jane também era gordinha. E continuou gordinha até o fim de seus dias.

– Por alguma razão misteriosa, Andreas Selinsky escolheu Jane. Eles dançaram a noite toda. Foi uma visão e tanto – disse Ruth, a voz endurecendo.

Gamache tentou imaginar a jovem Jane, baixinha, certinha e rechonchuda, dançando com aquele homem forte e musculoso da montanha.

– Eles se apaixonaram, mas os pais dela descobriram e botaram um fim na história. Jane era filha do chefe da contabilidade dos Moinhos Hadley. Casar com um lenhador era inconcebível.

– O que aconteceu? – perguntou Gamache, sem se conter.

Ela o encarou como se estivesse surpresa de ele ainda estar ali.

– Ah, Andy morreu.

Gamache ergueu as sobrancelhas.

– Não precisa ficar animadinho, inspetor Clouseau – provocou ela. – Foi um acidente no bosque. Uma árvore caiu em cima dele. Diante de muitas testemunhas. Acontecia o tempo todo. Embora, na época, as pessoas tenham criado uma versão romântica de que ele tinha ficado descuidado porque estava com o coração partido. Bobagem. Eu conhecia Andy. Ele gostava dela, talvez até amasse Jane, mas não era doido. Todo mundo leva um pé na bunda em algum momento da vida e não sai por aí se matando por causa disso. Não, foi só um acidente mesmo.

– O que Jane fez?

– Ela foi embora para estudar. Voltou uns dois anos depois com um diploma de professora e assumiu a escola daqui. A Escola Número 6.

Gamache notou uma sombra projetada em seu braço e olhou para cima. Um homem de 30 e poucos anos estava parado ao lado dele. Louro, esguio, bem-vestido de maneira casual, como se tivesse saído de um catálogo de uma loja de departamentos. Parecia cansado, mas ansioso para ajudar.

– Desculpe a demora. Olivier Brulé.

– Armand Gamache, inspetor-chefe da Divisão de Homicídios da Sûreté du Québec.

Gamache não viu, mas Ruth ergueu as sobrancelhas. Ela havia subestimado o homem. Ele era o chefão. Ela o chamara de inspetor Clouseau, e aquele era o único insulto de que se lembrava. Após Gamache providenciar o salão para o almoço, Olivier se virou para Ruth.

– Como você está? – perguntou, tocando de leve o ombro dela.

Ela estremeceu como se o toque queimasse.

– Estou bem. Como está Gabri?

– Não tão bem. Você conhece o Gabri, é muito emotivo.

Na verdade, havia momentos em que Olivier se perguntava se Gabri não tinha nascido do avesso, com o coração totalmente exposto.

Antes de Ruth ir embora, Gamache conseguiu um breve resumo da vida de Jane. E também o nome da parente mais próxima dela – uma sobrinha chamada Yolande Fontaine, que era corretora de imóveis em St. Rémy. Ele conferiu o relógio: meio-dia e meia. St. Rémy ficava a quinze minutos de distância. Provavelmente dava tempo de ir até lá. Enquanto puxava a carteira do bolso, viu Olivier saindo e se perguntou se não poderia fazer duas coisas ao mesmo tempo.

Ao pegar o casaco e a boina do cabideiro, percebeu que havia uma pequena etiqueta pendurada em um dos ganchos. Foi como um clique. Aquela era a coisa estranha, fora de lugar. Olhou em volta, vestindo o casaco, e observou as mesas, as cadeiras, os espelhos e todas as outras antiguidades do bistrô. Todas tinham uma etiqueta. Aquilo era uma loja. Tudo estava à venda. Você podia comer um croissant e comprar o próprio prato. Sentiu uma onda de prazer ao matar a pequena charada. Alguns minutos depois, estava no carro de Olivier, a caminho de St. Rémy. Gamache não teve nenhuma dificuldade de convencê-lo a lhe dar uma carona. O homem estava ansioso para ajudar.

– Parece que vai chover – disse Olivier, o carro sacolejando na rua de cascalho.

– E vai esfriar amanhã – acrescentou Gamache.

Os dois homens assentiram em silêncio. Após alguns quilômetros, Gamache perguntou:

– Como era a Srta. Neal?

– Não dá para acreditar que alguém quisesse matar Jane. Ela era uma pessoa maravilhosa. Boa e gentil.

Inconscientemente, Olivier havia comparado a maneira como as pessoas viviam à forma como morriam. Isso sempre impressionava Gamache. Quase todo mundo pensava que se você fosse uma boa pessoa, não teria um fim ruim, que apenas quem merecia era morto. E, com certeza, apenas quem merecia era assassinado. Por mais oculto e sutil que fosse, havia um sentimento geral de que, se alguém era assassinado, havia feito por merecer. Daí o choque quando alguém que se sabia ser gentil e bom era a vítima. E aquela sensação de que certamente havia algum engano.

– Eu nunca conheci ninguém que fosse completamente gentil e bom. Ela não tinha nenhum defeito? Nunca irritou ninguém?

Houve uma longa pausa, e Gamache se perguntou se Olivier tinha se esquecido de responder. Mas esperou. Armand Gamache era um homem paciente.

– Gabri e eu estamos aqui só há doze anos. Eu não a conhecia antes disso. Mas, honestamente, tenho que dizer que nunca ouvi nada ruim sobre Jane.

Eles chegaram a St. Rémy, uma cidadezinha que Gamache conhecia por alto, porque já havia esquiado na montanha atrás da vila quando os filhos eram pequenos.

– Antes de entrarmos, o senhor quer que eu fale um pouco sobre a sobrinha dela, a Yolande?

Gamache notou certa ansiedade na voz de Olivier. Obviamente, ele tinha coisas para contar. Mas a diversão ficaria para depois.

– Agora, não. Mas na volta quero.

– Ótimo.

Olivier estacionou o carro e apontou para a imobiliária no pequeno shopping. Enquanto a vila vizinha de Williamsburg era deliberadamente charmosa, St. Rémy era apenas uma velha cidadezinha de Townships. Sem planejamento urbano, era ocupada pela classe média baixa e, de alguma forma, parecia mais real que Williamsburg, que não só era muito mais bonita, mas também a principal cidade da região. Eles tinham combinado de se encontrar no carro às 13h15. Gamache notou que, embora houvesse algumas coisas no banco de trás, Olivier não tinha trancado a porta. Ele simplesmente se afastou do veículo.

Uma mulher loura de sorriso largo cumprimentou o inspetor-chefe Gamache na porta.

– Monsieur Gamache, Yolande Fontaine.

Ela estendeu o braço e sacudiu sua mão antes mesmo que ele tivesse tempo de se preparar para um cumprimento adequado. Gamache sentiu que um olhar experiente o avaliava. Antes de deixar Three Pines, havia ligado para ter certeza de que ela estaria no escritório e, nitidamente, ele, ou seu casaco Burberry, havia correspondido às expectativas.

– Sente-se, por favor. Em que tipo de propriedade o senhor está interessado?

Ela o conduziu até uma cadeira redonda de estofado laranja. Gamache estendeu a identificação da polícia sobre a mesa e observou o sorriso dela definhar.

– O que esse maldito garoto fez agora? *Tabernacle*.

O francês impecável também desapareceu e foi substituído pelo francês das ruas, anasalado e áspero, as palavras cobertas de areia.

– Não, senhora. Jane Neal é sua tia? De Three Pines?

– É. Por quê?

– Eu sinto muito, mas tenho más notícias. Ela foi encontrada morta hoje.

– Ah, não – respondeu Yolande, com o pesar de quem notava uma mancha em uma camiseta velha. – Foi o coração?

– Não. Não foi morte natural.

Yolande Fontaine olhou fixamente para ele, como se tentasse assimilar as palavras. Logicamente, ela sabia o que significavam, mas juntas não pareciam fazer sentido algum.

– Não foi de morte natural? O que isso significa?

Gamache olhou para a mulher sentada à sua frente. Unhas feitas, cabelos louros arrumados em um penteado alto, o rosto maquiado como se estivesse indo a uma festa em pleno meio-dia. Devia ter 30 e poucos anos, deduziu, mas, ironicamente, a maquiagem a fazia parecer ter 50. Não fazia o tipo de quem vivia cercada pela natureza.

– Ela foi encontrada no bosque. Morta.

– Assassinada? – sussurrou ela.

– Não sabemos. Pelo que me disseram, a senhora é a parente mais próxima, certo?

– Certo. Minha mãe era a irmã mais nova dela. Morreu de câncer de mama há quatro anos. Elas eram muito próximas. Assim – disse Yolande, tentando esfregar as laterais dos indicadores, fazendo as unhas baterem uma na outra, como se estivessem se digladiando.

Por fim, ela desistiu e encarou Gamache com um olhar sagaz.

– Quando eu posso entrar na casa?

– Perdão?

– A casa de Three Pines. Tia Jane falou que ia deixá-la para mim.

Gamache já tinha visto o luto tantas vezes na vida que entendia que cada pessoa lidava com a morte de um jeito. Sua própria tia, ao acordar ao lado do marido morto, após cinquenta anos de casamento, primeiro ligara para desmarcar a hora no cabeleireiro. Gamache não julgava as pessoas pela forma como se comportavam ao receber a má notícia. Ainda assim, aquela era uma pergunta estranha.

– Não sei. Ainda nem entramos lá.

Yolande ficou agitada.

– Bom, eu tenho a chave. Posso ir antes de vocês, só para dar uma arrumadinha?

Ele se perguntou por um segundo se aquela era uma reação programada de uma corretora de imóveis.

– Não.

Yolande fechou a cara e ficou vermelha como suas unhas. Aquela era uma mulher que não estava acostumada a ouvir "não" e não sabia controlar a raiva.

– Vou ligar para o meu advogado. A casa é minha e eu não dou permissão ao senhor para entrar. Estamos entendidos?

– Por falar em advogados, a senhora por acaso sabe se sua tia tinha um?

– Stickley. Norman Stickley – disse ela, a voz áspera. – Também trabalhamos com ele de vez em quando, para fazer as transações imobiliárias de Williamsburg.

– A senhora poderia me passar o contato dele?

Enquanto ela escrevia com uma caligrafia floreada, Gamache olhou ao redor e viu que algumas propriedades do quadro "À venda" eram belas e amplas casas ancestrais. No entanto, a maioria era mais modesta. Yolande tinha muitos trailers e imóveis em condomínios. Logicamente, alguém tinha que vendê-los, e com certeza era necessário mais talento para negociar um trailer que uma casa centenária. Mas um corretor precisaria vender muitos trailers para ganhar a vida.

– Aqui. – Ela jogou o papel na mesa. – Meu advogado vai entrar em contato.

Gamache encontrou Olivier esperando por ele no carro.

– Estou atrasado? – perguntou, olhando o relógio.

Eram 13h10.

– Não, um pouco adiantado, na verdade. Eu fui só comprar umas chalotas para o jantar.

Gamache sentiu um aroma forte e bastante agradável no carro.

– E, para ser sincero, não imaginei que a conversa com Yolande fosse demorar muito.

Olivier sorriu ao manobrar o carro para a rua principal.

– Como foi lá?

– Um pouco diferente do que eu imaginava – admitiu Gamache.

Olivier riu alto.

– Ela é uma figura, essa nossa Yolande. Ela chorou copiosamente?

– Na verdade, não.

– Nossa, estou surpreso. Achei que, dada a audiência, ela interpretaria o papel de única sobrevivente da família da melhor forma possível. Ela é especialista em colocar as aparências acima da realidade. Eu nem sei se ela ainda sabe o que é realidade e o que não é, já que está sempre tão ocupada em criar essa imagem de si mesma.

– Que tipo de imagem?

– A imagem do sucesso. Ela precisa ser vista como esposa e mãe feliz e bem-sucedida.

– E não precisamos todos?

Olivier lançou a ele um olhar malicioso e assumidamente gay. Gamache percebeu o que havia acabado de dizer. Respondeu com uma arqueada de sobrancelha, e Olivier riu de novo.

– Eu quis dizer... – corrigiu Gamache, entre risos – que todos temos nossa imagem pública.

Olivier fez que sim com a cabeça. Era verdade. Principalmente na comunidade gay, pensou, em que era preciso ser divertido, inteligente, blasé e, acima de tudo, atraente. Era exaustivo parecer tão entediado o tempo todo. Aquele tinha sido um dos motivos para ter se mudado para o interior. Sentia que em Three Pines tinha uma chance de ser ele mesmo. O que não esperava era que demorasse tanto a descobrir o que isso significava.

– É verdade. Mas com Yolande isso é demais, sabe? Ela parece um cenário de Hollywood. Com a frente falsa e a parte de trás vazia e feia. Rasa.

– Como era a relação dela com a Srta. Neal?

– Bom, parece que elas eram bem próximas quando Yolande era criança, mas houve algum tipo de afastamento. Eu não sei o que aconteceu. Cedo ou tarde Yolande sempre acaba irritando as pessoas, mas deve ter sido uma coisa séria. Jane se recusava até a se encontrar com ela.

– Sério? Por quê?

– Não faço a menor ideia. Clara deve saber. Timmer Hadley com certeza também poderia lhe contar, mas ela morreu.

Ali estava ela de novo. A morte de Timmer, tão próxima à de Jane.

– E, mesmo assim, Yolande Fontaine parece acreditar que a Srta. Neal deixou tudo para ela.

– Bom, pode ser que tenha deixado. Para algumas pessoas, sangue é sangue, etc.

– Ela parecia particularmente ansiosa para entrar na casa da Srta. Neal antes da polícia. Isso faz algum sentido para o senhor?

Olivier refletiu.

– Não sei dizer. Acho que ninguém pode responder a essa pergunta, já que ninguém nunca esteve na casa de Jane.

– Como assim? – Gamache pensou ter escutado errado.

– É engraçado. Estamos tão acostumados que nem falamos mais disso. É. Essa era a única coisa estranha sobre Jane. Ela só nos recebia na antessala e na cozinha. Mas nunca, nunca nos deixava passar da porta da cozinha.

– Mas com certeza Clara...

– Nem Clara. Nem Timmer. Ninguém.

Gamache fez uma anotação para tornar aquela a primeira atividade após o almoço. Eles chegaram a Three Pines alguns minutos antes do previsto. Gamache se acomodou no banco da praça e observou a cidadezinha seguir com sua vida e com sua morte singular. Ben se aproximou para uma conversa rápida e depois levou Daisy de volta para casa. Antes de chegar ao bistrô para almoçar, Gamache refletiu sobre o que tinha ouvido até então e sobre quem teria interesse em matar a bondade em pessoa.

BEAUVOIR HAVIA MONTADO UM IMENSO cavalete com papel e canetas pilot. Gamache se sentou ao lado dele na sala privada dos fundos do bistrô e olhou através das portas francesas. Viu mesas com guarda-sóis fechados e, além delas, o rio. Bella Bella. Ele concordava.

O salão se encheu de policiais da Sûreté com fome e frio. Gamache viu que a agente Nichol estava sentada sozinha e se perguntou por que razão ela havia escolhido uma posição tão isolada. O primeiro relato de Beauvoir se deu entre mordidas em um sanduíche de croissant fresco com fatias grossas de presunto curado em xarope de bordo, molho de mostarda e mel e cheddar envelhecido.

– Vasculhamos o local e encontramos... – disse Beauvoir, consultando o caderno e sujando a página de mostarda – três garrafas velhas de cerveja.

Gamache ergueu as sobrancelhas.

– Só isso?

– E quinze milhões de folhas – Beauvoir desenhou um círculo com uma pilot vermelha. – Este é o ferimento.

Os policiais observavam sem interesse. Então Beauvoir fez quatro linhas irradiarem do círculo, como se marcassem pontos cardeais. Vários policiais deixaram os sanduíches de lado. Agora estavam interessados. Aquilo parecia um mapa improvisado de Three Pines. Contemplando a imagem macabra, Gamache se perguntou se o assassino poderia ter agido de propósito.

– Uma flecha poderia ter causado esse ferimento? – perguntou Beauvoir.

Ninguém parecia saber a resposta.

Se uma flecha tivesse causado o ferimento, pensou Gamache, então onde ela estava? Deveria estar no corpo. Gamache se lembrou da Notre-Dame-de-Bon-Secours, a igreja que ele e Reine-Marie frequentavam de vez em quando. As paredes eram repletas de murais com santos em vários estágios de dor e êxtase. Uma dessas imagens lhe ocorreu. A de São Sebastião, contorcendo-se, caindo, seu corpo cheio de flechas. Cada uma delas cravada em seu corpo martirizado como dedos acusatórios. O corpo de Jane Neal tinha que ter uma flecha, e essa flecha tinha que apontar para a pessoa que havia feito aquilo. Não deveria haver um ferimento de saída. Mas havia. Outra charada.

– Vamos deixar isso de lado e seguir em frente. Próximo relato.

O almoço prosseguiu, com os policiais ouvindo e pensando em voz alta, em uma atmosfera que encorajava a colaboração. Ele acreditava profundamente na colaboração, e não na competição dentro da equipe. Percebeu que era minoria entre a liderança da Sûreté. Para ele, um bom líder era também um bom ouvinte. E ele incentivava todos da equipe a se tratarem com respeito, ouvirem as ideias expostas e apoiarem uns aos outros. Nem todo mundo entendia isso. Aquele era um meio extremamente competitivo, em que quem apresentasse resultados era promovido. Ocupar o segundo lugar na resolução de um assassinato era inútil. Gamache sabia que as pessoas erradas estavam sendo recompensadas, então valorizava quem trabalhava em equipe. Ele tinha uma taxa de resolução quase perfeita e nunca havia ido além da posição que ocupava havia doze anos. Mas era um homem feliz.

Gamache mordeu a baguete de frango e legumes assados e decidiu que faria todas as refeições naquele lugar. Alguns policiais pegaram uma cerveja, mas não ele, que preferiu refrigerante de gengibre. A pilha de sanduíches desapareceu em um piscar de olhos.

– A legista encontrou uma coisa estranha – relatou Isabelle Lacoste. – Dois pedacinhos de pena incrustrados no ferimento.

– Flechas não têm penas? – perguntou Gamache.

De novo, visualizou São Sebastião com suas flechas, todas com penas.

– Costumavam ter – respondeu Nichol rapidamente, feliz pela oportunidade de demonstrar conhecimento. – Agora são de plástico.

Gamache aquiesceu.

– Não sabia disso. Algo mais?

– Tinha muito pouco sangue, como o senhor viu, o que é consistente com uma morte instantânea. Ela foi morta no lugar onde foi encontrada. Ninguém moveu o corpo. Hora da morte: entre seis e meia e sete.

Gamache contou o que havia descoberto com Olivier e Yolande e distribuiu tarefas. A primeira era vasculhar a casa de Jane Neal. Bem naquela hora, o celular dele tocou. Era o advogado de Yolande Fontaine. Gamache não levantou a voz, mas sua frustração era óbvia.

– Ainda não podemos entrar na casa – informou, após desligar. – É inacreditável, mas o advogado da Sra. Fontaine encontrou um juiz disposto a assinar uma liminar impedindo uma busca na casa.

– Até...? – perguntou Beauvoir.

– Até que fique provado que foi assassinato ou que a Sra. Fontaine não herdou a casa. As novas prioridades são as seguintes: encontrar o testamento de Jane Neal, buscar informações com os arqueiros locais e descobrir por que um caçador que matasse a Srta. Neal sem querer se daria ao trabalho de remover a flecha. Também precisamos saber mais sobre a morte de Timmer Hadley. Vou montar uma sala de investigação em algum lugar de Three Pines. Também vou falar com os Morrows. Beauvoir, você vem comigo. Você também, agente Nichol.

– É Dia de Ação de Graças – advertiu Beauvoir.

Gamache parou no meio do caminho. Havia esquecido.

– Quem aqui tem planos para o Dia de Ação de Graças?

Todas as mãos se levantaram. Na verdade, ele também tinha. Reine-Marie havia convidado os melhores amigos do casal para jantar. Era um jantar íntimo, então ele com certeza faria falta. E desconfiava que a desculpa do centro de reabilitação não funcionaria com os amigos.

– Mudança de planos. Vamos pegar a estrada de volta para Montreal por volta das quatro... Isso é daqui a uma hora e meia. Façam o máximo que puderem até lá. Não vamos querer que essa história esfrie só porque o peru não pode esperar.

Beauvoir abriu o portão de madeira, revelando o caminho sinuoso que levava até a porta do chalé. Hortênsias rosadas pelo frio floresciam ao redor da casa. O caminho em si era ladeado por velhas roseiras e, abaixo delas, havia flores roxas que Gamache acreditava que fossem lavandas. Fez uma anotação mental de conferir isso depois com a Sra. Morrow. As digitális e as álceas ele reconheceu imediatamente. Seu único arrependimento em relação ao apartamento de Outremont era só ter floreiras nas janelas. Gamache adoraria ter um jardim como aquele. Combinava perfeitamente com a modesta casa de tijolinhos de que se aproximava. A porta azul-escura foi aberta por Peter antes mesmo de eles baterem, e o grupo entrou em uma pequena antessala onde havia uma coleção de casacos esportivos pendurados em ganchos e botas enfiadas sob um comprido banco de madeira.

– O noticiário de Burlington disse que vem chuva por aí – comentou Peter, ao pegar os casacos deles e conduzi-los até a grande cozinha de fazenda. – Mas eles erram quase sempre. Parece que a gente tem um microclima aqui. Deve ser por causa das montanhas.

A cozinha estava quente e confortável, com bancadas de madeira escura envernizada e prateleiras que revelavam a louça, além de latas e copos. Tapetes coloridos pareciam ter sido jogados aqui e ali no piso de vinil, o que dava ao ambiente um charme relaxante. Havia um imenso buquê, quase uma ilha, em uma das pontas da mesa de jantar de pinho. Clara estava sentada do outro lado, embrulhada em um enorme xale de lã multicolorido. Pálida, parecida alheia ao seu entorno.

– Café? – ofereceu Peter, em dúvida sobre a etiqueta, mas os três declinaram.

Clara abriu um sorriso fraco e se levantou, estendendo a mão e deixando o xale escorregar do ombro. Gamache sabia que a boa educação estava tão arraigada no comportamento das pessoas que mesmo sofrendo uma perda terrível elas ainda sorriam.

– Meus sentimentos – disse ele a Clara.

– Obrigada.

– Vou pedir para você se sentar ali e fazer umas anotações – sussurrou ele a Nichol, apontando para uma cadeira simples de pinho perto da porta da antessala.

Anotações, Nichol repetiu a si mesma. Estava sendo tratada como uma secretária. *Dois anos na Sûreté du Québec e me pedem para sentar ali e "fazer umas anotações".* Os outros se sentaram ao redor da mesa da cozinha. Ela notou que nem Gamache nem Beauvoir pegaram seus cadernos.

– Achamos que a morte de Jane Neal foi um acidente – começou Gamache –, mas estamos com um problema. Não encontramos uma arma e ninguém se apresentou, então vamos ter que conduzir uma investigação de morte suspeita. A senhora consegue pensar em alguém que poderia querer fazer mal a sua amiga?

– Não. Ninguém. Jane vendia bolos e organizava bazares para ajudar a Associação de Mulheres da Igreja Anglicana, aqui na St. Thomas. Era professora aposentada. Levava uma vida calma e pacata.

– Sra. Morrow?

Clara parou para pensar um segundo, ou pelo menos pareceu fazer isso. Mas sua mente estava entorpecida, e ela não conseguia responder com clareza.

– Alguém lucraria com a morte dela? – insistiu Gamache, pensando que talvez uma pergunta direta ajudasse.

– Acho que não. – Clara voltou a si, sentindo-se uma idiota por estar tão abalada. – Ela vivia bem, eu acho, embora a gente nunca tenha conversado sobre isso. Não se precisa de muito dinheiro por aqui, graças a Deus. Ela cultivava legumes e verduras, mas doava a maior parte. Eu sempre achei que ela fazia isso mais por diversão do que por necessidade.

– E a casa dela? – perguntou Beauvoir.

– Ah, é, deve valer muito – disse Peter. – Mas muito em Three Pines, não para os padrões de Montreal. Tipo 150 mil. Talvez um pouco mais.

– Alguém poderia lucrar de outra forma com a morte dela?

– De nenhuma forma óbvia.

Gamache fez menção de se levantar.

– Nós estamos precisando de algo que chamamos de sala de investigação. Um lugar reservado para ser a nossa sede aqui em Three Pines. Vocês sabem onde eu posso encontrar um lugar adequado?

– A estação de trem. Está desativada. Os voluntários do corpo de bombeiros têm uma sede lá. Tenho certeza de que eles não vão se importar de dividir o espaço.

– Infelizmente precisamos de um local mais reservado.

– Tem a antiga escola – sugeriu Clara.

– Onde a Srta. Neal trabalhava?

– Essa mesma – disse Peter. – A gente passou por ela hoje de manhã. É propriedade dos Hadleys, mas o clube de arqueiros está usando.

– Clube de arqueiros? – perguntou Beauvoir, sem acreditar no que estava ouvindo.

– É, existe há vários anos. Eu e o Ben somos os fundadores.

– Está trancada? O senhor tem a chave?

– Tenho em algum lugar, eu acho. Ben também tem uma. Mas nunca está trancada. Talvez a gente devesse trancar.

Ele olhou para Clara, querendo saber o que ela estava pensando ou buscar algum conforto. Só encontrou uma expressão apática. Gamache acenou com a cabeça para Beauvoir, que pegou o celular e fez uma ligação enquanto os outros conversavam.

– Eu queria marcar uma reunião com a comunidade amanhã de manhã – disse Gamache. – Na Igreja de St. Thomas, às onze e meia. Como faço para que todos fiquem sabendo?

– Ah, isso é fácil. É só falar com o Olivier. A província inteira vai estar lá, além do elenco de *Cats*. O Gabri, companheiro dele, é diretor do coral.

– Acho que a gente não vai precisar de música – respondeu Gamache.

– Nem eu, mas o senhor vai precisar entrar. E ele tem as chaves.

– O clube de arqueiros fica aberto, mas a igreja, não?

– O pastor é de Montreal – explicou Peter.

Gamache se despediu e os três atravessaram a agora familiar praça do vilarejo. Ao caminhar, eles instintivamente chutavam de leve as folhas caídas, produzindo um suave farfalhar e levantando um aroma almiscarado de outono.

A pousada ficava na diagonal oposta a uma fileira de prédios comerciais, na esquina da Old Stage Road, outra rota de saída de Three Pines. Ela já havia servido como parada de diligências no trajeto movimentado entre Williamsburg e St. Rémy. Há muito obsoleta, com a chegada de Olivier e Gabri a construção havia redescoberto sua vocação para hospedar viajantes cansados. Gamache disse a Beauvoir que pretendia pedir informações e fazer reservas.

– Para quanto tempo? – perguntou Beauvoir.

– Até que a gente conclua a investigação ou seja retirado do caso.

– Aquela sua baguete devia estar boa mesmo.

– Vou te dizer uma coisa, Jean Guy, se eles tivessem colocado cogumelos, eu teria comprado aquele bistrô e me mudado imediatamente. Isso aqui vai ser bem mais confortável do que alguns lugares em que a gente esteve.

Era verdade. As investigações os tinham levado a lugares como Kuujjuaq, Gaspé, Shefferville e James Bay. Eles já tinham ficado longe de casa por semanas a fio. Beauvoir esperava que aquele caso fosse diferente, já que estavam tão perto de Montreal. Pelo visto, não seria.

– Reserva um para mim.

– Nichol? – chamou ele por cima do ombro. – Você quer ficar também?

Yvette Nichol sentiu como se tivesse ganhado na loteria.

– Claro. Eu não trouxe outra roupa, mas não tem problema, posso pegar algumas emprestadas e lavar estas na banheira de noite...

Gamache ergueu a mão.

– Você não me ouviu. A gente vai voltar para casa hoje à noite e voltar amanhã de manhã.

Droga. Todas as vezes que demonstrava entusiasmo, recebia um balde de água fria. Ela não aprendia nunca?

Havia abóboras esculpidas em cada degrau da escada de entrada da pousada. Dentro do local, tapetes orientais gastos, cadeiras estofadas, lustres com borlas e uma coleção de lâmpadas a óleo deram a Gamache a impressão de ter entrado na casa da avó. Para enfatizar essa impressão, o lugar cheirava a bolo. Nesse momento, um homem grande com um avental de babados que dizia "Nunca confie em um cozinheiro magro" entrou por uma porta de vaivém. Gamache levou um susto ao notar mais do que uma leve semelhança com sua avó.

Gabri soltou um suspiro profundo e pôs a mão pálida na testa, em um gesto que não era visto desde as atuações de Gloria Swanson.

– Muffins?

A pergunta foi tão inesperada que até Gamache foi pego de surpresa.

– Como é, senhor?

– Tem de cenoura, tâmaras, banana e uma homenagem especial para Jane, chamada "Charles de Mills".

E com isso Gabri desapareceu para retornar um segundo depois com uma travessa cheia de muffins lindamente decorados com frutas e rosas.

– Estas não são rosas Charles de Mills, é claro. Elas morreram há muito tempo.

Gabri de repente se desmanchou em lágrimas, e a travessa tremeu perigosamente. A ação rápida de Beauvoir, porém, alimentada pela gula, conseguiu salvar a comida.

– *Desolé. Excusez-moi.* Eu estou tão triste.

Gabri desabou em um dos sofás, com os braços e as pernas moles. Gamache teve a impressão de que, apesar de todo aquele drama, o homem estava sendo sincero. Deu a Gabri um momento para se recompor, mesmo sabendo que talvez ele nunca tivesse sido composto. Então pediu que espalhasse a notícia da reunião pública do dia seguinte e abrisse a igreja. Também reservou alguns quartos na pousada.

– Não servimos café da manhã – avisou Gabri. – Mas para vocês eu faço alguma coisa, se quiserem, já que estão ajudando a levar o selvagem à justiça.

– O senhor tem alguma ideia de quem pode ter matado Jane?

– Foi um caçador, não foi?

– Na verdade, não sabemos. Mas se não tiver sido, alguém lhe vem à mente?

Gabri pegou um muffin. Beauvoir interpretou o gesto como uma permissão para pegar um também. Ainda estavam quentinhos.

Gabri ficou em silêncio por dois muffins, depois disse com calma:

– Não consigo pensar em ninguém, mas... – Ele virou os olhos castanhos e intensos para Gamache. – Não seria estranho se eu conseguisse? Quero dizer, não é isso que é tão terrível sobre os assassinatos? Que não se consegue prever? Não sei se eu estou me expressando bem... – Ele se esticou para pegar mais um muffin, que comeu com rosa e tudo. – As pessoas com quem mais me irritei não devem nem ter percebido. Isso faz sentido?

Ele parecia estar implorando pela compreensão de Gamache.

– Faz, sim. Faz todo o sentido – disse Gamache com sinceridade.

Poucas pessoas entendiam tão rapidamente que os assassinatos premeditados eram causados por emoções reprimidas e rançosas, tipo ganância, ciúme e medo. Como disse Gabri, as pessoas não conseguiam prever, porque o assassino era um mestre do disfarce, tinha uma falsa fachada, um exterior razoável e até plácido. Mas mascarava algo terrível. E era por isso que a expressão que Gamache mais via no rosto das vítimas não era de medo nem raiva. Mas de surpresa.

– Quem sabe o mal que se esconde nos corações humanos? – questionou Gabri, e Gamache se perguntou se ele sabia que estava citando um antigo programa de rádio.

Então Gabri desapareceu de novo e depois voltou com um pequeno saco de muffins para Gamache.

– Uma última pergunta – disse Gamache já à porta, o saco em uma mão e a maçaneta na outra. – O senhor mencionou a rosa "Charles de Mills".

– Era a favorita de Jane. E não é qualquer rosa, inspetor-chefe. É considerada uma das mais bonitas do mundo pelos especialistas. Uma antiga rosa híbrida. Só floresce uma vez por temporada, mas de uma maneira espetacular. Depois acabou. Por isso é que fiz os muffins com água de rosas, como uma homenagem a Jane. Depois eu comi todos, como o senhor viu. Sempre como muito quando estou triste – explicou Gabri, sorrindo de leve.

Observando o tamanho do homem, Gamache ficou admirado com quanta tristeza ele já devia ter sentido. E medo, talvez. Raiva? Quem sabe.

Ben Hadley estava esperando em frente à escola, como Beauvoir havia pedido ao telefone.

– Está tudo em ordem aqui fora, Sr. Hadley? – perguntou Gamache.

Ben, um pouco surpreso com a pergunta, olhou em volta. Gamache se perguntou se Ben Hadley não estava sempre um pouco surpreso.

– Sim, tudo certo. O senhor quer ver lá dentro?

Ben estendeu a mão para a maçaneta, mas Beauvoir foi mais rápido e segurou o braço dele. Puxou um rolo de fita amarela policial, que entregou a Nichol. Enquanto ela colocava a fita com os dizeres "Passagem proibida, cena de crime" em volta da porta e das janelas, Beauvoir explicou:

– Parece que a Srta. Neal foi morta com uma flecha. Precisamos dar uma olhada no seu clube com calma para ver se a arma veio daqui.

– Mas isso é ridículo.

– Por quê?

Ben simplesmente olhou em volta, como se o ambiente pacífico fosse o suficiente para responder à pergunta. Depois depositou as chaves na mão estendida de Beauvoir.

ENQUANTO DIRIGIA PELA PONTE CHAMPLAIN em direção a Montreal, a agente Nichol olhou de soslaio para o inspetor-chefe Gamache, quieto e pensativo ao lado dela, e para o horizonte da cidade, a enorme cruz começando a brilhar no topo do Mont Royal. Sua família havia atrasado o jantar de Ação de Graças para esperá-la. Eles fariam qualquer coisa por ela, Nichol sabia disso, e se sentia reconfortada e presa por essa certeza. Tudo o que ela precisava fazer era ser bem-sucedida.

AO ENTRAR EM CASA NAQUELA NOITE, Gamache sentiu cheiro de perdiz assada. Aquela era uma das especialidades de Reine-Marie para os feriados; pequenos pássaros de caça enrolados em bacon e cozidos lentamente em um molho de vinho com especiarias e bagas de zimbro. Ele costumava ficar responsável pelo recheio de arroz selvagem, mas ela provavelmente já havia feito isso sozinha. Eles atualizaram um ao outro sobre os acontecimentos do dia enquanto Gamache se despia e tomava banho. A esposa contou a ele sobre o batismo e os comes e bebes que vieram depois. Tinha quase certeza de que estava no batismo certo, embora não reconhecesse quase ninguém. Ele contou sobre seu dia e a investigação. Contou tudo. Aquela era uma atitude rara em pessoas na posição dele, mas Gamache não conseguiria estabelecer uma parceria profunda com Reine-Marie se deixasse de fora aquela parte de sua vida. Ele contava tudo a ela, e ela contava tudo a ele. Até então, após 35 anos, parecia funcionar.

Os amigos chegaram, e foi uma noite agradável, fácil. Duas boas garrafas de vinho, uma refeição maravilhosa de Ação de Graças, além de uma companhia calorosa e solícita. Gamache se lembrou do início de *Orlando*, de Virginia Woolf. Orlando, ao longo dos anos, não estava em busca de fortuna, fama ou honrarias. Não, tudo o que Orlando queria era companhia.

CLARA SE BALANÇAVA PARA A FRENTE e para trás, para a frente e para trás, embalando a própria perda. No início do dia, parecia que alguém havia arrancado seu coração e seu cérebro. Agora eles estavam de volta, mas quebrados. O cérebro pulava loucamente de um lado para o outro, mas sempre voltava para o mesmo ponto arrasado.

Pé ante pé, Peter foi até a porta do quarto e espiou. Que Deus o perdoasse, mas parte dele estava com ciúmes. Ciúmes do domínio que Jane tinha sobre Clara. Ele se perguntou se Clara teria ficado daquele jeito se fosse ele o morto. E percebeu que, se tivesse morrido no bosque, Clara teria Jane para confortá-la. E Jane saberia o que fazer. Naquele instante, uma porta se abriu para Peter. Pela primeira vez na vida, ele se perguntou o que outra pessoa faria em seu lugar. O que Jane faria se estivesse ali e ele fosse o morto? E soube a resposta. Silenciosamente, deitou-se ao lado dela e a envolveu com seu corpo. E pela primeira vez desde que Clara recebera a notícia, o coração e a cabeça dela se acalmaram. Assentaram, só por um instante abençoado, em um ponto de amor, e não de perda.

QUATRO

– Quer uma torrada? – Peter arriscou-se a perguntar na manhã seguinte, encarando as costas de Clara.

– *Nam quero dorrada...* – respondeu ela, soluçando e babando, fazendo um fino fio de saliva descer até o chão e criar uma poça brilhante diante dos seus pés.

Eles estavam descalços na cozinha, preparando o café da manhã. Normalmente, já teriam tomado banho e até se vestido, ou pelo menos estariam de chinelo com roupão sobre o pijama de flanela. Mas aquela não era uma manhã normal. E Peter simplesmente não tinha entendido quão anormal era até aquele momento.

Durante a noite toda, abraçado a Clara, ousara torcer para que o pior já tivesse passado. Para que talvez o luto, mesmo ainda presente, permitisse que parte de sua esposa surgisse de manhã. Mas a mulher que ele conhecia e amava havia sido engolida. Como Jonas. Pela baleia branca da dor e da perda, que nadava em um oceano de fluidos corporais.

– Clara. Precisamos conversar. Podemos conversar?

Peter ansiava por se arrastar de volta para a cama quente com um bule de café, algumas torradas com geleia e o último catálogo da loja de ferramentas Lee Valley. Em vez disso, estava de pé no chão frio da cozinha, brandindo uma baguete como uma varinha mágica para as costas de Clara. Não gostou da imagem da varinha. Talvez como uma espada. Mas aquilo era apropriado? Brandir uma espada para a própria esposa? Balançou o pão torrado no ar algumas vezes, e ele se partiu. Melhor assim, pensou. A imagem estava ficando confusa demais.

– Precisamos falar sobre a Jane.

Ele se lembrou de onde realmente estava, abandonou no balcão da cozinha a espada tragicamente quebrada e pousou a mão no ombro dela. Sentiu a flanela macia por um instante, antes que o ombro se afastasse rispidamente de sua mão.

– Lembra quando você e Jane conversavam, e eu fazia um comentário grosseiro qualquer e ia embora? – Clara olhava para a frente, fungando vez ou outra quando o nariz voltava a pingar. – Eu ia para o meu estúdio pintar. Mas deixava a porta aberta. Você não sabia disso, não é?

Pela primeira vez em 24 horas, ele identificou um lampejo de interesse. Ela se virou para encará-lo, enxugando o nariz com as costas da mão. Peter resistiu à tentação de buscar um lenço de papel.

– Toda semana, enquanto você e Jane conversavam, eu ouvia e pintava. Por anos e anos. Fiz os meus melhores trabalhos lá, ouvindo vocês duas. Era como quando eu era criança e ficava deitado na cama ouvindo os meus pais conversarem no andar de baixo. Era reconfortante. Mas era mais do que isso. Você e Jane falavam sobre tudo. Jardinagem, livros, relacionamentos, culinária. E você falava das suas crenças. Lembra?

Clara olhou para as próprias mãos.

– Vocês duas acreditavam em Deus. Clara, você precisa descobrir no que acredita.

– Como assim? Eu sei no que eu acredito.

– E no que é? Fala para mim.

– Vai se ferrar. Me deixa em paz! – Então ela se virou para ele. – Onde estão as suas lágrimas? Hein? Você está mais morto do que ela. Não consegue nem chorar. Você quer que eu pare? Não faz nem um dia, e você está o quê? De saco cheio? Porque não é mais o centro do universo? Quer que tudo volte a ser como era assim, em um passe de mágica? – Clara estalou os dedos na cara dele. – Você me dá nojo.

Peter se afastou do ataque, magoado, com vontade de dizer todas as coisas que sabia que a machucariam da mesma maneira.

– Vai embora! – gritou ela, soluçando e ofegando.

E era exatamente o que ele queria fazer. Queria ir embora desde a manhã anterior. Mas havia ficado. E agora, mais do que nunca, queria desaparecer. Só por um tempo. Dar uma volta na praça ou ir tomar um café com Ben. Um banho. Parecia tão razoável, tão justificável. Em vez disso, ele se inclinou de novo para Clara, pegou as mãos sujas de muco dela e as beijou. Ela tentou se afastar, mas ele segurou firme.

– Clara, eu te amo. E eu conheço você. Você precisa descobrir no que acredita, no que você realmente acredita. Durante todos esses anos, você falou de Deus. Você escreveu sobre a sua fé. Você criou anjos dançando e deusas jubilosas. Deus está aqui, Clara? Ele está nesta cozinha?

A voz gentil de Peter a acalmou. Ela começou a prestar atenção.

– Ele está aqui? – perguntou ele, levando o dedo indicador lentamente ao peito dela, sem chegar a tocá-lo. – Jane está com ele?

Peter pressionou o dedo. Ele sabia aonde precisava ir. E, dessa vez, não era para outro lugar.

– Ela tem a resposta de todas essas questões que vocês discutiram, debateram e gargalharam. Ela encontrou Deus.

O queixo de Clara caiu, e ela olhou para a frente. Ali. Ali estava. Seu porto seguro. Era ali que ela podia colocar o luto. Jane estava morta. E havia encontrado Deus. Peter estava certo. Ou ela acreditava em Deus ou não acreditava. Qualquer uma das opções era válida. Mas não podia mais dizer que acreditava em Deus e agir de outra forma. Ela acreditava em Deus. E acreditava que Jane estava com Ele. De repente, o luto e a dor ficaram mais humanos e naturais. E suportáveis. Ela tinha um lugar onde colocá-los, aquele lugar onde Jane estava com Deus.

Foi um alívio. Clara olhou para Peter, que estava com o rosto inclinado para ela. Olheiras escuras sob os olhos. Os cabelos grisalhos e ondulados arrepiados. Ela apalpou o próprio cabelo e encontrou uma presilha bico de pato enterrada no caos em sua cabeça. Puxou a presilha, e com ela também alguns fios de cabelo, e depois colocou a mão na nuca de Peter. Em silêncio, puxou-o para si e, com a outra mão, alisou uma mecha do cabelo rebelde dele, que prendeu com a presilha. Ao fazer isso, sussurrou no ouvido dele:

– Obrigada. Desculpa.

Então Peter começou a chorar. Assustado, sentiu os olhos arderem e a garganta queimar. Não conseguiu mais se controlar e explodiu. Chorou como quando era criança e, deitado na cama escutando a conversa reconfortante dos pais no andar de baixo, percebeu que na verdade eles estavam falando sobre o divórcio. Abraçou Clara, rezando para nunca perdê-la.

A reunião na sede da Sûreté em Montreal não durou muito. A legista esperava receber o laudo preliminar naquela tarde, que levaria até Three Pines quando estivesse a caminho de casa. Jean Guy Beauvoir relatou a conversa com Robert Lemieux, da Sûreté de Cowansville, que ainda estava ansioso para ajudar.

– Ele disse que Yolande Fontaine está limpa. Algumas suspeitas vagas de práticas duvidosas de corretagem, mas nada contra a lei até agora. Já o marido e o filho são bastante populares tanto na polícia local quanto na Sûreté. O marido se chama André Malenfant e tem 37 anos. Tem cinco registros por embriaguez e desordem. Dois por lesão corporal. E mais dois por arrombamento e invasão.

– Ele já cumpriu pena alguma vez? – perguntou Gamache.

– Algumas passagens por Bordeaux e várias noites isoladas na prisão local.

– E o filho?

– Bernard Malenfant. Tem 14 anos. Parece que está aprendendo com o pai. Totalmente fora de controle. A escola já reclamou dele várias vezes, os outros pais também.

– O garoto já foi formalmente acusado de alguma coisa?

– Não. Só foi advertido umas duas vezes.

Alguns policiais da sala bufaram com cinismo. Gamache conhecia Jean Guy Beauvoir bem o suficiente para saber que ele sempre deixava o melhor para o final. E, pela linguagem corporal dele, havia mais a caminho.

– Mas – continuou Beauvoir, os olhos brilhando de triunfo – André Malenfant é caçador. Por causa das condenações, ele não tem permissão para caçar com armas. Porém...

Gamache adorava ver Beauvoir satisfazer seu lado extravagante, e aquela era a maior extravagância que ele se permitia: uma pausa dramática.

– ... este ano, pela primeira vez, ele requisitou e conseguiu uma licença para caçar com arco e flecha.

Tá-dá!

A reunião se dispersou. Beauvoir distribuiu as tarefas e as equipe partiram. Conforme a sala se esvaziava, Nichol fez menção de se levantar, mas Gamache a impediu. Estavam sozinhos agora, e ele queria conversar com calma. Gamache a havia observado durante a reunião. Mais uma vez, ela tinha escolhido uma cadeira afastada e não havia se servido de café ou de rosquinhas junto com os outros. Na verdade, ela não fazia nada que alguém mais estivesse fazendo. Aquele desejo de se separar da equipe parecia quase deliberado. Ela usava roupas discretas, bem diferentes das outras mulheres de 20 e poucos anos de Montreal. Não havia nela nada da extravagância característica dos quebequenses. Gamache sabia que ele próprio havia se acostumado a manter certa individualidade entre os membros da equipe, mas Nichol parecia se esforçar para ser invisível. O terninho dela era de um azul opaco, feito com um material barato. Os ombros eram levemente acolchoados e as protuberâncias de espuma gritavam "peças em liquidação". Saindo das axilas havia uma fina linha branca demarcando a mancha de suor da última vez que ela havia usado a roupa. Sem lavar depois. Será que ela costurava as próprias roupas? Será que ainda morava com os pais? Gamache imaginou como eles deviam estar orgulhosos dela e quanta pressão ela sentia para ser bem-sucedida. Ele se questionou se aquilo tudo explicava a única coisa que realmente a distinguia de todos os outros: a arrogância.

– Você é estagiária, está aqui para aprender – disse ele em voz baixa e de maneira direta para o rosto tenso dela. – Então é normal que eu precise ensinar algumas coisas. Você gosta de aprender?

– Sim, senhor.

– E como é que a gente aprende?

– Como assim?

– A pergunta foi bem simples. Eu quero que você pense e responda, por favor.

Os olhos castanho-escuros dele, como sempre, estavam brilhantes e calorosos. Ele falava com tranquilidade, mas também com firmeza. Sem hostilidade, mas com expectativa. O tom de voz era nitidamente o de um chefe. Ela foi pega de surpresa. Ele havia sido tão amistoso no dia anterior, tão cortês, que pensou que pudesse tirar vantagem disso. Agora via como estava errada.

– A gente aprende observando e escutando, senhor.

– E...?

E o quê? Eles ficaram sentados ali, e parecia que Gamache tinha o dia todo, embora ela soubesse que a reunião pública em Three Pines seria em apenas duas horas e eles ainda precisavam dirigir até lá. A mente de Nichol congelou. E... e...

– Pense nisso. Hoje à noite você me responde. Por ora, deixa eu te dizer como eu trabalho. E quais são as minhas expectativas em relação a você.

– Sim, senhor.

– Eu observo. Sou muito bom em observar. Notar coisas. E escutar. Escutar ativamente o que as pessoas estão dizendo, a escolha de palavras, o tom de voz. O que elas não estão dizendo. E isso, agente Nichol, é muito importante. É uma escolha.

– Uma escolha?

– A gente escolhe os próprios pensamentos. As percepções. E as atitudes. Pode parecer que não. A gente pode até não acreditar, mas escolhe. Eu sei que a gente escolhe. Já vi evidências suficientes, dia após dia, tragédia após tragédia. Triunfo após triunfo. Tudo são escolhas.

– Como escolher uma faculdade? Ou o jantar?

– Roupas, penteado, amigos. É. Começa por aí. A vida é uma escolha. O dia inteiro, todos os dias. Com quem a gente fala, onde senta, o que diz, como diz. A nossa vida é definida por escolhas. É simples e complexo assim. E poderoso. Então, quando observo, é isso que eu estou procurando. As escolhas que as pessoas fazem.

– O que o senhor quer que eu faça?

– Quero que você aprenda. Que observe, escute e que faça o que for pedido. Você é uma estagiária. Ninguém espera que você saiba nada. Se fingir que sabe, não vai aprender de verdade.

Nichol sentiu o rosto queimar e amaldiçoou o próprio corpo, que sempre a traía. Era do tipo que corava. Talvez, disse uma voz vinda de debaixo da camada vermelha da pele, se você parar de fingir, também pare de corar. Mas aquela era uma voz bem fraca.

– Eu observei você ontem. Você fez um bom trabalho. Direcionou a gente logo para a questão da flecha. Foi ótimo. Mas você tem que ouvir. Ouvir os moradores, os suspeitos, as fofocas, os seus instintos e os seus colegas.

Nichol gostou do som daquela palavra. Colegas. Nunca tivera colegas. Na Divisão Rodoviária da Sûreté, trabalhava mais ou menos por contra própria e, antes disso, na força local de Repentigny, sentia que as pessoas estavam sempre esperando uma chance para sabotá-la. Seria legal ter colegas. Gamache se inclinou para mais perto dela.

– Você precisa entender que tem escolhas. Existem quatro caminhos para a sabedoria. Você quer saber quais são?

Ela assentiu, perguntando-se quando o trabalho policial começaria.

– São quatro frases que a gente aprende a dizer com sinceridade. – Gamache fechou a mão e levantou um dedo para cada ponto: – Eu não sei. Eu preciso de ajuda. Desculpa. E tem uma outra... – Gamache pensou por um instante, mas não conseguia se lembrar. – Eu não lembro... Mas a gente fala mais sobre isso hoje à noite, ok?

– Está bem, senhor. E obrigada. – Estranhamente, ela percebeu que tinha sido sincera.

Depois que Gamache saiu, Nichol pegou o caderninho. Não quisera fazer anotações enquanto ele falava. Achou que ia parecer uma idiota. Então anotou rapidamente: me desculpa, eu não sei, eu preciso de ajuda e eu não lembro.

QUANDO SAIU DO CHUVEIRO e entrou na cozinha, Peter notou duas coisas. O café estava passando e Clara estava enroscada em Lucy, que havia se transformado em uma bolinha de golden retriever ao enfiar o nariz entre as patas traseiras.

– Funcionou comigo ontem à noite – disse Clara, virando a cabeça para olhar os chinelos de Peter e depois erguendo os olhos instintivamente até o roupão dele.

Peter se ajoelhou e beijou a esposa. Depois beijou a cabeça de Lucy, mas a cachorra não se mexeu.

– Coitadinha.

– Eu ofereci banana, mas ela nem quis saber.

Todos os dias da vida canina de Lucy, Jane havia fatiado uma banana para o café da manhã e, como que por milagre, deixado cair uma das rodelas perfeitas no chão, onde ela ficava por um segundo antes de ser engolida pela cadela. Todas as manhãs, as orações de Lucy eram atendidas, confirmando sua crença de que Deus era velho, estabanado, cheirava a rosas e morava na cozinha.

Não mais.

Lucy sabia que seu Deus estava morto. E sabia que o milagre não era a banana, mas a mão que a oferecia.

Depois do café da manhã, Peter e Clara vestiram suas roupas de frio e cruzaram a praça até a casa de Ben. Nuvens cinzentas ameaçavam chuva e o vento estava úmido e forte. Um perfume de alho e cebolas salteados os encontrou assim que eles pisaram na escadinha da entrada da casa. Clara sabia que mesmo que ficasse cega ainda seria capaz de identificar a casa de Ben. Cheirava a cachorro fedorento e livros velhos. Todos os cachorros de Ben eram fedidos, não só Daisy, e isso não parecia ter nada a ver com a idade. Clara não sabia se ele os criava ou os atraía. Mas agora, de repente, a casa dele estava cheirando a comida caseira. Em vez de achar bom, Clara ficou nauseada, como se outra certeza lhe tivesse sido arrancada. Ela queria o velho cheiro de volta. Queria Jane de volta. Queria que nada tivesse mudado.

– Ah, eu queria surpreender vocês – disse Ben, abraçando Clara. – *Chili* com carne.

– Minha comida preferida.

– Eu nunca fiz, mas peguei uns livros de culinária da minha mãe e encontrei a receita no livro *A alegria de cozinhar*. Não vai trazer Jane de volta, mas talvez ajude a aliviar a dor.

Clara olhou para o imenso livro de culinária aberto no balcão da cozinha e ficou revoltada. Ele tinha vindo daquela casa. Da casa de Timmer. A casa que rejeitava o amor e o riso, mas acolhia cobras e ratos. Ela não queria nenhum contato com aquele lugar e percebeu que a repulsa se estendia até mesmo aos objetos que vinham dele.

– Mas, Ben, você também amava Jane. E foi você quem a encontrou. Deve ter sido horrível.

– Foi mesmo.

Ele contou brevemente a história, de costas para eles, sem coragem de encarar Peter e Clara, como se fosse o responsável. Ficou mexendo a carne moída enquanto cozinhava e Clara abria latas de ingredientes e o ouvia falar. Após um instante, ela entregou o abridor de latas a Peter e precisou se sentar. A história de Ben passava por sua cabeça como um filme. Mas ela continuava esperando que Jane se levantasse. Quando Ben terminou, Clara pediu licença e foi à sala de estar.

Ela botou um pequeno pedaço de lenha na lareira e ouviu o murmúrio baixo de Peter e Ben. Não conseguia identificar as palavras, só a familiaridade dos tons. Uma nova onda de tristeza a envolveu. Ela havia perdido sua parceira de murmúrios. Aquela com quem criava ruídos reconfortantes. E sentiu também outra coisa: uma pontada de inveja por Peter ainda ter Ben. Ele podia visitá-lo a qualquer hora, mas a melhor amiga de Clara havia partido. Sabia que aquilo era indescritivelmente mesquinho e egoísta, mas não conseguia evitar. Respirou fundo e inalou o cheiro de alho, cebolas, carne moída refogada e outros perfumes calmantes. Nellie devia ter limpado a casa fazia pouco tempo, porque havia também aroma fresco dos produtos que ela usava. De limpeza. Clara se sentiu melhor e pensou que Ben também era amigo dela, não só de Peter. E que não ficaria sozinha a menos que resolvesse ficar. Também pensou que Daisy era capaz de vencer qualquer alho frito e que o cheiro dela voltaria triunfante.

A Igreja de St. Thomas estava quase cheia quando Peter, Clara e Ben chegaram. A chuva tinha acabado de começar, então não havia muita enrolação para entrar. O minúsculo estacionamento ao lado da capela estava lotado e carros e caminhonetes cercavam a praça. Por dentro, a igreja estava apinhada e quente. Cheirava a lã úmida e a terra grudada em botas. Os três se espremeram para entrar e se juntaram à fila de pessoas recostadas na parede dos fundos. Clara sentiu uns calombos contra as costas e, ao se virar, viu que havia se acomodado no quadro de avisos de cortiça. Ele tinha informações sobre a venda semestral de chá e artesanato, o encontro dos brownies, as aulas de ginástica de Hanna nas manhãs de segunda e quinta-feira, o clube de bridge às quartas, às sete e meia, e velhos anúncios amarelados sobre os "novos" horários da igreja, de 1967.

– Meu nome é Armand Gamache.

O chefão ocupara o centro do púlpito. Naquela manhã, ele vestia um casaco de tweed, calça folgada de flanela cinza e uma gravata bordô simples e elegante no colarinho da camisa Oxford. Como havia tirado a boina, Clara notou que ele estava ficando calvo e não se importava em disfarçar. O cabelo também estava ficando grisalho, assim como o bigode bem aparado. Parecia um fidalgo do condado se dirigido aos aldeões. Era um homem acostumado a estar no comando e parecia confortável naquela posição. A igreja ficou imediatamente em silêncio, exceto por uma tosse persistente ao fundo.

– Eu sou o inspetor-chefe da Divisão de Homicídios da Sûreté du Québec.

A informação produziu um burburinho, que ele esperou se dissipar.

– Este é o meu segundo em comando, inspetor Jean Guy Beauvoir.

Beauvoir deu um passo à frente e acenou com a cabeça.

– Há outros policiais da Sûreté aqui na igreja. Imagino que seja fácil identificá-los.

Ele não mencionou que a maior parte da equipe estava fora, revirando o clube de arqueiros. Ocorreu a Clara que a pessoa que havia matado Jane provavelmente estava no meio da multidão reunida na St. Thomas. Ela olhou em volta e viu Nellie com o marido, Wayne, Myrna e Ruth, Olivier e Gabri. Matthew e Suzanne Croft estavam sentados na fileira atrás deles. Sem Philippe.

– Achamos que a morte de Jane Neal foi um acidente, mas até agora ninguém se apresentou.

Gamache fez uma pausa e Clara percebeu como ele era capaz de se manter sereno e concentrado. Seus olhos inteligentes varreram o ambiente em silêncio antes que ele continuasse:

– Se foi um acidente e a pessoa que matou a Srta. Neal está aqui, eu quero dizer algumas coisas para ela.

Clara não imaginava que o lugar pudesse ficar ainda mais silencioso, mas ficou. Até a tosse parou, milagrosamente curada pela curiosidade.

– Deve ter sido horrível quando você percebeu o que fez. Mas você precisa se apresentar e admitir o erro. Quanto mais você esperar, mais difícil vai ser. Para nós, para a comunidade e para você.

O inspetor-chefe Gamache fez uma pausa e correu os olhos lentamente por cada um dos presentes, fazendo com que sentissem que ele podia enxergar sua alma. A igreja esperou. A ideia de que o responsável poderia se levantar a qualquer momento causou um frisson.

Os olhos de Clara encontraram os de Yolande Fontaine, que abriu um sorriso forçado. Clara a detestava, mas sorriu de volta. André, o marido magricela de Yolande, também estava lá, mordendo e arrancando as cutículas de quando em quando. Bernard, o filho feíssimo, estava afundado no banco, de boca aberta e mal-humorado. Entediado, fazia caretas para os amigos do outro lado da igreja e devorava punhados de balas.

Ninguém se mexeu.

– Nós vamos encontrar você. É nosso trabalho. – Gamache respirou fundo, como se fosse mudar de assunto. – Estamos investigando o caso como se fosse um assassinato, embora duvidemos disso. Eu estou com o relatório preliminar da legista aqui – disse ele, abrindo o Palm Pilot. – Ele confirma que Jane Neal morreu entre as seis e meia e as sete da manhã de ontem. A arma parece ter sido uma flecha.

A informação gerou mais do que um burburinho.

– Eu disse "parece" porque a arma não foi encontrada. E isso é um problema. Porque contradiz a tese do acidente. Isso, somado ao fato de que ninguém se apresentou como responsável, é o motivo de termos que tratar o caso como suspeito.

Gamache fez uma pausa e encarou a multidão. Um mar de rostos bem-intencionados o olhou de volta, com alguns vislumbres de petulância aqui e ali. *Eles não fazem ideia do que está prestes a acontecer com eles*, pensou Gamache.

– Então é assim que começa. Vocês vão nos ver em todos os lugares. Nós vamos fazer perguntas, verificar históricos, conversar... não só com vocês, mas com os seus vizinhos, chefes, família e amigos.

Houve outro burburinho, dessa vez um tanto hostil. Gamache estava certo de ter ouvido "fascista" vindo do lado inferior esquerdo. Olhou de soslaio e viu Ruth Zardo sentada ali.

– Vocês não pediram por nada disso, mas o fato é que aconteceu. Jane Neal está morta e todos nós temos que lidar com isso. Para fazer nosso trabalho, precisamos contar com a ajuda de vocês, o que significa aceitar coisas que normalmente vocês não aceitariam. É a vida. Eu peço desculpas por isso. Mas nada muda os fatos.

O burburinho diminuiu e algumas pessoas até aquiesceram.

– Todos nós temos segredos e, antes que isso tudo acabe, eu vou descobrir grande parte dos de vocês. Se eles não forem pertinentes, vão morrer comigo. Mas eu vou descobrir. Quase todos os dias, no fim da tarde, vou estar no bistrô do Sr. Olivier, revisando minhas anotações. Se quiserem se juntar a mim para tomar uma bebida e conversar, serão bem-vindos.

Gamache sabia que todo crime era profundamente humano. A causa e o efeito. E a única forma de pegar o criminoso era se conectar com os seres humanos envolvidos. Conversar em um café parecia ser a maneira mais agradável e apaziguadora de fazer isso.

– Alguma pergunta?

– Estamos correndo perigo? – perguntou Hanna Parra, a representante política local.

Gamache já estava esperando por isso. Era uma pergunta difícil, já que eles não sabiam se havia sido um acidente ou um assassinato.

– Eu acho que não. Vocês devem trancar a porta à noite? Sempre. Vocês devem ter cuidado ao caminhar no bosque ou até mesmo na praça? Devem. Se não fizerem nada disso...

Ele fez uma pausa e observou a congregação preocupada.

– Você trancou a porta ontem à noite? – sussurrou Clara para Peter. Ele assentiu, e Clara apertou a mão dele, aliviada. – E você? – perguntou a Ben.

– Não, mas vou trancar hoje.

– Isso fica a cargo de vocês – continuou Gamache. – A reação que mais vejo é de cautela por cerca de uma semana depois de um evento como esse. Depois, as pessoas adotam o estilo de vida que é mais confortável para elas. Algumas seguem com as precauções para sempre, enquanto outras voltam aos velhos hábitos. A maioria encontra um meio-termo para a prudência. Não existe certo ou errado. Para ser honesto, eu tomaria cuidado agora, mas não existe nenhum motivo para pânico. – Gamache sorriu e acrescentou: – Vocês não parecem ser do tipo que entram em pânico.

E eles não eram, embora a maioria estivesse com os olhos um pouco mais abertos do que quando entrou na igreja.

– Além disso, vou estar hospedado na pousada local, se tiverem alguma dúvida.

– Meu nome é Velho Mundin – disse um homem de uns 25 anos, levantando-se.

Ele era de uma beleza quase inacreditável, com cabelos cacheados e escuros, traços fortes e marcados e um corpo de quem levantava bastante peso. Beauvoir lançou a Gamache um olhar divertido e confuso. O nome do jovem era realmente "Velho" Mundin? Ele anotou, mas sem convicção.

– Pois não, Sr. Mundin?

– Eu ouvi falar que Lucy não estava com Jane quando ela morreu. É verdade?

– É, sim. Parece que isso não era comum.

– Pois é, esse é o ponto. Ela não ia a lugar nenhum sem aquela cachorra. Ela não teria entrado no bosque sem Lucy.

– Por proteção? – perguntou Gamache.

– Não, só era assim mesmo. Para que ter um cachorro, se não vai levar o bicho para passear? Ainda mais de manhã cedo, quando o cachorro está louco para correr e fazer as necessidades. Não, senhor. Não faz sentido.

Gamache se virou para a multidão.

– Alguém consegue pensar em algum motivo para Jane ter deixado Lucy em casa?

Clara ficou impressionada com a pergunta. Ali estava o chefe da investigação, um policial experiente da Sûreté, pedindo a opinião deles. De repente, houve uma mudança: do luto e de certa passividade para o engajamento. Aquilo se tornou a investigação "deles".

– Se Lucy estivesse doente ou no cio, talvez Jane a deixasse em casa – sugeriu Sue Williams.

– É verdade – disse Peter –, mas Lucy é castrada e está bem.

– Será que Jane viu algum caçador e levou Lucy de volta para casa, para ele não atirar nela por engano? – perguntou Wayne Robertson, antes que uma crise de tosse o acometesse e ele voltasse a se sentar.

Sua esposa, Nellie, apoiou o braço pesado no ombro dele, como se sua pele pudesse afastar a doença.

– Mas ela voltaria sozinha até o bosque para confrontar um caçador? – prosseguiu Gamache.

– Talvez – respondeu Ben. – Ela já fez isso antes. Vocês lembram quando, uns dois anos atrás, ela...

Ele se interrompeu, corando. Algumas risadas constrangidas e um burburinho seguiram o comentário abortado. Gamache arqueou as sobrancelhas e esperou.

– Fui eu, como todo mundo sabe – disse um homem, levantando-se. – Meu nome é Matthew Croft.

Ele tinha uns 30 e poucos anos, Gamache deduziu, estatura mediana, uma aparência bastante comum. Ao lado dele estava uma mulher esguia e tensa. Aquele nome era familiar.

– Há três anos, eu estava caçando ilegalmente na propriedade dos Hadleys. A Srta. Neal veio falar comigo e me pediu para ir embora.

– E o senhor foi?

– Fui.

– E por que o senhor estava lá?

– Minha família mora aqui há centenas de anos, e fomos criados acreditando que não existe propriedade privada durante a temporada de caça.

– Isso não está certo – ressoou uma voz vinda dos fundos da igreja.

Beauvoir não parava de fazer anotações. Croft se virou para enfrentar a voz.

– É você, Henri?

Henri Lariviere, o escultor, se ergueu majestosamente.

– Eu fui criado assim – continuou Croft. – Me ensinaram que você tem o direito de escolher onde vai caçar, já que a sua sobrevivência depende de conseguir carne suficiente durante a temporada.

– Para isso basta ir ao mercado, Matthew. O Loblaws não serve para você? – respondeu Henri, plácido.

"O IGA!", "O Provigo", gritaram outras pessoas, sugerindo alternativas de estabelecimentos.

– Eu! – disse Jacques Béliveau, dono da mercearia.

Todos riram. Gamache deixou a discussão seguir em frente enquanto observava, escutava e via aonde aquilo ia chegar.

– Eu sei, as coisas mudam – concordou Croft, exasperado. – Isso não é mais necessário, mas é uma boa tradição. E uma bela filosofia de ajuda entre vizinhos. Eu acredito nisso.

– Ninguém está dizendo que não seja, Matt – comentou Peter, dando um passo à frente. – E eu não acho que você precise se justificar ou justificar os seus atos, principalmente de anos atrás.

– Precisa, sim, Sr. Morrow – interrompeu Gamache enquanto Beauvoir entregava um bilhete a ele. – Jane Neal provavelmente foi morta por um caçador que invadiu a propriedade do Sr. Hadley. Qualquer pessoa com um histórico desses precisa se explicar.

Gamache leu o bilhete. Em letras de forma, Beauvoir havia escrito:

"Philippe Croft atirou esterco de pato. Filho?" Ele dobrou o bilhete e o guardou no bolso.

– O senhor ainda caça onde quer, Sr. Croft?

– Não, senhor.

– Por que não?

– Porque eu respeitava a Srta. Neal e porque finalmente dei ouvidos ao que as pessoas vêm me dizendo há anos. E concordei. Na verdade, eu não caço mais, em lugar nenhum.

– O senhor tem um conjunto de arco e flecha para caça?

– Tenho, sim, senhor.

Gamache olhou ao redor.

– Queria pedir para que todos que têm um conjunto de arco e flecha para caça, mesmo que não o usem há anos, deem seu nome e endereço para o inspetor Beauvoir aqui.

– Só de caça? – perguntou Peter.

– Por quê? Em que o senhor está pensando?

– Os arcos e flechas para recreação são chamados de "recurvos" e são diferentes do equipamento dos caçadores, os "compostos".

– Mas ambos gerariam o mesmo efeito se usados contra uma pessoa?

– Acho que sim.

Peter se virou para Ben, que pensou por um instante.

– Sim – disse Ben. – Embora as flechas sejam diferentes. Você precisaria ter muita sorte, ou muito azar, acho, para matar com uma flecha de tiro ao alvo.

– Por quê?

– Bom, as flechas de tiro ao alvo têm a ponta muito pequena, parecida com uma bala. Mas as flechas de caça, aí é outra história. Eu nunca usei, mas você já, Matt.

– A flecha de caça tem quatro, às vezes cinco lâminas na extremidade, que afunilam em uma ponta.

Beauvoir havia montado o cavalete com papel perto do altar. Gamache foi até ele e desenhou rapidamente um grande círculo preto do qual irradiavam quatro linhas, uma cópia daquele que Beauvoir havia feito no almoço do dia anterior.

– Ela produziria um ferimento como este?

Matthew Croft avançou, e foi como se arrastasse a multidão, porque todos se moveram para a frente com ele.

– Exatamente assim.

Gamache e Beauvoir se entreolharam. Pelo menos tinham parte da resposta.

– Então o ferimento foi causado por uma flecha de caça – disse Gamache, quase para si mesmo.

Matthew Croft não tinha certeza se Gamache estava falando com ele, mas respondeu mesmo assim:

– Sim, senhor. Sem dúvida.

– Como é uma flecha de caça?

– É feita de metal, bem leve e oca, com asas na parte de trás.

– E o arco?

– O arco de caça é chamado de "composto" e é feito de liga.

– Liga? – perguntou Gamache. – Isso é um tipo de metal. Achei que fossem de madeira.

– Costumavam ser – concordou Matthew.

– Alguns ainda são – gritou alguém na multidão, gerando uma onda de risos.

– Estão debochando de mim, inspetor – admitiu Ben. – Quando eu montei o clube de arqueiros, comecei com conjuntos de arco e flecha antigos. Do tipo recurvo tradicional...

– Robin Hood! – gritou alguém, provocando mais algumas risadas.

– É verdade – continuou Ben. – Quando Peter e eu fundamos o clube, éramos fascinados pelo Robin Hood, por caubóis e índios. E nos fantasiávamos.

Ao lado dele, Peter soltou um grunhido, e Clara riu da memória há muito esquecida dos dois amigos desbravando as florestas usando legging verde e gorro, que faziam as vezes de chapéus medievais. Eles tinham 20 e poucos anos na época. Clara também sabia que, às vezes, quando achavam que ninguém estava olhando, Peter e Ben ainda faziam aquilo.

– Então a gente só usava arcos recurvos de madeira e flechas de madeira – disse Ben.

– O que o senhor usa agora, Sr. Hadley?

– Os mesmos arcos e as mesmas flechas. Não vi razão para mudar. A gente só usa para fazer tiro ao alvo atrás da escola.

– Então deixa eu ver se entendi direito: os arco e flechas modernos são feitos de algum metal. E os antigos, de madeira, certo?

– Certo.

– Uma flecha atravessaria um corpo?

– Sim, direto – respondeu Matthew.

– Mas, bom, Sr. Hadley, o senhor falou sobre caubóis e índios. Em todos os filmes antigos, as flechas ficam no corpo.

– Os filmes não são realistas – disse Matthew.

Às suas costas, Gamache ouviu Beauvoir dar uma risada breve.

– Acredite, uma flecha atravessaria uma pessoa – concluiu Matthew.

– Tanto a de liga quanto a de madeira?

– Isso mesmo. As duas.

Gamache balançou a cabeça. Outro mito que caía por terra. Ele se perguntou se a igreja sabia disso. Pelo menos eles agora tinham solucionado a charada do ferimento, e era mais do que certo que Jane havia sido morta com uma flecha. Mas onde ela estava?

– Qual o alcance da flecha?

– Humm, boa pergunta. Uns 4 ou 5 metros.

Gamache olhou para Beauvoir e acenou com a cabeça. A flecha teria atravessado o peito, saído pelas costas e voado pelo bosque. No entanto, eles haviam vasculhado a área e não tinham encontrado nada.

– Seria difícil encontrá-la?

– Não muito. Se você for um caçador experiente, vai saber exatamente onde procurar. Ela fica meio espetada no chão, e as penas facilitam um pouco. Flechas são caras, inspetor, então a gente sempre as pega de volta. Vira quase um instinto.

– A legista encontrou vestígios de penas verdadeiras na ferida. O que isso pode significar?

Gamache ficou surpreso ao ver o rebuliço que aquela declaração causou. Peter olhou para Ben, que parecia confuso. Todos, na verdade, pareciam ter despertado de repente.

– Se foi mesmo uma flecha, então só pode ter sido do tipo antigo, de madeira – disse Peter.

– As flechas de liga não têm penas de verdade? – perguntou Gamache, finalmente começando a entender.

– Não.

– Então, me perdoem a repetição, mas eu preciso ter certeza... Como o ferimento tinha penas de verdade, estamos falando de uma flecha de madeira. Não de liga, mas de madeira.

– Isso – respondeu metade da congregação, soando como o coro de uma missa.

– E... – seguiu Gamache, dando mais um passo à frente no caso – não seria uma flecha de tiro ao alvo, como as que o clube de arqueiros usa, mas uma de caça? Nós sabemos pelo formato do ferimento – explicou, apontando para o desenho. Todos assentiram. – Teria que ser uma flecha de madeira com uma ponta para caça. Dá para usar uma flecha de madeira para caça com os novos arcos de liga?

– Não – respondeu a congregação.

– Então teria que ser um arco de madeira, certo?

– Isso.

– Um arco de Robin Hood.

– É.

– Entendi, obrigado. Eu tenho outra pergunta. Vocês falaram de arco "recurvo" e "composto". Qual é a diferença?

Ele olhou para Beauvoir, torcendo para que ele estivesse fazendo boas anotações.

– O arco recurvo é o do Robin Hood – disse Ben. – O dos caubóis e índios. É uma peça de madeira longa e fina, mais grossa no meio, onde tem uma espécie de punho entalhado para você segurar. E cada extremidade da vara tem um encaixe. Você prende a corda nas pontas e a madeira se curva formando um arco. Simples e eficaz. Esse design tem milhares de anos. Quando você termina, tira a corda e guarda o arco, que volta a ser só uma vara levemente curva. O nome "recurvo" vem do fato de que você recurva a vara cada vez que a usa.

Bem simples, pensou Gamache.

– O design "composto" é bem moderno – continuou Matthew. – Basicamente, parece um arco muito complexo, com roldanas nas duas extremidades e várias cordas. Tem um mecanismo de mira bem sofisticado. E também tem um gatilho.

– O recurvo é tão potente e preciso quanto... como é mesmo o nome do outro?

– Composto – responderam ao mesmo tempo cerca de trinta pessoas, inclusive três policiais.

– Preciso... sim. Potente, não.

– O senhor hesitou quanto à precisão.

– Com um arco recurvo, você tem que liberar a corda com os dedos. Uma liberação desajeitada afeta a precisão. Como o arco composto tem um gatilho, o processo é mais suave. Ele também tem um dispositivo de mira muito eficiente.

– Mas mesmo hoje em dia alguns caçadores preferem usar os arcos recurvos de madeira e as flechas de madeira, certo?

– Não muitos – disse Helene Charron. – É bem raro.

Gamache se virou para Matthew.

– Se o senhor fosse matar alguém, qual deles usaria? Recurvo ou composto?

Matthew Croft hesitou. Nitidamente, não gostara da pergunta. André Malenfant riu. Foi um som sarcástico e sem humor.

– Sem dúvida, um composto. Não consigo imaginar por que alguém caçaria nos dias de hoje com um velho arco recurvo e flechas com penas de verdade. A pessoa parece uma viajante do tempo. Para prática de tiro ao alvo, tudo bem. Mas caçar? Prefiro um equipamento moderno. E, francamente, para matar alguém de propósito? Cometer um assassinato? Para que se arriscar com um recurvo? Não, tem bem mais chances de o composto dar conta do trabalho. Na verdade, eu usaria uma arma.

E esta é a charada, pensou Gamache. Por quê? Por que usar um arco e não uma bala? Por que usar um arco de madeira antiquado e não um arco de caça de última geração? Ao fim de cada investigação, sempre havia uma resposta. E uma resposta que fazia sentido, pelo menos em algum nível. Para alguém. Mas, por enquanto, aquilo parecia loucura. Uma flecha de madeira antiquada com penas de verdade usada para matar uma professora aposentada idosa. Por quê?

– Sr. Croft, o senhor ainda tem o seu equipamento de caça?

– Tenho, sim, senhor.

– Talvez o senhor possa fazer uma demonstração para mim esta tarde.

– Com prazer.

Croft não hesitou, mas Gamache teve a impressão de que a Sra. Croft estava tensa. Olhou para o relógio: meio-dia e meia.

– Alguém tem mais alguma pergunta?

– Eu tenho. – Ruth Zardo se levantou com esforço. – Na verdade, é mais uma afirmação do que uma pergunta.

Gamache olhou para ela com interesse. Por dentro, estava se preparando.

– O senhor pode usar a antiga estação de trem, se quiser, como base da investigação. Eu ouvi falar que o senhor está procurando uma. O Departamento de Voluntários do Corpo de Bombeiros pode ajudar a arrumar as coisas.

Gamache ponderou por um instante. Não era perfeito, mas parecia ser a melhor opção, agora que a escola havia sido isolada.

– Obrigado, vamos usar a estação. Eu agradeço muito.

– Eu queria dizer uma coisa – disse Yolande, levantando-se. – A polícia com certeza vai me avisar quando eu puder organizar o enterro de tia Jane. Vou avisar a todos quando e onde vai ser.

De repente, Gamache sentiu uma pena profunda dela. Vestida de preto da cabeça aos pés, parecia estar travando uma batalha interna entre a fragilidade da dor e a necessidade de reivindicar a posse daquela tragédia. Ele já tinha visto aquilo muitas vezes, pessoas disputando a posição de principal enlutado. Era sempre humano, mas nunca agradável, e geralmente enganoso. Quem trabalhava com ajuda humanitária e distribuía alimentos para os famintos aprendia rapidamente que as pessoas na frente da fila eram as que menos precisavam daquela comida. Eram as que ficavam quietas lá no fundo, fracas demais para lutar, as mais necessitadas. Com a tragédia era a mesma coisa. As pessoas que demonstravam menos tristeza muitas vezes eram as que mais sofriam. Mas ele também sabia que não havia uma regra fixa.

Gamache encerrou a reunião. Quase todos correram debaixo da chuva forte até o bistrô para o almoço, alguns para cozinhar, outros para servir, a maioria para comer. Ele estava ansioso para saber qual fora o resultado da busca no clube de arqueiros.

CINCO

TRÊMULA, A AGENTE ISABELLE LACOSTE enfiou a mão no saco plástico e cuidadosamente retirou uma arma letal. Entre os dedos molhados e dormentes pelo frio, ela segurava a ponta de uma flecha. Os outros policiais da Sûreté estavam sentados em silêncio ao redor, muitos com os olhos semicerrados para ter uma visão bem clara da pequena ponta projetada para matar.

– Encontramos esta e algumas outras no clube de arqueiros – disse ela, passando a ponta da flecha para os outros.

Lacoste havia chegado cedo naquela manhã, após deixar o marido cuidando das crianças em Montreal e dirigir na chuva e no escuro. Gostava dos momentos de silêncio no escritório, e hoje o escritório era uma antiga escola fria e tranquila. O inspetor Beauvoir lhe dera a chave e, depois de passar pela fita amarela da polícia, a agente Lacoste pegou sua garrafa térmica de café, largou no chão a bolsa com a parafernália de "cena do crime", acendeu a luz e olhou em volta. As paredes de ripas de madeira estavam cobertas por aljavas, penduradas em ganchos que antigamente deviam servir para os casaquinhos das crianças. O quadro-negro ainda dominava a parede central da sala, com certeza preso de maneira permanente. Nele, alguém havia desenhado um alvo, um "X" e um arco entre os dois, com alguns números embaixo. A agente Lacoste tinha feito o dever de casa, pesquisando na internet na noite anterior, e reconheceu que a imagem era uma lição de arco e flecha bem básica sobre vento, distância e trajetória. Ainda assim, pegou a câmera e tirou uma foto. Serviu-se de um pouco de café, sentou e desenhou o diagrama no caderno. Era uma mulher cuidadosa.

Então, antes que qualquer um dos policiais designados para a busca chegasse, fez algo que não contava para ninguém: voltou para o lado de fora e, sob a luz vacilante da manhã chuvosa, foi até o local onde Jane Neal havia morrido. E disse à Srta. Neal que o inspetor-chefe Gamache descobriria quem havia feito aquilo com ela.

A agente Isabelle Lacoste acreditava em "fazer ao próximo o que gostaria que fizessem por você", e ela sabia que gostaria que fizessem aquilo por ela.

Então voltou ao gelado clube de arqueiros. Os outros policiais chegaram e, juntos, vasculharam aquele único cômodo, recolhendo impressões digitais, medindo, fotografando e ensacando. Até que, tateando o fundo de uma gaveta da única mesa remanescente na sala, Lacoste as achou.

Gamache segurou a ponta da flecha na mão aberta, como se fosse uma granada. Ela era claramente destinada à caça. Quatro lâminas afiladas em uma ponta fina. Finalmente visualizava o que havia sido dito na reunião. A ponta da flecha parecia ansiosa para cortar a palma da mão dele. Lançada por um arco com toda a força que milhares de anos de necessidade poderiam produzir, sem dúvida atravessaria o corpo de uma pessoa. Era de espantar que as pistolas sequer tivessem sido inventadas, quando havia uma arma letal e silenciosa como aquela.

A agente Lacoste enxugou o cabelo escuro com uma toalha macia. Estava de costas para o fogo vigoroso na lareira de pedra, sentindo-se aquecida pela primeira vez em horas, enquanto o aroma da sopa e do pão caseiros preenchia o ambiente e a arma mortal era conduzida pela sala.

Na fila do bufê, Clara e Myrna equilibravam cumbucas fumegantes de sopa de ervilha e pratos com pãezinhos quentes da *boulangerie*. Logo à frente, Nellie fazia uma pilha imensa de comida no prato.

– Estou pegando para o Wayne também – explicou ela, desnecessariamente. – Ele está bem ali, coitado.

– Eu ouvi a tosse dele – disse Myrna. – Ele está resfriado?

– Não sei. Mas já chegou no peito. Esta é a primeira vez que eu saio de casa em dias, de tão preocupada que estou. Mas o Wayne cortava a grama da Srta. Neal e fazia uns serviços para ela, então queria muito ir à reunião.

As duas mulheres observaram Nellie levar o prato imenso até Wayne, que estava largado na cadeira, com uma aparência exausta. Ela enxugou a testa dele e o colocou de pé. Então os dois deixaram o bistrô, Nellie no comando e preocupada, e Wayne dócil e feliz por ser conduzido. Clara torceu para ele ficar bem.

– O que você achou da reunião? – perguntou Clara a Myrna, conforme elas avançavam na fila.

– Eu gosto dele, do inspetor Gamache.

– Eu também. Mas é estranho que Jane tenha morrido com uma flecha de caça.

– Pensando bem, faz sentido. É temporada de caça. Mas eu concordo, a coisa da flecha antiga de madeira me deu arrepios. É muito estranho. Peru?

– Por favor. Brie? – perguntou Clara.

– Só uma lasquinha. Um pouco maior que isso.

– Isso é grande demais para chamar de lasca.

– Bom, eu gosto quando é muito grande – explicou Myrna.

– Vou me lembrar disso na próxima vez que for levar um pedação de queijo Stilton para comer na cama.

– Você trairia o Peter?

– Com queijo Stilton? Eu traio Peter com comida todo dia. No momento, estou em um relacionamento sério com um doce de gelatina cujo nome não revelo. Bom, na verdade, o nome dele é Ramon. Ele me completa. Mas olha só isso – disse Clara, apontando para o arranjo floral do bufê.

– Eu fiz hoje de manhã – disse Myrna, feliz por Clara ter notado.

Clara notava a maioria das coisas, pensou Myrna, mas tinha a sabedoria de mencionar só as boas.

– Eu imaginei. Tem alguma coisa dentro?

– Você já vai descobrir – disse Myrna com um sorriso.

Clara se inclinou para o arranjo de monarda, helenium e pincéis de tinta acrílica. Aninhado dentro dele havia um embrulho de papel pardo encerado.

– É sálvia e erva-doce – disse Clara, de volta à mesa, desembrulhando o pacote. – É o que eu estou pensando?

– Um ritual – disse Myrna.

– Ah, que ótima ideia! – respondeu Clara, inclinando-se para tocar o braço de Myrna.

– Do jardim da Jane? – perguntou Ruth, inalando o aroma almiscarado e inconfundível da sálvia e a fragrância adocicada da erva-doce.

– A sálvia, sim. Eu e Jane colhemos em agosto. A erva-doce eu peguei com Henri há umas duas semanas, quando ele cortou o feno. Estava crescendo perto de Indian Rock.

Ruth passou as plantas para Ben, que as segurou longe do rosto.

– Ah, pelo amor de Deus, homem, elas não mordem. – Ruth as agarrou e as balançou para a frente e para trás debaixo do nariz dele. – Pelo que eu me lembro, você até foi convidado para o ritual do solstício de verão.

– Como sacrifício humano.

– Fala sério, Ben, isso não é justo – disse Myrna. – A gente disse que provavelmente não seria necessário.

– Foi divertido – retrucou Gabri, mordendo um ovo recheado. – Eu usei a roupa de padre.

Ele baixou a voz e olhou ao redor, para o caso de o padre ter resolvido aparecer.

– Foi o melhor uso que aquela roupa já teve – disse Ruth.

– Obrigado – respondeu Gabri.

– Não foi um elogio. Você não era hétero antes do ritual?

– É, eu era. – Gabri se virou para Ben. – Funcionou. Mágica. Você definitivamente deveria ir no próximo.

– É verdade – disse Olivier, parado ao lado de Gabri, massageando o pescoço dele. – Ruth, você não era mulher antes do ritual?

– E você, não era?

– E VOCÊ AFIRMA QUE ISTO – disse Gamache, segurando a ponta da flecha de modo que ela mirasse o teto – foi encontrado em uma gaveta destrancada junto com outras doze?

Ele examinou a ponta da flecha de caça com quatro lâminas que convergiam para um ponto elegante e letal. Era um dispositivo para matar silencioso e perfeito.

– Sim, senhor – respondeu Lacoste.

Ela reivindicara o lugar bem na frente da lareira com firmeza. De onde estava, na sala dos fundos do bistrô, via pelas portas francesas a chuva forte, quase um granizo, batendo no vidro. Suas mãos, agora livres de armas letais, abraçavam uma cumbuca de sopa e um pãozinho quente recheado com presunto, brie derretido e folhas de rúcula.

Gamache colocou a ponta da flecha cuidadosamente na palma da mão aberta de Beauvoir.

– Isso pode ser encaixado em qualquer flecha?

– O que você está pensando em fazer? – perguntou Beauvoir ao chefe.

– Bom, aquele clube de arqueiros está cheio de flechas de tiro ao alvo, certo?

Lacoste aquiesceu, a boca cheia.

– Com pontas pequenas e grossas, como a de uma bala?

– Isso – ela conseguiu dizer, mastigando e fazendo que sim com a cabeça.

– E a gente pode remover essas pontas para colocar isto no lugar?

– Pode – respondeu ela, engolindo rapidamente.

– Desculpa – disse Gamache, sorrindo. – Mas como você sabe?

– Eu pesquisei na internet ontem à noite. As pontas são intercambiáveis. É claro que você tem que saber o que está fazendo, senão vai fatiar os próprios dedos. Mas, sim, dá para tirar uma e colocar a outra. Esse é o design.

– Mesmo as flechas de madeira antigas?

– É. Imagino que essas pontas de caça tenham vindo das antigas flechas de madeira do clube. Alguém deve ter tirado elas para substituir pelas de tiro ao alvo.

Gamache assentiu. Ben havia contado a eles que pegara as velhas flechas de madeira com famílias que estavam atualizando o equipamento de caça. As flechas deviam ter vindo com pontas de caça, que ele provavelmente havia substituído pelas de tiro ao alvo.

– Ótimo. Leve-as para o laboratório.

– Já estão a caminho – respondeu Lacoste, sentando-se ao lado de Nichol, que afastou ligeiramente a própria cadeira.

– A que horas é a nossa reunião sobre o testamento com o tabelião Stickley? – perguntou Gamache a Nichol.

Yvette Nichol sabia muito bem que era à uma e meia, mas viu na ocasião uma oportunidade de provar que tinha prestado atenção na pequena lição daquela manhã.

– Eu não lembro.

– O quê?

Ah!, pensou ela. *Ele entendeu*. Gamache respondera com uma das frases-chave. Ela repassou rapidamente as outras frases, as que levavam às promoções. Eu não lembro, me desculpa, eu preciso de ajuda e qual era a outra mesmo?

– Eu não sei.

Agora o inspetor-chefe Gamache a encarava com nítida preocupação.

– Entendi. Você por acaso anotou?

Ela pensou em responder com a última frase, mas não conseguiu dizer "eu preciso de ajuda". Em vez disso, baixou a cabeça e corou, sentindo que de alguma forma havia sido enganada.

Gamache checou as próprias anotações.

– É à uma e meia. Com sorte, a gente vai conseguir entrar na casa da Srta. Neal depois de resolver a questão do testamento.

Mais cedo, ele havia ligado para o superintendente Brébeuf, seu velho amigo e ex-colega de classe. Gamache também tinha se candidatado àquela promoção, mas Michel Brébeuf levara a melhor e isso não afetara o relacionamento deles. Gamache respeitava Brébeuf e gostava dele. O superintendente simpatizara com a situação de Gamache, mas não podia prometer nada.

"Pelo amor de Deus, Armand, você sabe como as coisas funcionam. Foi muito azar ela ter conseguido encontrar alguém estúpido o suficiente para assinar aquela liminar. Eu duvido que a gente encontre um juiz disposto a derrubar um colega."

Gamache precisava de evidências de que aquela morte havia sido um assassinato ou de que a casa não seria herdada por Yolande Fontaine. O celular dele tocou enquanto ele pensava na reunião com o tabelião.

– *Oui, allô?* – disse, levantando-se para atender a ligação em uma parte mais calma da sala.

– Acho que um ritual seria perfeito – disse Clara, beliscando um pedaço de pão, mesmo sem fome. – Mas acho que deveria ser só com mulheres. E não só as amigas próximas da Jane, mas qualquer mulher que queira participar.

– Droga – disse Peter, que havia participado do ritual do solstício de verão e considerado a experiência constrangedora e bastante estranha.

– Quando você quer fazer? – perguntou Myrna a Clara.

– Que tal no próximo domingo?

– Uma semana depois da morte da Jane – disse Ruth.

Clara tinha visto Yolande e a família chegarem no bistrô e sabia que precisava ir falar com eles. Acalmando-se, foi até lá. O bistrô ficou tão silencioso que do outro lado da porta o inspetor-chefe Gamache notou o cessar repentino do barulho, logo após desligar o celular. Pé ante pé, ele foi até a entrada dos funcionários. Dali, podia ver e ouvir tudo sem ser notado. *Você não consegue ser tão bom neste trabalho se não souber agir sorrateiramente*, pensou. Então percebeu que uma garçonete estava parada pacientemente atrás dele com uma bandeja de frios.

– Essa vai ser boa – sussurrou ela. – Quer presunto defumado?

– Obrigado – disse ele, servindo-se de uma fatia.

– Yolande – disse Clara, estendendo a mão –, sinto muito pela sua perda. A sua tia era uma mulher maravilhosa.

Yolande olhou para a mão estendida, apertou-a brevemente, mas logo a soltou, tentando demonstrar uma dor monumental. Teria funcionado, se a audiência não estivesse tão familiarizada com seu alcance emocional. Sem falar no relacionamento dela com Jane Neal.

– Por favor, aceite as minhas condolências – continuou Clara, sentindo-se dura e artificial.

Yolande fez uma mesura e levou um guardanapo de papel seco aos olhos igualmente secos.

– Pelo menos a gente pode reaproveitar o guardanapo – disse Olivier, que também estava olhando por cima do ombro de Gamache. – Que cena patética. É horrível assistir a uma coisa dessas. Quer um docinho?

Olivier segurava uma bandeja com mil-folhas, suspiros, fatias de torta e pastéis de nata cobertos por frutas glaceadas. Gamache escolheu o que tinha pequenos mirtilos silvestres.

– Obrigado.

– Eu sou o bufê oficial do desastre que está prestes a acontecer. Não faço ideia de por que Clara está fazendo isso, já que ela sabe o que Yolande vem dizendo pelas costas dela há anos. Mulher horrorosa.

Gamache, Olivier e a garçonete observaram a cena que se desenrolava no bistrô silencioso.

– Minha tia e eu éramos muito próximas, você sabe – disse Yolande, como se acreditasse em cada palavra. – Eu sei que você não vai ficar chateada se eu disser que todos nós achamos que você a afastou da família de verdade. Todo mundo com quem eu falo concorda. Mas é claro que você não percebeu o que estava fazendo – concluiu Yolande, sorrindo com condescendência.

– Ai, meu Deus – sussurrou Ruth para Gabri –, lá vai.

Peter agarrou os braços da cadeira, segurando-se com todas as forças para não se levantar de um pulo e gritar umas verdades para Yolande. Mas ele sabia que Clara tinha que cuidar daquilo sozinha, precisava finalmente se defender. Ele esperou pela resposta dela. O salão inteiro esperou.

Clara respirou fundo e não disse nada.

– Eu vou organizar o enterro da minha tia – continuou Yolande. – Provavelmente vai ser na igreja católica de St. Rémy. É a igreja do André.

Yolande tentou pegar a mão do marido, mas ele já estava ocupado com um imenso sanduíche que expelia maionese e carne. O filho, Bernard, bocejou, revelando um pedaço de sanduíche semimastigado e fios de maionese escorrendo do céu da boca.

– Eu devo colocar um anúncio no jornal, você com certeza. Talvez possa pensar em algo para a lápide. Mas nada bizarro, minha tia não ia gostar disso. Enfim, pense e me fala.

– Mais uma vez, eu sinto muito pela Jane.

Quando foi falar com Yolande, Clara sabia que aquilo ia acontecer. Sabia que Yolande, por algum motivo insondável, sempre conseguia atingi-la. Ela era capaz de machucá-la em níveis inacessíveis para a maioria das pessoas. Era um daqueles pequenos mistérios da vida que aquela mulher por quem não tinha nenhum respeito pudesse acabar com ela. Clara pensou que estava pronta para o confronto. Até ousou ter a esperança de que dessa vez seria diferente. Mas claro que não foi.

Por muitos anos, Clara se lembraria de como se sentiu parada ali. Como se tivesse voltado a ser a garotinha feia no pátio da escola. A criança que não era e não merecia ser amada. Esquisita e desajeitada, lenta e alvo de deboches. A que ria nos momentos errados, acreditava em histórias fantasiosas e estava sempre desesperada para que alguém, qualquer pessoa, gostasse dela.

Idiota, idiota, idiota. A atenção educada e o punho cerrado sob a carteira da escola. Queria correr para Jane, que conseguiria apaziguar as coisas. Jane a envolveria nos braços rechonchudos e amorosos e diria as palavras mágicas "passou, passou".

Ruth Zardo também sempre se lembraria daquele momento e o transformaria em poesia. Ele seria publicado em seu livro seguinte, *Estou bem DEMAIS*:

Você era uma mariposa
roçando minha bochecha
no escuro
Eu matei você,
sem saber
que era apenas uma mariposa
sem ferrão.

Acima de tudo, porém, Clara se lembraria da risada tóxica de André reverberando em seus ouvidos enquanto voltava em silêncio para a mesa, tão distante. O riso de uma criança desajustada diante de uma criatura ferida e em sofrimento. Era um som familiar.

– QUEM ERA AO TELEFONE? – perguntou Beauvoir quando Gamache deslizou de volta para seu assento.

Para ele, o chefe não tinha ido a lugar algum além do banheiro.

– A Dra. Harris. Eu não sabia, mas ela mora em uma cidadezinha perto daqui, chamada Cleghorn Halt. Disse que vai trazer o relatório quando estiver indo para casa, lá pelas cinco da tarde.

– Eu mandei uma equipe preparar a sala de investigação e outra de volta ao bosque para fazer uma nova busca. Acho que a flecha só pode estar em um destes três lugares: cravada no chão; com o assassino e provavelmente destruída a esta altura; ou, com alguma sorte, entre aquelas que Lacoste encontrou no clube de arqueiros.

– Concordo.

Beauvoir distribuiu as tarefas e enviou dois agentes para entrevistar Gus

Hennessey e Claude LaPierre sobre o episódio do esterco. Ele mesmo falaria com Philippe Croft. Depois se juntou a Gamache, e os dois caminharam lado a lado pela praça com seus guarda-chuvas.

– Tempinho horrível – disse Beauvoir, levantando a gola da jaqueta e encolhendo os ombros por causa da chuva e do vento.

– Vem mais chuva por aí e ainda vai esfriar – respondeu Gamache automaticamente, de repente percebendo que os moradores locais, ou pelo menos suas incansáveis previsões do tempo, estavam-no contagiando.

– O que você acha da agente Nichol, Jean Guy?

– Eu não entendo como ela entrou para a Sûreté com uma postura daquela, sem falar na recomendação para ser promovida à Divisão de Homicídios. Ela não tem nenhuma habilidade para trabalho em equipe, nenhum jeito com as pessoas e zero capacidade de ouvir. É incrível. Isso só me faz pensar no que você vem me dizendo há anos, que as pessoas erradas são promovidas.

– Você acha que ela pode aprender? Ela é jovem, não é? Deve ter o quê, uns 25 anos?

– Isso não é tão jovem. Lacoste não é muito mais velha. Para mim, não é uma questão de idade, mas de personalidade. Eu acho que ela ainda vai ser assim, ou até pior, aos 50, se não tomar cuidado. Se ela pode aprender? Sem dúvida. Mas a grande questão é: ela pode desaprender? Consegue se livrar dessas atitudes ruins?

Beauvoir notou a chuva pingando do rosto do inspetor-chefe. Teve vontade de enxugá-lo, mas resistiu ao impulso. Mesmo enquanto falava, ele soube que estava cometendo um erro. Aquilo era como dar mel a um urso. Viu o rosto do chefe mudar, indo do modo sério e pensativo para o modo de mentoria. Ele tentaria consertá-la. *Meu Deus, lá vem ele*, pensou Beauvoir. Respeitava Gamache mais do que qualquer outro ser humano, mas considerava que seu maior defeito, talvez um defeito mortal, era querer ajudar as pessoas em vez de demiti-las. Ele era compassivo demais. Um talento que às vezes Beauvoir invejava, mas que na maior parte do tempo via com desconfiança.

– Bom, talvez a necessidade de estar certa possa ser moderada pela curiosidade.

E talvez o escorpião não use o ferrão, pensou Beauvoir.

– Inspetor-chefe?

Os dois homens levantaram os olhos e viram Clara Morrow correndo na chuva enquanto o marido se digladiava com o guarda-chuva deles e se esforçava para acompanhá-la.

– Uma coisa estranha me veio à cabeça.

– Ah, alimento – disse Gamache, sorrindo.

– Bom, é uma coisa pequena, mas quem sabe? É que me pareceu uma coincidência esquisita, daí eu pensei que o senhor deveria saber. É sobre o quadro de Jane.

– Eu acho que não tem nada a ver – disse Peter, encharcado e mal--humorado.

Clara lançou a ele um olhar surpreso, que não passou despercebido por Gamache.

– É que Jane pintou a vida toda, mas nunca deixou ninguém ver o trabalho dela.

– Isso não é tão estranho, é? – disse Beauvoir. – Vários artistas e escritores mantêm o trabalho em segredo. A gente lê sobre isso o tempo todo. Daí, depois da morte deles, as obras são descobertas e passam a valer uma fortuna.

– É verdade, mas não foi isso que aconteceu. Na semana passada, Jane decidiu expor o trabalho dela na Arts Williamsburg. Decidiu isso na sexta de manhã, e a avaliação era na sexta à tarde. O quadro dela foi aceito.

– O quadro foi aceito e ela foi morta – murmurou Beauvoir. – É, isso é estranho.

– Falando em estranheza – disse Gamache –, é verdade que a Srta. Neal nunca convidou ninguém para entrar na casa dela?

– É verdade – disse Peter. – A gente está tão acostumado com isso que nem acha mais estranho. É como mancar ou ter uma tosse crônica, eu acho. Uma pequena anormalidade que se torna normal.

– Mas por que não?

– Não sei – admitiu Clara, também perplexa. – É como Peter disse: já estou tão acostumada que nem estranho mais.

– Vocês nunca perguntaram o motivo?

– Para Jane? Eu acho que sim, logo que a gente se mudou. Ou talvez a gente tenha perguntado para Timmer, ou para Ruth, mas tenho certeza absoluta de que ninguém nunca explicou. Parece que ninguém sabe. Gabri acha que a sala é decorada com um tapete laranja felpudo e pornografia.

Gamache riu.

– E o que você acha?

– Eu não faço ideia.

Houve uma pausa. Gamache ponderou sobre aquela mulher, que havia escolhido viver com tantos segredos por tanto tempo e depois decidira expô-los todos. Será que havia morrido por causa disso? Aquela era a questão.

NORMAN STICKLEY ESTAVA À SUA ESCRIVANINHA e meneou a cabeça para dizer "oi", depois voltou a se sentar, sem oferecer uma cadeira a nenhum dos três policiais à frente dele. Colocou os grandes óculos redondos e, olhando para o arquivo, começou a falar:

– O testamento foi redigido há dez anos e é muito simples. Fora alguns pequenos legados, a maior parte dos bens vai para a sobrinha, Yolande Fontaine, ou para o herdeiro direto dela. Isso seria a casa de Three Pines com tudo que está lá dentro, além de qualquer valor em dinheiro que sobrar após o pagamento desses pequenos legados, dos custos do funeral e de quaisquer contas devidas. Mais os impostos, é claro.

– Quem são os testamenteiros dos bens dela? – perguntou Gamache, tentando ficar calmo diante do golpe que aquilo representava para a investigação, embora estivesse praguejando por dentro.

Ele sentia que havia alguma coisa estranha. *Talvez seja só o seu orgulho*, pensou. *Você é teimoso demais para admitir quando está errado, e esta mulher idosa deixou a casa para a única parente viva, o que é razoável.*

– Ruth Kemp Zardo e Constance Post Hadley, conhecida, acredito, como Timmer.

Os nomes listados perturbaram Gamache, embora ele não conseguisse identificar qual era o problema. *Seriam as pessoas em si?*, perguntou-se ele. *A escolha? O quê?*

– Ela fez outros testamentos com o senhor? – perguntou Beauvoir.

– Fez. Ela tinha feito outro testamento cinco anos antes deste.

– O senhor ainda tem uma cópia dele?

– Não. O senhor acha que eu tenho espaço para ficar guardando um monte de documentos velhos?

– O senhor se lembra do conteúdo? – insistiu Beauvoir, já esperando receber outra resposta defensiva e ríspida.

– Não. O senhor... – disse ele, antes que Gamache o interrompesse:

– O senhor não se lembra dos termos exatos do primeiro testamento, mas será que lembra, em linhas gerais, quais foram as razões para a mudança, cinco anos depois? – perguntou Gamache no tom mais razoável e amistoso possível.

– Não é raro que as pessoas atualizem o testamento de tantos em tantos anos – disse Stickley, e Gamache começou a se questionar se aquele tom irritadiço era só a forma de falar do tabelião. – Na verdade, nós recomendamos que os clientes façam isso com uma frequência de dois a cinco anos. É claro que isso não é pelos honorários notariais, mas porque as circunstâncias mudam ao longo dos anos – prosseguiu Stickley, como se respondesse a uma acusação. – Crianças nascem, netos vêm, cônjuges morrem, as pessoas se divorciam...

– Em suma, a vida segue seu curso – resumiu Gamache.

– Isso mesmo.

– Mesmo assim, o último testamento dela é de dez anos atrás. Por quê? Acho que podemos presumir que ela fez este porque o antigo estava desatualizado – disse Gamache, inclinando-se para dar um tapinha no longo e fino documento na frente do tabelião – Mas este aqui também está desatualizado. O senhor tem certeza de que é o documento mais recente?

– É claro que é. As pessoas são ocupadas, e o testamento nem sempre é uma prioridade. Sem contar que a redação desse tipo de documento pode ser uma tarefa desagradável. Existem inúmeras razões para as pessoas ficarem adiando.

– Ela poderia ter procurado outro tabelião?

– Impossível. E eu não gostei da insinuação.

– Como o senhor sabe que é impossível? – perseverou Gamache. – Ela teria que contar ao senhor?

– Eu apenas sei. Esta é uma cidade pequena, e eu teria ouvido falar. *Point finale.*

Quando eles estavam indo embora com uma cópia do testamento, Gamache se virou para Nichol e disse:

– Este testamento não me convenceu. Eu quero que você faça uma coisa.

– Sim, senhor – respondeu Nichol, de repente alerta.

– Descubra se este é mesmo o último testamento. Você pode fazer isso?

– *Absolument.*

Nichol praticamente flutuou de alegria.

– Olá – disse Gamache, surgindo à porta da Arts Williamsburg.

Depois do encontro com o tabelião, eles tinham caminhado até a galeria, uma antiga estação dos correios belamente preservada e restaurada. As imensas janelas deixavam entrar a pouca luz que o céu oferecia, e essa luz cinza se alongava sobre as estreitas e gastas tábuas de madeira do chão e roçava as paredes brancas imaculadas da pequena sala, conferindo a ela um brilho quase fantasmagórico.

– *Bonjour* – chamou novamente.

No centro da sala, Gamache viu um velho fogão a lenha arredondado. Era lindo. Simples, direto, nada elegante, apenas um grande fogão preto que havia apaziguado o frio canadense por mais de cem anos. Nichol encontrou e ligou os interruptores de luz. Imensas telas de arte abstrata saltaram das paredes. Gamache levou um susto. Estava esperando lindas aquarelas com motivos campestres, românticas e vendáveis. Em vez disso, viu-se cercado por faixas brilhantes e esferas de 3 metros de altura. Aquilo era jovem, vibrante e forte.

– Olá.

Nichol deu um pulo, mas Gamache apenas se virou e viu Clara vindo na direção deles com uma presilha bico de pato agarrada a alguns fios de cabelo, como se estivesse se preparando para o voo derradeiro.

– Oi de novo – disse ela, sorrindo. – Depois de toda aquela conversa sobre a arte da Jane, eu quis vir ver a tela outra vez, observá-la em silêncio. É um pouco como me sentar ao lado da alma dela.

Nichol revirou os olhos e soltou um grunhido. Beauvoir notou, alarmado, e se perguntou se era tão desagradável e mente fechada assim quando o chefe falava sobre sentimentos e intuições.

– E o cheiro... – continuou Clara, inalando o ar profunda e apaixonadamente, ignorando Nichol. – Todo artista tem uma reação a este cheiro. Faz nosso coração bater mais forte. É como entrar na casa da avó e sentir o aroma dos biscoitos recém-saídos do forno. Para a gente, é essa combinação de verniz, óleos e fixadores. Se você tiver um bom olfato, sente até o cheiro da tinta acrílica. Vocês policiais também devem ter seus cheiros preferidos.

– Bom – disse Gamache, rindo ao se lembrar da manhã anterior –, quando a agente Nichol aqui me buscou em casa, trouxe café da lanchonete Tim Horton. Com duas colheres de creme e duas de açúcar. Isso faz meu coração disparar – confessou, levando a mão ao peito –, porque para mim está completamente associado às investigações. Eu posso estar entrando em uma sala de concertos, mas se eu sentir o cheiro desse café, começo a olhar para o chão para procurar o corpo.

Clara riu.

– Se você gosta de contornos de giz, vai amar o trabalho da Jane. Fico feliz que tenham vindo ver.

– É este aqui? – perguntou Gamache, olhando ao redor da sala vibrante.

– Não passou nem perto. Esse é de outro artista. Esta mostra termina em uma semana, e só então vamos pendurar os trabalhos da exposição dos membros. A abertura será em dez dias. Sem ser nesta sexta, na outra.

– É quando vai ser o vernissage?

– É. Duas semanas depois da escolha dos trabalhos.

– Eu posso falar com você um segundo? – perguntou Beauvoir, conduzindo Gamache alguns passos para longe. – Falei com a Lacoste. Ela acabou de ligar para o médico da Timmer Hadley. A morte dela foi totalmente natural. Câncer de rim. A doença se espalhou para o pâncreas e para o fígado, e daí foi questão de tempo. Na verdade, ela viveu mais do que ele esperava.

– Ela morreu em casa?

– Sim, no último dia 2 de setembro.

– Foi no Dia do Trabalho – disse Nichol, que estava perambulando por ali e ouvira a conversa.

– Sra. Morrow – disse Gamache a Clara, que mantinha uma distância respeitosa deles, uma distância que fazia com que parecesse não estar escutando, quando na verdade ouvia a conversa inteira –, o que a senhora acha?

Ops. Pega em flagrante. Não adiantava fingir, percebeu.

– A morte de Timmer já era esperada, mas mesmo assim foi meio que uma surpresa – disse Clara, juntando-se ao pequeno círculo. – Bom, na verdade isso é um exagero. É que a gente estava se revezando para ficar com ela. E era o dia da Ruth. A gente tinha combinado que, se Timmer estivesse se sentindo bem, Ruth daria um pulo no desfile de encerramento da feira do condado. Ela disse que Timmer estava tranquila. Ruth deu os remédios dela, preparou um copo de vitamina e foi embora.

– Deixou uma mulher moribunda sozinha – disse Nichol.

Clara respondeu calmamente:

– É. Eu sei que parece indiferença e até egoísmo, mas a gente estava cuidando dela fazia tanto tempo que já conhecíamos os altos e baixos. Todo mundo escapava por meia hora para lavar a roupa, fazer compras ou cozinhar uma refeição leve. Então não é tão estranho quanto parece. Ruth nunca teria saído se... – continuou Clara, desta vez dirigindo-se a Gamache – se houvesse o menor indício de que Timmer corria perigo. Foi horrível quando ela voltou e encontrou Timmer morta.

– Então foi inesperado? – perguntou Beauvoir.

– Nesse sentido, foi. Mas os médicos disseram que muitas vezes acontece assim. O coração simplesmente para.

– Eles fizeram uma autópsia? – quis saber Gamache.

– Não. Ninguém viu necessidade. Por que o senhor está interessado na morte da Timmer?

– Só estamos sendo meticulosos – respondeu Beauvoir. – Duas mulheres idosas morreram em um intervalo de poucas semanas em uma pequena cidade. Bom, isso levanta alguns questionamentos. É só isso.

– Mas, como o senhor disse, elas eram idosas. É esperado.

– Seria esperado se uma delas não tivesse morrido com um furo no coração – disse Nichol.

Clara estremeceu.

– Eu posso falar com você um segundo? – disse Gamache a Nichol, conduzindo-a para fora da galeria. – Agente, se você tratar qualquer outra pessoa do jeito que está tratando a Sra. Morrow, vou pedir o seu distintivo e mandar você para casa de ônibus, estamos entendidos?

– O que foi que eu disse de errado? É a verdade.

– E você acha que ela não sabe que Jane Neal foi morta com uma flecha? Você realmente não sabe o que fez de errado?

– Eu só falei a verdade.

– Não, você tratou outro ser humano como um idiota e, pelo que eu pude ver, magoou aquela mulher deliberadamente. Você só tem que fazer anotações e ficar em silêncio. Falaremos mais sobre isso hoje à noite.

– Mas...

– Eu tenho tratado você com educação e respeito porque essa é a maneira como trato todo mundo. Mas nunca, jamais, confunda gentileza com fraqueza. E nunca mais discuta comigo. Entendeu?

– Sim, senhor.

Nichol prometeu guardar suas opiniões para si mesma, se aquele era o agradecimento que recebia por ter a coragem de dizer o que todo mundo pensava. Quando alguém lhe perguntasse alguma coisa, responderia com monossílabos. E pronto.

– Este é o quadro de Jane – disse Clara, trazendo do depósito uma tela de tamanho médio e posicionando-a no cavalete. – Nem todo mundo gostou.

Nichol estava a ponto de dizer "Não brinca", mas se lembrou da promessa.

– Você gostou? – perguntou Beauvoir.

– Não de primeira, mas quanto mais eu observava o quadro, mais gostava dele. As peças foram se encaixando. Ele foi de um desenho rupestre para algo profundamente comovente. Assim, do nada – explicou Clara, estalando os dedos.

Gamache pensou que teria que passar o resto da vida observando a obra até que se tornasse algo além de ridícula. No entanto, havia algo ali, certo charme.

– Ali, Nellie e Wayne – disse ele, apontando, surpreso, para duas pessoas roxas na arquibancada.

– Este aqui é o Peter – disse Clara, mostrando uma torta com dois olhos e uma boca, mas sem nariz.

– Como ela conseguiu pintar as pessoas com tanta precisão só com dois pontos no lugar dos olhos e uma linha irregular para a boca?

– Não sei. Eu sou artista, fui artista a vida inteira, e não conseguiria. Mas não é só isso. A obra tem certa profundidade. Embora eu já tenha olhado para ela por mais de uma hora e não tenha visto as peças se encaixarem de novo. Talvez eu esteja me esforçando muito. Talvez a mágica só aconteça quando você não está procurando.

– É um bom trabalho? – perguntou Beauvoir.

– Essa é a questão. Eu não sei. Peter acha que é brilhante, e o resto do júri, com uma exceção, estava disposto a arriscar.

– Arriscar o quê?

– Isso pode surpreender o senhor, mas artistas são temperamentais. Para que o trabalho de Jane fosse aceito, o de outra pessoa foi rejeitado. Essa pessoa vai ficar com raiva. Assim como seus parentes e amigos.

– Com raiva suficiente para matar? – perguntou Beauvoir.

– Posso garantir ao senhor que esse pensamento já passou pela cabeça de todos nós, artistas, pelo menos uma vez na vida. Mas matar alguém só porque seu trabalho foi rejeitado pela Arts Williamsburg? Não. Além do mais, se alguém resolvesse fazer isso, mataria o júri, não Jane. E, pensando bem, ninguém além do júri sabia que o trabalho dela tinha sido aceito. A seleção foi na sexta passada.

Parece que faz tanto tempo, pensou Clara.

– Nem a Srta. Neal?

– Bom, eu contei para ela no mesmo dia.

– Alguém mais sabia?

Clara ficou um pouco constrangida.

– Conversamos sobre isso no jantar de sexta à noite. Foi um jantar de véspera de Ação de Graças que oferecemos para amigos na nossa casa.

– Quem compareceu? – perguntou Beauvoir, com o caderno na mão.

Nichol percebeu que ele não confiava mais nas anotações dela e se ressentiu quase tanto quanto havia se ressentido quando eles pediram a ela que fizesse anotações. Clara ditou os nomes.

– Sobre o que é o quadro? – perguntou Gamache, observando a pintura.

– Sobre o desfile de encerramento da feira do condado deste ano. Aqui – disse Clara, apontando para uma cabra verde com um cajado de pastor –, esta é a Ruth.

– Meu Deus, é mesmo – observou Gamache, arrancando uma gargalhada de Beauvoir. Era perfeito. Ele devia estar cego para não ter percebido. – Mas espera – disse ele, o deleite desaparecendo. – Isso foi pintado no mesmo dia e na mesma hora em que Timmer Hadley morreu.

– Foi.

– Como se chama?

– *Dia de feira.*

SEIS

Mesmo com a chuva e o vento, Gamache via como o interior era lindo. As árvores de bordo haviam se tingido de vibrantes tons de laranja e vermelho, e as folhas sopradas pela tempestade se espalhavam na estrada e nas ravinas como uma tapeçaria. Para ir de Williamsburg a Three Pines, eles tinham atravessado a cadeia de montanhas que separava os dois lugares. Como a maioria das estradas inteligentes, aquela acompanhava os vales e o rio e era, provavelmente, a antiga rota das diligências. Saindo dela, Beauvoir entrou em uma estrada de terra ainda menor. Buracos imensos sacudiam o carro, e Gamache mal conseguia ler suas anotações. Havia tempos ele tinha treinado o estômago para não se revirar junto com o veículo em que estivesse, mas os olhos tinham se mostrado um pouco mais teimosos.

Beauvoir diminuiu a velocidade ao ver uma imensa caixa de correio de metal amarelo-ovo. Pintados à mão com tinta branca estavam um número e o nome "Croft". Ele dobrou. Os grandiosos bordos continuavam ladeando o caminho, criando um túnel.

Através do para-brisa, Gamache viu uma casa de fazenda de ripas de madeira. Parecia habitada e confortável. Álceas e girassóis altos, típicos do fim da estação, se recostavam nas paredes. A lenha queimada exalada pela chaminé era agarrada pelo vento e conduzida para o bosque mais além.

Casas eram um autorretrato, Gamache sabia. Todos os toques pessoais revelavam o indivíduo: a escolha de cores, móveis e quadros. Deus, ou o diabo, estava nos detalhes. Assim como tudo que era humano. A casa era suja, desorganizada ou obsessivamente limpa? A decoração tinha sido escolhida para impressionar ou havia uma miscelânea de objetos que contavam uma história pessoal? Havia espaço livre ou o lugar estava entulhado? Ele sentia uma espécie de empolgação cada vez que entrava em uma casa durante uma investigação. Estava louco para entrar na de Jane Neal, mas precisava esperar. Por ora, quem estava a ponto de se revelar eram os Crofts.

Gamache se virou para Nichol.

– Fique com os olhos bem abertos e anote tudo que for dito em detalhes. E só escute, está bem?

Nichol o encarou com raiva.

– Eu fiz uma pergunta, agente.

– Está bem. – Após uma pausa significativa, ela acrescentou: – Senhor.

– Ótimo. Inspetor Beauvoir, você assume a liderança?

– Claro – respondeu Beauvoir, saindo do carro.

Matthew Croft estava esperando na porta. Após recolher os casacos encharcados, ele os levou direto para a cozinha, que tinha tons de amarelo e vermelho vibrantes. Talheres e pratos alegres na cristaleira. Cortinas limpas e brancas com flores bordadas nas pontas. Gamache olhou para Croft do outro lado da mesa, que estava endireitando o conjunto de saleiro e pimenteiro em formato de galo. Seus olhos inteligentes não paravam, e ele tinha uma postura de expectativa. Prestando atenção. Era tudo muito sutil, escondido sob um exterior amigável. Mas estava ali, Gamache tinha certeza.

– O meu conjunto de arco e flecha está na varanda. Está tudo molhado lá fora, mas se o senhor ainda quiser uma demonstração, posso mostrar como se atira.

Embora Croft tivesse se dirigido a Gamache, foi Beauvoir quem respondeu, atraindo os olhos dele para si.

– Isso seria muito útil, mas primeiro eu tenho algumas perguntas. São só algumas informações que eu queria esclarecer.

– Claro, sem problemas.

– O senhor pode me falar de Jane Neal, do seu relacionamento com ela?

– Nós não éramos muito próximos. Às vezes eu ia até a casa dela fazer uma visita. Era silencioso lá. Tranquilo. Ela foi minha professora, muito tempo atrás, na antiga escola.

– E como ela era como professora?

– Maravilhosa. Ela tinha uma capacidade incrível de olhar para você e fazê-lo se sentir a única pessoa na face da Terra. Sabe como é?

Beauvoir sabia. Armand Gamache tinha a mesma habilidade. A maioria das pessoas observava o ambiente e acenava para os outros enquanto estava falando. Gamache, nunca. Quando ele olhava para você, era como se você fosse o universo, embora Beauvoir soubesse que o chefe também estava absorvendo cada detalhe do que acontecia ao redor. Ele só não demonstrava.

– Como o senhor ganha a vida?

– Eu trabalho no departamento rodoviário do município de St. Rémy.

– Fazendo o quê?

– Comando o departamento de manutenção rodoviária. Faço a designação das equipes e avalio áreas problemáticas. Às vezes eu saio dirigindo para identificar problemas. Prefiro não encontrá-los só quando já tiver um carro capotado.

ACONTECIA COM BASTANTE FREQUÊNCIA. Normalmente, a morte chegava à noite, surpreendendo a pessoa durante o sono, parando seu coração ou acordando-a para ir ao banheiro com uma forte dor de cabeça, antes de dar o bote e inundar o cérebro com sangue. Ela aguardava em becos e paradas de metrô. Depois que o sol se punha, plugues eram puxados por guardiões vestidos de branco, e a morte era convidada a uma sala antisséptica.

Mas no interior a morte vinha, sem ser convidada, durante o dia. Levava pescadores em escaleres. Agarrava crianças pelos tornozelos enquanto elas nadavam. No inverno, chamava pelas pessoas em encostas íngremes demais para suas habilidades de iniciantes e cruzava as pontas de seus esquis. Ela esperava na margem onde pouco antes a neve encontrava o gelo, mas agora, escondida dos olhos brilhantes, a água começava a tocar a costa, e o patinador fazia um círculo ligeiramente maior do que pretendia. A morte espreitava no bosque com um arco e flecha ao anoitecer ou amanhecer. E jogava carros para fora da estrada em plena luz do dia, os pneus girando furiosamente no gelo, na neve ou nas folhas coloridas do outono.

Matthew Croft sempre era chamado quando havia um acidente de carro. Às vezes ele era o primeiro a chegar. Enquanto trabalhava para liberar o corpo, seu coração e mente abalados buscavam abrigo na poesia. Ele recitava poemas decorados dos livros que a Srta. Neal emprestava. E os de Ruth Zardo eram os seus favoritos.

Nos dias tranquilos de folga, ele visitava a Srta. Neal, se sentava em uma cadeira de descanso no jardim dela, olhava através das flores para o riacho mais além e memorizava poemas que usaria para afastar os pesadelos. Enquanto ele decorava os poemas, a Srta. Neal preparava uma limonada e removia folhas e flores mortas das plantas perenes nas laterais do jardim. Ela estava ciente da ironia de executar aquela ação enquanto ele bania a morte da cabeça. Por alguma razão, Matthew relutava em contar aquilo à polícia, em expor sua intimidade assim.

Antes que conseguisse falar mais, ficou ligeiramente tenso. Um instante depois, Gamache também ouviu o barulho. Suzanne abriu a porta do porão que dava para a cozinha e entrou.

Suzanne Croft não parecia nada bem. O nervosismo da reunião pública nem se comparava à aparência dela agora. Sua pele estava quase translúcida, com exceção de algumas manchas aqui e ali. E uma fina camada de suor dava a ela um brilho reptiliano. A mão que Gamache apertou estava gelada. Ela parecia apavorada, ele notou. Doente de medo. Gamache olhou para Croft, que nem tentava esconder o pânico. Ele olhava para a esposa como quem olhava para um espectro, um fantasma com uma mensagem particularmente terrível.

Então o momento passou. O rosto de Matthew Croft voltou ao "normal", com apenas uma leve sombra do que havia por baixo da pele. Gamache ofereceu a cadeira à Sra. Croft, mas Matthew cedeu seu lugar à esposa e se sentou em um banquinho. Ninguém falou nada. Gamache torceu para que Beauvoir também não falasse. Para que o silêncio se alongasse até ser quebrado. Aquela mulher segurava algo horrível, e as mãos dela estavam escorregando.

– A senhora quer um copo d'água? – perguntou Nichol a Suzanne Croft.

– Não, obrigada, mas deixa eu fazer um chá.

E foi assim que a Sra. Croft se levantou de um pulo e o momento passou. Gamache olhou para Nichol, perplexo. Se ela estivesse tentando sabotar o caso e a própria carreira, não teria feito um trabalho melhor.

– Deixa que eu te ajudo – disse Nichol, levantando-se para pegar a chaleira.

Beauvoir se permitiu demonstrar um lampejo de fúria quando Nichol falou, mas depois também voltou à sua familiar máscara de sensatez.

Burra, burra, praguejou mentalmente, mesmo ao abrir um meio sorriso benevolente. Lançou um olhar furtivo para Gamache e notou com satisfação que o chefe também estava encarando Nichol, mas não com raiva. Para desgosto de Beauvoir, ele viu uma expressão que identificou como tolerante no rosto do chefe. Será que ele não aprendia nunca? O que, em nome de Deus, fazia com que ele ajudasse aqueles idiotas?

– O que faz da vida, Sra. Croft? A senhora trabalha?

Agora que o silêncio havia sido rompido, Beauvoir percebeu que era melhor retomar o controle. E, enquanto fazia a pergunta, já intuía o insulto. A fácil suposição de que a maternidade não era um trabalho. Mas ele não se importou.

– Eu trabalho três vezes por semana na loja de fotocópias de St. Rémy. Ajuda a fechar as contas.

Diante da resposta, Beauvoir se sentiu mal. Ele se perguntou se havia descontado sua raiva de Nichol na Sra. Croft. Olhou ao redor e notou todos os objetos feitos à mão. Até as capas plásticas das cadeiras tinham sido grampeadas de maneira amadora, e algumas estavam se soltando. Aquelas pessoas precisavam fazer o dinheiro render.

– Vocês têm dois filhos, certo? – perguntou Beauvoir, afastando o constrangimento.

– Isso mesmo – respondeu Matthew.

– Qual é o nome deles?

– Philippe e Diane.

– Lindos nomes – comentou, interrompendo o silêncio que voltava a se formar. – Quantos anos eles têm?

– Ele tem 14, ela tem 8.

– E onde eles estão?

A pergunta pairou no ar, como se a Terra tivesse parado de girar. Ele havia marchado inexoravelmente em direção àquela questão, como os Crofts bem sabiam. Não queria surpreendê-los, não por respeito aos seus sentimentos parentais, mas porque queria que eles observassem a pergunta vindo de longe e tivessem que esperar e esperar. Até que os nervos estivessem à flor da pele. Até que ambos, embora temessem aquele instante, também ansiassem por ele.

– Eles não estão em casa – disse Suzanne, agarrando uma xícara de chá.

Beauvoir aguardou um instante, sem tirar os olhos dela.

– Quando vai ser o jantar do Dia de Ação de Graças de vocês?

A mudança brusca deixou Suzanne Croft boquiaberta, como se de repente ele estivesse falando um dialeto desconhecido.

– O quê?

– Uma coisa interessante que eu notei na minha casa é que o cheiro do peru demora uns dias para sair. E no dia seguinte, é claro, eu e minha esposa fazemos sopa, o que também deixa certo aroma pela casa.

Ele respirou fundo e depois escaneou as bancadas limpas da cozinha.

– A gente ia fazer o jantar de Ação de Graças ontem, no domingo – disse Matthew. – Mas por causa do que houve com a Srta. Neal, decidimos adiar.

– Para sempre? – perguntou Beauvoir, incrédulo.

Gamache ponderou se a pergunta não tinha sido um pouco exagerada, mas os Crofts não estavam em posição de criticar a performance de Beauvoir.

– Onde está Diane, Sra. Croft?

– Na casa de uma amiga. Nina Levesque.

– E Philippe?

– Ele não está aqui, eu já disse. Saiu. Não sei quando volta.

Ok, pensou Beauvoir, *chega de joguinhos*.

– Sra. Croft, vamos sair um minuto com o seu marido para ver os conjuntos de arco e flecha. Enquanto estivermos fora, eu queria que a senhora refletisse sobre uma coisa. Precisamos falar com Philippe. Sabemos que ele estava envolvido no caso do estrume, em Three Pines, e que a Srta. Neal o identificou.

– E identificou os outros – disse ela, desafiadora.

– Dois dias depois, ela morreu. Precisamos falar com ele.

– Ele não teve nada a ver com isso.

– Eu até aceito que a senhora acredite nisso. E talvez seja verdade mesmo. Mas a senhora achava que ele era capaz de atacar dois homens em Three Pines? Realmente conhece o seu filho, Sra. Croft?

Ele tinha colocado o dedo na ferida, mas já esperava por isso. Não porque tivesse qualquer insight sobre os Crofts, mas porque sabia que todo pai e toda mãe de adolescente temiam estar abrigando um estranho.

– Se não conseguirmos falar com o seu filho até a hora de ir embora, vamos ter que emitir um mandado para ele ser interrogado na delegacia de St. Rémy. Antes de o dia acabar, nós vamos falar com ele. Aqui ou lá.

O inspetor-chefe Gamache assistiu a tudo isso e soube que eles precisavam arranjar um jeito de entrar no porão. Aquelas pessoas tinham escondido alguma coisa ou alguém. E o que quer que fosse, estava no porão. Mesmo assim, aquilo era estranho, pensou Gamache. Ele podia jurar que Matthew Croft estava relaxado e agindo naturalmente na reunião pública. Era Suzanne Croft quem parecia perturbada. Agora os dois pareciam. O que tinha acontecido?

– Sr. Croft, eu posso dar uma olhada nos arcos e flechas agora? – perguntou Beauvoir.

– Como o senhor se atreve...! – exclamou Croft, vibrando de raiva.

– Não é uma questão de atrevimento. – Beauvoir olhou para ele com firmeza. – Na reunião desta manhã, o inspetor-chefe Gamache deixou claro que vocês teriam que fazer coisas desagradáveis. Este é o preço a se pagar para descobrir quem matou a Srta. Neal. Eu entendo a sua raiva. O senhor não quer que seus filhos fiquem traumatizados. Mas, honestamente, acho que eles já estão. Eu estou dando duas opções para o senhor. Podemos falar com o seu filho aqui ou na delegacia de St. Rémy.

Beauvoir fez uma pausa. E seguiu em silêncio. Mentalmente, desafiou Nichol a oferecer biscoitos. Finalmente, continuou:

– As regras da vida normal são suspensas quando uma morte violenta acontece. Os senhores e a sua família estão entre as primeiras casualidades. Eu reconheço como é o nosso trabalho, e o fazemos da forma mais indolor possível... Matthew Croft bufou, revoltado. – ... e é por isso que estou oferecendo duas opções para o senhor. Agora eu gostaria de ver os arcos e flechas, por favor.

Matthew Croft respirou fundo.

– É por aqui.

Ele os conduziu da cozinha à varanda.

– Sra. Croft – disse Gamache, enfiando a cabeça de volta na cozinha quando Suzanne Croft esboçava voltar ao porão –, pode nos acompanhar?

Os ombros de Suzanne Croft murcharam.

– Estão aqui – disse Matthew Croft, com o máximo de civilidade que conseguiu reunir. – Tenho um recurvo e um composto, e as flechas estão ali.

– Estes são os únicos arcos que o senhor tem? – perguntou Beauvoir, pegando as flechas e notando que eram de tiro ao alvo.

– São – respondeu Croft sem hesitar.

Eles eram exatamente iguais à descrição, só que maiores. Beauvoir e Gamache ergueram um arco por vez. Eram pesados, mesmo o simples recurvo.

– O senhor pode botar a corda no recurvo, por favor? – pediu Beauvoir.

Matthew segurou o arco recurvo, pegou uma longa corda com um laço em cada ponta e prendeu a vara de madeira entre as pernas. Depois dobrou o arco até que a corda alcançasse o pequeno entalhe do topo. Gamache notou que aquilo demandava alguma força. De repente, lá estava um arco "de Robin Hood".

– Posso?

Croft entregou o arco a Gamache. Ao pegá-lo, o inspetor notou que estava empoeirado. Mas não era terra. Então voltou a atenção para o composto, que se parecia mais com um arco tradicional do que Gamache esperava. Gamache o ergueu, observando as teias de aranha entre algumas das cordas. Aquele arco não era usado havia muito tempo. E era bem mais pesado do que esperava. Ele se virou para a Sra. Croft.

– A senhora usa arcos de caça ou de tiro ao alvo?

– Às vezes eu pratico tiro ao alvo.

– Qual arco a senhora usa?

Após hesitar um pouco, Suzanne Croft apontou para o recurvo.

– A senhora pode tirar a corda?

– Por quê? – perguntou Matthew Croft, dando um passo à frente.

– Eu gostaria de ver a sua esposa fazer isso – disse Gamache, virando-se para Suzanne. – Por favor.

Suzanne Croft pegou o arco recurvo, rapidamente o colocou em volta de uma perna, apoiou-se nele e fez a corda pular. Era nítido que havia feito aquilo várias vezes antes. Então Gamache teve uma ideia.

– A senhora pode refazer o arco, por favor?

Suzanne deu de ombros, recolocou o arco, agora reto, em volta da perna e se apoiou na parte superior. Não fez muito efeito. Então ela o pressionou com força para baixo e deslizou a corda pela ponta superior, recriando o recurvo. E entregou o arco para Gamache sem dizer uma palavra.

– Obrigado – disse ele, intrigado. A intuição dele parecia não estar certa.

– Vocês se importam se a gente atirar algumas flechas? – perguntou Beauvoir.

– De forma alguma.

Após recolocarem os casacos impermeáveis, os cinco saíram para a garoa. Felizmente, a chuva forte havia cedido. Lá fora, Matthew tinha posicionado um alvo redondo feito de feno envolto em uma lona com círculos pintados de vermelho. Ele pegou o arco recurvo, colocou uma nova flecha de madeira na fenda e esticou a corda. A flecha atingiu o segundo anel. Então Croft entregou o arco a Gamache, que, por sua vez, o passou a Beauvoir com um leve sorriso. Beauvoir o aceitou com prazer. Ele estava ansioso para tentar, e até já havia se imaginado acertando o centro várias vezes seguidas e sendo convidado pela equipe canadense de tiro ao alvo para participar das Olimpíadas. Aquele esporte parecia moleza, principalmente para ele, que era um exímio atirador com armas de fogo.

O primeiro problema apareceu logo: quase não conseguiu puxar a corda até o fim. Aquilo era bem mais difícil do que imaginava. Depois a flecha, hesitante entre dois de seus dedos, começou a pular pelo arco, recusando-se a ficar presa no pequeno pino da frente. Finalmente, ele estava pronto para atirar. Beauvoir soltou a corda e a flecha deixou o arco, passando a léguas de distância do alvo. Quem acertou na mosca foi a própria corda. Uma fração de segundo após lançar a flecha, ela atingiu o cotovelo de Beauvoir com tanta força que ele pensou que seu braço havia sido arrancado. Ele gritou e largou o arco, mal ousando olhar para o braço. A dor era lancinante.

– O que aconteceu, Sr. Croft? – questionou Gamache, indo até Beauvoir.

Croft não estava exatamente rindo, mas Gamache podia ver o prazer que aquilo lhe dava.

– Não se preocupe, inspetor-chefe. Ele só vai ficar com o braço roxo. Acontece com todos os amadores. A corda pegou no cotovelo. Como o senhor disse, todos nós temos que estar preparados para lidar com situações desagradáveis.

Croft lançou a ele um olhar severo, e Gamache lembrou que o arco havia sido oferecido a ele. Aquele machucado era destinado a ele.

– Você está bem?

Beauvoir segurava o braço e se esforçava para encontrar a própria flecha.

A menos que ele tivesse partido a flecha de Croft ao meio, a sua tinha errado o alvo. Aquilo doeu quase tanto quanto o machucado.

– Eu estou bem, senhor. Foi mais a surpresa que a dor.

– Tem certeza?

– Tenho.

Gamache se virou para Croft.

– O senhor pode me mostrar como atirar uma flecha sem acertar meu próprio braço?

– Provavelmente. O senhor vai arriscar?

Gamache apenas o encarou e esperou, recusando-se a jogar aquele jogo.

– Ok. Pegue o arco assim – disse ele, posicionando-se ao lado de Gamache e erguendo o braço dele enquanto o inspetor-chefe sustentava o arco. – Agora gire o cotovelo para que ele fique perpendicular ao solo. Assim, isso mesmo – continuou Croft. – Agora a corda vai passar bem perto do seu cotovelo, em vez de bater nele. O alvo vai ser muito menor. Provavelmente.

Gamache sorriu. *Se a corda bater, bateu.* Pelo menos estaria preparado, ao contrário de Beauvoir.

– O que mais eu tenho que fazer?

– Agora, com a mão direita, coloque a flecha de maneira que a ponta fique apoiada naquele pequeno entalhe de madeira do arco e encaixe a parte de trás dela na corda. Boa. Agora o senhor está pronto para puxar a corda. Não segure a corda por muito tempo antes de atirar. O senhor vai ver o motivo em um segundo. Alinhe o corpo, assim.

Ele posicionou o corpo de Gamache de lado em relação ao alvo. Seu braço esquerdo estava ficando cansado de manter o arco pesado erguido.

– Isto aqui é a mira.

Era inacreditável, mas Croft estava apontando para um pequeno alfinete, como os que Gamache tirava das camisas após mandar lavá-las a seco.

– O senhor alinha a cabeça do alfinete com o alvo. Daí puxa a corda de volta em um movimento fluido, realinha a mira e solta.

Croft recuou. Gamache abaixou o arco para descansar o braço, respirou fundo, revisou as etapas mentalmente e recomeçou. Ergueu o braço esquerdo suavemente e, antes de posicionar a flecha, girou o cotovelo para tirá-lo do caminho da corda. Então posicionou a flecha no entalhe, encaixou a parte de trás dela na corda, alinhou a cabeça do alfinete com o centro do alvo e puxou a corda com um movimento fluido. Mas não tão fluido. Parecia que o time inteiro do Montreal Canadiens estava fazendo cabo de guerra com ele e puxando a corda na direção contrária. Com o braço direito tremendo um pouco, conseguiu levar a corda para trás, quase até o nariz, e a soltou. Àquela altura, já não se importava mais se o cotovelo seria arrancado fora, só queria lançar logo aquela maldita flecha. A flecha voou bem torta, errando o alvo tanto quanto a de Beauvoir. Mas a corda também errou o alvo. Ela voltou para o lugar sem nem tocar o braço de Gamache.

– O senhor é um bom professor, Sr. Croft.

– O seu padrão deve ser bem baixo. Olha só para onde a sua flecha foi.

– Não estou vendo. Espero que dê para recuperar.

– Dá, sim. Sempre dá. Eu nunca perdi uma.

– Sra. Croft, sua vez – disse Gamache.

– Eu prefiro não atirar.

– Por favor, Sra. Croft – pediu o inspetor-chefe, entregando o arco a ela.

Ele ficou feliz de ter experimentado o arco e flecha. Aquilo lhe deu uma ideia.

– Já tem um tempo que eu não atiro.

– Entendo – disse Gamache. – Basta tentar.

Suzanne Croft posicionou o arco, colocou a flecha, puxou a corda e atirou. E atirou. E atirou até começar a chorar e desabar no chão lamacento, dominada por uma emoção que não tinha nada a ver com errar o alvo. Matthew Croft se ajoelhou ao lado dela e a abraçou. Gamache segurou o braço de Beauvoir e o conduziu um ou dois passos para longe. Depois sussurrou com certa urgência:

– Precisamos entrar naquele porão. Eu quero que você faça uma proposta para eles. Não levaremos Philippe para a delegacia se pudermos entrar no porão agora.

– Mas precisamos falar com o Philippe.

– Eu sei, mas não podemos fazer as duas coisas, e a única maneira de entrar no porão é dar algo que eles querem muito em troca. Eles querem proteger o filho. Não podemos ter as duas coisas, e acho que essa é a melhor opção.

Beauvoir considerou a ideia enquanto observava Croft consolar a esposa. O inspetor-chefe tinha razão. Philippe podia esperar. O que estava no porão, não. Após aquela demonstração, estava claro que a Sra. Croft sabia atirar muito bem, mas nunca havia usado aquele arco e flecha. Com certeza havia outro em algum lugar, que ela estava acostumada a usar. E que Philippe talvez tivesse usado. Provavelmente no porão. Sentiu o cheiro de lenha queimada flutuar para fora da chaminé. Torceu para não ser tarde demais.

PETER E CLARA LEVARAM LUCY para passear pela trilha do bosque que seguia de sua casa ao longo do rio Bella Bella. Quando chegaram à pequena ponte, soltaram-na da coleira. Ela deu alguns passos arrastados, sem demonstrar o menor interesse pela profusão de novos aromas. A chuva havia parado, mas a grama espessa e o solo estavam encharcados.

– A previsão disse que o céu vai clarear – comentou Peter, chutando uma pedra.

– Mas está esfriando – concordou Clara. – Vem uma geada forte por aí. Eu tenho que dar uma olhada no jardim. – Ela se abraçou para se proteger do frio. – Quero te fazer uma pergunta. Na verdade, eu queria pedir um conselho. Sabe quando eu fui falar com a Yolande?

– No almoço? Sei. Por que você fez aquilo?

– Bom, porque ela é sobrinha da Jane.

– Não, sério. Por quê?

Droga, Peter, pensou Clara. *Ele realmente me conhece.*

– Eu queria ser gentil...

– Mas você sabia o que ia acontecer. Por que você se colocou naquela situação, se sabia que ia sair magoada? Isso me mata, sabe, ver você fazer isso. E você faz o tempo todo. É uma maluquice.

– Você chama de maluquice, eu chamo de otimismo.

– É otimismo esperar que as pessoas façam uma coisa que nunca fizeram antes? Toda vez que você se aproxima da Yolande, ela é horrível com você. Toda vez. E mesmo assim você continua fazendo. Por quê?

– Por que você está falando isso agora?

– Você já pensou em como eu me sinto vendo você se magoar repetidamente, sem poder fazer nada a não ser catar os cacos depois? Pare de esperar que as pessoas sejam diferentes. Yolande é uma pessoa horrível, escrota e mesquinha. Aceite isso e fique longe dela. E se você decidir falar com ela, se prepare para as consequências.

– Isso não é justo. Do jeito que você fala, parece que eu sou uma idiota que não faz ideia do que vai acontecer. Eu sabia muito bem que ela ia fazer aquilo. E eu fui lá mesmo assim. Porque eu precisava ver uma coisa.

– Ver o quê?

– Eu tinha que ouvir a risada do André.

– A risada dele? Por quê?

– Era disso que eu queria falar. Lembra que a Jane descreveu uma risada horrível quando os garotos jogaram estrume no Olivier e no Gabri?

Peter assentiu.

– Eu ouvi uma risada assim hoje de manhã, na reunião pública. Era o André. Foi por isso que fui até a mesa dela, para fazer ele rir de novo. E ele riu. Se tem uma coisa que sei sobre Yolande e André é que eles são previsíveis.

– Mas, Clara, o André é um homem adulto, ele não era um dos garotos mascarados.

Clara fez uma pausa. Quase nunca Peter era obtuso assim, então era divertido assistir. Enfim a testa franzida dele relaxou.

– Era o filho dele, o Bernard.

– Boa, garoto!

– Jane se enganou, não eram Philippe, Gus e Claude. Um deles não estava lá, mas Bernard estava.

– Será que devo contar ao inspetor-chefe Gamache? Ou será que ele vai pensar que só quero falar mal da Yolande? – perguntou Clara.

– Quem se importa? Gamache precisa saber.

– Está bem. Vou ao bistrô hoje à tarde, quando ele estiver "em casa".

Clara pegou e lançou um graveto, na esperança de que Lucy fosse atrás. Ela não se mexeu.

Os Crofts aceitaram a oferta. Eles realmente não tinham muita escolha, e agora, junto com Gamache, Beauvoir e Nichol, o casal descia a escada estreita. O porão era organizado, bem diferente dos ninhos de rato que Gamache estava acostumado a ver e vasculhar. Quando ele fez um comentário sobre isso, Croft respondeu:

– Limpar o porão é uma das tarefas do Philippe. A gente fez isso juntos por um bom tempo, mas quando ele completou 14 anos, eu disse que o porão era todo dele. – Então Croft acrescentou, talvez ciente de como aquilo havia soado: – Não foi o único presente de aniversário dele, é claro.

Por vinte minutos, os dois homens empreenderam uma busca meticulosa. Então, entre esquis, raquetes de tênis e equipamentos de hóquei, pendurada na parede e meio escondida por caneleiras, encontraram uma aljava. Beauvoir a ergueu cuidadosamente com uma das raquetes de tênis e olhou dentro. Cinco velhas flechas de caça de madeira. Não havia uma única teia de aranha na aljava. Havia sido usada fazia pouco tempo.

– De quem é isso, Sr. Croft?

– Era do meu pai.

– Só tem cinco flechas aqui. Isso é comum?

– Estava assim quando eu herdei. Meu pai deve ter perdido uma delas.

– Mas o senhor disse que isso é raro. E acho que também disse que um caçador quase nunca perde uma flecha.

– É verdade, mas "quase nunca" e "nunca" são coisas diferentes.

– Posso? – perguntou Beauvoir, já pegando a raquete e a usando para tirar a aljava do gancho. Então entregou a Gamache a raquete de tênis com a aljava pendurada. Gamache levantou a raquete o mais alto que pôde e semicerrou os olhos, analisando o fundo redondo de couro da velha aljava.

– O senhor tem uma lanterna?

Matthew pegou uma lanterna amarela de um gancho e a entregou para ele. Ao acendê-la, Gamache viu seis pontos sombreados na frente da aljava, que mostrou para Beauvoir.

– Até pouco tempo atrás, tinha seis flechas aqui dentro – disse Beauvoir.

– Pouco tempo? Como o senhor sabe disso, inspetor?

Diante da tentativa de Matthew Croft de soar calmo, Gamache sentiu pena do homem. Ele estava se controlando ao máximo. Fazia isso com tanto afinco que suas mãos começaram a tremer levemente e ele acabou erguendo o tom de voz.

– Eu entendo de couro, Sr. Croft – mentiu Beauvoir. – Isto é couro fino de bezerro, usado para coisas assim porque é flexível mas durável. Estas flechas, que, suponho, sejam de caça, podem ser deixadas aqui com a ponta para baixo e mesmo assim não ficam cegas nem rompem o fundo – continuou Beauvoir. – E, o que é mais importante, Sr. Croft, este couro não se deforma com nada. É tão flexível que aos poucos volta à forma original. Estas seis marcas foram feitas por seis pontas de flecha. Mas só há cinco flechas aqui. Como isso é possível?

Agora Croft estava em silêncio, com a mandíbula cerrada.

Beauvoir entregou a raquete de tênis e a aljava a Nichol e a instruiu a segurá-las enquanto Gamache seguia com a busca. Agora Croft havia se juntado à esposa, e juntos eles aguardavam o que ainda estivesse por vir. Os dois homens passaram a meia hora seguinte vasculhando cada centímetro do porão. Estavam prestes a desistir quando Beauvoir começou a caminhar devagar em direção à fornalha, na qual ele de fato entrou. Praticamente à vista de todos estava um arco recurvo e, ao lado dele, um machado.

UM MANDADO DE BUSCA FOI SOLICITADO e emitido, e a fazenda dos Crofts, vasculhada do sótão ao galinheiro. Philippe foi encontrado no quarto, com fones no ouvido. Beauvoir verificou o cinzeiro debaixo da fornalha a lenha e encontrou a ponta de uma flecha de metal carbonizada pelo fogo, mas ainda intacta. Diante da descoberta, as pernas de Matthew Croft cederam e ele caiu no chão de concreto frio, mergulhando em um lugar onde não existiam versos rimados. Desta vez, a poesia não podia ajudá-lo.

Beauvoir providenciou para que todos os objetos coletados fossem levados aos laboratórios da Sûreté em Montreal. Agora a equipe estava de volta à estação do corpo de bombeiros.

– O que vamos fazer com os Crofts? – quis saber Lacoste, enquanto bebericava um café Tim Horton com bastante creme.

– Por enquanto, nada – respondeu Gamache, mordendo um donut de chocolate. – Vamos esperar o laudo dos laboratórios.

– Os resultados vão sair amanhã – disse Beauvoir.

– Sobre Matthew Croft... A gente não deveria prendê-lo? – perguntou Lacoste, arrumando o cabelo castanho-avermelhado sedoso com o pulso para não sujá-lo de cobertura de chocolate.

– Inspetor Beauvoir, o que você acha?

– O senhor me conhece, eu sempre prefiro me precaver.

Gamache se lembrou de uma história em quadrinhos que havia recortado do *Montreal Gazette* alguns anos antes. Ela mostrava um juiz e um acusado. A piada dizia: "O júri considerou você inocente, mas vou prendê-lo por cinco anos para me precaver." Todos os dias ele olhava para a tirinha e ria, sabendo que no fundo aquilo era a mais pura verdade. Parte dele queria "se precaver", mesmo às custas da liberdade de outras pessoas.

– Que risco a gente corre se deixar Matthew Croft livre? – perguntou Gamache, olhando ao redor para os outros à mesa.

– Bom, pode haver outras evidências na casa, que ele pode destruir de hoje para amanhã – arriscou Lacoste.

– É verdade, mas será que a Sra. Croft não poderia destruir essas evidências com a mesma facilidade? Afinal de contas, foi ela quem jogou a flecha na fornalha e estava prestes a despedaçar o arco. Ela mesma admitiu isso. Para falar a verdade, se tem alguém que a gente deveria prender, é ela, por ter destruído uma evidência. Vou dizer o que eu acho.

Ele pegou um guardanapo de papel e limpou as mãos. Então, inclinando-se para a frente, apoiou os cotovelos na mesa. Todos, com exceção de Nichol, fizeram o mesmo, o que deu ao ambiente a aparência de uma reunião altamente secreta.

– Digamos que o arco e a ponta da flecha sejam os mesmos que mataram Jane Neal. Certo?

Todos assentiram. Afinal de contas, aquilo parecia bastante provável.

– Mas qual dos dois é o assassino? Matthew Croft? Inspetor Beauvoir, o que você acha?

Beauvoir desejava com todas as forças que Matthew Croft fosse o culpado. Mesmo assim, droga, aquilo não se encaixava.

– Não. Ele estava relaxado demais na reunião pública. Só entrou em pânico mais tarde. Não. Se tivesse sido Matthew, ele teria sido mais evasivo antes. Ele não consegue disfarçar o que está sentindo.

Gamache concordou.

– O Sr. Croft está descartado. E Suzanne Croft?

– Bom, pode ter sido ela. Ela com certeza já sabia sobre o arco e a flecha na reunião, depois destruiu a flecha e teria jogado o arco na fornalha se tivesse tido tempo. Mas, de novo, não faz sentido.

– Se ela tivesse matado Jane Neal, teria destruído o arco e a flecha há muito mais tempo – disse Nichol, juntando-se ao grupo. – Teria ido direto para casa e queimado tudo. Para que esperar até saber que a polícia estava prestes a chegar?

– Você está certa – disse Gamache, surpreso e satisfeito. – Continue.

– Ok. Vamos supor que tenha sido Philippe. Ele tem 14 anos, certo? Esse é um arco antigo, não é tão potente quanto os mais novos. Não requer tanta força. Então ele pega o velho arco de madeira e as velhas flechas de madeira e sai para caçar. Mas, sem querer, acerta a Srta. Neal. Ele recupera a flecha e corre para casa. Mas a mãe descobre...

– Como? – perguntou Gamache.

– Como? – A pergunta fez Nichol hesitar. Ela precisava pensar. – Ele pode ter sujado a roupa de sangue, ou as mãos. Em algum momento, ela consegue arrancar a verdade dele, talvez logo antes da reunião pública. Ela precisa descobrir o que a polícia sabe, mas deixa Philippe em casa. Isso explicaria a agitação crescente dela na reunião.

– Tem algum furo nessa teoria? – perguntou Beauvoir ao grupo, tentando não soar esperançoso.

Embora esperasse que Nichol revelasse não ser uma completa inútil, aquela havia sido uma demonstração desastrosamente boa. Beauvoir tentou não olhar para ela, mas não pôde evitar. Como havia imaginado, ela o estava encarando com um sorrisinho. Nichol se recostou na cadeira devagar, satisfeita.

– Muito bem, Nichol – disse Gamache, levantando-se e assentindo para ela.

Espera só papai saber disso, pensou ela.

– Então a família Croft fica onde está por hoje, até a gente receber os resultados dos testes de laboratório.

A reunião acabou com todos ansiosos para encerrar a investigação no dia seguinte. Ainda assim, Armand Gamache sabia que era melhor não contar com uma única teoria. Ele queria manter a investigação viva. Só para se precaver.

Eram quase cinco da tarde, hora de ir para o bistrô. Mas havia algo que ele queria fazer primeiro.

SETE

Gamache entrou no bistrô e cumprimentou Gabri, que estava arrumando as mesas, com um aceno de cabeça. Todas as lojas ficavam lado a lado em uma fileira, e no fundo do bistrô ele encontrou a porta para o estabelecimento seguinte: Livros da Myrna, Novos e Usados.

Ali, ele se viu segurando uma cópia gasta de *Seres*. Havia lido *Seres* na época do lançamento do livro, alguns anos antes. O título sempre o lembrava do dia em que a filha, Annie, tinha chegado da escola primária com um dever de casa da aula de inglês que pedia que ela desse exemplos de palavras com até três significados diferentes. Ela tinha escolhido "cera" e escrevera "cera de abelha, cera de piso e cera humano".

Ele virou o livro para olhar o verso, que tinha um elogio e uma breve biografia do autor, o famoso médico e geneticista Dr. Vincent Gilbert, da Universidade McGill. O autor o encarou de volta, estranhamente severo para um homem que escrevia sobre compaixão. Aquele livro em particular era sobre o trabalho dele com o irmão, Albert Mailloux, em "La Porte", majoritariamente com homens e mulheres portadores de síndrome de Down. Era uma meditação sobre o que ele havia aprendido ao observar aquelas pessoas. O que havia aprendido sobre elas, a natureza da humanidade e sobre si mesmo. Era um estudo notável sobre a arrogância e a humildade e, sobretudo, sobre o perdão.

As paredes da livraria estavam cobertas por estantes, todas organizadas, etiquetadas e repletas de livros, alguns novos, outros usados; alguns em francês, mas a maioria em inglês. Myrna tinha conseguido fazer o ambiente se parecer mais com a biblioteca de uma confortável casa de campo do que com uma loja. Ela havia colocado duas cadeiras de balanço ao lado da lareira aberta e um sofá de frente para ela. Gamache afundou em uma das cadeiras e se lembrou da beleza de *Seres*.

– Taí um livro bom – disse Myrna, sentando-se na cadeira oposta. Ela havia trazido uma pilha de livros usados e algumas etiquetas de preços. – A gente ainda não se conhece. Meu nome é Myrna Landers. Eu estava na reunião pública.

Gamache se levantou e apertou a mão dela.

– Eu vi a senhora.

Myrna riu.

– É difícil não me ver. Eu sou a única negra de Three Pines e não sou exatamente um fiapo de gente.

– Então nós fazemos um bom par – disse Gamache, sorrindo e alisando a barriga.

Ela pegou um livro da pilha.

– O senhor leu este?

Ela segurava uma cópia gasta do livro de Albert, *Perda*. Gamache balançou a cabeça e deduziu que aquela não seria a leitura mais alegre do mundo. Ela virou o livro nas mãos e pareceu acariciá-lo.

– A teoria dele é de que vida é perda – disse Myrna após um instante. – Perda de parentes, de amores, de empregos. Então a gente precisa encontrar um sentido maior na vida que essas pessoas e coisas. Caso contrário, a gente se perde.

– E o que a senhora acha disso?

– Acho que ele está certo. Eu era psicóloga em Montreal, antes de vir para cá, há alguns anos. A maioria das pessoas que aparecia na minha porta estava em crise, e a maioria dessas crises estava ligada a alguma perda. Perda de um casamento ou de um relacionamento importante. Perda de segurança. De um trabalho, uma casa, um dos pais. Alguma coisa fazia com que elas pedissem ajuda e olhassem bem para dentro de si. E o catalisador geralmente era mudança e perda.

– E mudança e perda não são a mesma coisa?

– Para alguém com dificuldades de adaptação, podem ser.

– Perda de controle?

– Esse é um grande problema, é claro. A maioria de nós lida muito bem com as mudanças, desde que tenham sido ideia nossa. Mas as mudanças impostas fazem algumas pessoas entrarem em parafuso. Eu acho que Albert acertou em cheio. Vida é perda. Mas disso, como o livro destaca, vem a liberdade. Se a gente conseguir aceitar que nada é permanente e que a mudança é inevitável, se puder se adaptar, vai ser mais feliz.

– O que trouxe a senhora aqui? Uma perda?

– Isso não é justo, inspetor-chefe, agora o senhor me pegou. Foi. Mas não de uma forma convencional, já que, é claro, eu sempre tenho que ser especial e diferente. – Myrna inclinou a cabeça para trás e riu. – Eu perdi a empatia por grande parte dos meus pacientes. Depois de ouvir as reclamações deles por 25 anos, eu finalmente fiquei de saco cheio. Acordei uma manhã irritadíssima com um paciente de 43 anos que agia como se tivesse 16. Toda semana ele vinha com as mesmas reclamações: "O fulano me magoou. A vida é injusta. Não foi minha culpa." Por três anos, eu dei sugestões e, por três anos, ele não fez nada. Então, um dia, enquanto ouvia ele falar, eu finalmente entendi. Ele não estava mudando porque não queria. Ele não tinha nenhuma intenção de mudar. Pelos vinte anos seguintes, a gente ficaria naquele teatro. Na mesma hora, eu percebi que a maioria dos meus clientes era exatamente igual.

– Mas, com certeza, alguns estavam tentando.

– Ah, claro. Mas esses eram os que melhoravam logo. Porque trabalhavam duro e realmente queriam melhorar. Os outros diziam que queriam, mas eu acho... e isso não é muito popular nos círculos de psicologia... – sussurrou ela de forma conspiratória, inclinando-se para a frente – ... acho que muitas pessoas amam os próprios problemas. Porque assim têm todo tipo de desculpa para não crescer e tocar a vida.

Myrna se recostou de volta na cadeira e respirou fundo.

– Vida é mudança. Se você não está crescendo e evoluindo, está parado enquanto o resto do mundo avança. A maioria das pessoas é muito imatura. Elas passam a vida esperando, imóveis como pinturas de natureza-morta.

– Esperando o quê?

– Esperando serem salvas. Esperando que alguém as resgate ou pelo menos as proteja deste mundo cruel. Só que ninguém pode fazer isso, porque o problema é delas, assim como a solução. Só elas podem resolver.

– "A culpa, caro Brutus, não é das nossas estrelas, mas de nós mesmos, que somos subordinados."

Myrna se inclinou para a frente, animada.

– É isso. A culpa é nossa e somente nossa. Não é do destino, da genética, do azar e definitivamente não é do papai e da mamãe. No fim das contas, somos só nós e as nossas escolhas. Mas... – ponderou Myrna, os olhos brilhando, quase vibrando de emoção – a coisa mais poderosa e espetacular é que a solução também está nas nossas mãos. Nós somos os únicos que podemos mudar, transformar nossa vida. Então todos esses anos esperando que alguém faça isso por nós são perda de tempo. Eu adorava falar disso com a Timmer. Ela era uma mulher brilhante. Sinto saudades dela. – Myrna se recostou de volta na cadeira. – A maioria das pessoas com problemas não entende isso. A culpa está aqui, mas a solução também. Essa é a graça.

– Mas isso seria admitir que tem algo errado com elas. Pessoas infelizes geralmente não culpam os outros? Essa é a parte mais forte, mais assustadora daquela frase da peça *Júlio César*. Quem consegue admitir que nós somos o problema?

– Exatamente.

– A senhora mencionou Timmer Hadley. Como ela era?

– Eu só a conheci perto do fim da vida. Não quando ela era saudável. Timmer era uma mulher inteligente e elegante. Sempre estava bem-vestida, arrumada, chique até. Eu gostava dela.

– Você cuidou dela?

– Cuidei. Cuidei dela um dia antes de ela morrer. Eu levei um livro para ler, mas ela queria ver fotos antigas, então peguei o álbum dela e o folheamos juntas. Tinha uma foto de Jane nele, de séculos atrás. Ela devia ter 16, 17 anos. Estava com os pais. Timmer não gostava dos Neals. Dizia que eles eram frios, uns alpinistas sociais.

Myrna se interrompeu de repente, como se estivesse prestes a dizer alguma coisa.

– Continue – incentivou Gamache.

– É isso – disse Myrna.

– Eu sei que não foi só isso que ela disse. Me conta.

– Não posso. Ela estava dopada com morfina, e sei que ela nunca teria dito nada se estivesse em plena consciência. E não tem nada a ver com a morte da Jane. Aconteceu há mais de sessenta anos.

– O curioso sobre assassinatos é que geralmente acontecem décadas depois do ato decisivo. Uma coisa acontece e leva inexoravelmente à morte, muitos anos depois. Uma semente ruim é plantada. É como um daqueles velhos filmes de terror dos estúdios Hammer em que o monstro, sem correr, porque ele nunca corre, caminha sem parar, sem piedade, em direção à vítima. O assassinato costuma ser assim. Vem de muito longe.

– Mesmo assim, eu não vou contar para o senhor o que Timmer disse.

Gamache sabia que podia persuadi-la. Mas para quê? Se os testes de laboratório exonerassem os Crofts, ele voltaria, mas, caso contrário, ela estava certa: ele não precisava saber, embora quisesse muito.

– Vamos combinar uma coisa – disse ele. – Eu não vou insistir. Mas um dia talvez eu pergunte isso de novo, e a senhora vai ter que me dizer.

– É justo. O senhor me pergunta de novo, e eu respondo.

– Eu tenho uma outra pergunta. O que a senhora acha dos garotos que atiraram estrume?

– Todos nós fazemos coisas estúpidas e cruéis quando somos jovens. Eu lembro que uma vez peguei o cachorro de uma vizinha e o tranquei na minha casa. Depois disse para a menina que ele tinha sido levado pela carrocinha e tinha morrido. Eu ainda acordo às três da manhã vendo a cara dela. Dez anos atrás, eu a procurei para pedir desculpas, mas ela tinha morrido em um acidente de carro.

– A senhora precisa se perdoar – disse Gamache, erguendo *Seres*.

– Claro, o senhor tem razão. Mas talvez eu não queira. Talvez eu não queira perder esse arrependimento. Minha martirização. É terrível, mas meu. Eu sou meio boba às vezes. – Ela riu, limpando migalhas invisíveis do cafetã.

– Oscar Wilde disse que não existe nenhum pecado, a não ser a estupidez.

– E o que o senhor acha disso?

Os olhos de Myrna se iluminaram, obviamente feliz de devolver os holofotes para ele. Gamache pensou por um instante.

– Eu cometi erros que permitiram que assassinos tirassem mais vidas. E cada um desses erros, se eu olhar para trás, foram estúpidos. Uma conclusão precipitada, uma suposição incorreta mantida com uma firmeza excessiva... Cada escolha errada que eu faço coloca uma comunidade em risco.

– O senhor aprendeu com os seus erros?

– Sim, professora, acho que sim.

– Isso é o máximo que você pode exigir de si mesmo, jovem gafanhoto. Vamos fazer um acordo: eu me perdoo se o senhor se perdoar.

– Combinado – disse Gamache, desejando que fosse fácil daquele jeito.

Dez minutos depois, Armand Gamache estava sentado à mesa perto da janela do bistrô, observando a vida em Three Pines. Só havia comprado um livro de Myrna, que não foi nem *Seres*, nem *Perda*. Ela pareceu meio surpresa quando ele levou o livro ao caixa. Agora, diante de uma taça de Cinzano e de alguns pretzels, ele lia o volume, abaixando-o de vez em quando para perscrutar a vila e o bosque pela janela. As nuvens estavam se dissipando e o sol de fim de tarde brilhava nas pequenas montanhas que cercavam Three Pines. Uma ou duas vezes, ele folheou o livro em busca de ilustrações. Ao encontrar o que estava procurando, fez orelhas para marcar as páginas e seguiu com a leitura. Era uma maneira muito agradável de passar o tempo.

Uma pasta de papel pardo atirada sobre a mesa o trouxe de volta ao bistrô.

– O resultado da autópsia – disse a legista Sharon Harris, sentando-se e pedindo uma bebida.

Ele abaixou o livro e pegou o dossiê. Após alguns minutos, tinha uma pergunta:

– Se a flecha não tivesse atingido o coração, ela teria morrido mesmo assim?

– Se tivesse chegado perto do coração, sim – respondeu a Dra. Harris, inclinando-se para a frente e entortando o relatório para poder vê-lo de cabeça para baixo. – Mas ela foi atingida direto no coração. O senhor está vendo? Quem fez isso deve ser um exímio atirador. Não foi sem querer.

– E, ainda assim, eu suspeito que essa seja exatamente a conclusão a que vamos chegar, de que foi sem querer. Um acidente de caça. Não seria o primeiro na história do Quebec.

– Você tem razão, toda temporada acontecem vários acidentes de caça com rifles. Mas flechas? Você precisa ser um bom caçador para atingir o coração, e bons caçadores não cometem erros como este. Não arqueiros, pelo menos. Não são os tipos malucos que vemos por aí.

– O que a senhora está dizendo, doutora?

– Estou dizendo que, se a morte da Srta. Neal foi um acidente, o assassino deve ter um carma muito ruim. Nenhuma das mortes por acidente de caça que eu investiguei como legista até hoje envolvia um bom arqueiro.

– A senhora está dizendo que, se um bom caçador fez isso, foi de propósito?

– Estou dizendo que um bom arqueiro fez isso e que bons arqueiros não cometem erros. O senhor ligou os pontos. – Ela sorriu calorosamente e acenou com a cabeça para as pessoas da mesa ao lado. Gamache lembrou que ela morava na área.

– A senhora mora em Cleghorn Halt, não é? Fica aqui perto?

– A uns vinte minutos daqui, em direção à abadia. Eu conheço bem Three Pines por causa do Tours des Arts. Peter e Clara Morrow moram aqui, não é? Bem ali? – perguntou ela, apontando pela janela para a casa de tijolinhos vermelhos do outro lado da praça.

– É. Você conhece os dois?

– Só a arte deles. Ele é membro da Academia Real do Canadá, é um artista respeitado. Faz uns trabalhos incríveis, superfortes. Parecem obras abstratas, mas na verdade são o oposto, hiper-realistas. Ele pega um objeto, digamos, uma taça de Cinzano – disse ela, erguendo a taça –, e chega bem perto. – Ela se inclinou para a frente até que os cílios tocassem a umidade do exterior da taça. – Então ele pega um microscópio e chega ainda mais perto. E pinta isso. – Ela devolveu a taça à mesa. – É deslumbrante. Parece que demora séculos para ele criar um único quadro. Não sei como tem paciência.

– E Clara Morrow?

– Eu tenho um dos trabalhos dela. Acho maravilhoso, mas é muito diferente dos quadros dele. A arte dela é bem feminista, muitos nus femininos e alusões a deusas. Ela tem uma série linda sobre as filhas de Santa Sofia.

– As três graças, Fé, Esperança e Caridade?

– Muito bem, inspetor-chefe. Eu tenho um trabalho dessa série. A Esperança.

– A senhora conhece Ben Hadley?

– Dos Moinhos Hadley? Não muito. A gente já se encontrou em alguns eventos. A Arts Williamsburg faz uma festa ao ar livre todos os anos, que geralmente é na casa da mãe dele, então ele está sempre lá. Acho que a casa é dele agora.

– Ele nunca se casou?

– Não. Quase 50 anos e ainda solteiro. Quem sabe ele se casa agora.

– Por que a senhora está dizendo isso?

– Acontece muito. Nenhuma mulher conseguia se meter entre mãe e filho, embora eu não ache que Ben Hadley tivesse uma tara pela mamãe. Sempre que ele falava dela, era sobre como a mulher o botava para baixo. Algumas histórias eram horríveis, mas ele nem notava. Isso sempre me espantou.

– O que ele faz da vida?

– Ben Hadley? Não sei. Sempre achei que ele não fazia nada, meio castrado pela mãe. Muito triste.

– Trágico.

Gamache se lembrou daquele homem alto e simpático com tipo de professor, que caminhava devagar e parecia sempre um pouco confuso. Sharon Harris pegou o livro que ele estava lendo e olhou a contracapa.

– Boa ideia.

Ela o colocou de volta na mesa, impressionada. Estava contando a Gamache coisas que ele já sabia. Provavelmente não era a primeira vez. Depois que ela saiu, Gamache se voltou para o livro, folheou até a página marcada e observou a ilustração. Era possível. Só possível. Pagou pela bebida, encolheu os ombros dentro do casaco acolchoado e deixou o salão morno em direção ao frio, à umidade e à escuridão iminente.

CLARA OLHOU PARA A CAIXA À SUA FRENTE e desejou que ela falasse. Algo havia dito a ela para começar a trabalhar em uma grande caixa de madeira. Então ela obedeceu. E agora estava sentada no estúdio, encarando aquela caixa, tentando lembrar por que construir uma grande caixa de madeira lhe havia parecido uma boa ideia. Mais do que isso: por que lhe havia parecido uma ideia artística? Na verdade, qual era a porcaria da ideia, afinal?

Esperou que a caixa falasse com ela. Que dissesse alguma coisa. Qualquer coisa. Até uma bobagem. Por que Clara pensava que a caixa, se decidisse falar, diria qualquer coisa que não fosse uma bobagem, era outro mistério. E quem escutava caixas de madeira?

A arte de Clara era intuitiva, o que não significava que ela não fosse habilidosa ou não tivesse estudado. Clara havia frequentado a melhor faculdade de arte do Canadá e dera aulas lá por um tempo, até que a definição restrita de "arte" da instituição a fez tomar outro rumo. Do centro de Toronto ao centro de Three Pines. Isso já fazia décadas, e até agora ela não havia conseguido abalar o mundo da arte. Talvez esperar que caixas falassem fosse uma das razões. Clara limpou a mente, abrindo espaço para a inspiração. Um croissant passou flutuando, depois a grama do jardim, que precisava ser cortada, e então ela teve uma pequena discussão imaginária com Myrna sobre os preços que com certeza seriam oferecidos por seus livros usados. Já a caixa continuou muda.

O estúdio de Clara estava esfriando, e ela se perguntou se Peter, em seu próprio estúdio do outro lado do corredor, sentia a mesma coisa. Provavelmente ele estava envolvido demais no trabalho para notar, pensou com uma ponta de inveja. Peter nunca parecia sofrer com a incerteza que às vezes a paralisava, a deixava empacada. Ele continuava dando um passo atrás do outro, produzindo aqueles trabalhos dolorosamente detalhados, que eram vendidos por milhares de dólares em Montreal. Cada trabalho levava meses para ficar pronto, de tão preciso e metódico que ele era. Em um aniversário, ela deu a ele um rolo de pintura e disse que era para agilizar o trabalho. Ele não pareceu gostar da piada. Talvez porque tivesse um fundo de verdade. Eles viviam duros. Mesmo agora, com o frio do outono se infiltrando pelas frestas das janelas, Clara relutava em acender a fornalha. Em vez disso, vestia outro suéter gasto e cheio de bolinhas. Ela sonhava com roupas de cama novas e imaculadas, latas de marcas conhecidas na cozinha e lenha suficiente para atravessar o inverno sem preocupação. Preocupação. *Isso desgasta a gente*, pensou enquanto vestia mais um suéter e se sentava de novo em frente à imensa caixa silenciosa.

Mais uma vez, Clara limpou a mente, abrindo bastante espaço. E, que surpresa, uma ideia apareceu. Totalmente formada. Inteira, perfeita e perturbadora. Em questão de segundos, Clara estava fora de casa, subindo depressa a Rue du Moulin. Ao se aproximar da casa de Timmer, instintivamente atravessou a rua e desviou o olhar. Depois de passar pela casa, atravessou de volta e caminhou em direção à antiga escola, que ainda estava decorada com a fita amarela da polícia. Então se embrenhou no bosque, pensando por um momento na loucura de suas ações. Estava anoitecendo.

Era a hora em que a morte espreitava no bosque. Não sob a forma de um fantasma, esperava Clara, mas com um disfarce ainda mais sinistro. O de um homem com uma arma projetada para criar fantasmas. Os caçadores se esgueiravam pelo bosque ao anoitecer. Um deles havia matado Jane. Clara diminuiu o passo. Talvez aquela não fosse a ideia mais brilhante do mundo. Na verdade, tinha sido ideia da caixa, então ela teria a quem culpar, se fosse morta. Clara ouviu um barulho logo à frente. E congelou.

O BOSQUE ESTAVA MAIS ESCURO do que Gamache esperava. Ele pegou um caminho que não conhecia e gastou um bom tempo olhando em volta, tentando se orientar. Tinha levado o celular para o caso de se perder, mas sabia que o sinal era no mínimo instável nas montanhas. Mesmo assim, dava a ele algum conforto. Fez uma volta completa, lentamente, e viu um pequeno brilho amarelo. Era a fita da polícia, que estava ao redor do local onde Jane havia morrido. Foi até lá, caminhando pelo bosque ainda encharcado pela tempestade do dia, que ensopava seus pés e pernas. Quando chegou perto da fita, parou de novo e escutou. Sabia que estava na hora da caça, mas precisava confiar que sua vez ainda não tinha chegado. Confiar e ser muito, muito cauteloso. Gamache passou dez minutos procurando antes de encontrá-la. Sorriu ao caminhar até a árvore. Quando criança, quantas vezes a mãe havia brigado com ele por andar fitando os pés, em vez de olhar para a frente? Bom, ela tinha razão naquilo também. Quando eles examinaram a cena pela primeira vez, ele olhara para o chão, mas o que queria não estava lá. Estava nas árvores.

Uma caixa.

Agora Gamache estava ao pé da árvore, contemplando a estrutura de madeira a uns 5 metros de altura. Pregada no tronco, havia uma série de pranchas de madeira: degraus, com os pregos enferrujados sangrando um líquido laranja. Gamache pensou em seu lugar quentinho perto da janela do bistrô. Na taça de Cinzano e nos pretzels. E na lareira. E começou a subir. Enquanto escalava com dificuldade um degrau de cada vez e segurava o seguinte com a mão trêmula, lembrou-se de outra coisa. Tinha pavor de altura. Como havia esquecido? Ou será que esperava que daquela vez fosse diferente? Agarrado às ripas estreitas, pegajosas e rangentes, olhou para a plataforma de madeira um trilhão de metros acima e congelou.

O BARULHO VEIO DA FRENTE OU DE TRÁS?, perguntou-se Clara. Ele parecia onipresente, como as sirenes da cidade. E agora ela tinha ouvido de novo. Clara se virou e olhou para trás. Quase todas as árvores eram pinheiros com suas agulhas escuras, o que tornava o bosque espinhoso e negro. À sua frente, contra o pôr do sol vermelho, havia uma mistura maior, com bordos e cerejeiras. Instintivamente, Clara caminhou até a luz, na dúvida se deveria ser barulhenta, como na primavera, para alertar os ursos, ou ser o mais silenciosa possível. Deduziu que dependia do que achava que lhe fazia companhia ali no bosque. Um urso, um cervo, um caçador ou um fantasma. Queria ter uma caixa para consultar. Ou Peter. Sim, Peter quase sempre era melhor que uma caixa.

GAMACHE OBRIGOU QUE SUAS MÃOS se movessem até o degrau seguinte. Ele se lembrou de respirar e até cantarolou uma musiquinha de sua autoria. Continuou escalando em direção à mancha negra acima de sua cabeça. Respirar, alcançar o degrau e dar um passo. Respirar, alcançar o degrau e dar um passo. Finalmente chegou ao topo e sua cabeça atravessou o pequeno corte quadrado do assoalho. Era como o livro descrevia. Um esconderijo. Você tinha que estar completamente bêbado para querer subir ali, pensou Gamache. Ele se impulsionou através do buraco e se pôs de pé, sentindo uma onda de alívio, que um segundo depois foi substituída por um terror paralisante. Caiu de joelhos e engatinhou depressa até o tronco da árvore, abraçando-o. A frágil caixa empoleirada na árvore ficava a uns 5 metros do chão e tinha mais ou menos 1 metro e meio de largura, com apenas uma grade velha e instável se interpondo entre Gamache e o abismo. O inspetor cravou as unhas na casca da árvore, sentindo a madeira espetar a palma das mãos e feliz por poder se concentrar na dor. O medo terrível que o traía não era tropeçar e cair ou mesmo que o esconderijo de madeira se espatifasse no chão. Era pular. Aquele era o horror da vertigem. Sentia que a borda o puxava como se ele tivesse uma âncora presa à perna. Sem ninguém o forçando ou ameaçando, ele basicamente se mataria. Imaginou a cena, e o horror daquilo o deixou sem fôlego. Por um instante se agarrou à árvore, fechou os olhos, lutou para respirar profundamente, ritmado.

FUNCIONOU. AOS POUCOS, O TERROR foi recuando, e a certeza de que ele se lançaria para a morte diminuiu. Abriu os olhos. E viu. O motivo de estar ali. O que tinha visto no bistrô, no livro de segunda mão que havia comprado de Myrna. *O grande livro de caça para garotos.* Tinha lido sobre aqueles esconderijos, estruturas que os caçadores construíam para ver os cervos se aproximando e atirar. Mas não foi isso que tirou Gamache da segurança e do aconchego da vila. Ele estava procurando outra coisa que o livro também mencionava. E, de onde estava, podia vê-la a uma distância média.

Mas então ouviu um barulho. Quase com certeza, um ruído humano. Ele se atreveria a olhar para baixo? Será que tinha coragem de largar o tronco da árvore e rastejar até a borda do esconderijo para dar uma olhada? O barulho ecoou de novo. Uma espécie de zumbido. Uma melodia familiar. O que era aquilo? Com cuidado, soltou a árvore, deitou-se de barriga para baixo na plataforma e avançou até a borda.

Viu o topo de uma cabeça conhecida. Na verdade, viu o cabelo que fazia a cabeça parecer um cogumelo.

CLARA DECIDIU QUE DEVERIA OPTAR pelo pior cenário, só não conseguia decidir qual deles era o pior. Um urso, um caçador ou um fantasma? Ao pensar no urso, lembrou-se do Ursinho Pooh e do Efalante. Começou a cantarolar de boca fechada. Uma música que Jane sempre cantarolava.

– Isso que você está cantando é "What Do We Do with a Drunken Sailor?" – gritou Gamache lá de cima.

Lá embaixo, Clara gelou. Era Deus? Mas com certeza Deus saberia exatamente o que ela estava cantando. Além disso, ela não acreditava que as primeiras palavras d'Ele para ela não fossem "Onde você estava com a cabeça?".

Olhou para cima e viu a caixa. Uma caixa falante. Seus joelhos cederam. Então, afinal, elas falavam.

– Clara? É Armand Gamache. Eu estou no esconderijo.

Mesmo lá de cima e no crepúsculo, podia ver como ela estava confusa. Então viu um sorriso enorme se abrir no rosto dela.

– Esconderijo? Eu esqueci que tinha um aí. Posso subir?

Mas ela já estava escalando os degraus como uma criança de 5 anos. Gamache ficou impressionado e horrorizado ao mesmo tempo. Outro corpo, por mais magro que fosse, poderia ser o suficiente para botar abaixo a estrutura inteira.

– Uau, isso é incrível! – exclamou Clara, saltando para a plataforma. – Que vista! Que bom que o tempo melhorou. Ouvi falar que amanhã vai fazer sol. O que você está fazendo aqui?

– O que *você* está fazendo aqui?

– Eu não estava conseguindo me concentrar no trabalho e de repente soube que precisava vir aqui. Quero dizer, não aqui, mas lá embaixo, onde a Jane morreu. Eu sinto que devo isso a ela.

– É difícil seguir com a vida sem sentir culpa.

– Deve ser isso. – Ela se virou e olhou para ele, impressionada. – Então, o que trouxe você aqui?

– Eu vim procurar isto.

Ele apontou para o fim da plataforma, tentando parecer calmo. Luzes brancas dançavam em frente aos seus olhos, um prelúdio familiar de vertigem. Ele se forçou a olhar para além da borda. O quanto antes aquilo acabasse, melhor.

– O quê?

Clara olhou para a mata mais além. Gamache sentiu que estava ficando irritado. Com certeza ela estava vendo. Aquilo fora um barulho de rachadura? O sol desenhava sombras compridas com estranhos feixes de luz, e alguns deles atingiam a borda do bosque. Então ela viu.

– O caminho através do bosque, ali? É isso?

– É uma trilha de cervos – disse Gamache, afastando-se da borda e alcançando o tronco da árvore atrás de si. – Feita por eles ano após ano. São como as ferrovias suíças. Extremamente previsíveis. Sempre usam o mesmo caminho, por gerações. Foi por isso que alguém construiu o esconderijo aqui. – Ele quase esqueceu o pânico. – Para observar os cervos passando pelo caminho e atirar. Mas a trilha é quase invisível. Eu coloquei investigadores treinados para vasculhar toda esta área ontem, e nenhum deles viu isso. Ninguém notou este caminhozinho no bosque. Nem eu. A pessoa precisa saber que ele está lá.

– Eu sabia dele, mas esqueci completamente – respondeu Clara. – Peter me trouxe aqui muito tempo atrás. Bem aqui em cima, neste esconderijo. Mas você está certo. Só os moradores sabem que é por aqui que os cervos vêm. O assassino de Jane atirou daqui?

– Não, este lugar não é usado há anos. Vou trazer Beauvoir para dar uma olhada, mas tenho certeza. O assassino atirou da mata. Ou estava esperando os cervos...

– Ou estava esperando por Jane. A vista é incrível daqui. – Clara virou as costas para a trilha e olhou na direção oposta. – Dá para ver a casa de Timmer daqui.

Gamache, surpreso com a mudança de assunto, também se virou devagar, com cuidado. E lá estava o telhado de ardósia da velha casa vitoriana. Sólida e bela a seu modo, com paredes de pedra vermelha e janelas enormes.

– Horrorosa. – Clara estremeceu e foi até a escada. – É um lugar horrível. E, caso você esteja se perguntando – disse ela, virando-se para descer e encarando Gamache, seu rosto agora na escuridão –, eu entendi. Quem matou Jane mora aqui. E tem mais.

– "Quando terminastes, não o terminastes, pois eu tenho mais" – citou Gamache. – John Donne – explicou, sentindo-se um pouco agitado diante da perspectiva de finalmente escapar dali.

Clara já tinha atravessado metade do corpo pelo buraco.

– Eu lembro, da escola. Mas é um poema da Ruth Zardo que me vem à mente:

Vou guardar tudo aqui dentro;
supurando, apodrecendo; mas eu sou uma pessoa ótima, gentil,
amorosa. "Sai da minha frente, seu filho da puta."
Opa, desculpa...

– Você disse Ruth Zardo? – perguntou Gamache, atordoado.

Clara havia acabado de citar um dos poemas favoritos dele. Ele se ajoelhou e continuou:

Saiu, escapuliu, eu vou
me esforçar mais, olha só, vou mesmo. Você não pode
me obrigar a dizer nada. Eu vou mais e mais me afastar,
aonde você nunca vai me encontrar, me ferir ou me fazer
falar.

– Quer dizer que Ruth Zardo escreveu isso? Espere um minuto...

Gamache se lembrou da ida ao cartório no início do dia e do incômodo que havia sentido ao ouvir os nomes dos testamenteiros. Ruth Kemp Zardo. Ruth Zardo era a poetisa Ruth Kemp, ganhadora do prêmio Governor General para poesia em língua inglesa? A talentosa escritora que tinha definido a famosa ambivalência de gentileza e agressividade dos canadenses? Que tinha dado voz ao indizível? Ruth Zardo.

– Por que você se lembrou desse poema? – perguntou Gamache.

– Porque, pelo que sei, Three Pines é feita de boas pessoas. Mas aquela trilha de cervos sugere que um de nós está apodrecendo. Quem quer que tenha matado Jane sabia que estava mirando em uma pessoa e queria que parecesse um acidente de caça, como se alguém esperando um cervo descer da trilha tivesse atirado nela sem querer. Mas o problema é que, com o arco e flecha, você tem que estar bem perto. Perto o suficiente para saber no que está atirando.

Gamache aquiesceu. Ela havia entendido, afinal. Era irônico que, mesmo com a noite se aproximando, eles de repente enxergassem tudo tão bem.

De volta ao bistrô, Gamache pediu uma sidra quente e foi se lavar, derramando água morna nas mãos congeladas e tirando pedaços de casca de árvore dos arranhões. Depois se juntou a Clara nas poltronas junto à lareira. Ela estava bebericando uma cerveja e folheando *O grande livro de caça para garotos*. Clara devolveu o livro para a mesa e o deslizou em direção a Gamache.

– Muito esperto da sua parte. Eu tinha me esquecido completamente dos esconderijos, trilhas e coisas desse tipo.

Gamache fechou as mãos ao redor da caneca de sidra quente e aromática e esperou. Sentiu que ela precisava falar. Ao fim de um confortável minuto de silêncio, ela apontou para o salão principal do bistrô com a cabeça.

– Peter está ali com Ben. Eu nem sei se ele sabe que eu saí.

Gamache olhou para os dois. Peter estava conversando com a garçonete, e Ben estava olhando para eles. Na verdade, não para eles. Para Clara. Quando bateu os olhos em Gamache, rapidamente se virou de volta para Peter.

– Eu preciso dizer uma coisa – disse Clara.

– Espero que não seja a previsão do tempo. – Gamache sorriu. Clara pareceu confusa. – Pode falar – incentivou ele. – Tem a ver com o esconderijo ou com a trilha?

– Não, eu preciso pensar um pouco mais sobre aquilo. Foi muito perturbador, e olha que eu nem tenho vertigem.

Ela sorriu calorosamente para Gamache, que torceu para não estar vermelho. Ele realmente achou que tinha conseguido disfarçar. Bom, uma pessoa a menos para considerá-lo perfeito.

– O que você queria dizer?

– É sobre André Malenfant. Sabe? O marido da Yolande. Na hora do almoço, fui falar com ela e ouvi ele rindo de mim. Foi um som estranho. Meio oco e penetrante. Rançoso. Jane descreveu uma risada assim vindo de um dos garotos que atirou o estrume.

Gamache assimilou a informação, olhando para o fogo e bebericando a sidra, sentindo o líquido quente descer pelo peito e se espalhar pelo estômago.

– Você acha que o filho deles, Bernard, era um dos garotos.

– Isso. Um dos três garotos que ela citou não estava lá. Mas Bernard estava.

– Falamos com Gus e Claude. Os dois negaram que estavam lá, o que não é uma surpresa.

– Philippe pediu desculpas pelo que fez, mas não sei se isso significa muita coisa. Todos os garotos morrem de medo do Bernie. E acho que Philippe teria confessado até um assassinato para se livrar de uma surra daquele garoto.

– É possível que Philippe nem estivesse lá?

– Possível é, mas não provável. Agora, eu tenho certeza de que Bernard Malenfant atirou estrume no Olivier e no Gabri e se divertiu com isso.

– Bernard Malenfant era sobrinho-neto de Jane Neal – disse Gamache devagar, recapitulando as conexões.

– Era – concordou Clara, pegando um punhado de amendoins. – Mas eles não eram próximos, como você sabe. Eu nem sei quando foi a última vez que Jane encontrou Yolande. Elas estavam brigadas.

– Por quê?

– Não sei os detalhes da história – disse Clara, hesitante. – Só sei que tem alguma coisa a ver com a casa onde Jane morava. Ela pertenceu aos pais da Jane e rolou uma espécie de disputa. Jane me disse que ela e Yolande já tinham sido próximas. Yolande a visitava, quando criança. Elas jogavam cartas. Tinha um jogo com a rainha de copas. Toda noite, ela colocava uma carta na mesa da cozinha e falava para Yolande memorizar qual era, porque na manhã seguinte ela teria se transformado.

– E se transformava?

– Essa era a questão. Sim. Todas as manhãs, Yolande descia até a cozinha e jurava que a carta estava diferente. Ainda era a rainha de copas, mas com outro padrão.

– Mas a carta era mesmo diferente? Quero dizer, Jane tinha colocado outra no lugar?

– Não. Mas Jane sabia que uma criança não ia memorizar todos os detalhes. E, mais do que isso, ela sabia que toda criança quer acreditar em mágica. É tão triste.

– O quê? – perguntou Gamache.

– Yolande. Eu me pergunto no que ela acredita hoje em dia.

Gamache se lembrou da conversa com Myrna e ponderou se Jane podia estar enviando uma outra mensagem à jovem Yolande: as coisas mudam e não há nada a temer.

– Quando Jane viu Bernard pela última vez? Ela o teria reconhecido?

– Na verdade, eles podem ter se visto com frequência no último ano, mas à distância – respondeu Clara. – Bernard e os outros garotos da área agora pegam o ônibus da escola de Three Pines.

– Onde?

– Perto da antiga escola, para que o ônibus não tenha que entrar na cidade. Alguns pais deixam os filhos lá bem cedo, porque é mais conveniente para eles, e as crianças têm que esperar. Então às vezes elas descem a colina até a cidade.

– E o que acontece quando está muito frio ou chovendo forte?

– A maioria dos pais fica com os filhos no carro aquecido até o ônibus chegar. Mas depois descobriram que alguns deixam as crianças lá mesmo assim. Então Timmer Hadley deixava que ficassem na casa dela até o ônibus chegar.

– Que legal da parte dela – disse Gamache.

Clara pareceu meio surpresa.

– Você acha? É, pensando bem, acho que sim. Mas aposto que ela tinha algum motivo pessoal para fazer isso. Devia ter medo de ser processada se uma criança morresse de frio ou alguma coisa assim. Sério, eu preferia morrer congelada do que entrar naquela casa.

– Por quê?

– Timmer Hadley era uma mulher horrível. Veja o pobre Ben. – Clara virou a cabeça na direção de Ben, e Gamache olhou bem a tempo de vê-lo encarando os dois de novo. – Arrasado por ela. Timmer era uma mulher carente e manipuladora. Até Peter morria de medo dela. Ele costumava passar as férias escolares na casa do Ben. Para fazer companhia para o amigo e protegê-lo daquela mulher naquela casa monstruosa. Por que você acha que eu o amo tanto?

Por um instante, Gamache teve dúvidas se Clara estava se referindo a Peter ou a Ben.

– Peter é o homem mais maravilhoso do mundo, e se ele odiava e temia Timmer, com certeza tinha alguma coisa errada com ela.

– Como ele e Ben se conheceram?

– Na Abbot's, uma escola particular para meninos, perto de Lennoxville. Ben foi mandado para lá quando tinha 7 anos. Peter tinha a mesma idade. Eles eram as crianças mais novas da escola.

– E o que Timmer fazia de tão ruim? – perguntou Gamache, franzindo o cenho ao imaginar os dois meninos assustados.

– Em primeiro lugar, ela mandou um garotinho apavorado para um colégio interno. O pobre do Ben estava totalmente despreparado para a experiência. Você estudou em colégio interno, inspetor?

– Não. Nunca.

– Sorte sua. É a forma mais refinada de darwinismo. Ou você se adapta, ou morre. Você aprende que as habilidades que garantem a sua sobrevivência são malandragem, trapaça, intimidação e mentiras. É isso ou simplesmente se esconder. Mas você não pode ficar escondido para sempre, não é?

Peter havia pintado um quadro explícito da vida na Abbot's para Clara. Ela podia enxergar a maçaneta girando devagar, bem devagar. E a porta sem tranca do dormitório dos garotos se abrindo devagar, bem devagar. E os homens da alta sociedade se esgueirando na ponta dos pés para causar mais estragos. Peter aprendeu que os monstros não moravam debaixo da cama, afinal. Clara ficava de coração partido cada vez que pensava naqueles garotinhos. Olhou para a mesa deles e viu dois homens adultos, com os cabelos grisalhos e os rostos marcados tão próximos que quase se tocavam. Quis correr até lá para afastar deles todo o mal.

– Mateus 10:36.

Clara se voltou para Gamache, que a olhava com tanta ternura que ela se sentiu exposta e protegida ao mesmo tempo. A porta do dormitório se fechou.

– Como assim?

– É uma passagem da Bíblia. O meu primeiro chefe, inspetor Comeau, costumava citá-la. Mateus, capítulo 10, versículo 36.

– Eu nunca perdoei Timmer por fazer aquilo com Ben – murmurou Clara.

– Mas Peter também estava lá – respondeu Gamache, em voz baixa. – Os pais dele também o mandaram para lá.

– É verdade. A mãe dele também não é fácil, mas ele estava mais preparado. Mesmo assim, foi um pesadelo. E depois vieram as cobras. Teve um ano que, durante as férias, Ben e Peter estavam brincando de caubói no porão quando encontraram um ninho de cobras. Ben disse que elas estavam por toda parte. E tinha ratos também. Mas todo mundo tem ratos em casa por aqui. Nem todo mundo tem cobras.

– As cobras ainda estão lá?

– Não sei.

Toda vez que Clara entrava na casa de Timmer, via cobras enroladas em cantos escuros, rastejando debaixo das cadeiras, penduradas nas vigas. Talvez fosse sua imaginação. Ou não. Por fim, se recusou a entrar na casa e só voltou lá nas últimas semanas de vida de Timmer, quando precisaram de voluntários. Mesmo assim, só ia até lá com Peter e nunca usava o banheiro. Tinha certeza de que as cobras estavam enroscadas atrás do vaso. E nunca, nunca entrava no porão. Não chegava nem perto da porta da cozinha, de onde podia ouvir o sibilar e o rastejar e sentir aquele cheiro de pântano.

Clara pediu um uísque e os dois olharam pela janela, para as torres vitorianas que emergiam das árvores na colina.

– Mesmo assim, Timmer e Jane eram melhores amigas – lembrou Gamache.

– É verdade. Mas Jane se dava bem com todo mundo.

– Exceto com a sobrinha.

– Isso é fácil de entender. Nem a própria Yolande se dá bem com ela mesma.

– Você sabe por que Jane não deixava ninguém passar da cozinha?

– Não faço ideia – respondeu Clara –, mas ela nos convidou para tomar uns coquetéis na casa dela na noite do vernissage da Arts Williamsburg, para comemorar a exposição do *Dia de feira*.

– Quando ela fez isso? – perguntou Gamache, inclinando-se para a frente.

– Na sexta, durante o jantar, depois de saber que o quadro tinha sido selecionado.

– Espere um minuto – disse Gamache, apoiando os cotovelos na mesa como se estivesse se preparando para rastejar sobre ela e entrar na cabeça de Clara. – Você está me dizendo que na sexta-feira, antes de morrer, Jane convidou todo mundo para uma festa na casa dela? Pela primeira vez na vida?

– Isso. Já fomos a jantares e festas na casa dela milhares de vezes, mas era sempre na cozinha. Desta vez, ela especificou que seria na sala. Isso é importante?

– Não sei. Quando será o vernissage?

– Daqui a duas semanas.

Eles ficaram em silêncio, pensando na noite da abertura. Então Clara viu a hora.

– Eu preciso ir. Tenho convidados para o jantar.

Gamache se levantou também. Clara sorriu para ele.

– Obrigada por encontrar o esconderijo.

Ele fez uma pequena mesura e a observou abrir caminho entre as mesas, acenando para as pessoas, até encontrar Peter e Ben. Clara beijou Peter no topo da cabeça, e os dois homens se levantaram ao mesmo tempo. Os três deixaram o bistrô, como uma família.

Gamache pegou *O grande livro de caça para garotos* da mesa e o abriu. Na primeira página, com uma caligrafia grande, arredondada e imatura, estava escrito: "B. Malenfant".

Quando chegou à pousada, Gamache encontrou Olivier e Gabri se arrumando para o jantar na casa dos Morrows.

– Tem uma torta de carne no forno, se o senhor quiser – disse Gabri ao sair.

No andar de cima, Gamache bateu na porta da agente Nichol e sugeriu que eles se encontrassem no térreo dentro de vinte minutos para continuar a conversa daquela manhã. Nichol concordou. Ele também disse que eles jantariam na pousada aquela noite, assim ela poderia se vestir de maneira casual. Nichol assentiu, agradeceu e fechou a porta, para voltar à tarefa da última meia hora: tentar desesperadamente decidir o que vestir. Qual das roupas que havia pegado emprestado com a irmã era perfeita? Qual delas era elegante, poderosa e dizia "Não mexa comigo, a futura inspetora-chefe"? Qual delas dizia "Goste de mim"? Qual delas era a certa?

Gamache subiu mais um lance de escada até seu quarto, abriu a porta e sentiu uma atração irresistível pela cama de metal, alta devido ao edredom e aos branquíssimos travesseiros de plumas. Tudo que ele queria era afundar naquela cama, fechar os olhos e dormiu profundamente. O quarto estava mobiliado de maneira simples, tinha paredes brancas tranquilizadoras e uma cômoda de cerejeira com gavetões. Um velho retrato a óleo se destacava em uma das paredes. No piso de madeira, havia um tapete oriental desbotado e familiar. O espaço era convidativo e reconfortante, quase mais do que Gamache podia resistir. Ele vacilou no meio do quarto e depois marchou com determinação para o banheiro da suíte. O banho o reanimou e, após vestir uma roupa casual, ele ligou para Reine-Marie, reuniu as anotações e chegou ao salão na hora marcada.

Yvette Nichol desceu meia hora depois. Decidira usar a roupa "poderosa". Gamache não tirou os olhos de sua leitura quando ela entrou.

– Temos um problema. – Gamache abaixou o caderno e olhou para a jovem, sentada de frente para ele com as pernas e os braços cruzados. – Na verdade, *você* tem um problema. Mas isso vira problema meu quando começa a afetar a investigação.

– Sério, senhor? E que problema é esse?

– Você é inteligente, agente.

– E isso é um problema?

– Não. Esse é *o* problema. Você é presunçosa e arrogante.

Aquelas palavras, proferidas com suavidade, tiveram nela o efeito de um tapa. Ninguém nunca tinha se atrevido a falar com ela daquele jeito.

– Eu comecei dizendo que você é inteligente. Você mostrou uma dedução lógica refinada na reunião de hoje à tarde.

Nichol se endireitou na cadeira, apaziguada, mas alerta.

– Mas ser inteligente não é o suficiente – continuou Gamache. – Você precisa usar a cabeça. E você não usa a sua. Você olha, mas não vê. Ouve, mas não escuta.

Nichol tinha certeza de que já havia lido aquilo em uma caneca de café da Divisão Rodoviária. O pobre Gamache vivia de acordo com filosofias tão pequenas que cabiam em uma caneca.

– Eu vejo e escuto o suficiente para resolver o caso.

– Talvez. Vamos ver. Como eu disse antes, você fez um bom trabalho e é inteligente. Mas falta alguma coisa. Com certeza você também sente isso. Você nunca se sente perdida, como se as pessoas estivessem falando uma língua estrangeira, como se tivesse algo acontecendo que todo mundo entende, mas você não?

Nichol torceu para que seu rosto não denunciasse o choque. Como ele sabia?

– A única coisa que eu não entendo é o motivo de o senhor me colocar para baixo por resolver um caso.

– Você não tem disciplina – insistiu ele, tentando fazê-la entender. – Por exemplo, antes de a gente entrar na casa dos Crofts, o que eu disse para você?

– Eu não lembro.

Bem lá no fundo, certa compreensão começou a surgir. Talvez ela estivesse mesmo encrencada.

– Eu disse para você escutar, não falar. E mesmo assim você falou com a Sra. Croft quando ela entrou na cozinha.

– Bom, alguém tinha que ser legal com ela. O senhor me acusou de ser insensível, e isso não é verdade. – *Santo Deus, não me deixa chorar*, pensou ela ao sentir as lágrimas brotando. Ela cerrou os punhos no colo. – Eu sou uma boa pessoa.

– E era essa a questão? Isso é uma investigação de assassinato. Você faz o que eu disser para você fazer. Não existe um conjunto de regras só para você e outro para todo mundo. Entendeu? Se eu disser para você ficar quieta e fazer anotações, é isso que você vai fazer – disse ele, pronunciando bem as últimas palavras, devagar e friamente. Gamache se perguntou se ela sequer sabia o quanto era manipuladora. Ele duvidava. – Esta manhã eu disse três das quatro frases que levam à sabedoria.

– O senhor me disse as quatro.

Agora Nichol estava questionando seriamente a sanidade de Gamache. Ele a encarava com firmeza, sem raiva, mas certamente também sem afeto.

– Repita as frases para mim, por favor.

– Me desculpa, eu não sei, eu preciso de ajuda e eu não lembro.

– Eu não lembro? De onde você tirou isso?

– De hoje de manhã. O senhor disse "eu não lembro".

– Você acha mesmo que "eu não lembro" podia ser uma lição de vida? É óbvio que eu disse isso porque tinha esquecido a última frase. É, tenho certeza que eu disse "eu não lembro". Mas pense no contexto. Esse é um exemplo perfeito do que há de errado com essa sua cabeça inteligente. Ela não está sendo usada. Você não pensa. Ouvir não é o suficiente.

Lá vem ele, pensou Nichol. *Blá, blá, blá. Você tem que escutar.*

– Você tem que escutar. As palavras não entram em uma caixa estéril para serem regurgitadas mais tarde. Quando a Sra. Croft disse que não tinha nada no porão, você prestou atenção na forma como ela falou isso, na entonação da voz, no que aconteceu antes e na linguagem corporal, nas mãos e nos olhos dela?

– Esta é a minha primeira investigação – disse Nichol, triunfante.

– E por que você acha que falei para você só escutar e anotar? Porque você não tem experiência. Adivinhe qual era a última frase?

A postura de Nichol estava mais fechada do que nunca.

– "Eu estava errado" – concluiu ele.

Gamache suspeitava que estivesse falando para as paredes, mas precisava tentar. Ele tinha ouvido todas aquelas coisas que estava passando para Nichol quando ainda era um novato na Divisão de Homicídios, aos 25 anos. O inspetor Comeau havia se sentado ao lado dele e dito tudo em uma única sessão, para nunca mais repetir. Tinha sido um enorme presente, que Gamache continuava a desembrulhar todos os dias. E ele também entendeu, enquanto Comeau falava, que aquele era um presente para ser passado adiante. Então, quando se tornou inspetor, começou a passar aquela informação para as gerações seguintes. Gamache sabia que só podia tentar. O que as pessoas faziam com aquilo era problema delas. E havia uma última coisa a ser passada.

– Hoje de manhã eu também pedi para você pensar sobre as formas como a gente aprende. No que você pensou?

– Não sei.

Um trecho do famoso poema de Ruth Zardo lhe veio à mente:

– Eu vou mais e mais me afastar,
aonde você nunca vai me encontrar, me ferir ou me fazer
falar.

– O quê? – disse Nichol.

Era tão injusto. Ela estava fazendo o melhor que podia. Ela o seguia para lá e para cá e até tinha se oferecido para ficar ali no interior pelo bem da investigação. Sem contar que tinha resolvido a droga do caso. E havia ganhado algum crédito? Não. Talvez Gamache estivesse ficando gagá, e o fato de ela ter resolvido o caso o tivesse feito enxergar o quão patético havia se tornado. *É isso*, pensou, enquanto seus olhos exaustos e cautelosos avistavam o salva-vidas. *Ele está com inveja. Eu não tenho culpa.* Ela se agarrou à prancha instável e saiu do mar gelado bem na hora certa. Tinha sentido as mãos roçando seus tornozelos, tentando puxá-la para baixo. Mas conseguiu voltar para seu salva-vidas, seguro e perfeito.

– A gente aprende com nossos erros, agente Nichol.

Ah, que seja.

OITO

— Ah, ótimo — disse Ruth, olhando pela porta da antessala de Clara e Peter. — O povo da cidade.

— *Bonjour, mes amours* — disse Gabri, entrando animado na casa. — E Ruth.

— Compramos a loja de produtos naturais inteira — disse Olivier, espremendo-se para entrar na cozinha e depositando duas tortas de carne e um par de sacos de papel na bancada.

— Eu me enganei — disse Ruth. — São só duas bruxas.

— Escrota — respondeu Gabri.

— Vagabunda — rosnou Ruth. — O que tem aí?

— Para você, só uma esponja velha...

Gabri agarrou os sacos e, como um mágico louco, despejou seu conteúdo na bancada com um floreio. Deles, caíram pacotes de batatinhas fritas, latas de castanhas-de-caju salgadas e chocolates artesanais da Chocolataria da Marielle, em St. Rémy. Havia também balas de alcaçuz, queijos, jujubas e bolos. Alguns bolinhos caíram no chão e quicaram.

— Ouro! — gritou Clara, ajoelhando-se para agarrar os ridiculamente maravilhosos bolinhos amarelos recheados com creme. — Meus, todos meus!

— Pensei que você fosse chocólatra — disse Myrna, pegando os doces perfeitos e deliciosos feitos com amor pela Sra. Marielle.

— Tá no inferno, abraça o capeta.

Clara rasgou o celofane e deu uma mordida, conseguindo milagrosamente abocanhar pelo menos metade de um bolinho. O resto foi parar no rosto e no cabelo.

– Não como um destes há anos. Décadas.

– Mas eles ficam tão bem em você! – comentou Gabri, examinando o que parecia ser a explosão de uma confeitaria no rosto de Clara.

– Eu trouxe minhas próprias compras – disse Ruth, apontando para a bancada.

Peter estava ali, de costas para os convidados e excessivamente rígido, até mesmo para os seus padrões. A mãe dele finalmente teria ficado orgulhosa tanto de sua postura física quanto emocional.

– Quem quer o quê? – perguntou de maneira tensa, virado para as estantes.

Atrás dele, os convidados se entreolharam. Gabri tirou os restos de bolinhos do cabelo de Clara e inclinou a cabeça na direção de Peter. Ela deu de ombros e imediatamente sentiu que estava traindo o marido. Com apenas um gesto, havia se desconectado daquele mau comportamento, embora ela própria fosse a responsável por ele. Pouco antes de todos chegarem, ela tinha contado a Peter sua aventura com Gamache. Agitada e entusiasmada, tagarelara sobre sua caixa, o bosque e a emocionante escalada até o esconderijo. Mas seu jorro de palavras escondeu uma quietude crescente. Ela só notou o silêncio e a distância de Peter quando já era tarde demais e ele havia recuado até sua ilha gelada. Ela odiava aquele lugar. Dali, ele observava, julgava e atirava grandes doses de sarcasmo.

– Então você e o seu herói solucionaram a morte de Jane?

– Achei que você fosse gostar de saber – mentiu ela.

Na verdade, não tinha achado coisa nenhuma e, se tivesse, poderia ter previsto aquela reação. Mas já que ele estava tranquilo em sua ilha inuíte, ela se retiraria para a dela, munida com uma justa indignação e aquecida por uma convicção virtuosa. Clara jogou imensas toras de "Eu estou certa, seu babaca insensível" no fogo e se sentiu segura e confortável.

– Por que você não me contou? – perguntou ele. – Por que não me chamou para ir junto?

E lá estava. Aquela simples pergunta. Peter sempre conseguia cortar a conversa fiada. Infelizmente, naquele dia, a conversa fiada era dela. Ele fez a única pergunta que ela tinha medo de fazer a si mesma. Sim, por que não havia feito aquilo? De repente, a ilha dela, seu refúgio, de terreno alto e inabalável, estava afundando.

Foi em meio a esse clima que os convidados chegaram. E agora Ruth tinha surpreendido a todos com a notícia de que também havia trazido algo para compartilhar com os outros. A morte de Jane devia mesmo ter abalado as estruturas dela, pensou Clara. Na bancada, jazia o luto de Ruth. Gin Tanqueray, vermute Martini & Rossi e uísque Glenfiddich. Era uma fortuna em bebida, e Ruth não tinha uma fortuna. Escrever poesia, por mais bela que fosse, não pagava as contas. Na verdade, Clara não se lembrava da última vez que Ruth havia pagado pelo próprio drinque. E, naquele dia, a velha Ruth havia ido até a Société des Alcools, em Williamsburg, para comprar aquelas garrafas e depois as carregara pela praça até ali.

– Pare – ordenou Ruth, sacudindo a bengala para Peter, que estava prestes a desenroscar a tampinha da garrafa de Tanqueray. – Essa é minha. Não toque nela. Você não tem sua própria bebida para oferecer aos convidados? – perguntou ela, empurrando Peter para o lado com o cotovelo e enfiando as garrafas de volta nos sacos de papel.

Ruth abraçou as garrafas, foi até a antessala e as colocou no chão, debaixo de seu casaco, como uma mãe faria com o filho preferido.

– Serve um uísque para mim! – gritou de lá.

Estranhamente, Clara se sentiu mais confortável com essa Ruth do que com a que tivera um lapso de generosidade. Aquele era o diabo que ela conhecia.

– Você disse que tinha uns livros para vender... – disse Myrna, entrando na sala de estar com uma taça de vinho em uma das mãos e um monte de balas de alcaçuz na outra.

Clara a seguiu, aliviada por se livrar das costas eloquentes de Peter.

– Os romances policiais. Eu quero comprar outros, mas primeiro preciso me livrar dos antigos.

As duas se afastaram, observando as estantes que cobriam a parede em frente à lareira do chão ao teto. De vez em quando, Myrna selecionava um volume. Clara tinha um gosto muito específico. A maioria dos romances era britânica e se passava em vilarejos charmosos. Myrna podia ficar horas vasculhando estantes de livros. Sentia que, se pudesse dar uma boa olhada na estante de livros e no carrinho de supermercado de uma pessoa, basicamente a conheceria bem.

Não era a primeira vez que ficava diante daqueles livros. A cada poucos meses, o casal desapegado vendia alguns volumes e os substituía por outros, também usados e também da loja de Myrna. Ela correu os olhos pelos títulos. Romances de espionagem, livros de jardinagem, biografias, ficção literária, mas a maioria era de histórias policiais. As estantes eram uma zona. Em algum momento, parecia ter havido uma tentativa de organização: os livros de restauração de arte estavam em ordem alfabética, embora um deles tivesse sido devolvido na posição errada. Sem pensar, Myrna o colocou no devido lugar. Ela podia adivinhar quem havia tentado organizar aquilo, mas o resto dos livros havia sucumbido à alegria literária cotidiana.

– Pronto.

Quando elas chegaram ao fim da estante, Myrna olhou para sua pilha de livros. Da cozinha, vinha uma promessa de comida caseira. O cérebro de Clara seguiu seu nariz e ela viu Peter de novo, petrificado de raiva. Por que ela não havia contado a ele sobre o esconderijo e a trilha imediatamente?

– Pago 1 dólar por cada um – disse Myrna.

– E que tal se a gente trocar estes por outros?

Aquela era uma dança conhecida e ensaiada. As duas mulheres se enfrentavam e depois emergiam do combate, ambas satisfeitas. Ruth havia se juntado a elas e estava lendo a contracapa de um livro de Michael Innes.

– Eu daria uma excelente detetive – disse Ruth. Diante do silêncio estupefato, explicou: – Ao contrário de você, Clara, eu vejo as pessoas exatamente como elas são. Eu vejo o lado sombrio, a raiva, a mesquinhez.

– Você cria esse lado, Ruth – retorquiu Clara.

– É verdade – respondeu Ruth, caindo na gargalhada e surpreendendo Clara com um abraço forte e desconcertante. – Eu sou irritante e insuportável...

– Eu não sabia disso – disse Myrna.

– Não dá para negar. São as minhas maiores qualidades. O resto é fachada. Na verdade, o real mistério é por que mais pessoas não cometem assassinatos. Deve ser terrível ser humano. Na Société des Alcools, me disseram que aquele grande imbecil do Gamache vasculhou a casa dos Crofts. Ridículo.

Eles voltaram para a cozinha. O jantar estava servido em caçarolas fumegantes, e a ideia era que cada um se servisse. Ben entregou uma taça de vinho tinto a Clara e se sentou ao lado dela.

– Do que vocês estão falando?

– Não sei direito. – Clara sorriu para o rosto gentil de Ben. – Ruth disse que Gamache vasculhou a casa dos Crofts. É verdade?

– Ele não contou para você hoje à tarde? – debochou Peter, da ponta da mesa.

– Ah, é, foi uma comoção geral – disse Olivier, tentando ignorar o fato de que Peter jogava a comida no prato com uma das colheres de servir. – Ele virou o lugar de cabeça para baixo e parece que encontrou alguma coisa.

– Mas eles não vão prender Matthew, vão? – perguntou Clara, parando o garfo a meio caminho da boca.

– Será que foi Matthew quem matou Jane? – perguntou Ben, oferecendo a todos mais *chili* com carne.

Embora tivesse feito a pergunta a todos do grupo, por instinto ele se virou para Peter.

– Eu não acredito nisso – disse Olivier, quando Peter não respondeu.

– Por que não? – perguntou Ben, virando-se novamente para Peter. – Acidentes acontecem.

– É verdade – admitiu Peter. – Mas acho que ele teria se entregado.

– Só que não foi um erro banal. Eu acho natural fugir.

– Acha mesmo? – perguntou Myrna.

– Acho que sim. Quero dizer, não sei como eu reagiria se, sei lá, atirasse uma pedra, ela atingisse alguém na cabeça e matasse a pessoa, sabendo que ninguém tinha visto. Eu posso afirmar com certeza que me entregaria? Não me entendam mal, eu gosto de pensar que pediria ajuda e lidaria com as consequências do meu ato, mas hoje, aqui, posso afirmar com certeza que faria isso? Não. Não até que algo assim aconteça.

– Eu acho que você se entregaria – disse Peter em voz baixa.

Ben sentiu um nó na garganta. Elogios sempre o deixavam morrendo de vergonha e com vontade de chorar.

– Era disso que a gente estava falando na sexta à noite. Com aquela sua frase, Clara – lembrou Myrna. – Consciência e covardia são a mesma coisa.

– Na verdade, é uma frase do Oscar Wilde. Ele era mais cético do que eu. Acho que a maioria das pessoas tem um bom senso moral – disse Clara, ao que Ruth riu. – Às vezes só demora um pouco para você cair em si, principalmente depois de um choque. Quando eu me coloco no lugar do Gamache, faz sentido. Matthew é um excelente caçador com arco e flecha. E ele sabia dos cervos que vivem naquela área. Tinha a habilidade e o conhecimento.

– Mas por que ele não se entregou? – questionou Myrna. – Ok, eu concordo com você, Ben. É compreensível que ele fugisse na hora, mas depois de um tempo acabaria se entregando, não? Eu não conseguiria viver com esse segredo.

– Você só precisa aprender a guardar segredos melhor – disse Gabri.

– Eu acho que foi um desconhecido – opinou Ben. – O bosque está cheio de gente, agora. Caçadores de Toronto, Boston e Montreal, todos atirando como loucos.

– Mas como um caçador de Toronto saberia exatamente onde ficar esperando? – ponderou Clara, virando-se para ele.

– Como assim? Eles entram no bosque e escolhem um local. Não é muito difícil, por isso que tantos idiotas caçam.

– Mas, nesse caso, o caçador sabia exatamente onde estava. Hoje à tarde, eu fui até o esconderijo de caça. Aquele atrás da antiga escola, sabe, bem perto de onde Jane foi morta? Eu subi e olhei ao redor. E não deu outra: há uma trilha de corças bem ali. Por isso o esconderijo foi construído naquele ponto...

– É, pelo pai do Matthew Croft – interrompeu Ben.

– Sério? – disse Clara, surpresa. – Eu não sabia disso. Vocês sabiam? – perguntou ela ao restante do grupo.

– Qual foi a pergunta? Eu não estava prestando atenção – admitiu Ruth.

– Uma pergunta de detetive – disse Myrna.

– O pai do Matthew construiu o esconderijo – disse Clara para si mesma. – Bom, Gamache tem certeza de que ele não era usado há um bom tempo...

– Caçadores de arco e flecha geralmente não usam esses esconderijos – explicou Peter com uma voz mecânica. – Só quem caça com armas.

– Mas o que você está querendo dizer? – perguntou Ruth, já entediada.

– Um desconhecido, um caçador vindo de outro lugar, não saberia daquele lugar – disse Clara.

Ela deu um tempo para que todos assimilassem aquela informação.

– Foi alguém daqui que matou Jane? – perguntou Olivier.

Até aquele momento, todos eles achavam que o assassino fosse um caçador visitante que havia fugido. Agora, já não estavam tão certos disso.

– Então pode ter sido Matthew Croft, afinal – disse Ben.

– Duvido – continuou Clara. – As mesmas coisas que depõem contra Matthew também o defendem. Um arqueiro experiente não mataria alguém por acidente. É o tipo de acidente que ele dificilmente causaria. E, se ele estivesse na trilha de cervos, estaria perto demais. Teria visto se era um cervo vindo ou... ou se não era.

– Ou se era Jane, você quer dizer. – A voz já normalmente áspera de Ruth agora soou cortante.

Clara assentiu.

– Canalha – disse Ruth.

Gabri segurou a mão dela e, pela primeira vez na vida, Ruth não se afastou.

Do outro lado da mesa, Peter largou os talheres e olhou para Clara. Ela não conseguiu decifrar sua expressão, mas não era de admiração.

– Uma coisa é certa: quem quer que tenha matado Jane era um bom arqueiro – disse ela. – Um caçador ruim não teria acertado aquele disparo.

– Há vários arqueiros bons por aqui, infelizmente – disse Ben. – Graças ao clube.

– Assassinato – disse Gabri.

– Assassinato – confirmou Clara.

– Mas quem ia querer matar Jane? – perguntou Myrna.

– Um assassinato geralmente não está ligado a algum tipo de ganho? – perguntou Gabri. – De dinheiro, poder.

– A algum ganho ou a uma tentativa de proteger algo que você tem medo de perder – disse Myrna.

Enquanto escutava a conversa, ela pensava que aquele era apenas um esforço desesperado de seus amigos enlutados para se distrair da perda ao transformá-la em um jogo intelectual. Mas agora estava começando a repensar. Myrna prosseguiu:

– Se algo importante para você for ameaçado, como a sua família, a sua herança, o seu trabalho, a sua casa...

– A gente entendeu – interrompeu Ruth.

– ... você pode se convencer de que matar é justificável.

– Então, se foi Matthew Croft... – disse Ben. – Ele fez de propósito.

SUZANNE CROFT BAIXOU OS OLHOS para o prato do jantar. Os raviólis semiprontos formavam caroços pastosos na poça de molho grosso e frio. Na borda do prato se equilibrava uma única fatia de pão de fôrma integral, posta ali mais por esperança do que por convicção. Esperança de que aquele embrulho no estômago desse uma trégua para que ela comesse.

Mas a fatia permanecia intacta.

Na frente dela, Matthew alinhou seus quatro raviólis, criando um caminho preciso de soldados marchando pelo prato. O molho formava dois lagos, um de cada lado da fileira. As crianças comeram grande parte da comida, depois Matthew, e Suzanne ficou com o que havia sobrado. Conscientemente, ela dizia a si mesma que aquele era um nobre instinto maternal. Mas no fundo sabia que era um instinto pessoal de martírio que guiava as porções. Um acordo não verbalizado, mas implícito, que havia feito com a família. Eles estavam em dívida com ela.

Philippe estava sentado ao lado de Matthew, seu lugar de costume. Ele havia raspado o prato, engolido todo o ravióli e limpado o resto do molho com o pão. Suzanne pensou em trocar seu prato intocado com o dele, mas algo a impediu. Olhou para Philippe, conectado ao discman, com os olhos fechados e os lábios contraídos naquela atitude insolente que havia adotado nos últimos seis meses, e decidiu que o acordo estava cancelado. Também sentiu uma agitação que sugeria que ela, na verdade, não gostava do filho. Com certeza o amava. Quer dizer, provavelmente. Mas gostar?

Geralmente, na verdade frequentemente, nos últimos meses, Matthew e Suzanne tinham que brigar com Philippe para ele tirar o fone do ouvido, Matthew sempre discutindo em inglês e Suzanne na sua língua materna, o francês. Philippe era bilíngue e bicultural, mas parecia igualmente surdo para os dois idiomas.

"Nós somos uma família", argumentava Matthew. "E o NSYNC não foi convidado para o jantar."

"Quem?", devolvia Philippe, bufando. "É o Eminem."

Como se aquilo mudasse alguma coisa. E Philippe lançava aquele olhar para Matthew, que não era de raiva nem petulância, mas de desdém. Matthew podia muito bem ser o quê? Não a geladeira. Ele parecia ter uma boa relação com a geladeira, a cama, a TV e o computador. Não, ele olhava para o pai como se Matthew fosse o NSYNC. Fora de moda. Descartado. Um nada.

Na hora do jantar, Philippe enfim tinha que trocar o discman por comida. Mas naquela noite foi diferente. Naquela noite, tanto sua mãe quanto seu pai ficaram satisfeitos ao vê-lo plugado e alheio. Ele havia comido avidamente, como se aquela lavagem fosse a melhor refeição que ela já havia feito. Suzanne ficou até ressentida. Todas as noites, trabalhava duro para oferecer a eles bons jantares caseiros. Naquela noite, a única coisa que conseguiu fazer foi abrir duas latas reservadas para emergências e esquentá-las. E Philippe devorou aquilo como se fosse comida gourmet. Ela olhou para o filho e se perguntou se ele tinha feito aquilo de propósito para insultá-la.

Matthew se aproximou do prato e ajustou a estrada de raviólis. Cada pequena saliência das laterais dos quadrados precisava se encaixar na reentrância oposta. Caso contrário? Caso contrário, o universo explodiria, a carne deles borbulharia e queimaria, e Matthew veria a família toda morrer na frente dele, segundos antes de sua própria morte terrível. Muitas coisas dependiam dos raviólis semiprontos.

Ele ergueu os olhos e viu que a esposa o observava. Hipnotizada pela precisão de seus movimentos. Preso no tropeço de uma vírgula decimal. A frase de repente surgiu na cabeça dele. Matthew gostou dela no momento em que a leu, na casa da Srta. Neal. Era do poema "For the Time Being: a Christmas Oratorio", de W. H. Auden. A Srta. Neal o fizera ler. Ela era uma admiradora de longa data do autor. Parecia amar até mesmo aquela obra pesada e um tanto estranha. E entender. Já Matthew havia encarado o livro por respeito à Srta. Neal. Mas não tinha gostado nada dele. Com exceção daquela frase. Ele não sabia o que a tinha feito se destacar entre os milhões de outras linhas da obra épica. Sequer sabia o que significava. Até agora. Ele também estava preso no tropeço de uma vírgula decimal. Seu mundo havia se resumido a isso. Erguer os olhos seria enfrentar a tragédia. E ele não estava pronto.

Ele sabia o que o amanhã reservava. Tinha previsto com muita antecedência. Inexoravelmente. Sem esperança de escapar, só aguardou. E agora estava quase lá, na porta deles. Olhou para o filho, seu garotinho, que havia mudado tanto nos últimos meses. No início, pensaram que fossem drogas. Aquela raiva toda, as notas baixas, a rejeição a tudo que antes amava, como o futebol, a noite no cinema e o tal "NSYNC". E os pais. Ele em particular, Matthew sentia. Por alguma razão, a raiva de Philippe estava direcionada a ele. Matthew se perguntou o que estava por trás daquele rosto eufórico. Será que Philippe tinha como saber o que estava por vir e havia ficado feliz?

Matthew ajustou o ravióli bem a tempo de evitar que seu mundo explodisse.

CADA VEZ QUE O TELEFONE TOCAVA na sala de investigação, a atividade era interrompida. E ele tocava com frequência. Vários policiais davam atualizações sobre o caso. Lojistas, vizinhos e burocratas retornavam ligações.

A velha estação ferroviária da Canadian National Railway se provou perfeita para as necessidades deles. A equipe trabalhara com o departamento de voluntários do corpo de bombeiros para abrir um espaço no centro do que parecia ser uma sala de espera. A parte inferior das paredes estava coberta por uma madeira envernizada e lustrosa e, na parte superior, havia pôsteres com instruções de incêndio e os antigos vencedores do Prêmio Governor General para poesia em língua inglesa, o que dava uma dica de quem era a chefe do departamento. Os policiais da Sûreté haviam removido e enrolado com cuidado esses cartazes, que substituíram por fluxogramas, mapas e listas de suspeitos. Agora o local parecia uma sala de investigação comum, só que em uma antiga e nostálgica estação ferroviária. O espaço estava acostumado à espera. Lá, centenas, milhares de pessoas já tinham se sentado para esperar. Por trens. Que as levariam embora ou trariam de volta seus entes queridos. E agora homens e mulheres, de novo, se sentavam ali para esperar. Desta vez, por um laudo do laboratório da Sûreté, em Montreal. O laudo que os levaria para a casa. E destruiria os Crofts. Gamache se levantou, fingiu se alongar e começou a caminhar. O chefe sempre andava com as mãos cruzadas nas costas e olhando para os pés quando estava impaciente. Agora, enquanto os outros fingiam trabalhar ao telefone e reunir informações, Gamache circulava ao redor deles devagar, com um ritmo constante. Sem pressa, sem estresse, sem parar.

NAQUELA MANHÃ, GAMACHE HAVIA se levantado antes de o sol nascer. Seu pequeno despertador de viagem indicava que eram 5h55. Ele sempre ficava encantado quando um relógio digital mostrava todos os números iguais. Meia hora depois, agasalhado com suas roupas mais quentes, estava descendo as escadas em direção à porta da pousada quando ouviu um barulho na cozinha.

– *Bonjour, Monsieur l'Inspecteur* – disse Gabri, saindo da cozinha com um robe atoalhado roxo, pantufas felpudas e uma garrafa térmica na mão. – Achei que o senhor ia querer um *café au lait* para viagem.

Gamache teve vontade de dar um beijo nele.

– E alguns croissants – continuou Gabri, tirando um saquinho de papel detrás das costas.

Gamache podia se casar com ele.

– *Merci, infiniment, patron.*

Alguns minutos depois, Armand Gamache se sentou no banco de madeira congelado da praça. Por meia hora, ele ficou imerso, naquela manhã escura e tranquila, observando o céu se transformar. O preto virou azul-royal e depois ganhou um toque de dourado. Os meteorologistas tinham finalmente acertado. O dia amanheceu fresco, claro e frio. E a cidade acordou. Uma por uma, as luzes se acenderam nas janelas. Foram minutos tranquilos, e Gamache apreciou cada momento de calma, servindo o forte e encorpado café com leite da garrafa térmica para a pequena tampa de metal e cavoucando o saco de papel em busca dos croissants ainda quentes, que se despedaçavam nas mãos dele.

Gamache bebericou e mastigou. Mas, na maior parte do tempo, observou. Às 6h50, uma luz se acendeu na casa de Ben Hadley. Alguns minutos depois, Gamache viu Daisy mancar pelo quintal, abanando o rabo. Ele sabia por experiência própria que os últimos atos terrenos da maioria dos cachorros eram lamber o dono e abanar o rabo. Atrás da janela, mal dava para notar movimento na casa de Ben enquanto ele preparava o café da manhã.

Gamache esperou.

A cidade se agitou e, por volta das sete e meia, a maioria das casas já tinha ganhado vida. Lucy havia saído da casa dos Morrows e estava vagando, farejando. Ela ergueu o nariz para o ar, se virou devagar, trotou e finalmente correu para a trilha no bosque que a levaria para casa. De volta para a mãe. Com um aperto no coração, Gamache observou o rabo felpudo dourado desaparecer na floresta de bordos e cerejeiras. Alguns minutos depois, Clara apareceu e chamou Lucy. Um único latido desamparado foi ouvido e Gamache observou Clara entrar no bosque para voltar um instante depois, seguida por Lucy, com a cabeça baixa e o rabo parado.

CLARA HAVIA TIDO UM SONO AGITADO, acordando a cada poucas horas com aquela sensação ruim que agora já lhe era familiar. Perda. Não era mais tão aguda, estava mais para uma dorzinha em seu âmago. Enquanto lavavam a louça e os outros estavam na sala, ela e Peter haviam conversado de novo e meditado sobre a possibilidade de Jane ter sido assassinada.

– Desculpa – disse Clara, com o pano de prato na mão, pegando a louça quente e úmida das mãos de Peter. – Eu devia ter lhe contado sobre a conversa com Gamache.

– E por que não contou?

– Não sei.

– Isso não é suficiente, Clara. Será que você não confia em mim?

Ele examinou o rosto dela com aqueles olhos azul-claros, frios e perspicazes. Clara sabia que deveria abraçá-lo e dizer a ele o quanto o amava, confiava nele e precisava dele. Mas algo a impediu. Lá estava aquela coisa de novo. Um silêncio entre os dois. Algo não dito. *É assim que começa?*, se perguntou Clara. Os abismos que se abrem entre os casais, preenchidos não por conforto e familiaridade, mas por várias coisas ditas e não ditas?

Mais uma vez, seu amado se fechou. Virou pedra. Ficou imóvel e frio.

Foi quando Ben chegou e os flagrou em um ato mais íntimo que sexo. A raiva e a dor deles estavam completamente expostas. Ben gaguejou, tropeçou, se enrolou e finalmente foi embora, parecendo uma criança que havia flagrado os pais.

Naquela noite, depois que todos partiram, Clara disse tudo que sabia que Peter queria ouvir. O quanto confiava nele e o amava. Pediu desculpas e disse como era grata pela paciência dele diante de sua dor pela morte de Jane. E pediu perdão. Ele a perdoou, e os dois se abraçaram até que a respiração deles se tornou profunda, ritmada e sincronizada.

Mas, ainda assim, algo ficou por dizer.

No dia seguinte, Clara se levantou cedo, deixou Lucy sair e fez panquecas com xarope de bordo e bacon para Peter. O cheiro inesperado de bacon canadense curado, café fresco e lenha queimando o acordou. Deitado na cama, ele resolveu tentar superar o desentendimento da noite anterior. Ainda assim, aquilo havia lhe confirmado que sentimentos eram perigosos demais para serem expostos. Tomou banho, vestiu roupas limpas e sua cara de paisagem e desceu as escadas.

– Quando você acha que Yolande vai se mudar? – perguntou Clara durante o café da manhã.

– Acho que depois da leitura do testamento. Dentro de alguns dias, talvez uma semana.

– Não dá para acreditar que Jane tenha deixado a casa para Yolande. Ela sabia o quanto eu odeio aquela mulher.

– Talvez não tenha nada a ver com você, Clara.

Pronto. *E talvez ele ainda esteja bravo*, pensou ela.

– Eu fiquei observando Yolande nos últimos dias. Ela está enchendo a casa da Jane de coisas.

Peter deu de ombros. Estava ficando cansado de consolar Clara.

– A Jane não fez um novo testamento? – insistiu Clara.

– Não lembro.

Peter a conhecia bem o suficiente para saber que aquilo era uma estratégia, uma tentativa de desviar o foco dele da própria mágoa e trazê-lo para o lado dela. Ele se recusou a jogar.

– Não, sério – disse Clara. – Eu lembro que quando Timmer foi diagnosticada com câncer terminal, elas decidiram rever os testamentos. Tenho certeza de que Jane e Timmer foram até aquela tabeliã de Williamsburg. Como era mesmo o nome dela? Você sabe. A que acabou de ter filho. Ela fazia ginástica comigo.

– Se Jane fez um novo testamento, a polícia vai descobrir. É o trabalho deles.

Gamache se levantou do banco. Já tinha visto o que precisava ver. Confirmado suas suspeitas. Aquilo estava longe de ser conclusivo, mas era interessante. Como eram todas as mentiras. Agora, antes que o dia o arrebatasse com seus imperativos, ele queria ver o esconderijo de novo. Talvez sem subir. Caminhou pela praça, deixando pegadas na grama encharcada pela geada. Subiu a colina, passou pela antiga escola e entrou no bosque. De novo, ele se viu aos pés da árvore. Ficou muito óbvio desde sua primeira visita (e última, ele esperava) que o esconderijo não tinha sido usado pelo assassino. Mas mesmo assim...

– Pôu. Você morreu.

Gamache se virou, embora tivesse reconhecido a voz um segundo antes de se mexer.

– Você é sorrateiro, Jean Guy. Vou ter que colocar um sininho no seu pescoço.

– De novo, não.

Não era sempre que ele conseguia surpreender o chefe. Mas Beauvoir estava começando a ficar preocupado. E se um dia se esgueirasse por trás de Gamache e o chefe tivesse um infarto? Com certeza a brincadeira perderia a graça. Ele se preocupava com o inspetor-chefe. Sua parte racional, que normalmente o dominava, sabia que era bobagem. O inspetor-chefe estava ligeiramente acima do peso e tinha acabado de fazer 50 anos, mas várias pessoas estavam na mesma situação e a maioria se virava muito bem sem a ajuda de Beauvoir. Mas... Mas o trabalho do inspetor-chefe Gamache era estressante o suficiente para derrubar um elefante. E ele trabalhava duro. No entanto, os sentimentos de Beauvoir não podiam ser explicados. Ele só não queria perder Gamache. O inspetor-chefe deu um tapinha no ombro dele e ofereceu o resto do *café au lait* na garrafa térmica, mas Beauvoir tinha tomado o café da manhã na pousada.

– Brunch, você quer dizer.

– Humm. Ovos benedict, croissants e geleias caseiras. – Beauvoir olhou para o saco de papel amassado na mão de Gamache. – Foi horrível. O senhor teve sorte de escapar. Nichol ainda está lá. Ela desceu depois de mim e sentou em outra mesa. Garota esquisita.

– Mulher, Jean Guy.

Beauvoir pigarreou. Odiava como Gamache era politicamente correto. Gamache sorriu.

– Não é isso. – Ele adivinhou o motivo do pigarro. – Você não vê? Nichol quer que a gente a enxergue como uma garota, uma criança, alguém que precisa ser tratada com delicadeza.

– Se isso for verdade, ela é uma garota mimada. Ela me dá nos nervos.

– Não deixe ela te afetar. Nichol é manipuladora e irritadiça. Trate-a como trata qualquer outro agente. Ela vai ficar maluca.

– Por que mesmo ela está com a gente? Não está contribuindo em nada.

– Ela apresentou uma análise muito boa ontem que ajudou a nos convencer de que Philippe Croft é o assassino.

– É verdade, mas ela é uma figura perigosa.

– Perigosa, Jean Guy?

– Não fisicamente. Ela não vai pegar a arma e atirar em todo mundo. Provavelmente não.

– Em todo mundo, não. Alguém vai tirar a arma dela antes que ela acabe com todos nós, eu espero – disse Gamache, sorrindo.

– Espero que seja eu. Ela é perigosa porque divide as pessoas.

– É. Faz sentido. Eu tenho pensado nisso. Quando ela me pegou em casa no domingo de manhã, fiquei impressionado. Foi respeitosa, atenciosa e respondeu às perguntas que eu fiz minuciosamente, sem impor nada nem tentar impressionar. Eu realmente pensei que a gente tinha um achado.

– Ela levou café e donuts, não?

– Na verdade, brioches. Eu quase promovi ela a sargento na mesma hora.

– Foi assim que eu virei inspetor. Aquela bomba de chocolate alavancou a minha carreira. Mas alguma coisa aconteceu com a Nichol entre o momento em que ela chegou e agora – concordou Beauvoir.

– Eu só consigo pensar que, quando ela conheceu os outros membros da equipe, começou a desmoronar. Acontece com algumas pessoas. Elas são ótimas sozinhas. Tipo os atletas de esportes individuais. Brilhantes. Mas quando são colocados em um time, ficam péssimos. Acho que a Nichol é assim, competitiva quando deveria ser colaborativa.

– Eu acho que ela está louca para mostrar que é boa e receber a sua aprovação. Só que vê todos os conselhos como críticas, e as críticas, como uma catástrofe.

– Bom, então ela teve uma noite catastrófica ontem – disse Gamache, e contou a Beauvoir a conversa que tivera com Nichol.

– Mande-a embora, chefe. Você fez o melhor que pôde. Vai subir? – Beauvoir começou a escalar a escada do esconderijo. – Isto aqui é incrível. É tipo uma casa na árvore.

Gamache raramente via Beauvoir tão animado. Mesmo assim, não sentiu necessidade de ver aquela animação mais de perto.

– Eu já subi. Você consegue ver a trilha dos cervos?

Na noite anterior, ele havia contado a Beauvoir sobre o esconderijo e pediu a ele que colhesse umas amostras. Mas não esperava ver o inspetor tão cedo.

– *Mais oui*. Daqui de cima é fácil. Mas ontem à noite uma coisa me passou pela cabeça.

Beauvoir estava olhando para ele. *Ai, meu Deus, eu tenho que subir, não tenho?*, pensou Gamache. Alcançando as ripas viscosas de madeira, ele começou a escalada. Ao chegar à plataforma, pressionou as costas contra o tronco áspero e agarrou o corrimão.

– Drogas.

– Como assim?

– Erva. Maconha. Não só abóboras são colhidas nesta época. É temporada de drogas nos distritos. Eu acho que Jane Neal pode ter sido morta por produtores depois de encontrar as plantações. Ela vivia andando por aí, não é? É uma indústria multimilionária e às vezes pessoas são assassinadas.

– É verdade. – Gamache ficou intrigado com o palpite, exceto por um detalhe. – Mas a maior parte do cultivo é feito pela Hells Angels e pela Rock Machine, as gangues de motoqueiros.

– Certo. E esta área é da Hells Angels. Ninguém mexe com eles. Eles são matadores. Você acha que podemos transferir a Nichol para Narcóticos?

– Foco, Beauvoir. Jane Neal foi morta por uma flecha de 40 anos. Qual foi a última vez que você viu um motoqueiro de arco e flecha?

Era um bom argumento, e Beauvoir não havia pensado nisso. Ficou aliviado de ter sugerido aquilo ao chefe a alguns metros do chão, e não no meio da sala de investigação lotada. Agarrado ao corrimão, Gamache se perguntava como ia descer dali, quando de repente sentiu que precisava ir ao banheiro. Beauvoir passou uma perna pela beirada, encontrou a escada e começou a descer. Gamache fez uma pequena oração, avançou até a borda e enfiou a perna no buraco, sentindo o vazio logo abaixo. Então uma mão agarrou seu tornozelo e guiou seu pé até o primeiro degrau.

– Até você precisa de uma mãozinha de vez em quando – disse Beauvoir, levantando os olhos para ele e depois descendo apressado.

– Ok, vamos aos relatórios – disse Beauvoir, depois de organizar a reunião. – Lacoste, você primeiro.

– Matthew Croft, 38 anos – disse ela, tirando a caneta da boca. – Chefe do Departamento Rodoviário do Condado de St. Rémy. Eu falei com o gerente do condado, e ele foi só elogios. Para falar a verdade, não ouço elogios assim desde a minha própria avaliação.

A sala foi abaixo. Jean Guy Beauvoir, que havia conduzido a avaliação dela, era famoso por ser durão.

– Mas um funcionário demitido apresentou uma queixa contra ele. Disse que Croft o agrediu.

– Quem é esse funcionário? – perguntou Gamache.

– André Malenfant. – Houve um rumor de aprovação. – Croft levou a melhor, sem dúvida. Malenfant foi demitido. Mas não antes de falar com os jornais da área. Sujeitinho nojento, esse cara. Próxima: Suzanne Belanger, 38 anos também. Casada com Croft há quinze. Trabalha meio expediente na Reproduções Doug, em St. Rémy. Deixa eu ver, o que mais?

Lacoste examinou as anotações atrás de alguma coisa que valesse a pena mencionar sobre aquela mulher, que levava uma vida comum e tranquila.

– Nenhuma passagem pela polícia? – perguntou Nichol.

– Só aquela por assassinar uma idosa no ano passado.

Nichol fez uma careta.

– E quanto a Philippe?

– Ele tem 14 anos e está no nono ano. Aluno nota 9 até o último Natal. Então aconteceu alguma coisa. As notas começaram a cair e a postura dele mudou. Eu falei com a orientadora educacional. Ela disse que não faz ideia do pode tê-lo afetado. Talvez sejam drogas. Ou problemas em casa. Ela disse que, aos 14, os meninos ficam meio maluquinhos. Não parecia muito preocupada.

– Você sabe se ele jogava em algum time da escola? – questionou Gamache.

– Basquete e hóquei, embora ele não tenha jogado basquete no último semestre.

– Eles têm uma equipe de arco e flecha?

– Sim, senhor. Mas ele nunca fez parte dela.

– Ótimo – disse Beauvoir. – Nichol, você descobriu alguma coisa sobre o testamento?

Yvette Nichol consultou o caderno. Ou fingiu consultar. Tinha se esquecido completamente do testamento. Quer dizer, não completamente. Havia lembrado no final da tarde anterior, mas, como já tinha resolvido o caso, seria uma perda de tempo tomar qualquer providência. Além disso, não fazia ideia de como descobrir se havia outro testamento e não tinha absolutamente nenhuma intenção de exibir sua ignorância na frente dos ditos colegas, que até agora haviam se provado inúteis.

– O testamento do Stickley é o último – disse Nichol, olhando nos olhos de Beauvoir.

Ele hesitou antes de baixar os olhos.

Os relatórios prosseguiram. A tensão aumentou na sala, já que o único telefone que eles queriam que tocasse permanecia em silêncio na mão grande de Gamache.

De acordo com os relatórios, Jane Neal tinha sido uma professora dedicada e respeitada. Ela se preocupava com os alunos, o suficiente para às vezes reprová-los. Tinha uma boa situação financeira. Ajudava na administração da Igreja de St. Thomas e era ativa na Associação de Mulheres da Igreja Anglicana, para a qual organizava bazares e eventos sociais. Jogava bridge e amava jardinagem.

Os vizinhos não tinham visto ou ouvido nada naquela manhã de domingo.

Nenhuma novidade no front, pensou Gamache ao ouvir a história daquela vida tranquila. Seus pensamentos positivos permitiam que ficasse surpreso quando nada marcava a morte de uma boa alma como aquela. Os sinos da igreja não badalavam sozinhos. Os camundongos e os cervos não choravam. A Terra não estremecia. Mas deveriam. Se Gamache fosse Deus, alguma coisa teria acontecido. Em vez disso, a frase no relatório dizia: "Os vizinhos não viram nem ouviram nada."

Terminada a reunião, a equipe voltou aos telefones e à papelada. Armand Gamache se pôs a andar. Clara Morrow ligou para contar que o pai de Matthew Croft havia construído o esconderijo, um fato interessante, dadas as suspeitas.

Às 10h15, o Palm dele tocou. Era do laboratório.

NOVE

Matthew Croft lembraria pelo resto da vida onde estava quando os carros da polícia chegaram. O relógio da cozinha marcava 11h03. Achava que eles viriam bem mais cedo. Matthew os esperava desde as sete da manhã.

Todo outono, na época de fazer compotas, Marthe, mãe de Suzanne, aparecia com uma sacola de compras cheia de receitas de família. As duas mulheres passavam alguns dias fazendo as conservas e Marthe sempre acabava perguntando: "Quando um pepino vira picles?"

No início, ele tentara responder à pergunta como se ela realmente quisesse saber. Mas, ao longo dos anos, percebeu que não havia uma resposta. Quando começava a mudança? Às vezes, ela vinha de repente. Eram aqueles momentos em que se dizia "Arrá!", quando de súbito se percebia. Mas muitas vezes a mudança era gradual, uma evolução.

Por quatro horas, enquanto esperava, Matthew se perguntou o que havia acontecido. Quando as coisas começaram a dar errado? Essa era outra pergunta a que ele não sabia responder.

– Bom dia, Sr. Croft.

O inspetor-chefe Gamache parecia calmo e firme. Ao lado dele estavam Jean Guy Beauvoir e aquela policial. Um pouco atrás, havia um homem que Matthew não conhecia. De meia-idade, terno e gravata e cabelo com mechas grisalhas em um corte conservador. Gamache acompanhou o olhar de Croft.

– Este aqui é Claude Guimette. Conselheiro tutelar. Nós recebemos os resultados dos testes com o arco e as flechas. Podemos entrar?

Croft deu passagem e eles entraram na casa. Instintivamente, ele os conduziu até a cozinha.

– Seria bom que a sua esposa estivesse junto.

Croft aquiesceu e foi até o segundo andar. Suzanne estava sentada na beirada da cama. Tinha levado a manhã inteira para se vestir, colocando uma peça de cada vez e arrastando-se de volta para a cama, exausta. Finalmente, havia cerca de uma hora, tinha vestido a última peça. O corpo parecia bem, mas o rosto estava horrível e ela não conseguia disfarçar.

Tinha tentado rezar, mas esquecera as palavras. Em vez disso, repetiu mil vezes a única coisa de que conseguia se lembrar:

Vem, menininho, soprar seu berrante,
a ovelha está no pasto, e o boi, no milharal

Ela tinha cantado aquela música muitas vezes para Philippe, quando ele era pequeno, mas agora não conseguia lembrar o resto da letra. Lembrar era importante, mesmo que não fosse propriamente uma oração. Era mais do que isso. Era a prova de que ela havia sido uma boa mãe. A prova de que amava os filhos. Prova, sussurrou a garotinha em sua cabeça, de que não era culpa dela. Mas não conseguia lembrar o resto da canção de ninar. Então talvez fosse, sim, culpa dela.

– Eles chegaram – disse Matthew, do batente da porta. – Querem que você desça.

Quando ela apareceu ao lado do marido, Gamache se levantou e segurou a mão dela. Ela se sentou na cadeira oferecida, como se fosse uma convidada na própria casa. Na própria cozinha.

– Recebemos os resultados dos testes de laboratório. – Gamache foi direto ao ponto. Seria cruel fazer rodeios. – Havia sangue de Jane Neal no arco que achamos no seu porão. E também em algumas peças de roupa de Philippe. A ponta da flecha corresponde ao ferimento. As penas encontradas nele são do mesmo tipo e lote das que estavam na aljava antiga de vocês. Acreditamos que seu filho tenha matado Jane Neal por acidente.

Pronto.

– O que vai acontecer com ele? – perguntou Matthew, já sem forças para lutar.

– Eu gostaria de falar com ele – disse Guimette. – O meu papel é representar o seu filho. Eu vim aqui com a polícia, mas não trabalho para eles. O Conselho Tutelar do Quebec é independente da polícia. Na verdade, eu trabalho para Philippe.

– Entendi – disse Matthew. – Ele vai para a cadeia?

– Nós conversamos no carro no caminho para cá. O inspetor-chefe Gamache não tem nenhuma intenção de acusar Philippe de homicídio culposo.

– Então o que vai acontecer com ele? – insistiu Matthew.

– Ele vai ser levado para a delegacia de St. Rémy e acusado de crime de dano.

Matthew ergueu as sobrancelhas. Se soubesse que "dano" era crime, sua própria juventude teria sido muito diferente. Ele já havia causado muitos danos, assim como o filho. E agora aquilo parecia ser literalmente verdade.

– Mas ele é só um menino – disse Suzanne, sentindo que precisava dizer alguma coisa em defesa do filho.

– Ele tem 14 anos. É idade suficiente para distinguir o certo do errado – disse Gamache, calmo mas firme. – Ele precisa saber que, quando faz uma coisa errada, mesmo que sem querer, tem que enfrentar as consequências. Philippe foi um dos garotos que atirou estrume nos senhores Dubeau e Brulé?

A mudança de assunto pareceu trazer Matthew de volta à vida.

– Foi. Ele chegou em casa se gabando disso – respondeu Matthew, lembrando que havia encarado o filho na cozinha e se perguntado quem era aquele estranho.

– Mas o senhor tem certeza? Eu sei que a Srta. Neal gritou três nomes e que um deles foi o de Philippe, mas talvez ela tenha se enganado em relação a pelo menos um deles.

– Sério? – perguntou Suzanne, recuperando a esperança por um instante, antes de perceber que aquilo não fazia a menor diferença.

Alguns dias antes, a ideia de o filho fazer uma coisa daquelas e ainda ser pego a teria deixado mortificada. Mas aquilo não era nada perto do que ele tinha feito a seguir.

– Posso falar com ele? – perguntou Guimette. – Só eu e o inspetor-chefe Gamache.

Matthew hesitou.

– Como eu disse, Sr. Croft, eu não trabalho para a polícia.

Croft sabia que não tinha escolha. Conduziu os policiais escada acima e bateu na porta fechada. Ninguém respondeu. Bateu mais uma vez. De novo, não houve resposta. Colocou a mão na maçaneta, mas logo a tirou e bateu de novo, dessa vez chamando o nome do filho. Gamache observou tudo com interesse. Finalmente, Croft girou a maçaneta e entrou no quarto de Philippe.

De costas para a porta, Philippe balançava a cabeça para a frente e para trás. Mesmo à distância, Gamache podia ouvir o som abafado e metálico que vazava dos fones de ouvido. Philippe vestia o uniforme dos adolescentes: casaco de moletom e calça larga. As paredes estavam repletas de pôsteres de bandas de rock e rap com jovens petulantes fazendo bico. Quase não dava para ver o papel de parede por baixo dos cartazes. Nele, havia pequenos jogadores de hóquei com camisetas vermelhas do Canadiens de Montreal.

Guimette tocou o ombro de Philippe, que abriu os olhos e os encarou com tanto ódio que, por um instante, os dois homens se sentiram agredidos. Então aquele olhar desapareceu. Philippe tinha acertado o alvo errado, e aquela não era a primeira vez.

– Oi, o que vocês querem?

– Philippe, meu nome é Claude Guimette, eu sou do Conselho Tutelar. E este aqui é o inspetor-chefe Gamache, da Sûreté.

Gamache esperava encontrar um garoto assustado e sabia que o medo podia adquirir várias formas. A agressividade era bastante comum. Pessoas raivosas normalmente estavam com medo. Arrogância, lágrimas ou uma falsa calma combinada a mãos e olhos nervosos – quase sempre, alguma coisa denunciava o medo. Mas Philippe Croft não parecia estar com medo. Parecia estar... o quê? Triunfante.

– E daí?

– Nós estamos aqui por causa da morte de Jane Neal.

– Uhum. Tô sabendo. O que eu tenho a ver com isso?

– Nós achamos que foi você, Philippe.

– Hein? Por quê?

– O sangue dela foi encontrado no seu porão, junto com as suas digitais. E também nas suas roupas.

– É só isso?

– Também tinha sangue na sua bicicleta. Sangue da Srta. Neal.

Philippe parecia satisfeito.

– Não fui eu.

– E como você explica tudo isso? – perguntou Gamache.

– Como *você* explica? – rebateu o garoto.

Gamache se sentou.

– Você quer que eu explique? Vou contar o que eu acho que aconteceu. Você saiu cedo naquela manhã de domingo. Alguma coisa o levou a pegar o antigo conjunto de arco e flecha e pedalar até aquele ponto do bosque. Nós sabemos que era lá que o seu avô caçava. Ele até construiu o esconderijo no velho bordo, não foi?

Philippe continuava a encará-lo. A encarar sem vê-lo, pensou Gamache.

– Então alguma coisa aconteceu. Ou a sua mão escorregou e você atirou sem querer, ou você atirou de propósito, pensando que era um cervo. De qualquer forma, o resultado foi catastrófico. O que aconteceu depois, Philippe?

Gamache observou e esperou, assim como Guimette. Mas Philippe seguia impassível, inexpressivo, como se estivesse ouvindo a história de outra pessoa. Então ergueu as sobrancelhas e sorriu.

– Continue. Isso está ficando interessante. Então a velha bate as botas e eu deveria estar louco de tristeza? Mas eu não estava lá, lembra?

– Eu esqueci – disse Gamache. – Então vou continuar. Você é um rapaz inteligente.

Philippe franziu o cenho. Claramente não gostava de ser tratado com condescendência. Gamache prosseguiu:

– Você viu que ela estava morta. Procurou e encontrou a flecha, sujando as mãos e as roupas de sangue. Daí você voltou para casa e escondeu o arco e as flechas no porão. Mas sua mãe viu as manchas nas suas roupas e começou a te pressionar. Você provavelmente inventou alguma história. Mas ela também encontrou o arco e as flechas no porão. Quando ela soube da morte de Jane Neal, ligou os pontos. Ela queimou a flecha, mas não conseguiu fazer o mesmo com o arco porque era grande demais para a fornalha.

– Olha só, cara. Eu sei que você é velho, então deixa eu falar de novo e bem devagar. Eu não estava lá. Não fui eu. *Comprends?*

– Então quem foi? – perguntou Guimette.

– Vamos ver, quem pode ter feito isso? Bom, quem nesta casa é um caçador experiente?

– Você está dizendo que o seu pai matou a Srta. Neal? – perguntou Gamache.

– Vocês dois são idiotas? É claro que foi ele.

– E as manchas de sangue na sua bicicleta? Nas suas roupas? – questionou Guimette, estupefato.

– Olha, eu vou contar o que aconteceu. Se vocês quiserem, podem anotar.

Mas Gamache não se mexeu, apenas observou Philippe em silêncio.

– O meu pai voltou para casa todo nervoso. Com sangue nas luvas. Eu fui lá ver se podia ajudar. Assim que ele me viu, me abraçou e segurou as minhas mãos, porque precisava de um apoio moral. Ele me deu a droga do arco e das flechas e me mandou guardar tudo no porão. Eu comecei a ficar meio desconfiado.

– E do que você desconfiou? – perguntou Guimette.

– Quando o meu pai caça, ele sempre limpa o equipamento depois. Então aquilo estava meio estranho. E também não tinha nenhum cervo na caçamba da caminhonete. Eu somei 2 e 2 e deduzi que ele tinha matado alguém.

Guimette e Gamache se entreolharam.

– O porão é minha responsabilidade – prosseguiu Philippe. – Então ele me mandou colocar as tralhas lá embaixo e eu comecei a me perguntar se ele estava, sei lá, armando pra mim. Mas eu coloquei tudo lá embaixo mesmo assim. Daí ele começou a gritar comigo: "Garoto idiota, tira a porcaria da bicicleta do caminho." Eu tive que mover a bicicleta antes de lavar as mãos. Por isso é que tem manchas de sangue nela.

– Eu gostaria de ver o seu braço esquerdo, por favor – perguntou Gamache.

Guimette se virou para Philippe.

– Eu aconselho você a não fazer isso.

Philippe deu de ombros e puxou a manga larga, expondo um hematoma roxo violento. Igual ao de Beauvoir.

– Como você arrumou isso? – perguntou Gamache.

– Como a maioria dos garotos se machuca?

– Você caiu? – deduziu Guimette.

Philippe revirou os olhos.

– Qual é a outra forma?

Com tristeza, Guimette perguntou:

– O seu pai fez isso com você?

– Dã.

– ELE NÃO FEZ ISSO. Ele não podia ter feito isso.

Matthew ficou em silêncio, como se de repente toda força vital o tivesse abandonado. Foi Suzanne quem finalmente encontrou a voz e protestou. Eles com certeza tinham ouvido mal, entendido errado, estavam enganados.

– Philippe não pode ter dito essas coisas.

– Nós sabemos o que ouvimos, Sra. Croft. Philippe afirma que o pai o maltrata e que, por medo de apanhar, ajudou o Sr. Croft a acobertar o crime. De acordo com o seu filho, foi assim que o sangue foi parar nas roupas dele e que as impressões digitais dele acabaram no arco. Ele disse que o pai matou Jane Neal.

Claude Guimette explicou tudo pela segunda vez, sabendo que talvez precisasse fazer isso mais algumas vezes.

Surpreso, Beauvoir encontrou o olhar de Gamache e notou algo que raramente via no chefe. Raiva. Gamache desviou os olhos e se virou para Croft. Matthew percebeu, tarde demais, que tinha entendido tudo errado. Ele pensou que tinha previsto de longe a coisa que destruiria seu lar e sua família. Mas nunca, jamais, imaginara que essa coisa estivesse lá o tempo todo.

– Ele tem razão – disse Croft. – Eu matei Jane Neal.

Gamache fechou os olhos.

– Ah, Matthew, por favor. Não. Não faça isso – disse Suzanne. Ela se virou para os outros e segurou o braço de Gamache com força. – Faça ele parar. Ele está mentindo.

– Eu acho que ela tem razão, Sr. Croft. Ainda acho que Philippe matou Jane Neal.

– O senhor está errado. Fui eu. Tudo o que Philippe disse é verdade.

– Inclusive as surras?

Matthew baixou os olhos e não disse nada.

– O senhor pode vir com a gente até a delegacia de St. Rémy? – perguntou Gamache.

Beauvoir percebeu, assim como os outros, que aquilo era um pedido, e não uma ordem. E com certeza não era uma ordem de prisão.

– Posso – respondeu Croft, parecendo aliviado.

– Eu vou com você – disse Suzanne, levantando-se.

– E o Philippe? – perguntou Claude Guimette.

Suzanne segurou a vontade de gritar "E o que tem ele?". Em vez disso, respirou fundo duas vezes.

Gamache deu um passo à frente e disse a ela, com uma voz gentil e calma:

– Ele tem só 14 anos e, por mais que não demonstre, precisa da mãe.

Ela hesitou e então aquiesceu, com medo de voltar a falar. Gamache sabia que, assim como o medo adquiria várias formas, o mesmo acontecia com a coragem.

Gamache, Beauvoir e Croft se sentaram em uma pequena sala de interrogatórios branca da delegacia da Sûreté em St. Rémy. Na mesa de metal entre eles havia uma travessa com sanduíches de presunto e várias latas de refrigerantes. Croft não tinha comido nada. Nem Gamache. Beauvoir não aguentava mais e, devagar, como se seu estômago não estivesse preenchendo a sala com um barulho lamentoso, pegou meio sanduíche e deu uma lenta mordida.

– O senhor pode nos contar o que aconteceu no domingo de manhã? – pediu Gamache.

– Eu acordei cedo, como faço geralmente. Domingo é o dia de a Suzanne dormir até mais tarde. Coloquei as coisas do café da manhã na mesa da cozinha para as crianças e saí. Fui caçar com arco.

– O senhor nos disse que não caçava mais – comentou Beauvoir.

– Eu menti.

– Por que o senhor foi caçar atrás da antiga escola, no bosque?

– Não sei. Acho que porque meu pai sempre caçava lá.

– Seu pai fumava cigarros sem filtro e administrava a casa como se fosse uma fazenda de gado leiteiro. O senhor não faz isso – disse Gamache. – Isso prova que o senhor não faz tudo que o seu pai fazia. Deve haver uma outra razão.

– É, mas não há. Era Dia de Ação de Graças e eu estava com saudades dele. Eu peguei o velho arco recurvo dele e as flechas antigas e fui até o lugar onde ele caçava. Para me sentir próximo dele. *Point finale.*

– E o que aconteceu?

– Eu ouvi um barulho vindo das árvores, parecia um cervo. Um movimento lento e cuidadoso. Quase na ponta dos pés. É assim que os cervos andam. Daí eu peguei o arco e, quando a silhueta apareceu, atirei. Você tem que ser rápido com os cervos, porque eles se assustam com qualquer coisinha.

– Mas não era um cervo.

– Não. Era a Srta. Neal.

– Como ela estava caída?

Croft se levantou, esticou bem os braços e as pernas e abriu bem os olhos.

– O que o senhor fez?

– Eu corri até lá, mas percebi que ela já estava morta. Então entrei em pânico. Procurei a flecha, peguei ela de volta e corri para a caminhonete. Joguei tudo na caçamba e fui para casa.

– E o que aconteceu depois?

Pela experiência de Beauvoir, interrogar era basicamente perguntar "E o que aconteceu depois?" e prestar bastante atenção à resposta. Ouvir era o mais importante.

– Não sei.

– Como assim?

– Eu não me lembro de nada depois de entrar na caminhonete e ir para casa. Mas não é o suficiente? Eu matei a Srta. Neal. Era o que vocês precisavam saber.

– Por que não se entregou?

– Bom, eu achei que vocês não fossem descobrir. Quero dizer, o bosque está cheio de caçadores, achei que vocês não chegariam até mim. Eu não queria destruir o antigo arco do meu pai. Significa muito para mim. É como ainda tê-lo em casa. Quando eu me toquei que precisava fazer isso, já era tarde.

– O senhor bate no seu filho?

Croft fez uma careta, como se estivesse revoltado, mas não disse nada.

– Eu sentei na sua cozinha hoje de manhã e disse que achava que Philippe tinha matado a Srta. Neal. – Gamache se inclinou para a frente, sua cabeça pairando acima dos sanduíches, mas ele só tinha olhos para Croft.

– Por que o senhor não confessou nessa hora?

– Eu estava chocado demais.

– Fale a verdade, Sr. Croft. O senhor estava esperando a gente. O senhor sabia o que os testes de laboratório iam mostrar. Mesmo assim, está dizendo que teria deixado seu filho ser preso por um crime que o senhor cometeu? Eu não acho que o senhor seria capaz.

– O senhor não faz ideia do que eu sou capaz.

– Acho que isso é verdade. Quero dizer, se o senhor bate no seu filho, é mesmo capaz de tudo.

As narinas de Croft se dilataram e ele comprimiu os lábios. Gamache suspeitou que, se ele fosse realmente violento, teria acertado um soco nele naquele instante.

Eles deixaram Croft na sala de interrogatórios.

– O que você acha, Jean Guy? – perguntou Gamache na privacidade do escritório do delegado.

– Não sei o que pensar, senhor. Se Croft é o assassino? A história do Philippe se encaixa. É possível.

– A gente não achou absolutamente nenhum resquício de sangue de Jane Neal na caminhonete do Croft ou no carro da Sra. Croft. As impressões digitais dele não estavam em lugar nenhum...

– É verdade, mas Philippe disse que ele estava de luvas – interrompeu Beauvoir.

– Não dá para atirar com arco e flecha de luvas.

– Ele pode ter colocado as luvas depois de atirar, assim que viu o que tinha feito.

– Então ele teve a presença de espírito de colocar as luvas, mas não de ligar para a polícia e admitir o acidente? Não. No papel, faz sentido. Na vida real, não.

– Eu não concordo, senhor. Uma coisa que o senhor sempre frisou é que a gente nunca sabe o que se passa entre quatro paredes. O que realmente acontece na casa dos Crofts? Matthew parece um homem atencioso e razoável, mas o que a gente mais vê são agressores se comportando dessa forma em público. Eles precisam fazer isso. É o disfarce deles. Matthew Croft pode muito bem ser um pai abusivo.

Beauvoir se sentiu um idiota explicando a Gamache as coisas que havia aprendido com ele, mas achou que valia a pena repeti-las.

– E a reunião pública, quando ele foi todo prestativo? – perguntou Gamache.

– Arrogância. Ele mesmo admitiu que achou que a gente nunca fosse descobrir.

– Desculpa, Jean Guy, mas eu não consigo acreditar. Não existe nenhuma evidência física contra ele. Só a acusação de um adolescente bastante revoltado.

– O filho estava machucado.

– Estava. Ele tinha um roxo igualzinho ao seu.

– Mas ele já atirou com arco e flecha antes. Croft disse que só os iniciantes se machucam assim.

– É verdade, mas também disse que parou de caçar há alguns anos, então ele provavelmente não leva o filho para fazer isso desde então – argumentou Gamache. – Isso é bastante tempo para um adolescente. Ele provavelmente estava enferrujado. Acredite em mim, aquele garoto atirou com arco e flecha nos últimos dois dias.

Eles tinham um problema e sabiam disso. O que fariam com Matthew Croft?

– Eu liguei para o escritório do promotor em Granby – disse Gamache. – Eles vão mandar alguém. A pessoa deve chegar logo. Vamos ver isso com ele.

– Com ela.

Através da porta de vidro, Beauvoir acenou com a cabeça para a mulher de meia-idade que esperava de pé pacientemente, com uma maleta na mão. Ele se levantou e a recebeu no escritório agora lotado.

– Dra. Brigitte Cohen – anunciou Beauvoir.

– *Bonjour*, Dra. Cohen. É quase uma hora. A senhora já almoçou?

– Só um brioche, vindo para cá. Considerei um aperitivo.

Dez minutos depois, eles estavam em um confortável restaurante em frente à delegacia, pedindo o almoço. Beauvoir expôs a situação a Cohen de maneira sucinta. Ela rapidamente assimilou todos os detalhes pertinentes.

– Então todas as evidências apontam para alguém que não admite o crime e nenhuma aponta para quem não para de admitir. A princípio, parece que o pai está protegendo o filho. Mas quando o senhor chegou na casa, inspetor-chefe, ele parecia disposto a deixar o filho responder pelo crime.

– É verdade.

– O que o fez mudar de ideia?

– Acho que ele ficou chocado e profundamente ferido com as acusações do filho. Acho que ele não imaginava que Philippe pudesse dizer aquilo. Claro que é difícil saber, mas tenho a impressão de que aquela casa já foi muito feliz e não é mais há algum tempo. Quando eu falei com Philippe, senti essa infelicidade irradiando dele. Já vi isso antes. O adolescente revoltado comanda a casa porque os pais têm medo dele.

– É, eu também já vi. Mas o senhor não quer dizer medo físico, não é? – perguntou Cohen.

– Não, emocional. Acho que Croft confessou porque não suportou ver o que Philippe pensa dele. Foi uma tentativa desesperada, até mesmo temporariamente insana, de reconquistar o filho. De provar para Philippe que o ama. Também havia um elemento de... o quê? - perguntou-se Gamache, lembrando o rosto de Croft do outro lado da mesa da cozinha. – Foi como um suicídio. Uma renúncia. Acho que ele não aguentou a dor de ser acusado pelo filho e simplesmente entregou os pontos.

Gamache olhou para os dois companheiros e abriu um sorriso discreto.

– São só suposições, é claro. Uma impressão que eu tive. De um homem forte finalmente desesperado e destruído. Que confessou um crime que não cometeu. Mas Matthew Croft é só isso, um homem forte. Um homem de convicções. Ele vai se arrepender disso um dia, eu espero, e não vai demorar. Pelo que parece, Philippe tem muita raiva e treinou a família para não contrariá-lo.

Gamache se lembrou de quando Croft colocou a mão na maçaneta da porta e logo depois tirou. Tinha a impressão de que Philippe já havia criado um escarcéu por ele abrir a porta sem autorização e de que Croft tinha aprendido a lição.

– Mas de que ele tem tanta raiva? – quis saber Beauvoir.

– De que todos os garotos de 14 anos têm raiva? – rebateu Cohen.

– Existe uma raiva normal da idade e existe uma raiva exagerada, que atinge todo mundo. Como ácido – explicou Beauvoir, para depois contar a ela o episódio em que Olivier e Gabri foram atacados com estrume.

– Eu não sou psicóloga, mas parece que esse garoto precisa de ajuda.

– Eu concordo – disse Gamache. – Mas a pergunta do Beauvoir é pertinente. De que o Philippe tem tanta raiva? Será que abusaram dele?

– É possível. Mas a reação típica de uma criança abusada é ser legal com o pai ou a mãe agressor e atacar o pai ou a mãe inocente. Philippe parece desprezar os dois e ter um desdém especial pelo pai. Ele não se enquadra no perfil, embora eu saiba que nem todas as crianças abusadas se enquadram. Nem sei dizer quantas vezes processei crianças que mataram pais abusadores. Às vezes, elas revidam. Mas a maioria não responde com assassinato.

– Ele pode ter sido abusado por outra pessoa e está projetando isso?

Gamache se lembrou do comentário de Clara sobre Bernard Malenfant. Ela contara que ele fazia bullying com os garotos e que todos tinham medo dele. Disse até que Philippe teria admitido um assassinato para evitar uma surra de Bernard. Ele dividiu os pensamentos com Cohen.

– Pode ser. Estamos começando a descobrir como esses valentões e o bullying são destrutivos. Se Philippe for uma vítima de bullying, isso com certeza o deixaria com muita raiva, se sentindo fraco e impotente. E ele pode ter se tornado supercontrolador em casa. É um clichê triste e familiar. A vítima se torna um abusador. Mas não sabemos se é isso.

– É verdade. Não sabemos. Mas o que eu sei é que não existe nenhuma evidência contra Croft no assassinato da Srta. Neal.

– Mas temos a confissão dele.

– A confissão de um homem que não está no seu juízo perfeito. Isso não pode ser suficiente. Precisamos de evidências. Às vezes o nosso trabalho é salvar as pessoas delas mesmas.

– Inspetor Beauvoir, o que o senhor acha?

A pergunta colocou Beauvoir em uma situação bem indesejável.

– Eu acho que temos razões suficientes para acusar Matthew Croft da morte de Jane Neal. – Beauvoir observou o chefe assentir enquanto ele falava. – Temos o relato da testemunha ocular, Philippe, que bate com todas as evidências. E temos fortes evidências circunstanciais de que o assassinato exigia um arqueiro experiente, coisa que Philippe não é. Croft descreveu a cena perfeitamente e até mostrou a posição em que Jane Neal caiu. E ele sabia sobre a trilha de cervos. Tudo isso somado à confissão dele parece ser o suficiente para fazermos acusações formais.

A Dra. Cohen comeu uma garfada da salada caesar.

– Vou revisar os relatórios e informo vocês esta tarde.

No caminho de volta para a delegacia, Beauvoir tentou se desculpar com Gamache por contradizê-lo.

– Não me trate com condescendência, hein – respondeu Gamache, rindo e colocando um braço no ombro de Beauvoir. – Foi bom você ter exposto o seu ponto de vista. Eu só estou irritado por você ter argumentado tão bem. Acho que a Dra. Cohen vai concordar com você.

Gamache estava certo. Cohen ligou de Granby às três e meia, instruindo-o a prender Croft e acusá-lo de homicídio culposo, abandono da cena do crime, obstrução de justiça e destruição de provas.

– Caramba, ela realmente quer enquadrá-lo – comentou Beauvoir.

Gamache aquiesceu e pediu a Beauvoir que o deixasse alguns minutos sozinho na sala do delegado. Surpreso, Beauvoir saiu. Armand Gamache ligou para Reine-Marie e depois para o chefe, o superintendente Brébeuf.

– Ah, fala sério, Armand. Você só pode estar brincando.

– Não, superintendente. Eu estou falando sério. Não vou prender Matthew Croft.

– Olha, isso não é decisão sua. Eu não preciso dizer justo para você como o sistema funciona. A gente investiga e reúne evidências, que apresenta aos promotores. Eles decidem quem vão acusar. Não está nas suas mãos. Você recebeu instruções de prender o homem, então prenda, pelo amor de Deus.

– Matthew Croft não matou Jane Neal. Não existe absolutamente nenhuma evidência contra ele. Só temos a acusação do filho, que provavelmente está desequilibrado, e a confissão dele.

– E do que mais você precisa?

– Quando você estava investigando aquele serial killer em Brossard, prendeu todo mundo que confessou?

– É diferente, e você sabe disso.

– Eu não sei de nada, superintendente. Aquelas pessoas que confessaram eram indivíduos confusos atendendo a alguma necessidade obscura particular, não eram?

– Eram.

Mas Michel Brébeuf soou cauteloso. Ele detestava discutir com Armand Gamache, e não só porque os dois eram amigos. Gamache era um homem empático e, Brébeuf sabia, com fortes convicções. *Só que nem sempre ele está certo*, Brébeuf disse a si mesmo.

– A confissão do Croft não tem sentido. Acho que é uma forma de autopunição. Ele está confuso e magoado.

– Coitadinho.

– Olha, não estou dizendo que ele é nobre ou perfeito. Mas ele é humano. E não é só porque está implorando para ser punido que a gente vai obedecer.

– Você é um moralista cretino. Está querendo me ensinar ética policial? Eu sei muito bem qual é o nosso trabalho. É você que quer ser policial, juiz e júri ao mesmo tempo. Se Croft for inocente, vai ser liberado. Confie no sistema, Armand.

– Ele não vai nem a julgamento, se continuar insistindo nessa confissão ridícula. E mesmo que seja solto um dia, nós dois sabemos o que acontece com pessoas que foram presas. Principalmente por um crime violento. Elas ficam estigmatizadas pelo resto da vida. Sendo culpadas ou não. Estamos infligindo a Matthew Croft uma ferida que vai acompanhá-lo para sempre.

– Você está errado. É ele quem está infligindo isso a si mesmo.

– Não, ele está nos desafiando a fazer isso. Incitando. Mas não precisamos reagir assim. É isso que estou dizendo. Uma força policial, assim como um governo, deve estar acima disso. Não precisamos agir só porque fomos provocados.

– O que você está tentando dizer, inspetor-chefe? Que de agora em diante só vai prender alguém se tiver certeza da condenação? Você já prendeu pessoas que depois descobriu serem inocentes. Aliás, fez isso no ano passado. Não se lembra do caso Gagné? Você prendeu o tio, mas na verdade o culpado era o sobrinho.

– É verdade, eu me enganei. Mas eu realmente achava que o tio era o culpado. Foi um erro. É diferente. Agora eu estaria deliberadamente prendendo alguém que acredito não ter cometido o crime. Não posso fazer isso.

Brébeuf suspirou. Desde o primeiro minuto da conversa, sabia que Gamache não mudaria de ideia. Mas precisava tentar. Aquele homem era realmente irritante.

– Você sabe o que vou ter que fazer?

– Sei. E eu estou preparado para isso.

– Então, como punição pela sua insubordinação, você vai caminhar pela sede da Sûreté vestindo o uniforme da sargento LaCroix?

Mai LaCroix era uma sargento muito gorda que comandava a entrada do QG com pulso firme e usava uma saia do uniforme da Sûreté alguns números menores que o dela.

Gamache riu da imagem.

– Temos um acordo, Michel. Se você conseguir arrancar o uniforme dela, eu uso.

– Deixa pra lá. Acho que eu vou ter que suspender você.

Michel Brébeuf havia chegado perto disso uma vez, depois do caso Arnot. Seus próprios superiores tinham ordenado que ele suspendesse Gamache, também por insubordinação. O caso quase acabou com a carreira dos dois, e Gamache ainda estava marcado por ele. Na opinião de Brébeuf, o amigo também estivera errado naquela ocasião. Tudo o que ele tinha que fazer era ficar quieto, e seus superiores não estavam propondo deixar os criminosos livres nem nada do tipo. Na verdade, era o oposto. Mas o inspetor-chefe desafiara as autoridades. Brébeuf se perguntou se Gamache realmente acreditava que o caso Arnot estava encerrado.

Brébeuf nunca pensou que faria aquilo.

– Você está suspenso a partir de agora por uma semana, sem remuneração. Uma audiência disciplinar vai ser realizada durante esse período. Não vá de saia.

– Obrigado pela dica.

– *D'accord*. Deixa eu falar com o Beauvoir.

Não era fácil deixar Jean Guy Beauvoir atordoado, mas esse foi exatamente o efeito daquela conversa com o superintendente. Embora Gamache gostasse de Beauvoir como de um filho, o jovem nunca havia demonstrado sentimentos afetuosos por ele, a não ser o respeito de um novato por um superior. Era o suficiente. Mas agora que Gamache via a dor profunda de Beauvoir ao ter que fazer aquilo, foi como se recebesse um grande presente. O presente de saber que seu afeto era correspondido.

– Isso é verdade?

Gamache assentiu.

– Foi culpa minha? Foi porque eu discordei do senhor? Que idiota. Por que eu não fiquei de boca fechada?

Beauvoir andava de um lado para o outro no pequeno escritório, como um leopardo preso na jaula.

– Não tem nada a ver com você. Você fez o certo. Fez a única coisa que podia fazer. Assim como eu. E como o superintendente Brébeuf, para falar a verdade.

– Eu achei que ele fosse seu amigo.

– E ele é. Olha, não se sinta mal por causa disso. Quando liguei para ele, já sabia que ele ia ter que fazer isso. Eu falei com Reine-Marie antes, para pedir a opinião dela.

Beauvoir sentiu uma pontinha de ciúme de o inspetor-chefe ter consultado a esposa, mas não ele. Sabia que não era razoável, mas sentimentos geralmente não são. E por isso tentava evitá-los.

– Quando ela disse "Faça isso", liguei para ele com a consciência tranquila. Eu não posso prender Matthew Croft.

– Bom, se o senhor não pode, eu também não posso. Não vou fazer o trabalho sujo do Brébeuf por ele.

– É superintendente Brébeuf, e é o seu trabalho. O que foi que eu ouvi esta tarde? Você só estava bancando o advogado do diabo? Sabe como eu odeio isso. Diga o que você realmente pensa, não fique fazendo joguinho intelectual. Foi isso que você fez? Assumiu a oposição em um combate vazio, como se fosse um adolescente?

– Não, não foi. Eu acredito que Matthew Croft é culpado.

– Então vá até lá e o prenda.

– Tem outra coisa. – Agora Beauvoir parecia realmente deprimido. – O superintendente Brébeuf mandou eu pegar sua arma e seu distintivo.

Aquilo abalou Gamache. Se tivesse pensado bem, não teria ficado surpreso, mas não havia previsto aquilo. Sentiu um embrulho no estômago. A intensidade de sua própria reação o deixou perplexo. Precisava entender a razão e, felizmente, tinha um longo caminho até em casa para refletir.

Gamache se recompôs, enfiou a mão no bolso da camisa e entregou tanto o distintivo quanto o cartão de identificação da polícia. Depois tirou o coldre do cinto.

– Desculpa – murmurou Beauvoir.

Gamache se recuperara rápido, mas não o suficiente para esconder seus sentimentos. Enquanto recolhia os itens, Beauvoir se lembrou de uma das muitas coisas que havia aprendido com o chefe. Mateus 10:36.

O FUNERAL DE JANE NEAL, a solteirona do vilarejo de Three Pines, condado de St. Rémy, província do Quebec, aconteceu dois dias depois. Os sinos da Igreja de Ste. Marie badalaram, ecoaram pelos vales, foram ouvidos por quilômetros e reverberaram nas profundezas da terra, onde viviam criaturas que não existiriam se a própria Jane Neal não tivesse passado pelo mundo e sido a pessoa que fora.

E agora todos se reuniam para se despedir formalmente. Armand Gamache tinha vindo de Montreal só para isso. Foi uma boa pausa em seu descanso forçado. Ele navegou através da multidão, passou pela frente da igrejinha e se viu na penumbra do interior. O fato de as igrejas serem sombrias sempre parecera a ele um paradoxo. Ao vir do exterior ensolarado, demorou mais ou menos um minuto para a visão se ajustar. E, mesmo assim, aquele ambiente não chegava nem perto de ser confortável. Ou as igrejas eram grandiosas e cavernosas homenagens, não tanto a Deus, mas à riqueza e ao privilégio de uma comunidade, ou eram austeras e frias homenagens ao êxtase da abnegação.

Gamache gostava de frequentar as igrejas pela música, pela beleza da linguagem e pela quietude. Mas se sentia mais perto de Deus em seu Volvo. Avistou Beauvoir na multidão, acenou e foi até ele.

– Eu imaginei que o senhor viria – disse Beauvoir. – O senhor vai gostar de saber que prendemos a família Croft inteira e até os animais da fazenda deles.

– Você fez questão de se precaver.

– Com certeza, parceiro.

Gamache não via Beauvoir desde que havia partido, naquela tarde de terça-feira, mas eles tinham conversado várias vezes pelo telefone. Beauvoir queria mantê-lo informado, e Gamache queria ter certeza de que não havia ressentimentos entre eles.

Yolande cambaleava atrás do caixão, que era conduzido até a igreja. Magro e seboso, André ia atrás dela, e depois dele vinha Bernard, com um andar preguiçoso, mas os olhos furtivos e ávidos atirando para todos os lados como se procurassem a próxima vítima.

Gamache sentiu uma pena profunda de Yolande. Não pela dor que ela estava sentindo, mas pela que não estava. Rezou em silêncio para que um dia ela não precisasse fingir ter outras emoções além de ressentimento e pudesse realmente senti-las. As outras pessoas na igreja estavam tristes, mas Yolande era de longe a figura mais deprimente de todas. E com certeza a mais patética.

A missa foi curta e impessoal. Ficou claro que o padre nunca tinha visto Jane Neal. Nenhum membro da família se levantou para falar, com exceção de André, que leu um trecho das Escrituras com menos emoção do que teria expressado ao ler o guia da TV. A missa foi toda em francês, embora Jane fosse de origem inglesa. A missa foi católica, embora Jane fosse anglicana. Depois, Yolande, André e Bernard conduziram o caixão para um enterro "só da família", embora os amigos de Jane fossem a família dela.

– Hoje está frio mesmo – disse Clara Morrow, surgindo ao lado dele com os olhos vermelhos. – As abóboras vão ficar cobertas de gelo à noite. – Ela conseguiu abrir um sorriso. – Vamos fazer uma cerimônia fúnebre para Jane na Igreja de St. Thomas no domingo. Uma semana depois da morte. Gostaríamos que você fosse, se não se importar de vir até aqui de novo.

Gamache não se importava. Ao olhar em volta, ele percebeu quanto gostava daquele lugar e daquelas pessoas. Era uma pena que uma delas fosse um assassino.

DEZ

A CERIMÔNIA FÚNEBRE DE JANE NEAL foi pequena e amável, uma réplica exata da homenageada. O evento se resumiu aos amigos de Jane levantando-se um após o outro para falar sobre ela, em francês e em inglês. Foi uma cerimônia simples com uma mensagem clara: a morte dela foi só um instante em uma vida plena e adorável. Ela havia ficado com eles pelo tempo que tinha que ficar. Nem um minuto a mais, nem um instante a menos. Jane Neal sabia que, quando sua hora chegasse, Deus não perguntaria de quantos comitês ela tinha participado, quanto dinheiro havia juntado ou quais prêmios ganhara. Não. Ele perguntaria quantos seres vivos ela havia ajudado. E Jane Neal teria uma resposta.

No final da cerimônia, Ruth permaneceu sentada e cantou "What Do You Do with a Drunken Sailor?" em uma voz aguda e hesitante de contralto. Ela cantou a improvável cantiga de marinheiros em um compasso bem lento, como se fosse uma marcha fúnebre, e foi ganhando velocidade lentamente. Gabri e Ben se juntaram a ela, e no fim a igreja inteira ganhou vida, batendo palmas, se balançando e perguntando: "O que se faz com um marinheiro bêbado logo cedo de manhã?".

No porão, após a cerimônia, as integrantes da Associação de Mulheres da Igreja Anglicana serviram ensopados caseiros e tortas frescas de maçã e abóbora, acompanhadas por leves murmúrios da cantiga entreouvidos aqui e ali.

– Por que essa música? – perguntou Gamache, ao se aproximar do bufê e se ver parado diante de Ruth.

– Era uma das músicas preferidas da Jane – respondeu Ruth. – Ela estava sempre cantarolando isso.

– Você também estava cantarolando essa música baixinho no bosque, naquele dia – disse Gamache a Clara.

– Afasta os ursos. Jane aprendeu isso na escola, não foi? – perguntou Clara a Ruth.

Olivier entrou na conversa.

– Ela me disse que aprendeu *para* a escola. Para ensinar, não foi, Ruth?

– Ela tinha que ensinar todas as matérias, mas como não cantava bem e não tocava piano, não sabia o que dar na aula de música. Isso foi quando ela começou, há cinquenta anos. Daí eu ensinei essa música para ela – explicou Ruth.

– Não sei por que não estou surpresa – murmurou Myrna.

– Era a única música que os alunos dela aprendiam no curso todo – disse Ben.

– Os concertos de Natal deviam ser interessantes – comentou Gamache, imaginando a Virgem Maria, José e o menino Jesus como três marinheiros bêbados.

– E eram – disse Ben, rindo ao se lembrar dos eventos. – A gente cantava as músicas de Natal, mas todas com a melodia de "Drunken Sailor". A cara dos pais quando a Srta. Neal apresentou "Noite feliz" e a gente começou a cantar! – comentou Ben, para logo depois cantarolar "Noite feliz! Noite feliz! Oh, senhor, Deus de amor" no ritmo da canção dos marinheiros.

Outras pessoas no cômodo riram e cantaram junto.

– Até hoje eu não consigo cantar as músicas de Natal direito – disse Ben.

Clara avistou Nellie e Wayne e acenou para eles. Nellie deixou Wayne para trás e traçou uma linha reta até Ben, começando a falar já na metade da sala:

– Ah, Sr. Hadley, achei mesmo que ia encontrar o senhor aqui. Vou passar na sua casa na semana que vem. Que tal na terça? – Então se virou para Clara e confidenciou, como se fosse um segredo de Estado: – Eu não limpo a casa dele desde a morte da Srta. Neal, Wayne me deixou preocupadíssima.

– Como ele está? – perguntou Clara, lembrando-se de como Wayne havia tossido durante a reunião pública, alguns dias antes.

– Ele está começando a reclamar, então deve estar ficando bom. E aí, Sr. Hadley? Eu não tenho o dia inteiro, sabia?

– Terça está ótimo. – Ele se virou para Clara assim que Nellie voltou para seu trabalho mais urgente no momento: devorar o bufê inteiro. – A casa está imunda. Você não imagina a bagunça que um velho solteirão e um cachorro podem fazer.

Enquanto a fila avançava lentamente, Gamache conversou com Ruth.

– Quando eu estava no cartório, perguntando sobre o testamento da Srta. Neal, o tabelião mencionou o seu nome. Quando ele disse "Kemp", um alarme soou na minha cabeça, mas na hora eu não entendi por quê.

– E como o senhor finalmente entendeu?

– Clara Morrow me disse.

– Ah, garoto esperto. E daí o senhor deduziu quem eu era.

– Bom, demorou um pouco, mas acabei deduzindo – disse Gamache, sorrindo. – Eu amo os seus poemas.

Gamache estava prestes a recitar um dos seus favoritos, sentindo-se como um adolescente cheio de espinhas frente a frente com um ídolo da matinê. Ruth começou a recuar, como se quisesse desviar das próprias belas palavras rumando em sua direção.

– Desculpe interromper – disse Clara para os dois, que pareceram felicíssimos de vê-la. – Mas o senhor disse "ele"?

– Ele? – repetiu Gamache.

– Ele. O tabelião.

– Disse. O Sr. Stickley, de Williamsburg. Ele era o tabelião da Srta. Neal.

– O senhor tem certeza? Eu me lembro de ela ter falado que a tabeliã tinha acabado de ter neném. Solange-alguma-coisa.

– Solange Frenette? Das aulas de ginástica? – perguntou Myrna.

– Ela mesma. Jane disse que ela e Timmer foram falar com Solange sobre seus respectivos testamentos.

Gamache ficou quieto, olhando para Clara.

– Tem certeza?

– Honestamente? Não. Lembro de ela ter falado isso quando eu perguntei como estava Solange. Ela devia estar no primeiro trimestre. Enjoos matinais. Agora ela já teve o neném, está de licença-maternidade.

– Sugiro que um de vocês entre em contato com a Sra. Frenette assim que possível.

– Pode deixar – disse Clara, com vontade de largar tudo na mesma hora, correr para casa e telefonar.

Mas precisava fazer algo antes.

Foi um ritual simples e ancestral. Myrna o conduziu, depois de se nutrir com um farto almoço de ensopados e pães. Era muito importante, explicou a Clara, se sentir nutrida e com os pés no chão antes de um ritual. Ao olhar para o prato dela, Clara pensou que não havia mesmo a menor chance de Myrna sair voando. Clara examinou os vinte e poucos rostos reunidos na praça, muitos deles apreensivos. As mulheres agricultoras formavam uma espécie de semicírculo de suéteres de lã, luvas com dedos expostos e gorros, a começar por Myrna em sua capa verde-vivo. A alegre druida.

Clara se sentiu completamente relaxada, em casa. Parada junto ao grupo, fechou os olhos, respirou fundo algumas vezes e rezou para se livrar da raiva e do medo que a cobriam como uma mortalha. O ritual tinha essa função, de transformar a escuridão em luz, para banir o ódio e o medo e fortalecer a confiança e o acolhimento.

– Este é um ritual de celebração e purificação – explicou Myrna ao grupo reunido. – As raízes dele têm milhares de anos, mas os galhos nos alcançam e nos tocam ainda hoje, abraçando todas que quiserem ser incluídas. Se vocês tiverem alguma pergunta, fiquem à vontade.

Myrna fez uma pausa, mas ninguém disse nada. Havia levado alguns itens em uma bolsa e então retirou dela um graveto. Na verdade, parecia mais um galho grosso e reto de uma árvore, sem a casca e afiado em uma das pontas.

– Este é um bastão de oração. Deve ser familiar para algumas de vocês.

Ela esperou um pouco e ouviu uma risadinha.

– Não é um graveto de castor? – perguntou Hanna Parra.

– Exatamente – respondeu Myrna, rindo.

Ela passou o objeto de mão em mão para quebrar o gelo. As mulheres que estavam apreensivas e até um pouco assustadas diante do que pensavam ser bruxaria relaxaram e perceberam que não havia nada a temer ali. Myrna continuou:

– Eu encontrei isso no lago do moinho, no ano passado. Dá para ver onde o castor roeu.

Mãos curiosas se estenderam para tocar o graveto e ver as marcas de dentes e a extremidade que o castor havia roído até virar uma ponta afiada.

Clara havia corrido para casa para buscar Lucy, que agora aguardava quieta na coleira. Quando o bastão de oração voltou para as mãos de Myrna, ela o ofereceu à golden retriever. Pela primeira vez em uma semana, desde que Jane morrera, Clara viu Lucy abanar o rabo. Uma vez. Ela segurou o graveto entre os dentes e, hesitante, sacudiu o rabo de novo.

GAMACHE SE SENTOU NO BANCO DA PRAÇA. Passara a considerar o banco "dele" desde o dia em que os dois haviam saudado juntos o amanhecer. Agora ele e o banco estavam sob o sol, que tornava o lugar alguns preciosos graus mais quente que a sombra. Ainda assim, ele soltava vapor pela boca. Em silêncio, assistiu às mulheres reunidas formarem uma fila e, com Myrna na frente e Clara atrás, junto de Lucy, caminharem pelo gramado.

– Já estava na hora de a gente ter um veranico – disse Ben, sentando-se de uma forma que fez parecer que todos os seus ossos tinham se dissolvido. – O sol está ficando mais baixo no céu.

– Humm – concordou Gamache. – Elas fazem isso sempre? – perguntou, apontando com a cabeça para a procissão de mulheres.

– Umas duas vezes ao ano. Eu participei do último ritual. Não entendi nada – disse Ben, balançando a cabeça.

Os dois homens ficaram sentados ali, compartilhando um silêncio amistoso enquanto observavam as mulheres.

– Há quanto tempo o senhor é apaixonado por ela? – perguntou Gamache em voz baixa, sem olhar para Ben.

Ben se remexeu no banco e olhou para o perfil de Gamache, estupefato.

– Quem?

– Clara. Há quanto tempo o senhor é apaixonado por ela?

Ben deu um longo suspiro, como se tivesse esperado a vida inteira por aquela exalação.

– Todos nós estudamos juntos na faculdade de belas-artes, embora eu e Peter estivéssemos dois anos na frente de Clara. Ele se apaixonou à primeira vista.

– E o senhor?

– Comigo demorou um pouco mais. Acho que eu sou mais reservado que Peter. Acho difícil me abrir para as pessoas. Mas Clara é diferente, não é?

Ben a observava, sorrindo.

Myrna pôs fogo no ramo de sálvia de Jane, que começou a soltar fumaça. Caminhando pelo gramado, a procissão de mulheres parava a todo momento numa formação de cruz, indicando os quatro pontos cardeais: norte, sul, leste e oeste. A cada parada, Myrna entregava o ramo fumegante a outra mulher, que abanava suavemente a mão na frente da planta, incentivando a fumaça doce a viajar até as casas.

Myrna explicou que aquilo se chamava "defumar". Era para espantar os maus espíritos e abrir espaço para os bons. Gamache respirou fundo e inspirou a fragrante mistura de madeira e sálvia. Ambas veneráveis, ambas reconfortantes.

– É tão óbvio assim? – perguntou Ben, nervoso. – Quero dizer, eu costumava sonhar que a gente ficava junto, mas isso foi há muito tempo. Eu nunca, jamais faria uma coisa dessas. Não com Peter.

– Não, não é óbvio.

Ben e Gamache observaram a fila de mulheres subir a Rue du Moulin e entrar no bosque.

ESTAVA FRIO E ESCURO, FOLHAS SECAS sob os pés e sobre as cabeças e girando ao redor delas. O bom humor das mulheres tinha sido substituído pela inquietação. Uma sombra se alastrava pela reunião jovial. Até Myrna ficou circunspecta e sua expressão sorridente e gentil se tornou alerta.

O bosque rangia. E estremecia. As folhas dos choupos tremulavam ao vento.

Clara queria ir embora. Aquele não era um lugar feliz.

Lucy começou a rosnar, e aquele som contínuo era como um alerta. Os pelos dela se ouriçaram e ela foi se encolhendo, contraindo os músculos como se estivesse pronta para saltar.

– Temos que formar um círculo – disse Myrna, tentando parecer calma enquanto olhava para as mulheres do grupo e pensava quem conseguiria deixar para trás, se fosse preciso.

Ou será que ela mesma seria a retardatária? Maldito ensopado nutritivo.

O menor círculo conhecido pela matemática foi formado, e as mulheres agarraram as mãos umas das outras. Myrna pegou o bastão de oração de onde Lucy o havia deixado e o fincou bem fundo no chão. Clara estava quase esperando que a terra se abrisse.

– Eu trouxe estas fitas – disse Myrna, abrindo a bolsa. Havia pilhas de fitas com cores vivas, todas entrelaçadas. – Pedimos que todas vocês trouxessem algo que simbolizasse Jane.

Myrna tirou um livrinho do bolso, depois vasculhou a bolsa até encontrar uma fita vermelha. Primeiro amarrou a fita no livro, depois foi até o bastão de oração e, enquanto enlaçava a oferenda nele, disse:

– Isto é para você, Jane, para te agradecer por compartilhar comigo o seu amor pela palavra escrita. Deus te abençoe.

Myrna ficou parada junto ao bastão de oração por um instante, a cabeça baixa, e depois se afastou, sorrindo pela primeira vez desde que chegara ao local.

Uma por uma, as mulheres escolheram uma fita, amarraram um objeto a ela, ataram o conjunto ao bastão e disseram algumas palavras. Algumas foram inteligíveis, outras não. Algumas foram orações, outras simples explicações. Hanna amarrou um velho LP de 78 rotações ao bastão, e Ruth, uma fotografia desbotada. Sarah amarrou uma colher, e Nellie, um sapato. Clara enfiou a mão no cabelo e pegou a presilha bico de pato. Amarrou o objeto em uma fita amarela, e a fita ao agora enfeitado bastão de oração.

– Isso é por me ajudar a ver as coisas com mais clareza – disse Clara. – Te amo, Jane.

Ela ergueu os olhos e avistou o esconderijo, pairando logo acima delas. Camuflado. *Que estranho*, pensou Clara. *Camuflado, mas agora eu o vejo.*

E teve uma ideia. Uma inspiração.

– Obrigada, Jane – sussurrou, e se sentiu abraçada por ela pela primeira vez em uma semana.

Antes de se afastar, Clara pegou uma banana do bolso e amarrou a fruta ao bastão de oração, por Lucy. Mas ainda tinha outro item a acrescentar. Do outro bolso, tirou uma carta de baralho. Uma rainha de copas. Enquanto atava a carta ao bastão, pensou em Yolande e no presente maravilhoso que tinha sido oferecido a ela quando criança e que fora rejeitado ou esquecido. Clara encarou o padrão da rainha de copas e o memorizou. Sabia que a mágica não estava na permanência, mas nas mudanças.

No fim do ritual, o bastão de oração brilhava com ondas de fitas coloridas, que penduravam os presentes. O vento fazia os objetos dançarem ao redor do bastão, tilintando e batendo uns nos outros, como em uma sinfonia.

As mulheres olharam em volta e viram que o círculo não estava mais unido pelo medo, mas tinha se transformado em uma roda solta e aberta. E no centro, no local onde Jane Neal estivera viva pela última vez e havia morrido, uma profusão de objetos homenageava aquela mulher tão amada.

Clara permitiu que seu olhar, agora livre do medo, acompanhasse a dança das fitas no vento. Mas notou algo na ponta de uma delas. Então percebeu que o objeto não estava preso na fita, mas na árvore atrás dela.

Bem no alto de uma árvore de bordo, Clara viu uma flecha.

GAMACHE ESTAVA ENTRANDO NO CARRO para voltar a Montreal quando Clara Morrow saiu do bosque em disparada e desceu correndo a Rue du Moulin até ele, como se perseguida por um fantasma. Por um segundo ele se perguntou se o ritual tinha inadvertidamente invocado algo que era melhor deixar quieto. De certa forma, tinha. As mulheres e o ritual delas haviam invocado uma flecha, algo que alguém com certeza queria muito que ficasse quieto.

Imediatamente, Gamache ligou para Beauvoir em Montreal e depois seguiu Clara até o local. Já fazia uma semana que não ia até lá e ficou impressionado como o lugar estava diferente. A maior mudança eram as árvores. Uma semana antes, elas pareciam ousadas com seus tons vibrantes, mas agora o auge tinha passado, e havia mais folhas no chão do que nos galhos. E foi exatamente isso que revelou a flecha. Quando ele parara naquele mesmo ponto uma semana antes e olhara para cima, não tinha como ver a flecha. Ela estava escondida por diversas camadas de folhas. Agora, não.

A outra mudança era o bastão fincado no solo com fitas dançando ao redor. Ele deduziu que tinha algo a ver com o ritual. Ou isso, ou Beauvoir tinha se tornado bastante esquisito longe de sua supervisão. Gamache caminhou em direção ao bastão, impressionado com a alegria do objeto. Pegou alguns dos itens para olhar mais de perto, como uma velha fotografia de uma jovem rechonchuda e míope ao lado de um lenhador forte e bonito. De mãos dadas, os dois sorriam. Atrás deles, uma outra jovem, esbelta, olhava para a câmera. Com uma expressão amarga.

– E DAÍ? É UMA FLECHA. – Matthew Croft olhou para Beauvoir e depois para Gamache. Eles estavam na cela da prisão de Williamsburg. – Vocês já têm cinco delas. Qual é a grande questão com esta aqui?

– Esta aqui foi encontrada a 7 metros e meio de altura, em uma árvore de bordo, duas horas atrás – disse Gamache. – No local onde Jane Neal morreu. É uma das do seu pai?

Croft examinou a haste de madeira, a ponta de quatro lâminas e, finalmente, as penas. No momento em que se afastou do objeto, estava tonto. Respirou fundo e desabou na beirada do catre.

– É – sussurrou ele, suspirando, já com alguma dificuldade de concentração. – Era do meu pai. O senhor vai saber com certeza quando comparar com as outras que estão na aljava, mas eu posso lhe dizer agora mesmo. O meu pai fazia as próprias penas, era um hobby que ele tinha. Só que ele não era muito criativo, então elas eram sempre iguais. Assim que ele descobria como gostava e como funcionava, não via razão para mudar.

– Ótimo – disse Gamache.

– Bom, acho que o senhor tem muito o que contar para nós – disse Beauvoir, sentando-se no catre oposto.

– Eu preciso pensar.

– Não tem nada para pensar – disse Gamache. – O seu filho atirou esta flecha, não foi?

A mente de Croft estava acelerada. Ele tinha se preparado tanto para seguir sua história até o fim, que agora era difícil abandoná-la, mesmo diante de uma evidência. Gamache continuou:

– E, se ele atirou esta flecha e ela foi parar naquela árvore, então ele não pode ter matado Jane Neal. Não foi ele. Nem o senhor. Esta flecha prova que outra pessoa fez isso. O senhor precisa nos contar a verdade agora.

Mesmo assim, Croft hesitou, com medo de que fosse uma armadilha, com medo de abandonar a sua versão.

– Agora, Sr. Croft – disse Gamache com um tom de quem não admitia ser contrariado.

Croft assentiu. Ainda estava atordoado demais para sentir qualquer alívio.

– Está bem. O que aconteceu foi o seguinte: Philippe e eu brigamos na noite anterior à morte de Jane. Por causa de alguma coisa idiota, eu nem lembro agora por quê. Quando eu acordei no dia seguinte, Philippe não estava em casa. Fiquei com medo de ele ter fugido, mas por volta das 7h15 ele apareceu cantando o pneu da bicicleta no quintal. Eu não quis ir lá fora, decidi esperar ele vir falar comigo. Foi um erro. Mais tarde, eu descobri que ele foi direto para o porão com o arco e a flecha, depois tomou banho e mudou de roupa. Ele nunca foi falar comigo, ficou no quarto o dia inteiro. Isso acontece muito. Daí Suzanne começou a ficar estranha.

– Quando o senhor soube da morte da Srta. Neal? – perguntou Beauvoir.

– Naquela noite, uma semana atrás. Roar Parra ligou, disse que foi um acidente de caça. Quando fui para a sua reunião no dia seguinte, eu estava triste, mas não achei que era o fim do mundo. Já Suzanne não conseguia ficar parada, não conseguia relaxar. Mas, honestamente, eu não pensei muito no assunto. As mulheres muitas vezes são mais sensíveis que os homens, e eu achei que fosse isso.

– Quando o senhor soube do Philippe?

– Quando chegamos em casa. Suzanne ficou o tempo todo em silêncio no carro, mas quando entramos em casa, ela veio para cima de mim. Estava furiosa, quase agressiva, porque eu tinha sugerido que o senhor desse uma olhada nos arcos e nas flechas. Daí ela me contou. Ela descobriu porque viu as manchas de sangue nas roupas que Philippe tinha colocado para lavar. Depois ela foi até o porão e encontrou a flecha ensanguentada. Ela arrancou a história do Philippe. Ele achou que tinha matado a Srta. Neal, então pegou a flecha ensanguentada e fugiu, pensando que era dele. Ele não olhou para a flecha, e Suzanne também não. Pelo visto, eles não notaram que não era igual às outras. E Suzanne a queimou.

– O que o senhor fez quando soube disso tudo?

– Eu queimei as roupas dele na fornalha. Mas daí o senhor chegou, e eu disse para Suzanne queimar o arco, destruir tudo.

– Mas ela não queimou.

– Não. Quando eu joguei as roupas do Philippe na fornalha, as chamas diminuíram, então Suzanne teve que reacender o fogo. Foi quando ela percebeu que tinha que cortar o arco e viu que não ia conseguir fazer isso em silêncio, então subiu para me avisar. Mas o senhor não deixou ela voltar. Ela ia fazer isso enquanto a gente estivesse atirando lá fora.

– Como o senhor sabia a posição do corpo da Srta. Neal?

– Philippe me mostrou. Eu fui até o quarto dele, para confrontá-lo, sabe, fazer ele me contar a história. Mas ele não quis falar comigo. Quando eu já estava saindo do quarto, ele se levantou e fez aquela posição. – Croft estremeceu perguntando-se, perplexo, de onde aquele garoto havia saído. – Na hora, eu não entendi, mas depois, quando o senhor me pediu para mostrar como ela estava caída, a ficha caiu. Então eu imitei o gesto dele. O que isso significa? – perguntou Croft, acenando com a cabeça para a flecha.

– Significa que outra pessoa atirou a flecha que matou a Srta. Neal – respondeu Beauvoir.

– Significa que é quase certo que ela tenha sido assassinada – explicou Gamache.

BEAUVOIR RASTREOU O SUPERINTENDENTE Michel Brébeuf até o Jardim Botânico de Montreal, onde ele trabalhava como voluntário um domingo por mês no guichê de informações. As pessoas que esperavam ao redor do guichê para descobrir onde ficava o jardim japonês ficaram se perguntando qual era a extensão do trabalho daqueles voluntários.

– Eu concordo, parece que foi mesmo assassinato – disse Brébeuf ao telefone, assentindo e sorrindo para os turistas de repente cautelosos na frente dele. – Eu autorizo você a tratar o caso como homicídio.

– Na verdade, acho que a investigação deveria voltar para as mãos do inspetor-chefe Gamache. Ele estava certo, Matthew Croft não matou a Srta. Neal.

– Você acha mesmo que essa é a questão, inspetor? Armand Gamache não foi suspenso porque achava que outra pessoa fosse o assassino, mas porque se recusou a obedecer a uma ordem direta. E isso não mudou. Além disso, se bem me lembro, ele queria prender um garoto de 14 anos.

Um turista pegou a mão do filho adolescente, que estava tão chocado que até permitiu o gesto do pai por um milésimo de seguro.

– Bom, ele não queria prender exatamente – retrucou Beauvoir.

– Você não está se ajudando, inspetor.

– Eu sei, senhor. É que o inspetor-chefe Gamache conhece o caso e essas pessoas. O assassinato já aconteceu há uma semana, e nós deixamos a pista esfriar quando fomos forçados a tratar o caso como um provável acidente.

Ele é a pessoa ideal para conduzir a investigação. O senhor sabe disso, e eu também.

– E ele também.

– Bom, acho que sim. *Voyons,* o que é mais importante, a punição ou o resultado da investigação?

– Está bem. Diga ao inspetor-chefe que ele tem sorte de ter um advogado como você. Quem dera eu tivesse um também.

– O senhor tem.

Quando desligou, Brébeuf voltou sua atenção para os turistas, mas percebeu que estava sozinho.

– Obrigado, Jean Guy.

Gamache pegou o cartão de identificação, o distintivo e a arma. Pensara em por que doera tanto abrir mão deles. Vários anos antes, quando ganhara o cartão e a arma, ele havia se sentido aceito, um sucesso aos olhos da sociedade e, mais importante, da família. Então, quando teve que devolvê-los, de repente ficou com medo. Não estava perdendo apenas a arma, mas a aprovação de todos. Aquela sensação tinha passado, e agora não era mais do que um eco, um fantasma do jovem inseguro que ele havia sido um dia.

No caminho para casa, após ter sido suspenso, Gamache se lembrara de uma analogia que alguém havia contado a ele anos antes: viver é como morar em uma casa comprida. Entramos como um bebê por uma das extremidades e saímos pela outra quando chega a nossa hora. No meio disso, nos movemos por um cômodo imenso. Todos que conhecemos e todos os nossos pensamentos e ações também moram nesse cômodo. Enquanto não fazemos as pazes com as partes desagradáveis do nosso passado, elas seguem nos perturbando ao longo dessa casa comprida. E elas podem fazer muito barulho e ser bastante irritantes quando querem nos dizer o que fazer, direcionando nossas ações mesmo vários anos depois.

Gamache não sabia ao certo se concordava com essa analogia até ter que colocar a arma na palma da mão de Jean Guy. Foi aí que aquele jovem inseguro voltou à vida e sussurrou: *Você não é nada sem ela. O que as pessoas vão pensar?* Saber o quanto aquela reação era inapropriada não afastou o jovem medroso da casa comprida de Gamache, apenas mostrou que ele já não estava mais no comando.

– Para onde a gente vai agora? Para a casa de Jane Neal?

Agora que o caso era oficialmente uma investigação de assassinato, Beauvoir mal podia esperar para entrar na casa, assim como Gamache.

– Daqui a pouco. Primeiro a gente precisa dar uma passada em um lugar.

– *OUI, ALLÔ?* – DISSE UMA VOZ alegre ao telefone, seguida pelo choro de um bebê.

– Solange? – perguntou Clara.

– *Allô? Allô?*

– Solange? – gritou Clara.

– *Bonjour?* Alô?

O choro preenchia a casa de Solange e a cabeça de Clara.

– Solange! – berrou Clara.

– *C'est moi-même!* – berrou Solange de volta.

– É Clara Morrow – continuou Clara, esgoelando-se.

– É. É aqui que eu moro.

– Clara Morrow!

– Onde?

Ai, meu Deus, obrigada por não ter me dado filhos, pensou Clara.

– Clara! – insistiu.

– Clara? Que Clara? – perguntou Solange, em um tom de voz normalíssimo, já que a criaturinha demoníaca agora estava em silêncio, provavelmente no peito.

– Clara Morrow, Solange. Das aulas de ginástica. Parabéns pelo bebê – respondeu, tentando parecer sincera.

– Ah, lembrei. Como você está?

– Estou bem. Eu liguei porque preciso te fazer uma pergunta. Desculpa incomodar você durante a sua licença, mas tem a ver com o seu trabalho de tabeliã.

– Ah, não tem problema. Eles me ligam todo dia do escritório. Em que posso ajudar?

– Você soube que Jane Neal morreu?

– Não. Nossa, eu não sabia. Sinto muito.

– Foi um acidente. No bosque.

– Ah, eu ouvi falar desse acidente quando voltei. Eu tinha ido visitar os meus pais em Montreal no Dia de Ação de Graças, então não estava aqui. Quer dizer que o acidente foi com Jane Neal?

– Foi.

– A polícia não está envolvida nesse caso?

– Está. Eles acham que Norman Stickley, de Williamsburg, era o tabelião dela. Mas eu lembro de ela ter ido falar com você.

– Você pode dar um pulo no meu escritório amanhã de manhã?

– A que horas é bom para você?

– Umas onze? Clara, você pode avisar a polícia também? Eu acho que é do interesse deles.

PHILIPPE CROFT DEMOROU ALGUNS MINUTOS para acreditar que aquilo não era uma armadilha e admitir tudo. Enquanto contava sua história, remexia em um fiapo de tecido na calça de moletom com os dedos longos e pálidos. Ele queria castigar o pai, então pegou o arco e as flechas antigos e foi caçar. Só havia atirado uma vez. Mas foi o suficiente. Em vez do cervo que acreditava ter matado, encontrou Jane Neal de pernas e braços abertos. Morta. Ainda podia ver os olhos dela. Eles o perseguiam.

– Você já pode esquecê-los – disse Gamache calmamente. – Eles são o pesadelo de outra pessoa.

Philippe simplesmente aquiesceu, e Gamache se lembrou de Myrna e da dor que escolhemos carregar. Quis pegar Philippe nos braços e dizer que ele não teria 14 anos para sempre. Para aguentar firme.

Mas não fez isso. Sabia que, mesmo com boas intenções, o ato seria visto como uma agressão. Um insulto. Em vez disso, estendeu a mão grande e firme ao garoto. Após um instante, Philippe deslizou a própria mão pálida para encontrar a dele, como se nunca tivesse feito aquilo antes, e a apertou.

Gamache e Beauvoir voltaram à cidade e encontraram a agente Lacoste defendendo-se de Yolande. Ela tinha sido enviada ao chalé de Jane Neal com o mandado em mãos. Havia conseguido tirar Yolande de lá e trancado a porta e agora agia como uma Guarda Palaciana, impassível diante da provocação.

– Ah, mas eu vou processar você! Vou fazer você ser demitida, sua vagabundinha horrorosa. – Avistando Beauvoir, Yolande se voltou contra ele. – Como você se atreve a me expulsar da minha própria casa?

– Você mostrou o mandado à Sra. Fontaine, agente?

– Mostrei, senhor.

– Então a senhora sabe que isso é uma investigação de assassinato – disse Beauvoir, virando-se para Yolande. – Imagino que a senhora queira saber quem matou a sua tia.

Era um golpe baixo, mas quase sempre funcionava. Quem diria não?

– Não. Eu não ligo. Isso vai trazer ela de volta? Se for, eu deixo você entrar na minha casa.

– Nós já entramos, e isso não é uma negociação. Agora eu preciso falar com a senhora e o seu marido. Ele está em casa?

– Como eu vou saber?

– Bom, por que a gente não vai até lá e dá uma olhada?

Assim que estacionaram o carro de Gamache, eles tinham visto Yolande indo para cima de Lacoste, que parecia estar farta daquilo.

– Coitada – disse Gamache, sorrindo. – Um dia ela ainda vai entediar uns novatos com essa história. Escuta, nós dois estamos ansiosos para entrar nessa casa, mas eu preciso fazer umas coisas antes. Vai lá, interroga a Yolande e tenta falar com o André também. Eu quero conversar com Myrna Landers.

– Por quê?

Gamache explicou a ele.

– Eu preciso saber o que Timmer Hadley disse no dia em que você estava cuidando dela.

Myrna trancou a porta da livraria e serviu duas xícaras de chá. Depois se sentou na cadeira confortável oposta à dele.

– Eu acho que o senhor vai ficar decepcionado. Duvido que faça diferença para alguém agora, vivo ou morto.

– A senhora ficaria surpresa.

– Pode ser.

Ela bebeu um gole do chá e observou o crepúsculo através da janela, relembrando aquela tarde havia apenas alguns meses. Pareciam anos. Timmer Hadley, pele e osso. Seus olhos brilhantes pareciam imensos no corpo emaciado. Elas se sentaram juntas, Myrna na lateral da cama e Timmer, envolvida por cobertores e bolsas de água quente. O grande álbum marrom entre elas. As fotos desbotadas, a cola endurecida havia muito tempo. Uma das fotos se soltou, a da jovem Jane Neal com os pais e a irmã.

Timmer falou sobre os pais de Jane, prisioneiros dos próprios medos e inseguranças. Medos passados à filha Irene, que também se tornara uma alpinista social, buscando segurança em bens materiais e na aprovação dos outros. Mas Jane, não. Então veio a história sobre a qual Gamache havia perguntado:

"Essa foto foi tirada no último dia da feira do condado. O dia depois do baile. Dá para ver como Jane estava feliz", dissera Timmer, e era verdade.

Mesmo na foto granulada, o rosto dela brilhava, principalmente quando comparado às expressões taciturnas do pai, da mãe e da irmã.

"Ela ficou noiva daquele jovem nessa noite", disse Timmer, com um tom melancólico. "Como era mesmo o nome dele? Andreas. Justo um lenhador. Não faz diferença. Ela ainda não tinha contado aos pais, mas já tinha um plano. Ia fugir com ele. Os dois formavam um belo casal. Meio estranhos à primeira vista, até você conhecê-los e perceber como eles combinavam. Eles se amavam. Mas..." E naquele momento o olhar de Timmer nublou. "Ruth Kemp foi até os pais de Jane, ali mesmo na feira, e contou a eles o que ela estava planejando. Ela fez isso em segredo, mas eu ouvi. Eu era jovem, e me arrependo muito de não ter corrido naquela hora para alertar Jane. Mas não alertei."

"E o que aconteceu?", perguntou Myrna.

"Eles levaram Jane para casa e puseram um fim naquele relacionamento. Falaram com Kaye Thompson, chefe do Andreas, e ameaçaram tirar o controle da fábrica das mãos dela se aquele lenhador sequer olhasse para Jane. Dava para fazer isso naquela época. Kaye é uma boa mulher, honesta, e explicou tudo para Andreas, mas ele ficou de coração partido. Parece que ele tentou falar com ela, mas não conseguiu."

"E Jane?"

"Foi proibida de se encontrar com ele. Sem conversa. Ela só tinha 17 anos e não era muito obstinada. Acabou cedendo. Foi horrível."

"Jane soube que foi Ruth que contou?"

"Eu nunca falei para ela. Talvez devesse ter falado. Achei que ela já estava sofrendo demais, mas provavelmente eu só estava com medo."

"E você falou alguma coisa para Ruth?"

"Não."

Myrna olhou para a fotografia na mão translúcida de Timmer. Um momento de alegria capturado logo antes de ser extinto.

"Por que Ruth fez isso?"

"Não sei. Há sessenta anos eu me faço essa pergunta. Talvez ela também se pergunte a mesma coisa. Ruth tem uma coisa, uma coisa amarga, que se ressente da felicidade dos outros e precisa acabar com ela. Talvez por isso ela seja uma grande poeta, porque sabe o que é sofrer. Ela atrai o sofrimento. Coleciona e, às vezes, até cria. Acho que é por isso que ela gosta de cuidar de mim; ela se sente mais confortável na companhia de uma mulher que está morrendo do que na companhia de uma que está vivendo bem. Mas eu posso estar sendo injusta."

Ao ouvir a narrativa de Myrna, Gamache lamentou não ter conhecido Timmer Hadley. Mas era tarde demais. No entanto, ele estava prestes a conhecer Jane Neal, ou pelo menos chegar o mais perto possível disso.

BEAUVOIR ENTROU NO LAR PERFEITO. Tão perfeito que parecia morto. Tão perfeito que atraiu uma pequena parte dele. Livrou-se daquela parte e fingiu que ela não existia.

A casa de Yolande Fontaine brilhava. Todas as superfícies haviam sido polidas. De meias, ele foi conduzido até a sala de estar, cujo único defeito estava sentado em uma cadeira estofada lendo a seção de esportes. André não se mexeu, nem olhou para a esposa. Yolande foi até ele. Na verdade, foi até o amontoado de jornais jogados perto dele, que formavam tendas triangulares sobre o tapete elegante. Ela recolheu os jornais, dobrou-os e colocou-os em uma pilha ordenada sobre a mesinha de centro, com todas as pontas alinhadas. Depois se virou para Beauvoir.

– Bom, inspetor, o senhor aceita um café?

A mudança de atitude o surpreendeu, mas ele logo se lembrou. Estavam na casa dela. No território dela. A rainha do castelo se sentia à vontade para fazer uma aparição pública.

– Não, obrigado. Eu só preciso fazer umas perguntas.

Yolande inclinou levemente a cabeça, em um gesto cortês para o trabalhador à sua frente.

– Vocês tiraram alguma coisa da casa da Srta. Neal?

A pergunta foi como um gatilho, mas não para Yolande. André abaixou o jornal e fez uma careta.

– O que você tem a ver com isso?

– Nós acreditamos que a Srta. Neal foi assassinada. Temos um mandado de busca para vasculhar e isolar a casa.

– E o que isso significa?

– Significa que ninguém, a não ser a polícia, está autorizado a entrar lá.

Pela primeira vez desde a chegada de Beauvoir, marido e esposa se entreolharam. Não foi um olhar afetuoso ou de apoio mútuo, mas uma pergunta dele e uma confirmação dela. Beauvoir estava convencido. Eles tinham feito alguma coisa naquela casa.

– Vocês tiraram alguma coisa de lá? – repetiu Beauvoir.

– Não – disse Yolande.

– Se a senhora estiver mentindo, os dois vão ser acusados de interferir na investigação. E isso, Sr. Malenfant, não vai ficar bem no seu histórico, que já é bem impressionante.

Malenfant sorriu. Ele não dava a mínima.

– O que a senhora fez nos últimos cinco dias, Sra. Fontaine?

– Decorei a casa.

Ela gesticulou, exibindo a sala. Era uma decoração barata. As cortinas pareciam um pouco estranhas à primeira vista, então Beauvoir percebeu que eram estampadas dos dois lados, para ser vistas tanto do lado de dentro quanto do lado de fora da casa. Ele nunca tinha visto isso, mas não ficou surpreso. Yolande Fontaine só existia com uma plateia. Era como uma daquelas lâmpadas inteligentes que acendiam com um bater de palmas. Ganhava vida quando alguém aplaudia, fosse para agradá-la ou para censurá-la. Qualquer reação, desde que direcionada a ela, era suficiente. O silêncio e a solidão drenavam sua força vital.

– É uma bela sala – mentiu. – O resto da casa também é tão... elegante?

Ela ouviu o aplauso e entrou em ação.

– Venha comigo – disse ela, praticamente o arrastando pela casa minúscula.

O lugar era como um quarto de hotel, estéril e anônimo. Parecia que Yolande havia se tornado tão autocentrada que já nem existia. Tinha afundado em si mesma.

Ele viu uma porta entreaberta perto da cozinha e teve um palpite. Estendeu a mão, abriu a porta e rapidamente já estava descendo as escadas e encarando uma bagunça espantosa.

– Não desça aí, é a área do André.

Beauvoir a ignorou e se moveu rapidamente pela sala úmida até encontrar o que estava procurando: um par de galochas ainda molhadas e um arco recostado na parede.

– Onde o senhor estava na manhã em que Jane Neal foi morta? – perguntou Beauvoir a André, assim que eles voltaram à sala de estar.

– Dormindo, onde mais?

– Que tal caçando?

– Pode ser. Não lembro. Eu tenho licença, sabia?

– A questão não é essa. O senhor estava caçando na manhã do último domingo?

André deu de ombros.

– Eu vi um arco sujo no porão – insistiu Gamache.

É a cara do André não limpar o próprio equipamento, pensou ele. Mas, ao observar aquela casa antisséptica, Beauvoir entendeu por que ele devia sonhar com lama. E desordem. E um tempo longe de lustra-móveis.

– E você acha que ele ainda está molhado e sujo da semana passada? – perguntou André, antes de soltar um riso debochado.

– Não, de hoje. O senhor caça aos domingos, não é isso? Todos os domingos, incluindo o da semana passada, quando Jane foi morta. Eu vou explicar melhor. Isto agora é uma investigação de assassinato. Qual é o principal suspeito de qualquer assassinato? Um membro da família. Qual é o segundo principal suspeito? Alguém que lucre com a morte. E se essa pessoa também tem a oportunidade de cometer o crime, então podemos começar a preparar a sua cama na penitenciária agora mesmo. Vocês dois preenchem os requisitos. Sabemos que vocês estão endividados. – Ele lançou um palpite calculado: – A senhora acredita que herdou tudo e o senhor sabe atirar com arco e flecha bem o suficiente para matar. Será que eu estou sendo claro?

– Escuta aqui, inspetor – disse André, levantando-se da cadeira e deixando a seção dos esportes cair página por página no chão –, eu saí para caçar e matei uma corça no dia em que Jane Neal foi morta. Você pode perguntar para o Boxleiter no abatedouro, ele a preparou para mim.

– Mas o senhor caçou hoje também. O limite não é uma corça por pessoa?

– E agora você é o quê, um guarda-florestal? Eu cacei hoje também. Eu mato quantas corças quiser.

– E o seu filho, Bernard? Onde ele estava no domingo passado?

– Dormindo.

– Dormindo como o senhor?

– Ele tem 14 anos, é isso que os garotos fazem no fim de semana. Ele dorme, acorda por tempo suficiente para me encher o saco e comer a comida que eu coloco na geladeira, depois volta para a cama. Quisera eu ter essa vida.

– E o que o senhor faz da vida?

– Estou desempregado. Eu era astronauta, mas fui dispensado. – Então André soltou uma ruidosa gargalhada diante da própria esperteza, uma risada pútrida que pareceu deixar a sala ainda mais morta. – É, eles contrataram uma lésbica negra e maneta para me substituir.

Quando deixou a casa deles, Beauvoir teve vontade de ligar para a esposa e dizer a ela o quanto a amava, depois falar sobre suas crenças, medos, esperanças e decepções. Conversar sobre algo real e relevante. Pegou o celular e ligou. Mas as palavras ficaram presas no fundo da garganta. Em vez disso, contou que o tempo havia aberto, e ela falou sobre o filme que tinha alugado. Desligaram. Enquanto dirigia para Three Pines, Beauvoir sentiu um cheiro estranho nas próprias roupas. Lustra-móveis.

Encontrou o chefe parado em frente à casa da Srta. Neal, a chave na palma da mão. Gamache havia esperado por ele. Finalmente, uma semana exata após a morte dela, os dois homens entraram na casa de Jane Neal.

ONZE

– *Tabernacle* – murmurou Beauvoir depois de uma pausa durante a qual nenhum dos homens respirou. – Meu Deus.

Eles ficaram parados na porta da sala de estar de Jane Neal, petrificados. Chocados como se estivessem diante de um acidente grotesco. Mas o que os detinha não era um mero acidente, era algo intencional e ainda mais agressivo.

– Se eu fosse Jane Neal, também não deixaria ninguém entrar aqui – disse Beauvoir, recuperando o tom profano. Por um segundo. – *Sacré*.

A sala de estar de Jane os abalou com suas cores. Enormes flores psicodélicas fluorescentes saltavam aos olhos, cogumelos e torres prateadas tridimensionais avançavam e recuavam, gigantescas carinhas felizes amarelas marchavam ao redor da lareira. Era a própria expressão do mau gosto.

– Cacete – murmurou Beauvoir.

A sala brilhava na escuridão crescente. Até o teto entre as vigas antigas tinha sido coberto por papel de parede. Era mais do que uma piada, era uma caricatura. Qualquer amante da arquitetura e da herança cultural quebequense ficaria desesperado naquela sala, e Gamache, que era os dois, se sentiu enjoado.

Não esperava aquilo. Diante da cacofonia de cores, não conseguia nem lembrar o que esperava, mas com certeza não era aquilo. Desviou os olhos das maníacas carinhas felizes e se forçou a olhar para o chão de tábuas largas, feito de madeira talhada à mão por um homem temendo o inverno duzentos anos antes. Pisos como aquele eram raros, mesmo no Quebec, e considerados por algumas pessoas, Gamache entre elas, obras de arte. Jane Neal tinha sorte de morar em um daqueles minúsculos chalés originais, feitos com pedras literalmente arrancadas da terra quando o solo era preparado para o plantio. Ter uma casa daquelas era como ser uma guardiã da história do Quebec.

Temeroso, Gamache baixou os olhos para o chão.

Era pintado de rosa. Rosa-choque.

Gamache soltou um grunhido. Ao lado dele, Beauvoir quase estendeu a mão para tocar o ombro do inspetor-chefe. Sabia o quanto aquilo era perturbador para qualquer apaixonado por história e pela herança cultural de um lugar. Era um sacrilégio.

– Por quê? – perguntou Gamache, mas as carinhas felizes continuaram mudas.

Assim como Beauvoir. Ele não sabia responder, mas era bem verdade que *"les anglais"* sempre o surpreendiam. Aquela sala era só mais um exemplo do comportamento insondável daquele povo. À medida que o silêncio se alongava, Beauvoir sentiu que devia ao chefe ao menos uma tentativa de resposta.

– Talvez ela precisasse de uma mudança. Não é assim que a maioria das antiguidades vai parar na casa de outras pessoas? Nossos avós venderam as deles para os ingleses ricos. Eles se livraram de mesas e armários de pinho e de camas de metal para comprar lixo dos catálogos das lojas de departamento.

– É verdade – concordou Gamache. Aquilo tinha mesmo acontecido sessenta, setenta anos antes. – Mas olha só isso.

Gamache apontou para um canto onde havia um impressionante armário de pinho com entalhes em formato de diamante e verniz original, repleto de cerâmica Port Neuf.

– E isso.

Agora Gamache apontava para uma imensa cômoda de carvalho galês.

– E isso aqui... – continuou Gamache, indo até uma mesinha lateral – é uma cópia de uma mesa Luís XIV, feita a mão por um marceneiro que conhecia e estava tentando reproduzir o estilo francês. Uma peça como esta praticamente não tem preço. Não, Jean Guy, Jane Neal conhecia e amava antiguidades. Não consigo imaginar por que ela angariou estas peças e depois pintou o chão. Mas não era bem isso o que eu estava perguntando. – Gamache se virou lentamente, examinando a sala. Sua têmpora direita começou a pulsar. – Eu estava me perguntando por que a Srta. Neal manteve os amigos longe daqui.

– Mas não é óbvio? – perguntou Beauvoir, estupefato.

– Não, não é. Se ela fez tudo isso, devia gostar do estilo. Com certeza não teria vergonha. Então por que esconder dos amigos? E vamos supor que outra pessoa tenha feito isso... os pais dela, por exemplo... no tempo em que estas coisas estavam na...

– Odeio informar, mas parece que está voltando.

Beauvoir havia acabado de comprar uma luminária de lava, mas achou melhor não contar ao chefe. Gamache esfregou o rosto. Ao baixar as mãos, ainda parecia estar em uma viagem de ácido.

– Certo, vamos supor que os pais idosos e possivelmente dementes dela tenham feito isso, e ela não quis mudar por algum motivo, talvez por razões financeiras ou lealdade a eles. Bom, isso aqui é horroroso, mas não é tão ruim assim. É no máximo constrangedor, mas não vergonhoso. Constrangimento não é motivo suficiente para manter seus amigos longe da sua casa por décadas.

Os dois homens olharam ao redor novamente. A sala tinha belas proporções, Beauvoir precisava admitir. Mas isso era o mesmo que dizer que seu par em um encontro às cegas tinha uma personalidade interessante. Ainda assim, você não ia querer apresentá-la aos seus amigos. Beauvoir entendia Jane Neal perfeitamente. Estava pensando, inclusive, em devolver a luminária de lava.

Gamache caminhou devagar pela sala. Ela estava escondendo alguma coisa? Por que Jane Neal, uma mulher que amava os amigos e confiava neles, os mantivera longe dali? E por que havia mudado de ideia dois dias antes de ser assassinada? Que segredo aquela sala guardava?

– Vamos lá em cima? – sugeriu Beauvoir.

– Você primeiro.

Gamache se aproximou devagar e olhou para a escada nos fundos da sala de estar. Ela também tinha papel de parede, este com um efeito de veludo cor de vinho. Afirmar que ele não combinava com as flores seria o mesmo que dizer que alguma coisa no mundo combinava. Ainda assim, aquela parecia ser a pior escolha de cor e estilo possível para o ambiente. O papel de parede ia até o andar de cima, como uma garganta inflamada. Os degraus da escada também tinham sido pintados. Aquilo partiu o coração de Gamache.

O modesto segundo andar tinha um amplo banheiro e dois quartos de tamanho razoável. O que parecia ser o quarto principal tinha paredes de cor vinho. O outro havia sido pintado de azul-escuro.

Mas faltava algo na casa.

Gamache voltou ao térreo e vasculhou a sala de estar, depois foi até a cozinha e a antessala.

– Não tem nenhum cavalete, nenhum quadro. Jane Neal não tinha um estúdio. Então onde ela pintava?

– Talvez no porão?

– Claro, dê um pulo lá embaixo para checar, mas eu posso garantir que uma artista não pintaria em um porão sem janelas – disse Gamache, embora o trabalho de Jane Neal parecesse mesmo ter sido pintado no escuro.

– Tem umas pinturas lá embaixo, mas nenhum cavalete – disse Beauvoir, emergindo do porão. – O estúdio dela não era lá. E tem outra coisa... – Ele adorava quando notava algo que o chefe não havia percebido. Gamache se virou para ele com uma expressão interessada. – Fotos. Não tem nenhuma foto nas paredes. Em lugar nenhum.

O rosto de Gamache se transmutou em espanto. Ele estava certo. Gamache girou, observando as paredes. Nada.

– Nem lá em cima?

– Nem lá em cima.

– Eu não entendo. Tudo isso é muito estranho, os quartos e o piso pintados, a falta das fotos... Mas nada é estranho o suficiente para manter os amigos longe. Tem alguma coisa aqui que ela não queria que ninguém visse.

Beauvoir se jogou no imenso sofá e olhou em volta. Gamache afundou na poltrona de couro, juntou as mãos e pensou. Após alguns minutos, se pôs de pé e desceu as escadas. O porão inacabado estava repleto de caixas de papelão e tinha uma velha banheira de aço fundido, além de um freezer com garrafas de vinho. Pegou uma delas. Era uma garrafa do vinhedo Dunham, conhecido pela qualidade de seus produtos. Devolveu-a à geladeira e se virou. Outra porta levava a um armário de conservas. Geleias outonais, vermelhas e roxas, picles verdes de endro, ao estilo britânico. Ele checou as datas: algumas eram do ano anterior, mas a maioria, daquele ano. Nada espetacular. Nada anormal. Nada que ele não houvesse encontrado no porão da própria mãe quando ela morrera.

Fechou a porta e deu um passo para trás. Assim que suas costas roçaram as paredes ásperas do porão, algo mordeu seu sapato. Com força. Aquilo foi ao mesmo tempo chocante e familiar.

– *Tabernacle!* – gritou.

Ouviu um barulho de passos apressados em direção à porta do porão. Em um segundo, Beauvoir apareceu, a mão apoiada no revólver ainda no coldre.

– O quê? O que foi?

Era tão raro ouvir o chefe blasfemar que aquilo teve o efeito de uma sirene. Gamache apontou para o pé. Uma pequena tábua de madeira tinha se prendido ao sapato dele.

– Um rato bem grande – disse Beauvoir, com um sorriso.

Gamache se abaixou e retirou o pé da armadilha. Tinha sido untada com manteiga de amendoim para atrair os ratos. Ele limpou o sapato e olhou em volta. Viu outras ratoeiras, todas alinhadas contra a parede.

– Ela pegou alguns – comentou Beauvoir, apontando para as ratoeiras fechadas, de onde saíam minúsculos rabos e punhos cerrados.

– Acho que não foi ela que colocou isso aí. Acho que a armadilha dela é esta aqui. – Gamache se abaixou e pegou uma caixinha cinza. Ao abrir, encontrou um pequeno camundongo enroscado dentro. Morto. – É um alçapão. Ela capturava os ratos vivos e depois soltava eles. Este aqui, coitado, deve ter sido capturado depois que ela morreu. E acabou morrendo de fome.

– Então quem colocou aquelas ratoeiras? Espera, não me diga. Yolande e André, é claro. Eles ficaram aqui sozinhos por pouco mais de uma semana. Mas é estranho que não tenham nem checado o alçapão – disse Beauvoir, enjoado.

Gamache balançou a cabeça. A morte violenta e intencional ainda o chocava, fosse ela de uma pessoa ou de um camundongo.

– Vem comigo, amiguinho – disse ele ao camundongo enroscado, levando-o ao andar de cima.

Beauvoir jogou as ratoeiras em um saco plástico e seguiu o chefe. Os dois homens trancaram a casa e caminharam pela trilha que saía do jardim de Jane e atravessava a praça. Agora que o sol havia se posto, os carros começavam a acender os faróis. Hora do rush. Alguns moradores saíam para passear com o cachorro ou resolver pendências na rua. No silêncio, Gamache escutava trechos das conversas dos outros passantes. Na direção da Rue du Moulin, ele ouviu: "Faz logo esse xixi, por favor." Torceu para a ordem ter sido dirigida a um cachorro. Os dois homens atravessaram a praça em direção à bem iluminada e convidativa pousada. No meio do caminho, Gamache parou e colocou o camundongo na grama. Ao lado dele, Beauvoir abriu o saco plástico e liberou os outros corpos das ratoeiras.

– Eles vão ser comidos – disse Beauvoir.

– Exatamente. Pelo menos algum bicho vai se beneficiar. Abbie Hoffman dizia que todos deveriam comer o que matam. Isso acabaria com as guerras.

Não era a primeira vez que Beauvoir ficava sem palavras diante de Gamache. Ele estava falando sério? Será que estava, talvez, um pouco comovido? E quem era Abbé Offman? Um abade? Aquilo parecia o tipo de coisa que um místico cristão diria.

Na manhã seguinte, a equipe se reuniu de novo na sala de investigação, onde foi informada sobre os últimos acontecimentos e recebeu novas tarefas. Gamache encontrou um pequeno saco de papel em sua mesa com uma bomba de chocolate dentro. Em uma caligrafia infantil, um bilhete dizia: "Da agente Nichol".

Nichol o observou abrir o saco.

– Agente Nichol, posso falar com você?

– Sim, senhor.

Obviamente, o truque do éclair tinha funcionado. Ele não podia continuar se comportando daquela maneira irracional. Gamache apontou para uma mesa na outra extremidade da sala, bem longe dos outros.

– Obrigado pela bomba de chocolate. Você verificou se o Sr. Stickley fez o último testamento de Jane Neal?

Então era isso? Todo aquele esforço para ir até a *boulangerie* de Sarah cedinho e comprar o doce só havia rendido uma frase? E agora ele já tinha começado o interrogatório de novo? Nichol pôs a cabeça para funcionar. Aquilo era muito injusto, mas ela precisava pensar rápido. Sabia a verdade, mas aquilo a colocaria em apuros. O que deveria dizer? Talvez devesse mencionar o doce de novo? Não, ele queria uma resposta para aquela pergunta.

– Sim, senhor, verifiquei. Ele confirmou que o Sr. Stickley fez o último testamento.

– Quem é "ele"?

– O cara do outro lado da linha.

A expressão calma de Gamache se transformou. Ele se inclinou para a frente, sério e irritado.

– Pare de usar esse tom comigo. Pense bem para responder minhas perguntas e me dê uma resposta completa e respeitosa. E tem mais... – acrescentou ele, quase em um sussurro. Quem já tinha ouvido aquele tom raramente o esquecia. – Fale a verdade.

Ele fez uma pausa e encarou os olhos desafiadores dela. Estava farto daquela pessoa disfuncional. Tinha feito o seu melhor. Contrariando um bom conselho, havia mantido Nichol na equipe, só que agora ela não tinha mentido apenas uma vez, mas duas.

– Sente-se direito nessa cadeira enquanto fala comigo, sem ficar jogada como uma criança petulante. Olhe para mim.

Nichol reagiu imediatamente.

– Para quem você ligou para perguntar sobre o testamento, agente?

– Eu liguei para a sede em Montreal e pedi para a pessoa que atendeu checar. Ele me ligou de volta com essa informação. Qual o problema, senhor? Não foi culpa minha. Eu confiei nele. Acreditei que ele ia fazer o trabalho direito.

Gamache ficou tão perplexo com a resposta que teria sentido admiração, se não estivesse tão irritado.

A verdade era que ela não tinha ligado para ninguém porque não fazia ideia de para quem ligar. O mínimo que Gamache poderia ter feito era orientá-la. Ele vivia se gabando de como amava colocar os jovens debaixo da asa e depois não fazia nada por eles. Era culpa dele.

– Você falou com quem na sede?

– Não sei.

Gamache já estava cansado daquele jogo, era uma perda de tempo. Ela era uma perda de tempo. Mas ele ainda podia tentar uma última coisa. Podia mostrar a Nichol o futuro dela, caso ela não tomasse cuidado.

– Venha comigo.

A casa de Ruth Zardo era minúscula e apertada, cheia de pilhas de papéis, revistas e manuais de instrução. Havia livros alinhados em todas as paredes, apoiados em banquinhos, na mesa de centro e nas bancadas da cozinha. Também havia pilhas deles no armário onde ela jogou os casacos dos três.

– Eu acabei de tomar a minha última xícara de café e não pretendo fazer mais.

Que escrota, pensou Nichol.

– Nós só queremos fazer algumas perguntas – disse Gamache.

– Não vou convidar ninguém para sentar, então é bom vocês se apressarem.

Nichol não conseguia acreditar naquela descortesia. Sério, certas pessoas...

– Jane Neal sabia que a senhora contou aos pais dela sobre Andreas Selinsky? – perguntou Gamache, e o silêncio tomou conta da casa.

Ruth Zardo podia ter uma boa razão para desejar a morte de Jane. Talvez ela pensasse que, se a antiga traição a Jane viesse à tona, seus amigos de Three Pines a abandonariam. As pessoas que a amavam apesar de seu comportamento de repente veriam quem ela era de verdade. Eles a odiariam se soubessem a coisa terrível que havia feito e Ruth acabaria sozinha. Uma velha raivosa, amarga e solitária. Ela não podia arriscar, muita coisa estava em jogo.

Após anos investigando assassinatos, Gamache sabia que o crime sempre tinha uma motivação e que essa motivação geralmente não fazia sentido algum para ninguém além do assassino. Mas fazia todo sentido para ele.

– Entrem – disse ela, apontando para a mesa da cozinha.

Era um jogo de mesa de jardim e quatro cadeiras metálicas de uma loja de departamentos. Assim que eles se sentaram, ela notou que Gamache estava olhando em volta, e tomou a inciativa de falar:

– Meu marido morreu há alguns anos. Desde então, eu venho vendendo algumas coisas, quase todas antiguidades da família. Olivier negocia as peças para mim. Dá para ir vivendo.

– Andreas Selinsky – lembrou Gamache.

– Eu ouvi da primeira vez. Isso foi há sessenta anos. Quem liga para isso agora?

– Timmer Hadley ligava.

– O que o senhor sabe dessa história?

– Ela sabia o que a senhora fez, ouviu quando a senhora contou para os pais de Jane. – Enquanto falava, ele analisava o rosto impassível de Ruth. – Timmer guardou o seu segredo e se arrependeu disso pelo resto da vida. Mas talvez ela tenha contado para Jane no fim. O que a senhora acha?

– Acho que, como vidente, o senhor é um excelente policial. Timmer está morta, Jane está morta. Deixe o passado no passado.

– E a senhora consegue fazer isso? – devolveu Gamache, e recitou:

Quem te machucou uma vez
de maneira tão irreparável,
que te fez saudar cada oportunidade
com uma careta?

Ruth bufou.

– O senhor realmente acha que jogar meus próprios poemas na minha cara vai funcionar? O que o senhor fez, passou a noite inteira decorando esses versos como um aluno na véspera da prova, só para me interrogar? Na esperança de fazer com que eu me debulhasse em lágrimas diante da minha própria dor? Que ridículo.

– Na verdade, eu sei mesmo o poema inteiro de cor.

Ele tornou a recitar:

Quando essas sementes de raiva foram plantadas,
e em que solo,
para florescerem assim,
regadas pelas lágrimas do ódio e da dor?

– "Não foi sempre assim" – disseram Ruth e Gamache, concluindo a estrofe juntos.

– Ok, ok. Já chega – continuou Ruth. – Eu falei com os pais de Jane porque achei que ela estava cometendo um erro. Ela tinha potencial e ia desperdiçar com aquele brutamontes. Fiz isso pelo bem dela. Eu tentei convencer Jane; como não funcionou, agi pelas costas dela. Olhando agora, foi um erro, mas só isso. Não foi o fim do mundo.

– A Srta. Neal sabia?

– Não que eu saiba, mas não faria a menor diferença se ela descobrisse. Isso foi há muito tempo, essa história está morta e enterrada.

Que mulher horrível e egocêntrica, pensou Nichol, olhando ao redor em busca de algo para comer. Então percebeu uma coisa. Precisava fazer xixi.

– Eu posso usar o banheiro? – perguntou, fazendo questão de não pedir "por favor" para aquela mulher.

– Você acha o caminho.

Nichol abriu todas as portas do andar principal e encontrou vários livros e revistas, mas nenhum banheiro. Então subiu as escadas e achou o único banheiro da casa. Depois de dar descarga, abriu a torneira da pia, fingindo lavar as mãos, e se olhou no espelho. Uma jovem de cabelo chanel a encarou de volta. Abaixo havia algumas palavras, provavelmente outro daqueles malditos poemas. Ela se aproximou e notou que havia um adesivo colado no espelho. Nele estava escrito: "Você está olhando para o problema."

Imediatamente, Nichol começou a vasculhar atrás de si, a área refletida no espelho, porque o problema estava lá.

– Timmer Hadley contou para a senhora que ela sabia?

Ruth estava mesmo imaginando se aquela pergunta surgiria. Esperava que não. Mas lá estava ela.

– Contou. No dia em que morreu. E ela me disse o que pensava. Foi bem direta. Eu respeitava muito Timmer. É difícil ouvir uma pessoa que você admira e respeita dizer certas coisas, e foi ainda mais difícil porque Timmer estava morrendo, e eu não tinha como compensar meu erro.

– O que a senhora fez?

– Era a tarde do desfile da feira, e Timmer disse que queria ficar sozinha. Eu tentei me explicar, mas ela estava exausta e falou que precisava descansar. Pediu para eu ir assistir ao desfile e voltar em uma hora. Disse que a gente conversava na volta. Eu voltei exatamente uma hora depois, e ela tinha morrido.

– A Sra. Hadley contou para Jane Neal?

– Não sei. Talvez ela planejasse contar, mas sentiu que precisava falar comigo antes.

– A senhora contou para a Srta. Neal?

– Por que eu faria isso? Foi há muito tempo. Jane provavelmente já nem lembrava mais disso.

Gamache se perguntou se Ruth Zardo não estava, na verdade, tentando convencer a si mesma daquilo. Porque ele com certeza não estava convencido.

– A senhora faz ideia de quem poderia querer ver a Srta. Neal morta?

Ruth cruzou as mãos sobre a bengala e, cuidadosamente, apoiou o queixo nelas. Olhou para um ponto além de Gamache. Por fim, após cerca de um minuto de silêncio, falou:

– Eu já disse para o senhor que acho que um daqueles garotos que atiraram estrume podia querer isso, sim. Ela constrangeu eles. Ainda acho que não existe nada pior e mais venenoso que uma mente adolescente raivosa. Mas isso geralmente leva tempo. Dizem que o tempo cura. Para mim, isso é bobagem. Eu acho que o tempo não faz nada. Ele só cura se a pessoa quiser. Eu vi que o tempo nas mãos de uma pessoa doente só piora as coisas. Com tempo suficiente, ela rumina, medita e faz de um mísero evento uma catástrofe.

– E a senhora acha que pode ter sido isso que aconteceu aqui?

Os pensamentos de Ruth Zardo espelhavam os dele de tal forma que foi como se ela tivesse lido sua mente. Mas será que ela percebia que isso a tornava a principal suspeita?

– Talvez.

Na caminhada de volta para a cidade, Nichol contou a Gamache sobre o adesivo no espelho de Ruth e sua busca, que havia revelado apenas um xampu, um sabonete e um tapetinho de banheiro. Nichol teve certeza de que ele estava mesmo maluco, já que a única coisa que fez foi rir.

– Vamos começar – disse Solange Frenette, alguns minutos depois de Gamache, Beauvoir e Ruth chegarem. Clara e Peter já estavam sentados. – Eu liguei para o Régie du Notaries do Quebec e eles procuraram os testamentos oficiais registrados. Segundo eles, o último testamento da Srta. Neal foi feito no dia 28 de março deste ano. O testamento anterior tinha dez anos. Foi anulado. O testamento dela é bem simples. Cobertas as despesas com enterro, dívidas, cartões de crédito, impostos, et cetera, ela deixa a casa com tudo o que há lá dentro para Clara Morrow.

Clara sentiu o coração acelerar. Ela não queria a casa de Jane. Queria a voz dela em seu ouvido e os braços dela em volta de si. A risada dela. A companhia.

– A Srta. Neal pede que Clara dê uma festa, convide as pessoas listadas no testamento e peça que cada uma delas escolha um item da casa. Ela deixa o carro para Ruth Zardo e a coleção de livros para Myrna. O resto ela deixa para Clara Morrow.

– Quanto? – perguntou Ruth, para alívio de Clara, que estava curiosa, mas não queria parecer interesseira.

– Eu fiz umas ligações e uns cálculos hoje de manhã. Dá mais ou menos 250 mil dólares, descontados os impostos.

A sala inteira pareceu perder o fôlego. Clara não conseguia acreditar. Ricos. Eles estavam ricos. Sem querer, começou a imaginar um carro novo, roupas de cama novas, um bom jantar em um restaurante de Montreal. E...

– Tem mais duas coisas. Dois envelopes, na verdade. Um é para a Sra. Zardo. – Ruth pegou o envelope e lançou um olhar para Gamache, que observava todo o processo atentamente. – O outro é para Yolande Fontaine. Quem fica com este?

Ninguém respondeu.

– Eu fico – disse Clara.

Do lado de fora do cartório, o inspetor-chefe Gamache se aproximou de Peter e Clara.

– Eu queria pedir a ajuda de vocês com a casa da Srta. Neal. Quero dizer, agora é a casa de vocês.

– Eu sempre vou pensar nela como a casa da Jane.

– Espero que não seja verdade – disse Gamache, abrindo um leve sorriso para Clara.

– Claro que vamos ajudar – disse Peter. – O que podemos fazer?

– Eu só queria que vocês fossem até lá e vissem a casa.

Ele não quis dizer mais nada.

Inesperadamente, foram os cheiros que abalaram Clara. O perfume inconfundível de Jane, café e lenha queimada. O aroma subjacente de bolo recém-saído do forno e cachorro molhado. E de Floris, sua única extravagância. Jane adorava a fragrância Floris *eau de toilette*, e todo Natal encomendava alguns vidros de Londres para presentear a si mesma.

Os policiais da Sûreté se espalhavam pela casa, recolhendo impressões digitais e amostras e fotografando o espaço. Eles deixavam o cenário estranho, mas Clara sabia que Jane também estava lá, nos espaços entre aqueles desconhecidos. Gamache conduziu Clara e Peter pela familiar cozinha até a porta de vaivém. A porta pela qual eles nunca haviam passado. Agora, parte de Clara queria dar meia-volta e ir para casa. Queria nunca ver o que Jane havia escondido tão deliberadamente de todos. Passar por aquela porta parecia uma traição à confiança da amiga, uma violação, a admissão de que ela realmente não estava mais lá para impedi-los.

Mas, bom, era tarde demais. A curiosidade dela venceu e, como se nunca tivesse hesitado, Clara empurrou a porta com força e entrou. Direto para uma viagem de ácido.

A primeira reação de Clara foi rir. Ela ficou petrificada por um momento, depois começou a rir. E rir. Riu tanto que achou que ia fazer xixi nas calças. Peter logo foi contaminado e também começou a gargalhar. E Gamache, que até aquele momento só tinha visto uma caricatura, sorriu, depois riu e, após alguns instantes, estava gargalhando tanto que precisou enxugar as lágrimas.

– Santo mau gosto, Batman – disse Clara a Peter, que se curvou, rindo ainda mais.

– Chique, cara, muito chique – disse ele, ofegante, fazendo um sinal de paz com os dedos antes de apoiar as duas mãos nos joelhos. – Você acha que Jane queria só paz e amor e nada mais?

– Eu diria que o meio é a mensagem – respondeu Clara, apontando para as histéricas carinhas felizes, antes de voltar a rir até perder a voz. Ela se apoiou em Peter, abraçando-o para não cair no chão.

A sala não era apenas o sublime do ridículo, mas também um alívio. Os três levaram um minuto ou dois para se recompor e subiram as escadas. No quarto, Clara pegou o livro velho ao lado da cama de Jane, *Surpreendido pela alegria*, de C. S. Lewis. Cheirava a Floris.

– Eu não entendo – disse Peter, enquanto eles desciam as escadas e se sentavam em frente à lareira.

Clara não conseguiu se conter. Esticou o braço e tocou uma das carinhas felizes que brilhava na parede. Era de veludo. Ela explodiu em uma gargalhada involuntária e torceu para não começar a rir sem parar de novo. Realmente, era ridículo demais.

– Por que Jane não deixou a gente ver esta sala? – perguntou Peter. – Quero dizer, não é tão ruim assim. – Todos olharam para ele, incrédulos. – Vocês me entenderam.

– Eu entendi perfeitamente – concordou Gamache. – Também me perguntei a mesma coisa. Se ela não tinha vergonha disso, por que não deixava as pessoas entrarem? E, se tinha, por que não se livrou logo dessa decoração? Não, eu acho que a gente está sendo distraído por isso tudo, talvez intencionalmente.

Ele fez uma pausa. Talvez aquela fosse a justificativa para o papel de parede horrível. Era um estratagema, uma pista falsa, colocada ali deliberadamente para distraí-los da única coisa que Jane não queria que vissem. Finalmente sentiu que sabia por que ela havia colocado aquele papel de parede grotesco.

– Há algo mais nesta sala. Talvez um móvel, as peças de cerâmica, um livro. Está aqui dentro.

Os três se separaram e voltaram a vasculhar a sala. Clara se dirigiu à cerâmica Port Neuf, sobre a qual Olivier havia lhe ensinado. As velhas canecas e tigelas de argila feitas no Quebec tinham sido uma das primeiras indústrias do século XVIII. Imagens primitivas de vacas, cavalos, porcos e flores tinham sido pintadas na cerâmica áspera com uma esponja. Aqueles eram valiosos itens de colecionador, e Olivier com certeza ficaria louco ao vê-los. Mas não havia nenhum motivo para mantê-los escondidos. Gamache tinha virado uma pequena escrivaninha de cabeça para baixo e agora procurava gavetas ocultas, enquanto Peter examinava de perto uma grande caixa de pinho. Clara abriu as gavetas do armário, que estavam cheias de toalhinhas rendadas e jogos americanos estampados. Ela pegou os jogos americanos. Eram reproduções de paisagens de meados do século XIX. Clara já os tinha visto antes, na mesa da cozinha de Jane, durante os jantares, mas também em outro lugar. Eram bem comuns. Mas talvez não fossem reproduções. Será que eram originais? Ou tinham sido alterados para incluir algum código secreto?

Ela não descobriu nada.

– Aqui, gente, acho que encontrei alguma coisa.

Peter se afastou da caixa de pinho que estava examinando. Ela se apoiava em resistentes pernas de madeira e batia na altura do quadril dele. Tinha alças de ferro forjado nos dois lados, além de duas gavetinhas quadradas na frente. Pelo que Peter podia ver, nenhum prego havia sido usado na peça de pinho cor de mel, todas as juntas eram rabo de andorinha. Era muito requintada, e enlouquecedora. Para acessar o corpo principal da caixa, era preciso levantar o topo, mas ele não se mexia. De alguma forma, e por alguma razão, a caixa estava trancada. Peter puxou o topo de novo, mas ele não subiu. Beauvoir tomou seu lugar e também tentou, para a irritação de Peter, como se houvesse mais de uma forma de abrir uma tampa.

– Talvez exista uma porta camuflada na frente, que se encaixe como em um quebra-cabeça – sugeriu Clara.

Todos procuraram. Nada. Eles recuaram e observaram a caixa. Clara desejou que a caixa falasse com ela, como outras haviam feito nos últimos dias.

– Olivier com certeza vai saber – disse Peter. – Se tiver algum truque, ele vai saber.

Gamache pensou por um instante e aquiesceu. Eles realmente não tinham escolha. Beauvoir foi enviado e, dez minutos depois, voltou com o negociante de antiguidades.

– Onde está o paciente? Santa Maria mãe de Deus! – exclamou Olivier, erguendo as sobrancelhas e fitando as paredes, o que deu ao seu belo rosto magro uma atraente expressão de menino curioso. – Quem fez isso?

– Ralph Lauren. Quem você acha? – perguntou Peter.

– Com certeza nenhum gay. Este é o baú? – Ele foi até os outros. – Bonito. Um baú de chá, feito a partir de um modelo que os britânicos costumavam usar no século XVII, só que este aqui é quebequense. Muito simples, mas longe de ser primitivo. Vocês querem abrir?

– Se o senhor conseguir – disse Gamache.

Clara ficou impressionada com a paciência do inspetor-chefe. Ela estava prestes a dar um tapa em Olivier. O antiquário contornou a caixa, deu batidinhas em lugares estratégicos enquanto aproximava a orelha da madeira lustrada e depois parou bem em frente à caixa. Estendeu as mãos, agarrou a tampa e puxou. Gamache revirou os olhos.

– Está trancada – disse Olivier.

– Bom, isso a gente já sabe – disse Beauvoir. – Como é que se destranca?

– Vocês não têm a chave?

– Se a gente tivesse, não precisaria do senhor.

– Bom argumento. Olha, a única forma que eu conheço de fazer isso é tirar as dobradiças da parte de trás. Isso pode demorar um pouco, já que elas são antigas e estão corroídas. Eu não quero que quebrem.

– O senhor pode começar? – pediu Gamache. – Enquanto isso, a gente continua a busca.

Vinte minutos depois, Olivier anunciou que tinha retirado a última dobradiça.

– Vocês têm sorte de eu ser um gênio.

– Muita sorte – disse Beauvoir, levando um relutante Olivier até a porta.

Gamache e Peter pararam um de cada lado do baú, seguraram e levantaram a grande tampa de pinho. Ela saiu e os quatro correram para espiar o interior.

Nada. A caixa estava vazia.

Eles gastaram alguns minutos verificando se não havia nenhuma gaveta secreta e então, desanimados, desabaram nas cadeiras ao redor da lareira. Gamache se endireitou devagar e se virou para Beauvoir:

– O que foi que Olivier perguntou? Quem decorou este lugar?

– E daí?

– Bom, como a gente sabe que foi Jane Neal?

– O senhor acha que ela contratou alguém para fazer isso? – perguntou Beauvoir, estupefato.

Gamache o encarou em silêncio.

– Não, *você* acha que foi outra pessoa que passou por aqui.

– Meu Deus, como eu sou idiota – disse Beauvoir. – Yolande. Quando eu a interroguei ontem, ela disse que tinha decorado a casa...

– É verdade – disse Clara, inclinando-se para a frente. – Eu a vi arrastando uma escada e várias sacolas cheias de material de construção. Eu e Peter nos perguntamos se ela estava planejando se mudar.

Peter assentiu.

– Então Yolande foi quem colocou o papel de parede? – Gamache se levantou e olhou para ele de novo. – A casa dela deve ser uma verdadeira monstruosidade, se ela chama isso de decoração.

– Nada disso – disse Beauvoir. – É o oposto. A casa dela só tem branco, bege e cores elegantes, parece que saiu das páginas de uma revista de decoração.

– Não tem nenhuma carinha feliz? – perguntou Gamache.

– Provavelmente nunca tem.

Gamache se levantou e caminhou lentamente, com a cabeça baixa e as mãos cruzadas às costas. Deu alguns passos rápidos até a cerâmica Port Neuf, falando enquanto caminhava, e parou de frente para a parede, como um aluno travesso de castigo. Então se virou para encará-los.

– Yolande. O que ela faz? Quais são seus objetivos?

– Ganhar dinheiro? – sugeriu Peter, após um momento de silêncio.

– Status? – sugeriu Beauvoir, aproximando-se de Gamache, contaminado tanto quanto os outros pela empolgação do chefe.

– Quase, mas é mais do que isso. Lá no fundo.

– Raiva? – arriscou Peter mais uma vez.

Ele detestava estar errado, mas, pela reação de Gamache, viu que estava. Após um instante de silêncio, Clara falou, pensando alto:

– Yolande vive no próprio mundo. O mundo perfeito da revista de decoração, mesmo que o marido seja um criminoso, o filho, um marginal, e ela minta, engane e roube. E ela não nasceu loura, caso vocês não tenham percebido. Não tem nada verdadeiro nela, até onde eu sei. Ela vive em negação...

– É isso. – Gamache teve vontade de dar um pulo, como um apresentador de um concurso na TV. – Negação. Ela vive em negação. Ela esconde as coisas. É por isso que usa tanta maquiagem. É uma máscara. O rosto dela é uma máscara, a casa é uma máscara, uma triste tentativa de pintar e cobrir com papel uma coisa muito feia. – Ele se virou para a parede e se ajoelhou, levando a mão à emenda do papel. – As pessoas tendem a ser consistentes. É isso que está errado aqui. Se você tivesse me contado – disse Gamache, virando-se para Beauvoir – que Yolande tem o mesmo papel de parede em casa, seria diferente, mas ela não tem. Então por que ela passaria dias colocando isto aqui?

– Para esconder alguma coisa – respondeu Clara, ajoelhando-se ao lado dele e encontrando um cantinho do papel que já estava descolando.

– Exatamente.

Com cuidado, Gamache puxou e enrolou a beirada do papel, revelando cerca de 30 centímetros da parede, que estava coberta por mais papel embaixo.

– Será que ela colocou duas camadas? – perguntou Clara, desanimando.

– Acho que ela não teve tempo – disse Gamache.

Clara se aproximou mais da parede.

– Peter, olha só isso.

O marido se ajoelhou perto deles e observou a parede exposta.

– Isso não é papel de parede – disse ele, perplexo.

– Pois é – respondeu Clara.

– Bom, o que é, então, pelo amor de Deus? – perguntou Gamache.

– É um desenho de Jane – explicou Clara. – Jane desenhou isso.

Gamache olhou de novo, e percebeu. As cores vivas e os traços infantis. Não dava para saber do que o desenho tratava, o pedaço revelado não era grande o suficiente, mas realmente tinha sido feito pela Srta. Neal.

– Será possível? – perguntou Clara enquanto os dois se levantavam e olhavam ao redor.

– O quê? – perguntou Beauvoir. – *Voyons*, do que vocês estão falando?

– O papel de parede – respondeu Gamache. – Eu estava enganado. Ele não serve para distrair a gente, mas para esconder alguma coisa. Onde tem papel de parede é onde ela pintou.

– Mas tem papel de parede na casa toda – protestou Beauvoir. – Ela não pode... – Beauvoir se interrompeu ao ver a expressão no rosto do chefe.

Talvez ela pudesse. *Será possível?*, perguntou-se, juntando-se aos outros e virando-se para olhar à sua volta. Todas as paredes? O teto? Até o chão? Ele com certeza havia subestimado o potencial de loucura dos *anglais*.

– *C'est incroyable* – murmuraram juntos os dois homens.

Clara estava sem palavras e Peter já tinha começado a arrancar mais uma emenda do papel de parede do outro lado da sala.

– Tem mais aqui – anunciou ele, levantando-se.

– Era disso que ela tinha vergonha – disse Gamache, e Clara soube que era verdade.

EM UMA HORA, PETER E CLARA espalharam lonas pelo chão e moveram os móveis. Antes de ir embora, Gamache os autorizou a remover o papel de parede e o máximo que pudessem da tinta que cobria os desenhos. Clara ligou para Ben, que logo se voluntariou a ajudar. Estava animadíssima. Teria ligado para Myrna, que definitivamente trabalharia mais duro que Ben, mas aquela função exigia a delicadeza e o toque de um artista, coisa que ele tinha.

– Alguma ideia de quanto tempo isso vai demorar? – perguntou Gamache.

– Honestamente? Incluindo o teto e o chão? Provavelmente um ano.

Gamache franziu o cenho.

– É importante, não é? – disse Clara, lendo a expressão dele.

– Pode ser. Eu não sei, mas acho que é.

– A gente vai trabalhar o mais rápido possível. Eu não quero estragar as imagens. Mas acho que dá para tirar bastante papel, o suficiente para a gente ver o que está ali embaixo.

Felizmente, e como de costume, o trabalho de Yolande fora malfeito: ela não tinha preparado a parede, então o papel já estava se soltando. Ela também não havia usado um primer nas paredes pintadas, para alívio de Peter e Clara. Eles começaram a trabalhar depois do almoço e continuaram por horas, fazendo apenas uma pausa à tarde para tomar uma cerveja e comer umas batatinhas. De noite, Peter instalou alguns spots de luz e eles continuaram, com exceção de Ben, que começou a sentir o cotovelo doer.

Por volta das sete da noite, Peter e Clara, cansados e sujos, decidiram parar para comer e se sentaram com Ben perto da lareira. Ele pelo menos conseguia acendê-la, e os dois o encontraram com os pés no pufe, bebendo uma taça de vinho tinto e lendo a última edição da revista *The Guardian Weekly* de Jane. Gabri chegou com umas quentinhas de comida chinesa. Ele tinha ouvido falar da atividade na casa de Jane e ficou louco para ver com os próprios olhos. Tinha até ensaiado.

Aquele homem enorme, que ficava ainda maior de casaco e cachecol, entrou na sala, parou de repente no meio do cômodo, confirmou que tinha cativado o público, olhou em volta e declamou a famosa última frase de Oscar Wilde:

– "Ou este papel de parede vai embora, ou vou eu."

O público reagiu com empolgação, pegou a comida e o despachou, sentindo que Jane e Oscar Wilde eram mortos demais para uma única sala.

Eles trabalharam noite adentro e finalmente desistiram à meia-noite, cansados demais para confiar em si mesmos e completamente enjoados do cheiro de removedor de tinta. Ben já tinha ido embora havia muito tempo.

NA MANHÃ SEGUINTE, À LUZ DO DIA, eles viram que tinham feito cerca de meio metro quadrado do andar de cima e um quarto de uma parede do térreo. Parecia que Gamache estava certo: Jane havia coberto cada centímetro da casa. E Yolande havia coberto o que Jane tinha feito. Ao meio-dia, um pouco mais do desenho havia sido revelado. Clara deu um passo para trás e admirou os poucos metros de papel de parede que tinha removido e o trabalho de Jane que se revelava por baixo. O que emergia agora já era o suficiente para animá-la. Parecia haver um padrão e um propósito no trabalho de Jane. Mas que propósito era aquele, isso ainda não estava claro.

– Pelo amor de Deus, Ben, foi só isso que você fez?

Desanimada, Clara não conseguiu se conter. No andar de cima, Peter tinha conseguido descobrir alguns metros, mas Ben não havia feito quase nada – embora, verdade fosse dita, o pouco que ele fizera estivesse maravilhoso. Nítido e bonito. Mas não era o suficiente. Se eles queriam desvendar o assassinato, precisavam restaurar todas as paredes. Rápido. Clara sentiu a ansiedade aumentar e percebeu que estava ficando obcecada.

– Desculpa – disseram os dois ao mesmo tempo, então Ben se levantou e olhou para ela, envergonhado.

– Desculpa, Clara. Eu sou lento, eu sei, mas vou melhorar. Com a prática.

– Deixa pra lá. – Ela enlaçou a cintura magra dele com um dos braços. – Hora do recreio. A gente volta a trabalhar daqui a pouco.

Ben se animou e colocou o braço nos ombros dela. Os dois passaram por Peter, que observou enquanto eles se afastavam e desciam as escadas.

À noite, boa parte das paredes da sala de estar já estava exposta. Eles ligaram para Gamache, que levou cerveja, pizza e Beauvoir.

– A resposta está aqui – disse Gamache simplesmente, pegando outra cerveja. Eles comeram em frente à lareira da sala, enquanto o aroma das três pizzas tamanho família mascarava de leve o cheiro da aguarrás usada para remover a tinta. – Nesta sala, nesta arte. A resposta está aqui, estou sentindo. Seria muita coincidência Jane ter convidado todos vocês para cá na mesma noite do vernissage e ser assassinada horas depois de dizer isso.

– Temos uma coisa para lhe mostrar – disse Clara, sacudindo os farelos de pizza da calça jeans e levantando-se. – Descobrimos mais paredes. Vamos lá em cima?

Eles pegaram os pedaços de pizza e subiram as escadas. No quarto de Peter, a parte descoberta não estava nítida o suficiente para que enxergassem a criação de Jane, mas o trabalho de Ben era outra história. Embora minúscula, a área revelada por ele era incrível. Traços fortes e brilhantes saltavam da parede e davam vida a pessoas e animais. E, em alguns casos, a pessoas que também eram animais.

– Esses aqui são Nellie e Wayne? – perguntou Gamache, olhando para um pedaço da parede.

Ali, clara como o dia, uma boneca palito conduzia uma vaca. Era um palito bem grosso e uma vaca magrinha e feliz, de barba.

– Maravilhoso – murmurou Gamache.

Eles voltaram para a escuridão do térreo. Peter havia desligado os spots industriais que havia pendurado mais cedo para ajudá-los a trabalhar. Eles tinham jantado à luz da lareira e do brilho amarelado de um par de luminárias de mesa. As paredes estavam escuras. Mas então Peter foi ao interruptor e inundou a sala de luz.

Gamache fechou os olhos com força. Após alguns segundos, os abriu.

Era como estar em uma caverna, uma daquelas cavernas maravilhosas que os exploradores às vezes encontram, repletas de símbolos e representações ancestrais. Com renas correndo e pessoas nadando. Gamache tinha lido sobre essas cavernas na *National Geographic* e agora se sentia transportado magicamente para dentro de uma delas, bem no coração do Quebec, em uma cidadezinha antiga e pacata. Assim como os desenhos nas cavernas, aqueles ali também descreviam a história e as pessoas de Three Pines. Devagar, com as mãos cruzadas às costas, ele percorreu as paredes. Elas estavam cobertas do chão ao teto com cenas do vilarejo e da vida rural, salas de aula, crianças, animais e adultos cantando, brincando e trabalhando. Algumas eram cenas de acidentes e havia pelo menos um enterro.

Ele já não estava mais em uma caverna. Agora, estava cercado de vida. Gamache deu alguns passos para trás e sentiu as lágrimas brotarem. Fechou os olhos de novo, torcendo para que os outros pensassem que ele estava incomodado com a luz forte. E, de certa forma, era isso mesmo. Ele estava transbordando de emoção. Tristeza e melancolia. E deleite. Alegria. Ele havia sido arrebatado. A obra transcendia o literal. Aquela era a casa de Jane. E havia se tornado sua casa comprida, onde cada pessoa, cada evento, cada coisa, cada emoção estava presente. Gamache sabia que o assassino também estava lá. Em algum lugar daquelas paredes.

No DIA SEGUINTE, CLARA levou o envelope à casa de Yolande. Ao tocar a campainha reluzente de latão falso e ouvir os sinos de Beethoven, ela se preparou. *Eu estou fazendo isso por Jane, eu estou fazendo isso por Jane.*

– Escrota! – gritou uma Yolande furiosa.

O xingamento foi seguido por uma avalanche de insultos e acusações, que culminou com uma promessa de processar Clara e tirar tudo dela.

Eu estou fazendo isso por Jane, eu estou fazendo isso por Jane.

– Sua ladra maldita, *tête carrée*. Aquela casa é minha. Da minha família. Como você consegue dormir à noite, sua vagabunda?

Por Jane.

Clara ergueu o envelope para chamar a atenção de Yolande e, como uma criança presenteada com algo novo e brilhante, ela parou de gritar, hipnotizada pelo papel branco e fino.

– Isso é para mim? Isso é meu? É a letra da tia Jane, não é?

– Eu tenho uma pergunta para você.

Clara balançou o envelope para a frente e para trás.

– Me dê isso – ordenou Yolande, avançando, mas Clara afastou o envelope rapidamente.

– Por que você cobriu os desenhos dela?

– Então você encontrou – rebateu Yolande. – Aquelas coisas imundas e insanas. Todo mundo achava que ela era maravilhosa, mas a família sabia que ela era maluca. Meus avós sabiam que ela era doida desde a adolescência, quando começou a fazer aqueles desenhos horríveis. Eles tinham vergonha dela. Sua arte parecia coisa de retardado. A minha mãe disse que ela queria estudar arte, mas meus avós botaram um fim nessa história. Falaram a verdade para ela. Que aquilo não era arte. Era uma vergonha. Disseram para ela nunca mostrar aqueles rabiscos para ninguém. A gente disse a verdade. Era a nossa obrigação. Não queríamos que ela se magoasse. Foi para o bem dela. E o que a gente recebeu em troca? Fomos expulsos da casa da família. Ela teve a coragem de dizer que eu podia voltar quando me arrependesse e pedisse desculpas. E eu disse para ela que meu único arrependimento foi deixar ela estragar a nossa casa. Velha maluca.

Clara relembrou Jane sentada no bistrô, chorando. Lágrimas de alegria porque alguém, finalmente, havia aceitado a arte dela. E soube, então, o que tinha custado a Jane expor uma de suas obras.

– Ela te enganou, não foi? Você não sabia que a sua amiga era uma doida de pedra. Bom, agora você sabe com o que a gente teve que lidar.

– Você não faz ideia, não é? Não faz ideia do que jogou fora. Idiota, você é uma idiota, Yolande.

A mente de Clara de repente ficou vazia, como sempre acontecia quando confrontava alguém. Ela estava tremendo e prestes a perder a cabeça de vez. Pagou pela explosão ouvindo outra série de acusações e ameaças. Era muito estranho, mas o ódio de Yolande parecia tão desinteressante que Clara começou a sentir o próprio ódio diminuir.

– Por que aquele papel de parede? – perguntou a Yolande, que àquela altura já estava com a cara roxa.

– Horroroso, não é? Achei que seria perfeito cobrir uma monstruosidade com outra. Além disso, era o mais barato.

A porta bateu. Clara percebeu que ainda estava segurando o envelope, então decidiu colocá-lo debaixo da porta. Feito. Por Jane. E até que não tinha sido tão difícil, afinal, enfrentar Yolande. Todos aqueles anos, ela havia ficado em silêncio diante dos ataques dissimulados e, por vezes, diretos de Yolande, e agora via que era possível responder. Clara se perguntou se Jane sabia que aquilo ia acontecer quando endereçou o envelope a Yolande. Se ela sabia que seria Clara a entregá-lo. Se sabia que Yolande trataria Clara como sempre a tratou. E se havia dado a Clara uma última chance de se defender.

Ao se afastar da casa perfeita e silenciosa, Clara agradeceu a Jane.

YOLANDE VIU O ENVELOPE SURGIR. Abrindo-o com um rasgão, encontrou apenas uma carta de baralho. A rainha de copas. A mesma que tia Jane colocara na mesa da cozinha à noite, quando a pequena Yolande a visitara, e que tinha prometido que estaria diferente na manhã seguinte. Teria mudado.

Ela espiou dentro do envelope de novo. Com certeza devia ter mais alguma coisa ali. Alguma herança da tia. Um cheque? Uma chave para um cofre? Mas o envelope estava vazio. Yolande examinou a carta, tentando lembrar se era a mesma da infância. A estampa do robe da rainha era igual? O rosto dela tinha um ou dois olhos? Não, concluiu Yolande. Não era a mesma carta. Alguém a havia trocado. Ela havia sido enganada de novo. Enquanto alcançava o balde para limpar os degraus da frente da casa onde Clara havia pisado, atirou a rainha de copas no fogo.

Aquilo não valia nada.

DOZE

– Yolande Fontaine e o marido, André Malenfant – disse Beauvoir, enquanto escrevia os nomes em meticulosas letras maiúsculas na folha de papel.

Eram 8h15 de terça-feira, quase uma semana e meia após o assassinato, e os investigadores estavam revisando a lista de suspeitos. Os dois primeiros eram óbvios.

– Quem mais?

– Peter e Clara Morrow – respondeu Nichol, levantando os olhos dos rabiscos que estava fazendo.

– Motivação? – perguntou ele, escrevendo os nomes.

– Dinheiro – respondeu Lacoste. – Eles não têm muito. Ou não tinham. Agora estão ricos, é claro, mas antes de a Srta. Neal morrer, eles eram basicamente pobres. Clara Morrow tem uma origem humilde, então está acostumada a gastar pouco, mas ele, não. Peter Morrow nasceu e foi criado no Golden Mile. É da elite intelectual de Montreal. Estudou nas melhores escolas, frequentava bailes beneficentes. Eu falei com uma das irmãs dele em Montreal. Ela foi discreta, como só esse tipo de gente sabe ser, mas deixou bem claro que a família não ficou muito feliz com a carreira que ele escolheu. Culpam Clara por isso. Queriam que ele fosse empresário. A família, ou pelo menos a mãe, o considera uma decepção. O que é uma pena, na verdade, porque, para os padrões da arte canadense, ele é uma estrela. Vendeu 10 mil dólares em arte no ano passado, mas isso ainda está abaixo do nível da pobreza. Clara vendeu cerca de mil dólares. Eles levam uma vida frugal. O carro deles precisa de vários consertos, assim como a casa. Ela dá aulas de arte no inverno para pagar as contas, e eles às vezes fecham contratos como restauradores de arte. Eles basicamente vão se virando.

– A mãe dele ainda é viva? – perguntou Gamache, tentando fazer uma conta rápida.

– Tem 92 anos – respondeu Lacoste. – É praticamente uma múmia, ao que tudo indica, mas ainda está respirando. Uma velha intragável. Provavelmente vai enterrar todo mundo. Reza a lenda da família que um dia ela acordou ao lado do marido morto e se virou para continuar dormindo. Para que se incomodar com isso, não é mesmo?

– Não temos nenhuma prova de que eles não sabiam o que estava no testamento, só a palavra da Sra. Morrow – disse Beauvoir. – A Srta. Neal pode ter contado a eles sobre a herança, n'est-ce pas?

– Se eles precisavam de dinheiro, por que não pediram um empréstimo para a Srta. Neal, em vez de matar a mulher? – perguntou Gamache.

– Talvez tenham pedido – respondeu Beauvoir. – E ela tenha negado. Sem contar que seria bem mais fácil para eles atraí-la para o bosque. Se Clara ou Peter ligasse para Jane às seis e meia da manhã e pedisse para ela sair sem a cachorra, ela iria. Sem fazer perguntas.

Gamache teve que concordar. Beauvoir estava indo bem. Ele prosseguiu:

– E Peter Morrow é um arqueiro talentoso. A especialidade dele é o velho arco recurvo. Ele afirma que só pratica tiro ao alvo, mas vai saber. Além disso, como o senhor descobriu, é bem fácil substituir a ponta original da flecha por uma de caça. Ele pode ter pegado flechas do clube, matado a Srta. Neal, depois limpado e devolvido o equipamento. E mesmo que a gente encontrasse as impressões digitais de Peter ou algumas fibras de tecido das roupas dele no material, isso não significaria nada, já que ele usa o equipamento o tempo todo.

– Ele fez parte do júri que selecionou o trabalho dela para a exposição – acrescentou Lacoste, entusiasmada com a possibilidade. – De repente ficou com inveja, viu o potencial dela e, sei lá, deu uma pirada.

Ela parou de repente. Nenhum deles conseguia imaginar Peter Morrow "dando uma pirada". Mas Gamache sabia que a psiquê humana era complexa. Às vezes as pessoas reagiam às coisas sem nem saber por quê. E muitas vezes essa reação era violenta, física ou emocionalmente. Não era impossível que Peter Morrow, tendo passado a vida toda enfrentando dificuldades com sua arte e sem conseguir a aprovação da família, tivesse visto genialidade no trabalho de Jane Neal e não conseguido lidar com isso. Podia ter sido consumido pela inveja. Era possível. Não provável, mas possível.

– Quem mais? – perguntou Gamache.

– Ben Hadley – disse Lacoste. – Ele também é um bom arqueiro e tem acesso às armas. A Srta. Neal confiava nele.

– Mas ele não tinha motivação – ponderou Gamache.

– Bom, pelo menos não financeira – admitiu Lacoste. – Ele tem uns bons milhões, que herdou da mãe. E, antes disso, recebia uma mesada generosa.

Nichol bufou. Odiava aqueles herdeiros que não faziam nada da vida a não ser esperar pela morte do papai e da mamãe. Beauvoir preferiu ignorá-la.

– Ele pode ter alguma motivação que não seja financeira? Lacoste, você viu alguma coisa nos papéis que encontrou na casa da Srta. Neal?

– Nada.

– Nenhum diário?

– Só o diário em que a Srta. Neal lista as pessoas com motivos para matá-la.

– É verdade, eu tinha me esquecido desse – respondeu Beauvoir, sorrindo.

Gamache olhou para a lista de suspeitos. Yolande e André, Peter e Clara, e Ben Hadley.

– Alguém mais? – perguntou Beauvoir, fechando o caderno.

– Ruth Zardo – disse Gamache, e explicou a razão.

– Então a motivação dela seria impedir que Jane contasse para todo mundo o que ela fez – disse Lacoste. – Não seria mais fácil matar Timmer e pronto?

– Na verdade, sim, e eu tenho pensado sobre isso. Ruth Zardo também pode ter matado Timmer Hadley.

– E Jane teria descoberto? – perguntou Lacoste.

– Ou suspeitado. Eu tenho a impressão de que ela era o tipo de pessoa que confrontaria Ruth sobre essa suspeita. Deve ter pensado que foi eutanásia, uma morte para aliviar a dor dela.

– Mas Ruth Zardo não teria a capacidade de atirar – observou Beauvoir.

– É verdade. Mas ela pode ter contado com a ajuda de alguém que faria qualquer coisa por um bom dinheiro.

– Malenfant – apontou Beauvoir, com uma empolgação sombria.

CLARA ESTAVA SENTADA NO ESTÚDIO com sua xícara de café, observando a caixa. Ela ainda estava ali, mas agora se apoiava em quatro pernas feitas de galhos de árvores. A princípio, Clara havia imaginado a caixa com uma única perna, como o tronco de uma árvore. Igual ao esconderijo. Foi essa a imagem que surgiu para ela no bosque durante o ritual, quando olhou para cima e o viu. Uma imagem tão perfeita e apropriada. A de se esconder. A de pessoas que usavam o esconderijo e não encaravam a beleza do que estavam prestes a matar. "Esconderijo" era, afinal, um nome perfeito para aquele poleiro. Nos últimos dias, era assim que Clara pensava no assassino de Jane, como alguém escondido. Ele estava entre eles, isso era óbvio. Mas quem era? O que ela não estava enxergando?

Mas a ideia do tronco único não tinha funcionado. A caixa parecia desequilibrada, esquisita. Então ela acrescentou as outras pernas, e o que antes parecia um poleiro, um esconderijo, agora parecia uma casa sobre grandes palafitas. Mas ainda não era aquilo. Ela estava perto. Mas havia algo que precisava enxergar. Como sempre fazia ao se deparar com aquele problema, Clara tentou limpar a mente e deixar que o trabalho lhe ocorresse naturalmente.

BEAUVOIR E A AGENTE LACOSTE ESTAVAM REVISTANDO a casa dos Malenfants. Lacoste havia se preparado para sujeira e fedor. Não havia se preparado para aquilo. Parada no quarto de Bernard, ela ficou enjoada. Era perfeito, não tinha uma única meia suja ou um prato com restos de comida fria. Os filhos dela ainda não haviam completado 5 anos e o quarto deles já tinha a aparência e o cheiro de uma praia durante a maré baixa. Aquele garoto tinha o quê? Quatorze anos? E o quarto dele cheirava a lustra-móveis. Lacoste teve vontade de vomitar. Ao colocar as luvas e começar a busca, ela se perguntou se ele dormia em um caixão no porão.

Dez minutos depois, encontrou uma coisa, embora não fosse o que esperava. Lacoste saiu do quarto de Bernard e foi até a sala, fazendo questão de encarar o garoto. Enrolou o documento e o colocou discretamente na sacola das evidências. Mas não tão discretamente a ponto de Bernard não notar. Pela primeira vez, viu medo no rosto do garoto.

– Bom, vejam só o que eu encontrei – disse Beauvoir, saindo do outro quarto com um grande envelope de papel pardo. – E o que é mais curioso – disse ele para a cara feia de Yolande e o olhar oblíquo de André – é que estava escondido atrás de um quadro, no quarto de vocês.

Beauvoir abriu o envelope e folheou o conteúdo. Eram esboços, desenhos de Jane Neal da feira do condado de 1943.

– Por que vocês pegaram isso?

Como assim "pegaram"? Tia Jane deu para nós – afirmou Yolande, com o mesmo tom convincente com que dizia "o telhado está quase novo" para os possíveis compradores de um imóvel.

Mas Beauvoir não acreditou.

– E vocês prenderam com fita atrás daquela foto de um farol?

– Ela nos disse para manter os desenhos fora da luz – continuou Yolande, como quem diz "os canos não são de chumbo".

– Por que não cobriram com papel de parede?

André chegou a soltar uma gargalhada antes de ser silenciado por Yolande.

– Ok, podem levá-los – disse Beauvoir.

Já estava quase na hora do almoço, e ele ansiava por uma cerveja e um sanduíche.

– E o garoto? – perguntou Lacoste, acatando a ordem. – Ele é menor de idade. Não pode ficar aqui sem os pais.

– Ligue para o Conselho Tutelar.

– Não!

Yolande agarrou Bernard e tentou abraçá-lo. Eles não iriam a lugar algum. O garoto, por outro lado, não parecia muito chateado com a ideia de um lar adotivo. André também deu a impressão de achar que seria uma boa ideia. Yolande ficou furiosa.

– Ou então... – disse Beauvoir, em seu melhor tom de "é melhor vocês fazerem uma oferta antes que os proprietários mudem de ideia". – Vocês podem falar a verdade agora mesmo.

Beauvoir ergueu o envelope. Parte dele se sentiu mal por usar Bernard, mas ia superar.

Yolande soltou o verbo. Ela havia encontrado o envelope na mesa de centro da casa de tia Jane. À vista de todos. Ela falava como se o envelope fosse uma revista pornô. Estava prestes a queimar aquilo, mas decidiu, por respeito e amor à querida tia Jane, guardar os esboços.

– Por que a senhora ficou com eles? – repetiu Beauvoir, caminhando até a porta.

– Ok, ok. Eu achei que podia valer algum dinheiro.

– Mas pensei que a senhora desprezasse a arte da sua tia.

– Não como arte, seu merda – disse André. – Eu achei que podia vender isso para os amigos dela, talvez para Ben Hadley.

– E por que ele compraria?

– Bom, ele tem muito dinheiro, e se eu ameaçasse queimar esses desenhos, talvez ele quisesse pagar para salvá-los.

– Mas por que tirar da casa? Por que não guardar os esboços lá?

– Porque eu tenho nojo deles.

Yolande se transformou. Nem toda a maquiagem do mundo – e ela estava perto disso – seria o suficiente para esconder a pessoa horrível que estava por baixo. Em um instante, ela se tornou uma mulher de meia-idade amarga, distorcida e grotesca como uma escultura de metal. Cheia de ferrugem e pontas afiadas. Até Bernard se afastou dela.

– Eu os escondi para que ninguém mais visse.

Em um pedaço de papel, Beauvoir fez um recibo do envelope e o entregou a Yolande, que o pegou como se fosse papel higiênico usado.

CLARA TINHA DESISTIDO DE ESPERAR sua casa na árvore falar e fora até a casa de Jane para continuar o trabalho. Estava começando a ver a arte da amiga como uma obra-prima. Um mural gigante, como a Capela Sistina ou *A última ceia*, de Da Vinci. Ela não hesitava em fazer essas comparações. Jane havia capturado os mesmos elementos que aquelas obras-primas. Choque. Criação. Admiração. Nostalgia. E até, no caso de Jane, registros de eventos.

Ben não conseguiria trabalhar mais devagar nem se tentasse. Ainda assim, Clara fez um esforço para lembrar que não importava. Tudo seria revelado cedo ou tarde.

– Ai, meu Deus, é um desastre – disse Ruth, para quem quisesse ouvir.

Clara veio do porão com um balde. Ruth e Gamache estavam parados no meio da sala de estar, e Clara ficou um pouco desanimada ao ver Ben ali também, recostado perto da escrivaninha.

– Foi você que fez isso? – quis saber Ruth.

– Eu ajudei a revelar. Jane fez os desenhos.

– Nunca pensei que fosse dizer isso, mas desta vez estou do lado da Yolande. Cobre isso tudo aí.

– Eu quero te mostrar uma coisa – disse Clara, conduzindo Ruth pelo cotovelo até a parede oposta. – Olha só isso.

Na parede, havia uma imagem inconfundível de Ruth quando criança, segurando a mão da mãe na escola. A pequena Ruth, alta e desajeitada, com livros escolares no lugar dos pés. Pés de enciclopédia. E o que pareciam ser cavalinhos dançando nos cabelos. O que podia ter alguns significados.

– Eu estava sempre de rabo de cavalo quando era criança – disse Ruth, aparentemente lendo os pensamentos dela.

Mas Clara achou que a mensagem de Jane era que, mesmo naquela época, Ruth já distribuía muitos coices e era obstinada feito um cavalo. As outras crianças estavam rindo, mas uma delas se aproximava para abraçá-la. Ruth ficou paralisada em frente à parede de Jane, recitando em um sussurro:

Ao me conhecer, Jenny me beijou
saltando de onde estava sentada;
tempo, seu ladrão, que sempre listou
doçuras, acrescente uma entrada:
que estou triste e estou insone,
que rico e saudável já não sou;
que envelheço, mas adicione
que Jenny me beijou.

A sala ficou em silêncio para ouvir.

– Leigh Hunt. "Rondeau". É o único poema que eu gostaria de ter escrito. Eu não sabia que Jane lembrava, não sabia que era importante para ela. Esse foi o meu primeiro dia aqui, quando meu pai veio trabalhar no moinho. Eu tinha 8 anos, era a garota nova da escola, alta e feia, como vocês podem ver, e já não era muito simpática. Quando entrei na escola, estava apavorada, e Jane desceu o corredor todinho para me dar um beijo. Ela nem me conhecia, mas não deu a mínima. Ao me conhecer, Jane me deu um beijo.

Com os inquietos olhos azuis brilhando, Ruth respirou fundo e observou a sala por um tempo. Então balançou a cabeça devagar e sussurrou:

– É extraordinário. Ah, Jane, eu sinto muito.

– Sente muito pelo quê? – quis saber Gamache.

– Sinto muito que Jane não soubesse que a amávamos o suficiente para que ela pudesse confiar em nos deixar ver isto. Sinto muito por ela ter achado que precisava esconder isto da gente. – Ruth deu uma gargalhada sem humor. – Achei que eu era a única que tinha uma ferida aberta. Que idiota.

– Acho que a chave para encontrar o assassino de Jane está aqui – disse Gamache, observando a mulher idosa mancar pela sala. – Acho que ela foi morta porque estava prestes a deixar todo mundo ver isso. Eu não sei por quê, mas está aí. A senhora a conheceu a vida toda, então eu queria perguntar o que está vendo aqui. O que chama sua atenção, que padrões a senhora vê, o que não vê...

– Na maior parte do andar de cima, para começar – disse Clara, e viu Ben se retrair.

– Bom, fique aqui o máximo que a senhora puder.

– Não sei se vai dar – respondeu Ruth. – Eu preciso dar um pulo na ONU e, Clara, você não tem que aceitar o prêmio Nobel?

– Isso mesmo, na categoria de arte.

– Eu cancelei os dois compromissos – respondeu Gamache, pensando que a pequena Ruth Zardo era uma péssima influência sobre Clara.

Elas sorriram e assentiram. Ben e Clara subiram as escadas, enquanto Ruth avançava lentamente pelas paredes, examinando as imagens, reagindo em voz alta quando algum desenho específico parecia perfeito. Gamache se sentou na grande poltrona de couro perto da lareira e deixou que a sala se comunicasse com ele.

Suzanne buscou Matthew no fim do dia na casa da irmã dele, em Cowansville, onde ele havia se hospedado até que o Conselho Tutelar terminasse a investigação. Embora Philippe tivesse retirado a acusação de maus-tratos, o departamento era obrigado a investigá-la. Não encontraram nada. Em seu coração, Matthew ficou decepcionado. Não, obviamente, por ter sido inocentado. Mas tanto dano havia sido causado que ele gostaria que o departamento tivesse feito uma declaração pública de que, na verdade, ele era um pai maravilhoso. Um pai bondoso, compassivo e firme. Um pai amoroso.

Ele já havia perdoado Philippe fazia muito tempo, nem queria saber o motivo de ele ter feito aquilo. Mas agora, parado na cozinha que havia abrigado tantas festas de aniversário e manhãs animadas de Natal, de onde haviam saído tantas fornadas de biscoitos, ele sabia que a vida nunca mais seria a mesma. Muito havia sido dito e feito. Mas ele também sabia que, trabalhando duro, as coisas poderiam melhorar. A pergunta era: será que Philippe estava disposto a trabalhar por isso? Uma semana e meia antes, cheio de raiva, tinha esperado o filho procurar por ele. Aquilo fora um erro. Agora ele estava indo atrás do filho.

– Quê? – respondeu a voz mal-humorada após a batida hesitante dele.

– Posso entrar? Quero falar com você. Sem brigar. Só quero resolver as coisas, ok?

– Tanto faz.

– Philippe. – Matthew se sentou na cadeira da escrivaninha e se virou para o garoto, que estava deitado na cama bagunçada. – Eu fiz algo que magoou você. O problema é que não sei o que foi. Já cogitei todas as hipóteses. É o porão? Você está com raiva porque tem que limpar o porão?

– Não.

– Eu gritei com você ou disse algo que te magoou? Se eu fiz isso, me diz. Não vou ficar com raiva. Eu só preciso saber, para a gente poder conversar.

– Não.

– Philippe, não estou com raiva pelo que você fez. Eu nunca fiquei. Eu estava magoado e confuso. Mas não com raiva de você. Eu amo você. Você pode falar comigo? Seja o que for, pode me contar.

Matthew olhou para o filho e, pela primeira em quase um ano, viu de novo aquele garoto sensível, atencioso e gentil. Philippe olhou para o pai e teve vontade de contar a ele. E quase contou. Parou na beira do penhasco, com os dedos dos pés já além da borda, e encarou o abismo. O pai o estava convidando a avançar e a confiar que ia ficar tudo bem. Ele o pegaria, não o deixaria cair. E, dando o devido crédito a Philippe, ele pensou em falar. Philippe desejava fechar os olhos, dar aquele passo e cair nos braços do pai.

Mas, no fim, não conseguiu. Em vez disso, virou o rosto para a parede, recolocou os fones de ouvido e recuou.

Matthew baixou a cabeça e olhou para as botas de trabalho, velhas e sujas, observando, em detalhes excruciantes, a lama e os pedaços de folhas presos nelas.

Gamache estava no Bistrô do Olivier, sentado perto da lareira, esperando ser atendido. Tinha acabado de chegar, e as pessoas que estavam lá antes tinham acabado de sair. A gorjeta ainda estava na mesa. Gamache sentiu um impulso momentâneo de embolsar o dinheiro. Aquela era outra parte estranha de sua casa comprida.

– Oi, posso sentar?

Gamache se levantou, fez uma breve mesura para Myrna e apontou para o sofá em frente à lareira.

– Por favor.

– Muitas emoções ultimamente, hein? – disse Myrna. – Ouvi falar que a casa de Jane é incrível.

– A senhora não viu?

– Não. Eu quero esperar até quinta.

– Quinta? O que tem na quinta?

– A Clara não convidou o senhor?

– Eu vou ficar magoado? Os policiais da Divisão de Homicídios da Sûreté são famosos por serem sensíveis. O que vai acontecer na quinta?

– Na quinta? O senhor também vai? – perguntou Gabri, postando-se diante deles com um pequeno avental, incorporando a Julia Child.

– Ainda não.

– Bom, na verdade não importa. Parece que o furacão Kyla chegou na Flórida. Eu vi no Méteo Media.

– Eu vi isso também – disse Myrna. – Quando ele deve chegar aqui?

– Ah, em poucos dias. É claro que já vai ter virado uma tempestade tropical, ou sei lá como eles chamam, quando chegar ao Quebec. Mas deve ser uma tempestade e tanto.

Gabri olhou pela janela como se esperasse ver o furacão pairando sobre a montanha próxima. Parecia preocupado. Tempestades nunca eram boa coisa.

Gamache brincava com a etiqueta de preço pendurada na mesa de centro.

– Olivier etiquetou o bistrô inteiro – confidenciou Gabri. – Inclusive o nosso banheiro privado, imaginem só. Ainda bem que eu tenho elegância e bom gosto suficientes para ignorar esse defeitinho dele. Ganância, acho que é assim que se chama, não é? Bom, vocês aceitam uma taça de vinho, ou quem sabe um lustre pendente?

Myrna pediu uma taça de vinho tinto e Gamache, um uísque.

– Clara está organizando a festa de Jane para quinta, exatamente como Jane planejou – disse Myrna, assim que as bebidas chegaram e duas balas de alcaçuz se materializaram na mesa. – Depois do vernissage da Arts Williamsburg. Agora, se Clara perguntar, o senhor vai ter que dizer que me torturou.

– Está tentando me fazer ser suspenso de novo? A Sûreté torturando uma mulher negra?

– Ué, achei que vocês fossem promovidos por isso.

Gamache encarou o olhar de Myrna. Nenhum dos dois sorriu. Ambos sabiam que a piada tinha um fundo de verdade. Ele se perguntou se Myrna sabia o papel que ele havia desempenhado no caso Arnot e o preço que havia pagado por isso. Deduziu que não. A Sûreté era tão boa em descobrir os segredos dos outros quanto em guardar os próprios.

– Uau! – exclamou Clara, sentando-se na grande cadeira do outro lado da lareira. – Está tão bom aqui. É bom ficar longe do fedor da aguarrás por algum tempo. Estou indo para casa fazer o jantar.

– Você não se desviou um pouco do caminho? – perguntou Myrna.

– Nós, artistas, nunca seguimos uma linha reta, com exceção de Peter. Ele começa em A, pinta, pinta, pinta e termina em B. Sem hesitar. Faz a gente precisar de um drinque – disse Clara, acenando para Gabri e pedindo uma cerveja e um pacote de nozes.

– Como está indo a restauração? – perguntou Gamache.

– Bem, eu acho. Eu deixei Ben e Ruth lá. Ruth encontrou o armário de bebidas de Jane e está escrevendo uns versos enquanto olha as paredes. E só Deus sabe o que Ben está fazendo. Provavelmente pintando as paredes. Eu juro por Deus que ele parece estar andando para trás. Mesmo assim, é ótimo tê-lo lá. E pelo menos o trabalho que ele faz é fantástico, maravilhoso.

– Peter não está mais ajudando? – perguntou Myrna.

– Ah, está, mas a gente tem se revezado agora. Quero dizer, na verdade ele está se revezando mais do que eu. Passo a maior parte do dia lá. É meio viciante. Não me entendam mal, Peter também adora, mas ele precisa fazer o próprio trabalho.

Gabri apareceu com a cerveja dela.

– São 100 mil dólares.

– Bom, pode dar adeus à sua gorjeta.

– A gente estava falando de quinta-feira – disse Gamache. – Ouvi dizer que vai ter uma festa.

– O senhor se importa? Eu queria fazer exatamente como Jane planejou.

– Espero que o furacão não estrague tudo – disse Gabri, feliz com o melodrama.

Gamache queria ter tido aquela ideia. Ele sabia que Clara estava fazendo uma homenagem à amiga, mas a festa também podia ter outro propósito, mais prático. Podia abalar o assassino.

– Desde que eu seja convidado.

ISABELLE LACOSTE TIROU OS OLHOS do computador onde estava escrevendo os relatórios da busca na casa dos Fontaines/Malenfants e de sua visita ao médico de Timmer. Ele havia aberto o arquivo de Timmer no computador e, finalmente, com extrema cautela, admitira que havia uma remota possibilidade de alguém tê-la ajudado na passagem para a próxima vida.

– Com morfina; é o único jeito. Não seria muito difícil nessa fase, ela já estava tomando a medicação. Um pouco mais podia ser fatal.

– O senhor não checou?

– Não vi razão para isso.

Então ele hesitou. Como boa investigadora que era, Lacoste sabia esperar. E ela esperou. Até ele voltar a falar.

– Acontece muito em casos como este. Um amigo ou, na maioria das vezes, um membro da família, dá à pessoa a dose fatal. Por misericórdia. Acontece mais do que a gente fica sabendo ou gostaria de saber. Existe uma espécie de acordo tácito para que, em casos terminais, no fim da vida, a gente não examine tão bem.

Lacoste entendeu o lado dele e pensou que aquela era uma boa ação. Mas ela estava trabalhando e, naquele caso, eles não estavam falando de um ato misericordioso.

– O senhor teria como checar isso agora?

– Timmer foi cremada. Era o desejo dela.

Ele fechou o computador.

E agora, duas horas depois, Lacoste fechava o dela. Eram seis e meia da tarde, e lá fora estava um breu. Ela precisava falar com Gamache sobre o que havia encontrado no quarto de Bernard antes de voltar para casa. Era uma noite fria, e a agente abotoou o casaco impermeável antes de atravessar a ponte que cruzava o rio Bella Bella e se dirigir ao coração de Three Pines.

– Me devolve.

– *Bonjour*, Bernard.

Ela reconheceu a voz hostil mesmo antes de vê-lo.

– Me dá – disse Bernard Malenfant, avançando sobre ela.

– Você quer me falar mais a respeito?

– Vai se foder. Me devolve agora! – ordenou ele, antes de tentar dar um soco em Lacoste e errar o alvo.

Isabelle Lacoste já havia encarado serial killers, atiradores profissionais, além de maridos bêbados e agressivos, e sabia muito bem que um garoto de 14 anos furioso e descontrolado podia ser tão perigoso quanto qualquer um deles.

– Abaixe esse braço. Eu não vou devolver nada, então pode parar de me ameaçar.

Bernard agarrou a bolsa de carteiro de Lacoste e tentou arrancá-la da agente, mas ela já esperava por isso. Havia aprendido que a maioria dos garotos, e até mesmo alguns homens brilhantes, subestimavam as mulheres. Ela era forte, determinada e inteligente. Lacoste manteve a cabeça fria e, com um movimento de torção, tirou a bolsa das mãos dele.

– Escrota. Isso nem é meu. Você acha mesmo que eu ia ter uma merda dessas?

Bernard gritou a última palavra tão perto do rosto dela que Lacoste sentiu o bafo quente e a saliva dele em seu queixo.

– Então de quem é? – perguntou Lacoste calmamente, tentando controlar a ânsia de vômito.

Bernard sorriu com malícia.

– Você está de sacanagem? Lógico que eu não vou te falar.

– Oi, está tudo bem? – perguntou uma mulher, vindo da ponte com seu cachorro e se aproximando rapidamente deles.

Bernard se virou e os viu. Subiu na bicicleta e saiu pedalando, tirando um fino do cachorro.

– Está tudo bem? – repetiu a mulher, tocando o ombro de Isabelle. Lacoste a reconheceu: era Hanna Parra. – Aquele era o jovem Malenfant?

– Era. A gente estava tendo uma conversinha. Eu estou bem, mas obrigada por perguntar.

Ela estava sendo sincera. Aquilo jamais teria acontecido em Montreal.

– Sem problemas.

Elas caminharam juntas ao longo do Bella Bella até Three Pines e se separaram no bistrô, acenando uma para a outra.

A primeira coisa que Lacoste fez ao se ver sob as luzes alegres do bistrô e sentir o calor do ambiente foi ir direto ao banheiro para lavar o rosto com água fresca e o sabonete perfumado da pia. Uma vez limpa, pediu um Martini and Rossi e cruzou olhares com o chefe. Ele apontou com a cabeça para uma mesinha isolada. Com o drinque, uma tigelinha de nozes e castanhas e o chefe diante de si, Lacoste relaxou. Então contou a ele sobre a busca no quarto de Bernard, entregando o item a Gamache enquanto falava.

– Uau! – disse ele, examinando o objeto. – Cheque as impressões digitais nisso. Bernard negou que é dele? Ele disse de quem é?

Lacoste balançou a cabeça.

– Você acredita que não é dele?

– Não sei. Acho que não quero acreditar nele, mas meu instinto me diz que ele está falando a verdade.

Só com Gamache ela podia falar de sentimentos, intuição e instinto sem ficar na defensiva. Ele assentiu e se ofereceu para pagar pelo jantar que ela comesse antes de voltar a Montreal, mas Lacoste recusou. Queria ver a família antes que eles fossem dormir.

Gamache acordou com uma batida na porta. Na cabeceira da cama, o relógio marcava 2h47. Vestiu o roupão e abriu a porta. Deu de cara com Yvette Nichol em um roupão rosa e branco muito felpudo.

Sem conseguir dormir, ela havia rolado na cama e finalmente parado encolhida de lado, encarando a parede. Como aquilo havia acontecido? Ela estava em apuros. Algo tinha dado errado. Algo sempre dava errado, ao que parecia. Mas como? Ela se esforçara tanto!

Agora, no início daquele novo dia, uma velha voz familiar havia falado com ela. *É porque, no fim das contas, você é o tio Saul. O idiota do tio Saul. Sua família está contando com você, e você estragou tudo. Que vergonha.*

Nichol sentiu o aperto no peito crescer e se virou. Ao olhar pela janela, viu uma luz surgir na praça. Saltou da cama, vestiu o roupão e subiu correndo as escadas até o quarto de Gamache.

– Tem uma luz acesa – disse ela, sem preâmbulos.

– Onde?

– No caminho que dá na casa de Jane Neal. Foi acesa há alguns minutos.

– Chame o inspetor Beauvoir. Peça para ele me encontrar lá embaixo.

– Sim, senhor.

E ela desapareceu. Cinco minutos depois, Gamache encontrou Beauvoir desgrenhado nas escadas. Ao sair, eles ouviram um barulho e viram Nichol descer.

– Fique aqui – ordenou Gamache.

– Não, senhor. É a minha luz.

Aquilo soou tão sem sentido para Gamache e Beauvoir quanto se ela tivesse dito "meu castiçal da porta roxa".

– Fique aqui. É uma ordem. Se ouvir algum tiro, chame reforços.

Enquanto os dois homens caminhavam apressados pela praça em direção à casa de Jane, Gamache se lembrou de perguntar:

– Você trouxe a sua arma?

– Não. Você trouxe?

– Não. Mas Nichol estava com a dela. Bom, já foi.

Eles viram duas luzes acesas na casa, uma no andar de cima e outra na sala de estar. Gamache e Beauvoir tinham feito aquilo centenas de vezes e sabiam exatamente qual era o procedimento. Gamache sempre era o primeiro a entrar, e Beauvoir o seguia, pronto para tirar o chefe da linha de fogo, se fosse preciso.

Gamache entrou em silêncio na antessala escura e subiu os dois degraus para a cozinha. Pé ante pé, foi até a porta da sala e parou para escutar. Ouviu algumas vozes. De um homem e uma mulher. Irreconhecíveis e ininteligíveis. Ele fez um sinal para Beauvoir, respirou fundo e abriu a porta com força.

Ben e Clara ficaram petrificados no meio da sala. Gamache se sentiu em uma comédia de Noël Coward. Ben só precisava de uma gravata de seda no pescoço e uma taça de martíni. Clara, no entanto, parecia ter saído de um circo. Usava um macacão de flanela vermelho, que cobria os pés.

– A gente se entrega – disse Clara.

– E a gente também – disse Beauvoir, olhando para a roupa dela, perplexo. Uma mulher francófona jamais usaria aquilo.

– O que vocês estão fazendo aqui? – perguntou Gamache, indo direto ao ponto.

Eram três da manhã e ele tinha acabado de se preparar para uma situação desagradável. Agora só queria voltar para a cama.

– Era o que eu estava perguntando para Ben. Eu não tenho dormido bem desde que Jane morreu, então acordei para ir ao banheiro e vi a luz acesa. Vim ver o que era.

– Sozinha?

– Bom, eu não queria incomodar Peter, e, além disso, esta é a casa da Jane – disse ela, como se isso explicasse alguma coisa.

Gamache teve a impressão de entender. Clara considerava a casa um lugar seguro. Precisava ter uma conversa séria com ela.

– Sr. Hadley, o que está fazendo aqui?

Ben parecia envergonhado.

– Eu botei o meu despertador para tocar para vir até aqui de madrugada. Eu queria, bom, ir lá em cima, sabe?

Aquilo era tão pouco esclarecedor e interessante que Beauvoir pensou que ia dormir de pé.

– Continue – disse Gamache.

– Bom, eu queria trabalhar um pouco mais. Nas paredes. Ontem o senhor falou como era importante ver tudo, e com nitidez. E também tem a Clara, lógico.

– Continue – insistiu Gamache.

Com a visão periférica, percebeu que Beauvoir estava batendo cabeça de tanto sono.

– Você tentou disfarçar, mas eu senti que estava perdendo a paciência comigo – disse Ben a Clara. – Eu não trabalho muito rápido. Na verdade, acho que não faço nada rápido. Enfim, eu queria surpreender você trabalhando um pouco à noite. Acho que foi uma ideia idiota.

– Eu acho que foi uma ideia linda – disse Clara, abraçando Ben. – Mas você vai ficar exausto e amanhã vai trabalhar ainda mais devagar.

– Eu não tinha pensado nisso – admitiu Ben. – Mas o senhor se importa se eu trabalhar só por umas duas horas?

– Por mim, tudo bem – disse Gamache. – Mas, da próxima vez, por favor avise a gente.

– Você quer que eu fique aqui para ajudar? – ofereceu Clara.

Ben hesitou e parecia prestes a dizer alguma coisa, mas simplesmente balançou a cabeça em negativa. Ao sair, Gamache olhou para trás e o viu sozinho na sala. Parecia um garotinho perdido.

TREZE

Era quinta-feira à noite, e o vernissage da galeria Arts Williamsburg já estava batendo recorde de convidados. A cauda do furacão Kyle estava prevista para chegar naquela noite, e a expectativa acrescentou um frisson ao evento, como se ir à abertura da exposição significasse tomar o controle da própria vida, indicando caráter e coragem – o que na verdade não diferia muito da maioria das exposições da Arts Williamsburg.

Nas aberturas anteriores, só os próprios artistas e alguns poucos amigos tinham aparecido para se fortificar com vinho barato e queijos produzidos pela cabra de um dos membros do conselho. Naquela noite, um grupo turbulento se aglomerava em volta do trabalho de Jane, que estava coberto e em um cavalete no centro da sala. As obras dos outros artistas estavam espalhadas nas paredes brancas ao redor, assim como os próprios artistas. Eles tiveram o azar de serem escolhidos para uma exposição em que seus trabalhos eram claramente ofuscados pelo de uma mulher recém-assassinada. Alguns talvez concordassem que o azar deles também fora eclipsado pelo da pessoa morta, mas o fato era que mesmo nisso ela os havia superado, mesmo no azar. A vida dos artistas era mesmo injusta.

Gamache aguardava a revelação do *Dia de feira*. O conselho da Arts Williamsburg tinha decidido fazer disso um "evento", então convidara a imprensa, o que significava que o jornal *Williamsburg County News* e a presidente do júri estavam esperando pelo "*moment juste*". Gamache olhou com inveja para Jean Guy, esparramado em uma cadeira confortável, recusando-se a abrir mão dela para um homem idoso. Gamache estava exausto. Era assim que se sentia ao ver arte ruim. Na verdade, tinha que admitir, qualquer arte o deixava daquele jeito. Vinho barato, queijos fedidos e arte medíocre arrancavam dele a vontade de viver. Ele olhou em volta e chegou à triste porém inevitável conclusão de que o lugar não viria abaixo quando o furacão Kyla finalmente chegasse.

– Como todos sabem, um trágico evento roubou de nós uma mulher maravilhosa e, ao que tudo indica, uma artista talentosa – começou Elise Jacob, a presidente do júri.

Clara se aproximou de Ben e Peter. Elise falava sem parar das virtudes de Jane. Estava praticamente canonizando-a. Então, finalmente, quando Clara já estava arregalando os olhos, Elise disse:

– E aqui, sem mais delongas...

Até Clara, que conhecia e amava Jane, sentiu que já tivera delongas demais.

– ... está a obra *Dia de feira*, de Jane Neal.

O pano foi retirado e a pintura, finalmente revelada, preencheu o local com manifestações de espanto. Depois, fez-se um silêncio ainda mais eloquente. Os rostos que observavam boquiabertos o *Dia de feira* expressavam divertimento ou desprezo ou perplexidade. Gamache não estava olhando para o cavalete, e sim para as reações. Mas a única reação que chegou perto de ser estranha foi a de Peter. O sorriso ansioso dele desapareceu quando o quadro foi revelado e, após um instante de contemplação, ele inclinou a cabeça para o lado e franziu a testa. Gamache, que observava aquelas pessoas havia quase duas semanas, sabia que, para Peter Morrow, aquilo equivalia a um grito.

– O que foi?

– Nada.

Peter deu as costas para Gamache e saiu andando. Gamache o seguiu.

– Sr. Morrow, a minha pergunta não foi sobre estética, mas sobre um assassinato. Responda, por favor.

Peter parou de repente, surpreso, como a maioria das pessoas que consideravam Gamache incapaz de falar com firmeza.

– O quadro me perturbou. Não posso dizer o motivo, porque eu não sei. Não parece o mesmo trabalho que julgamos há duas semanas, embora eu saiba que é.

Gamache olhou para o *Dia de feira*. Nunca havia gostado da obra, então não seria um bom juiz, mas, ao contrário dos desenhos nas paredes de Jane, o quadro não o comovia nem um pouco.

– O que mudou?

– Nada. Talvez eu mesmo. Isso é possível? Como aquela brincadeira de Jane com a rainha de copas? Será que a arte muda também? Às vezes eu olho para o meu trabalho no fim do dia e acho que está ótimo, mas no dia seguinte acho que é uma porcaria. O trabalho não mudou, mas eu mudei. Talvez a morte de Jane tenha me mudado tanto que o que eu vi neste quadro não esteja mais lá.

– O senhor acredita mesmo nisso?

Maldito investigador, pensou Peter.

– Não.

Os dois homens olharam para o *Dia de feira* e aos poucos, bem baixo, se ouviu um barulho que ninguém ali nunca tinha escutado. Ele foi crescendo e se ampliando até reverberar no círculo de espectadores. Clara sentiu o rosto e as mãos ficando gelados. Era a tempestade? Era assim que soava a cauda do desastre? O furacão Kyla havia se juntado a eles, afinal? Mas o estrondo parecia vir de dentro da construção. De dentro da sala. Na verdade, bem do lado de Clara. Ela se virou e encontrou a fonte. Ruth.

– Sou eu! – exclamou Ruth, apontando para a cabra dançarina do *Dia de feira*.

Então o estrondo explodiu em um gêiser de riso. Ruth gargalhava. Ela riu tanto que precisou se apoiar em Gabri. A risada contagiou a sala inteira, e nem os artistas esquecidos e emburrados resistiram. As pessoas gastaram grande parte do resto da noite se reconhecendo ou identificando outros no trabalho de Jane. Ruth encontrou os pais, além do irmão e da irmã de Timmer, que já tinham morrido. Viu também a professora do primeiro ano, o marido de Timmer e a turma de ginástica de que todos participavam. Eles eram pintinhos. Durante mais ou menos uma hora, quase todas as figuras foram identificadas. Ainda assim, Peter encarava a obra, sem se contagiar com as risadas.

Alguma coisa estava errada.

– Ah, entendi! – disse Clara, apontando para o quadro. – Isso foi pintado no desfile de encerramento, não foi? No dia em que a sua mãe morreu – acrescentou, dirigindo-se a Ben. – Aliás, aquela não é Timmer?

Clara mostrou a Ben uma nuvem com pés de animal. Era uma ovelha voadora.

– É mesmo – disse Myrna, rindo. – É a Timmer.

– Está vendo? Foi uma homenagem de Jane à sua mãe. Todo mundo que está aqui era importante para ela. Dos pais aos cachorros dela. Peter, você se lembra do último jantar que a gente fez com todo mundo?

– No Dia de Ação de Graças?

– É, isso mesmo. A gente estava falando sobre arte, e eu disse que a arte se torna arte quando o artista coloca algo de si nela. Eu perguntei para Jane o que ela tinha colocado neste trabalho, e você lembra o que ela disse?

– Desculpa, não lembro.

– Ela concordou que tinha colocado alguma coisa aqui, que este trabalho tinha uma mensagem. Ela não sabia se a gente ia descobrir qual era. Na verdade, lembro que ela olhou para Ben quando falou isso, como se você fosse entender. Naquela hora eu me perguntei por quê, mas agora faz sentido. A obra é para a sua mãe.

– Você acha? – disse Ben, aproximando-se de Clara, mas olhando para o quadro.

– Na verdade, isso não faz o menor sentido – disse a agente Nichol, que havia deixado seu posto ao lado da porta, atraída pelas risadas, como se elas fossem um crime.

Gamache começou a ir na direção dela, na esperança de interrompê-la antes que dissesse algo muito ofensivo. Mas as pernas do inspetor-chefe, embora longas, não eram páreo para a língua dela.

– Que relação Yolande tinha com Timmer? Elas se conheciam? – Nichol apontou para o rosto da mulher loura sentada na arquibancada ao lado das versões de Peter e Clara em tinta acrílica. – Por que Jane Neal colocaria na pintura a sobrinha que ela desprezava? Se isto fosse uma homenagem à Sra. Hadley, essa mulher não estaria ali.

Era óbvio que Nichol estava adorando pegar no pé de Clara. E Clara não estava conseguindo conter a raiva. Sem palavras, ela encarou o rosto jovem e arrogante do outro lado do cavalete. O pior era que Nichol tinha razão. Lá estava a grande mulher loura no *Dia de feira*, e Clara sabia que, se havia alguém que desprezava Yolande mais que a própria Jane, essa pessoa era Timmer.

– Eu posso falar com você, por favor? – perguntou Gamache, postando-se entre Clara e Nichol e desmanchando a expressão triunfante da jovem.

Sem dizer outra palavra, ele se virou e caminhou em direção à saída. Nichol hesitou por um instante antes de segui-lo.

– Tem um ônibus para Montreal amanhã de manhã às seis, saindo de St. Rémy. Pegue-o.

Ele não tinha mais nada a dizer. Foi embora e deixou a agente Nichol tremendo de raiva na escadinha fria e escura na entrada da galeria. Ela queria esmurrar a porta fechada. Parecia que todas as portas da vida estavam sendo fechadas em sua cara, e lá estava ela de novo, do lado de fora. Furiosa, deu dois passos até a janela e olhou para dentro, para as pessoas reunidas, para Gamache conversando com aquela Clara Morrow e o marido dela. Mas havia alguém mais naquele quadro. Após um segundo, percebeu que era seu próprio reflexo.

Como ia explicar aquilo para o pai? Ela tinha estragado tudo. De alguma forma, em algum momento, havia feito algo errado. Mas o quê? Nichol não conseguia raciocinar direito. Só conseguia se ver caminhando até sua casa minúscula com um jardim impecável no leste de Montreal e dizendo ao pai que tinha sido expulsa do caso. Que vergonha. Uma frase da investigação apareceu flutuando na cabeça dela.

Você está olhando para o problema.

Aquilo significava alguma coisa. Alguma coisa importante, tinha certeza. Então, finalmente, ela entendeu.

O problema era Gamache.

Lá estava ele, conversando e rindo, arrogante e alheio à dor que havia causado. Ele não era nada diferente dos policiais da Tchecoslováquia sobre os quais o pai havia falado. Como ela podia ter sido tão cega? Aliviada, percebeu que não precisava contar nada ao pai. Afinal de contas, não era culpa dela.

Nichol virou as costas para aquela cena dolorosa de pessoas se divertindo sobre seu reflexo solitário.

UMA HORA DEPOIS, A FESTA HAVIA SIDO transferida da Arts Williamsburg para a casa de Jane. O vento tinha ficado mais forte e estava começando a chover. Clara se postou no meio da sala, como Jane talvez tivesse feito, para ver a reação de todos que chegavam.

Ouviu muitos "Ai. Meu. Deus", "Nossa!" e "*Tabernacle*". As expressões "*Tabarnouche*" e "*Tabarouette*" (ambas variações de *Tabernacle*) ricocheteavam nas paredes. A sala de estar de Jane havia se tornado um santuário de blasfêmias multilíngues. Clara se sentia em casa. Com uma cerveja em uma mão e um punhado de castanhas-de-caju na outra, ela observava os convidados chegarem e serem arrebatados pelo espanto. Grande parte das paredes do térreo já estava exposta e ali, diante deles, estava revelada a geografia e a história de Three Pines. Lá estavam os pumas e os linces, há tempos extintos da região, e os rapazes marchando para a Segunda Guerra Mundial e depois direto para o modesto vitral da Igreja de St. Thomas, que homenageava os mortos. Lá estavam os pés de maconha ao lado da delegacia de Williamsburg, que cresciam saudáveis enquanto eram observados por um gato feliz na janela.

A primeira coisa que Clara fez, lógico, foi se localizar na parede. O rosto dela surgiu em um arbusto de rosas Charles de Mills enquanto Peter estava agachado atrás de uma nobre estátua de Ben usando short, no jardim da mãe. Peter vestia a roupa de Robin Hood e ostentava um arco e flecha, enquanto Ben parecia ousado e forte, observando a casa. Clara olhou bem de perto para ver se Jane havia pintado cobras arrastando-se da velha casa dos Hadleys, mas não havia.

A casa foi logo se enchendo de risadas, gritos e exclamações de reconhecimento. Às vezes alguém começava a chorar, mas não conseguia explicar por quê. Gamache e Beauvoir trabalhavam, observando e ouvindo.

– ... mas o que me impressiona é o encanto das imagens – dizia Myrna a Clara. – Mesmo as mortes, os acidentes, os enterros, as colheitas ruins, até essas coisas têm uma espécie de vida. Ela fez tudo parecer natural.

– Ei, você – Clara chamou Ben, que se aproximou delas, animado. – Olha você aqui – disse ela, apontando para a imagem na parede.

– Muito altivo – disse ele, sorrindo. – Com traços fortes, até.

Gamache observou a imagem de Ben na parede de Jane, um homem forte, mas que olhava para a casa dos pais. Não era a primeira vez que ele pensava que a morte de Timmer Hadley tinha sido bastante oportuna para o filho. Ele podia finalmente sair da sombra da mãe. Curiosamente, quem estava na sombra era Peter. Na sombra de Ben. Gamache se perguntou o que aquilo poderia significar. Estava começando a entender que a casa de Jane era uma espécie de chave para a comunidade. Jane Neal tinha sido uma mulher muito observadora. Elise Jacob apareceu bem naquela hora, meneando a cabeça para Gamache enquanto se aproximava.

– Caramba, que noite... – começou ela, mas seus olhos rapidamente se voltaram para a parede atrás dele. Então ela se virou para examinar a parede atrás de si própria. – Meu Deus! – exclamou a elegante mulher para a sala em geral, como se fosse a primeira a notar os desenhos.

Gamache apenas sorriu e esperou que ela se recompusesse.

– A senhora trouxe? – perguntou ele, sem ter certeza de que os ouvidos dela já tinham voltado a funcionar.

– *C'est brillant* – sussurrou. – *Formidable. Magnifique*. Minha nossa.

Gamache era um homem paciente e deu a ela alguns minutos para absorver tudo aquilo. Além disso, percebeu que havia desenvolvido uma espécie de orgulho pela casa, como se tivesse algo a ver com sua criação.

– É genial – disse Elise. – Eu já fui curadora do Musée des Beaux-Arts em Ottawa antes de me aposentar e vir morar aqui.

Gamache não parava de se surpreender com as pessoas que tinham escolhido viver naquela área. Será que Margaret Atwood era catadora de lixo por lá? Ou talvez o primeiro-ministro Mulroney fosse o novo carteiro local. Ninguém era o que parecia ser. Todo mundo era um pouco mais. E uma pessoa naquela sala era muito mais.

– Quem diria que a mesma mulher que pintou o terrível *Dia de feira* também fez isso tudo? – continuou Elise. – Acho que todos nós temos maus momentos. Mas ela devia ter escolhido um quadro melhor para inscrever na exposição.

– Era o único que ela tinha – disse Gamache –, ou pelo menos o único separado de uma construção.

– Que estranho.

– Para dizer o mínimo – concordou Gamache. – A senhora trouxe? – repetiu ele.

– Desculpa, trouxe, está na antessala.

Um minuto depois, Gamache estava colocando o *Dia de feira* no cavalete, no centro da sala. Agora todas as obras de Jane estavam reunidas.

Ele ficou bem quieto, só observando. O barulho crescia à medida que os convidados bebiam mais vinho e reconheciam mais pessoas e eventos nas paredes. A única que se comportava de maneira estranha era Clara. Gamache a observou vagar até o *Dia de feira* e voltar para a parede. Então ir até o quadro de novo, e mais uma vez ao mesmo ponto na parede. Depois até o cavalete de novo. Mas desta vez com uma intenção mais definida. Então ela praticamente correu até a parede. E ficou lá por um bom tempo. Por fim, voltou devagar para o *Dia de feira*, como se estivesse perdida em pensamentos.

– O que foi? – perguntou Gamache, postando-se ao lado dela.

– Esta aqui não é Yolande – respondeu Clara, apontando para a mulher loura ao lado de Peter.

– Como você sabe?

– Olha ali. – Clara apontou para a parede que estava examinando. – Aquela é a Yolande pintada por Jane. Elas têm algumas semelhanças, mas não muitas.

Gamache precisava ver por si mesmo, embora soubesse que Clara devia estar certa. E, de fato, ela só havia errado ao dizer que havia semelhanças entre as duas. Para ele, não havia nenhuma. A Yolande da parede, mesmo criança, era nitidamente Yolande. Física e emocionalmente. Ela irradiava desprezo, ganância e alguma coisa mais. Esperteza. A mulher da parede tinha tudo isso. E também um pouco de carência. A da pintura no cavalete só era loura.

– Então quem é ela? – perguntou Gamache, ao voltar.

– Não sei. Só sei de uma coisa: você notou que Jane nunca inventa um rosto? Todo mundo que está nestas paredes era alguém que ela conhecia, alguém da vila.

– Ou um visitante – sugeriu Gamache.

– Na verdade, não tem nenhum visitante – disse Ruth, entrando na conversa. – Tem algumas pessoas que se mudaram e vêm visitar de vez em quando, ok, mas elas são consideradas moradoras. Jane conhecia todo mundo que está nestas paredes.

– E todo mundo que está no *Dia de feira*, com exceção dela – concluiu Clara, apontando uma castanha para a mulher loura. – Ela é uma estranha. E tem outra coisa. Eu estava aqui me perguntado o que tinha de errado com o *Dia de feira*. É claramente da Jane, mas não é. Se esta fosse a primeira coisa que ela pintou, eu diria que ainda não tinha encontrado o estilo dela. Mas foi a última coisa que ela fez. – Clara se inclinou para a obra. – Tudo no quadro é forte, confiante e com um propósito. Mas, como um todo, o quadro não funciona.

– Ela tem razão – opinou Elise. – Não funciona.

O círculo ao redor do *Dia de feira* estava crescendo, os convidados tinham sido atraídos pelo mistério.

– Mas ele funcionava quando a gente julgou, não é? – perguntou Clara a Peter. – É ela. Jane não pintou ela – afirmou Clara, apontando um dedo acusatório para a loura ao lado de Peter na arquibancada.

Como se tivessem sido sugados por um dreno, todas as cabeças se moveram para o centro do círculo e espiaram o rosto.

– É por isso que o quadro não funciona – continuou Clara. – Ele funcionava antes de esse rosto aparecer. Quem mudou isso transformou a obra inteira sem perceber.

– Como você sabe que Jane não pintou esse rosto? – perguntou Gamache, adquirindo um tom oficial.

Do outro lado da sala, Beauvoir ouviu e se aproximou, pegando o bloquinho e a caneta ao chegar.

– Em primeiro lugar, é o único rosto que não parece vivo – explicou Clara, e Gamache teve que concordar. – Mas isso é subjetivo. Existem provas concretas, se você quiser.

– Seria ótimo.

– Olha. – Clara apontou para a mulher. – Meu Deus, agora, olhando de perto, eu devia estar cega para não ter notado antes. É como um imenso furúnculo.

Por mais que tentassem, nenhum deles conseguia entender o que ela estava dizendo.

– Pelo amor de Deus, explique o que você quer dizer, antes que eu te dê uns tapas – exigiu Ruth.

– Aqui. – Clara ziguezagueou o dedo pelo rosto da mulher e, realmente, olhando mais de perto, era possível ver uma mancha minúscula. – É como uma verruga, um dano imenso à obra. – Ela apontou para marcas difusas e quase invisíveis. – Isso foi feito por um pano embebido com aguarrás, certo, Ben?

Mas Ben ainda estava observando o *Dia de feira*, praticamente vesgo. Ela continuou:

– E vejam essas pinceladas. Todas erradas. Olha o rosto do Peter ao lado dela. São pinceladas totalmente diferentes. – Clara gesticulou para um lado e para o outro e depois para cima e para baixo. – Para cima e para baixo. A Jane não pinta para cima e para baixo. Tem muitas pinceladas de um lado para o outro, mas nenhuma para cima e para baixo. Olha só o cabelo dessa mulher. São pinceladas para cima e para baixo. Isso entrega tudo. Você está vendo a tinta? – perguntou ela a Peter.

– Não. Não estou vendo nada estranho nas tintas.

– Ah, fala sério. Olha de novo. Os brancos são diferentes. Jane usou branco-titânio aqui, aqui e aqui. Mas isso aqui... – disse ela, apontando para os olhos da mulher – é branco-zinco. Isso aqui é amarelo-ocre – continuou Clara, apontando para a blusa da mulher. – Jane nunca usou ocre, só cádmio. É tão óbvio. Sabe, a gente já fez tanta arte, dando aulas e até trabalhando em restaurações no Museu McCord para fazer uma grana extra, que eu consigo dizer quem pintou o que só pelas pinceladas, independentemente da escolha dos pincéis e das tintas.

– Por que alguém acrescentaria um rosto aqui? – perguntou Myrna.

– Boa pergunta – concordou Gamache.

– E não é a única. Por que acrescentar um rosto é uma excelente pergunta, mas quem fez isso também apagou um rosto. Dá para ver pelas manchas. A pessoa não só pintou em cima do rosto que Jane fez, como apagou ele todo. Não dá para entender. Se Jane, ou qualquer outra pessoa, quisesse apagar um rosto, seria mais fácil só pintar por cima. Dá para fazer isso com tinta acrílica. Aliás, todo mundo usa tinta acrílica. Quase ninguém se dá ao trabalho de apagar. A gente pinta em cima dos erros.

– Mas se fizessem isso, daria para alguém remover o rosto novo e encontrar o original embaixo? – perguntou Gamache.

– É complicado – disse Peter –, mas um bom restaurador de arte talvez conseguisse. É tipo o que estamos fazendo aqui no andar de cima, tirando uma camada de tinta para encontrar a imagem que está por baixo. Só que, em uma tela, também dá para fazer isso com raio X. Fica um pouco borrado, mas dá para ter uma ideia do que está lá. Bom, agora está destruído.

– Quem fez isso não queria que o rosto original fosse encontrado – disse Clara. – Por isso removeu o próprio rosto e pintou o de outra mulher.

– Mas a pessoa se entregou quando apagou o rosto original e desenhou outro por cima – disse Ben, entrando na conversa. – A pessoa não conhecia o trabalho de Jane. O código de Jane. Ela inventou um rosto sem saber que Jane jamais faria isso...

– E com as pinceladas erradas – acrescentou Clara.

– Bom, isso me exclui. Sou ótimo nas pinceladas – brincou Gabri.

– Mas, de qualquer forma, para que fazer isso? Quero dizer, de quem era o rosto que foi apagado? – perguntou Myrna.

A sala ficou em silêncio por um instante enquanto todos pensavam.

– É possível tirar esse rosto e ter uma ideia de como era o original? – perguntou Gamache.

– Talvez. Depende da intensidade com que o rosto foi apagado. Você acha que a assassina fez isso? – perguntou Clara.

– Acho. Só não sei por quê.

– Você disse "assassina" – observou Beauvoir, virando-se para Clara. – Por quê?

– Acho que porque o novo rosto é de uma mulher. Eu presumi que a pessoa que fez isso pintaria o que fosse mais fácil, e a gente vê o nosso rosto todos os dias no espelho.

– A senhora acha que esse é o rosto da assassina? – perguntou ele.

– Não, isso não seria muito inteligente da parte dela. Acho que é o gênero dela, só isso. Sob pressão, é mais provável que um homem branco pinte um homem branco, não um homem negro ou uma mulher branca; ou seja, que pinte o que é mais familiar para ele. É a mesma coisa aqui.

É um bom argumento, pensou Gamache. Mas também pensou que, se um homem estava pintando para camuflar alguma coisa, poderia muito bem pintar uma mulher.

– Isso exige muita habilidade? – perguntou ele.

– Apagar um rosto e pintar outro em cima? Sim, bastante. Não necessariamente para apagar o primeiro rosto, mas o fato é que a maioria das pessoas não saberia como fazer isso. O senhor saberia? – perguntou ela a Beauvoir.

– Não teria ideia. A senhora mencionou que se usa aguarrás, mas eu só soube disso há alguns dias, quando vocês precisaram disso para trabalhar aqui.

– Exatamente. Artistas conhecem essas coisas, mas a maioria das pessoas, não. Assim que o rosto fosse apagado, ela teria que pintar outro no lugar usando o estilo de Jane. Isso exige habilidade. Quem fez isso é uma artista, e eu diria que é uma boa artista. Demoramos um bocado para encontrar o erro. E talvez nunca tivéssemos encontrado, se a sua agente Nichol não tivesse sido tão desagradável. Ela disse que esta aqui era Yolande. Eu fiquei com tanta raiva que fui procurar a Yolande da Jane para ver se era verdade. E não era. Mas isso me forçou a olhar o rosto bem de perto para pensar quem poderia ser. Foi aí que notei as diferenças. Então o senhor pode falar para a agente Nichol que ela ajudou a resolver o caso.

– Tem mais alguma coisa que a senhora gostaria que a gente dissesse para ela? – perguntou Beauvoir, sorrindo para Clara.

Gamache não tinha a menor intenção de levar Nichol a acreditar que a grosseria dela tinha valido a pena, mas também sabia que, se a tivesse mandado embora mais cedo, eles não teriam avançado tanto no caso. Nesse ponto, Clara tinha razão, embora não estivesse dando o devido crédito a si mesma. Sua necessidade de provar que Nichol estava errada também havia desempenhado um papel importante naquela história.

– O senhor considerou o *Dia de feira* bom o suficiente para estar na exposição quando julgou as inscrições, na sexta-feira antes do Dia de Ação de Graças? – perguntou a Peter.

– Eu achei o quadro brilhante.

– Na segunda-feira ele já tinha sido alterado – disse Clara, virando-se para Gamache e Beauvoir. – Lembra quando vocês dois foram lá e eu mostrei o quadro? A mágica já tinha desaparecido.

– Sábado e domingo – disse Beauvoir. – Dois dias. Nesse intervalo de tempo, o assassino mudou a pintura. Jane Neal foi morta no domingo de manhã.

Todos olharam para o quadro, como se esperassem que a obra contasse quem era o autor do crime. Gamache sabia que o *Dia de feira* estava gritando a resposta para eles. A motivação para o assassinato de Jane Neal estava naquele quadro. Clara ouviu um toc-toc-toc na janela da sala e foi ver quem estava lá fora. De repente, um galho surgiu da escuridão e bateu no vidro. O furacão Kyla havia chegado e queria entrar. A festa acabou logo depois disso, já que todos correram para casa e para os carros antes que a tempestade piorasse.

– Cuidado para uma casa não cair em cima de você! – gritou Gabri atrás de Ruth, que talvez tenha mostrado o dedo para ele enquanto desaparecia na escuridão.

O *Dia de feira* foi levado para a pousada, que agora acomodava um grupo em sua ampla sala de estar, bebericando licores e expressos. A lareira estava acesa e, lá fora, o furacão Kyla gemia, soprando as folhas das árvores. A chuva açoitava as janelas, fazendo com que tremessem. Lá dentro, os membros do grupo se aproximavam instintivamente, aquecidos pelo fogo, pelas bebidas e pela companhia uns dos outros.

– Quem sabia sobre o *Dia de feira* antes de a Srta. Neal ser morta? – perguntou Gamache.

Peter, Clara, Ben, Olivier, Gabri e Myrna estavam presentes.

– O júri – respondeu Peter.

– Vocês não conversaram sobre isso no jantar do Dia de Ação de Graças, na sexta à noite?

– A gente conversou bastante sobre isso, sim. Jane até descreveu o quadro – confirmou Clara.

– Não é a mesma coisa – disse Gamache. – Quem *viu* o *Dia de feira* antes daquela noite?

Eles se entreolharam, balançando a cabeça.

– Quem faz parte do júri mesmo? – perguntou Beauvoir.

– Henri Lariviere, Irenée Calfat, Elise Jacob, Clara e eu – respondeu Peter.

– E quem mais pode ter visto o quadro? – insistiu Gamache.

Aquela pergunta era crucial. O assassino havia matado Jane por causa do *Dia de feira*. Essa pessoa tinha que ter visto o quadro e identificado a ameaça que havia ali para ser capaz de alterar a pintura e matar a artista.

– Isaac Coy – disse Clara. – O zelador. E acho que é possível que qualquer um que tenha entrado para ver a outra exposição, a de arte abstrata, tenha vagado até o depósito e visto o quadro.

– Mas é pouco provável – objetou Gamache.

– Por engano, é – concordou Clara, levantando-se. – Mil desculpas, mas acho que deixei minha bolsa na casa de Jane. Vou dar um pulo lá para pegar.

– No meio da tempestade? – perguntou Myrna, incrédula.

– Eu também vou para casa – disse Ben. – A não ser que eu possa ajudar com mais alguma coisa.

Gamache balançou a cabeça, e a reunião se desfez. Uma por uma, as pessoas avançaram para a escuridão, instintivamente erguendo os braços para proteger o rosto. O ar da noite foi preenchido pela chuva torrencial, por folhas secas e pessoas correndo.

CLARA PRECISAVA PENSAR E, para isso, precisava de seu lugar seguro, que no caso era a cozinha de Jane. Ela acendeu todas as luzes e afundou em uma das velhas cadeiras perto do fogão a lenha.

Aquilo era possível? Com certeza, ela tinha entendido algo errado. Esquecido alguma coisa, ou dado muita importância a algum aspecto. O pensamento surgiu quando ela olhou para o *Dia de feira* pela primeira vez, durante o coquetel, embora a semente da ideia tivesse começado a brotar ainda na exposição, no início da noite. Mas ela a havia rejeitado. Era muito doloroso. Muito íntimo. Muito próximo.

Só que a maldita ideia havia voltado com toda força havia pouco, na pousada. Enquanto eles observavam o *Dia de feira*, todas as peças se encaixaram. Todas as pistas, todas as dicas. Tudo fazia sentido. Ela não podia ir para casa. Não agora. Estava com medo de ir para casa.

– O QUE O SENHOR ACHA? – perguntou Beauvoir, sentando-se na cadeira oposta à de Gamache.

Nichol estava recostada no sofá lendo uma revista, punindo Gamache com seu silêncio. Gabri e Olivier já tinham ido dormir.

– Yolande – respondeu Gamache. – Eu continuo voltando para aquela família. Várias linhas de investigação nos levam a ela. O estrume, o papel de parede. E André tem um arco de caça.

– Mas não tem um arco recurvo – lembrou Beauvoir, com tristeza.

– Ele pode ter destruído – respondeu Gamache. – Mas, de qualquer forma, a questão é: por que usar um arco recurvo? Por que alguém usaria um arco antigo em vez de um arco de caça composto, moderno?

– Pode ter sido uma mulher – sugeriu Beauvoir.

Aquela era sua parte preferida do trabalho: sentar-se diante do chefe tarde da noite, em frente a uma lareira, com uma bebida na mão, e discutir o crime. Ele continuou:

– O recurvo é mais fácil de usar e um recurvo antigo, mais fácil ainda. A gente viu Suzanne Croft. Ela não usava o arco moderno, mas obviamente usava o antigo. Voltamos a Yolande. Ela conhecia a arte da tia, provavelmente melhor do que ninguém, e a família tem uma veia artística. Se a gente investigar, vai acabar descobrindo que ela já pintou alguma coisa na vida. Parece que todo mundo aqui já pintou, eles devem ter uma lei sobre isso.

– Ok, vamos em frente. Por que Yolande mataria Jane?

– Por dinheiro, ou pela casa, o que dá no mesmo. Ela provavelmente achou que seria a herdeira e subornou aquele tabelião safado de Williamsburg para conseguir as informações. Só Deus sabe até onde ela iria para saber do testamento da tia.

– Concordo. Mas qual seria a conexão com o *Dia de feira*? O que poderia ter no quadro para fazer Yolande alterá-lo? Ele foi pintado durante o desfile de encerramento da feira desse ano, mas parece ser uma homenagem a Timmer Hadley. Como Yolande poderia ter visto o quadro? E, mesmo que tivesse visto, por que precisaria alterar a pintura?

Os dois ficaram em silêncio. Após um tempo, Gamache continuou:

– Ok, vamos falar sobre os outros. E Ben Hadley?

– Por que ele? – perguntou Beauvoir.

– Ben tinha acesso aos arcos, tem habilidade e conhecimento do local, a Srta. Neal confiava nele e ele sabe pintar. Parece que muito bem. Sem contar que ele faz parte do conselho da Arts Williamsburg, então tem a chave da galeria. Ele poderia ter entrado a qualquer hora para ver o *Dia de feira*.

– E qual seria a motivação dele? – perguntou Beauvoir.

– Esse é o problema. Não tem um motivo óbvio, não é? Por que ele precisaria matar Jane Neal? Não por dinheiro. Então por quê?

Gamache olhou para as chamas que se apagavam e pensou. Pensou se não estava se esforçando demais, se esforçando demais para não chegar à outra conclusão.

– Fala sério. Foi Peter Morrow. Quem mais pode ter sido?

Gamache não precisava levantar os olhos para saber quem estava falando. A abóbora na capa da revista *Harrowsmith Country Life* tinha adquirido voz própria.

CLARA ENCAROU O PRÓPRIO REFLEXO na janela da cozinha de Jane. Uma mulher fantasmagórica e assustada a olhou de volta. Sua teoria fazia sentido.

Ignore isso, dizia uma voz dentro dela. *Não é problema seu. Deixa a polícia trabalhar. Pelo amor de Deus, não diga nada.* Era uma voz sedutora, que prometia paz, calma e a continuidade de sua bela vida em Three Pines. Tomar uma atitude a respeito do que, sabia, destruiria aquela vida.

E se você estiver errada?, sussurrou a voz. *Você vai machucar muita gente.*

Mas Clara sabia que não estava errada. Só tinha medo de perder a vida que amava, o homem que amava.

Ele vai ficar furioso. Vai negar!, gritava a voz agora em pânico na cabeça dela. *Ele vai confundir você. Fazer você se sentir muito mal por insinuar uma coisa dessas. Melhor não falar nada. Você tem muito a perder e nada a ganhar. E ninguém precisa saber. Ninguém nunca vai saber que você não disse nada.*

Mas Clara sabia que a voz estava mentindo. Estava mentindo desde o início. Clara saberia, e aquele conhecimento acabaria destruindo a vida dela de qualquer jeito.

DEITADO NA CAMA, GAMACHE OLHAVA PARA O *Dia de feira*. Conversas e fragmentos de conversas giravam em sua mente enquanto ele encarava as pessoas e os animais estilizados, lembrando o que cada um havia dito em uma ocasião ou outra ao longo das últimas duas semanas.

Yvette Nichol tinha razão: Peter Morrow era o principal suspeito, mas não havia nenhuma evidência. Gamache sabia que a melhor chance de pegá-lo estava naquele quadro e na análise do dia seguinte. A evidência irrefutável tinha que estar no *Dia de feira*. Mas, enquanto observava cada rosto na pintura, uma sugestão apareceu em sua cabeça, algo tão improvável que ele não conseguia acreditar. Gamache se sentou na cama. Não era o que estava no *Dia de feira* que provaria quem havia matado Jane Neal. Mas o que *não* estava nele. Pulou da cama e se vestiu às pressas.

Clara não conseguia ver nada por causa da chuva, mas o vento era ainda pior. O furacão Kyla havia transformado as folhas de outono, tão lindas nas árvores, em pequenos mísseis. Elas a atingiam com força e grudavam em seu rosto. Clara ergueu o braço para proteger os olhos e inclinou o corpo para enfrentar o vento, tropeçando no terreno irregular. Folhas e galhos batiam no casaco impermeável dela, tentando encontrar sua pele. E, se as folhas falhavam nessa missão, a água gelada era bem-sucedida. A chuva escorria pelas mangas do casaco e descia pelas costas, entrava no nariz e salpicava os olhos quando ela tentava abri-los. Mas estava quase lá.

– Eu estava ficando preocupado. Achei que você viria mais cedo – disse ele, abraçando-a.

Clara deu um passo para trás, desviando do abraço. Ele a encarou, surpreso e magoado. Então notou que as botas dela faziam uma poça de água e lama no chão. Ela seguiu o olhar dele e imediatamente tirou as botas, quase sorrindo diante da normalidade daquele gesto. Talvez estivesse errada. Talvez pudesse só tirar as botas, se sentar e não dizer nada. Mas era tarde demais. Sua boca já estava falando.

– Eu andei pensando.

Ela fez uma pausa, sem saber o que dizer ou como dizer.

– Eu sei. Vi na sua cara. Quando você descobriu?

Então ele não vai negar, pensou ela. Não sabia se ficava aliviada ou horrorizada.

– Na festa, mas não consegui entender tudo. Eu precisava de um tempo para pensar, para encontrar todas as respostas.

– Foi por isso que você disse "assassina" quando descreveu o falsificador?

– Foi. Eu queria ganhar tempo e, sei lá, talvez confundir a polícia.

– Você me confundiu. Eu achei que você estava sendo sincera. Mas depois, na pousada, vi que estava raciocinando. Eu conheço você muito bem. O que a gente vai fazer?

– Eu precisava ter certeza de que tinha sido você mesmo. Achei que eu te devia isso porque eu te amo.

Clara se sentia entorpecida, como se estivesse tendo uma experiência extracorpórea.

– Eu também te amo – disse ele, em uma voz que de repente lhe pareceu afetada. Tinha sido sempre assim? – E eu preciso de você. Você não tem que contar para a polícia, não existe nenhuma evidência. Os testes de amanhã não vão mostrar nada. Eu fui cuidadoso. Quando me dedico a alguma coisa, sou muito bom, você sabe disso.

Ela sabia. E suspeitava que ele estivesse certo. A polícia teria bastante trabalho para condená-lo.

– Por quê? – perguntou ela. – Por que você matou Jane? E por que matou sua mãe?

– Você não mataria? – disse Ben, sorrindo enquanto avançava.

Gamache tinha acordado Beauvoir, e agora os dois estavam esmurrando a porta dos Morrows.

– Esqueceu a chave? – perguntou Peter ao destrancar a porta. Ao abri-la, olhou para Gamache e Beauvoir, sem entender nada. – Cadê a Clara?

– É isso que íamos perguntar. Precisamos falar com ela agora.

– Eu a deixei na casa da Jane, mas isso foi... uma hora atrás – disse Peter, consultando o relógio.

– É muito tempo para procurar uma bolsa – disse Beauvoir.

– Ela não estava de bolsa, foi só uma desculpa para sair da pousada e ir para a casa da Jane – explicou Peter. – Eu sabia disso, mas deduzi que ela precisava de um tempo sozinha para pensar.

– Mas ela não voltou ainda? – perguntou Gamache. – O senhor não está preocupado?

– Estou sempre preocupado com a Clara. No instante em que ela sai de casa, eu começo a me preocupar.

Gamache se virou e correu pelo bosque até a casa de Jane.

CLARA ACORDOU COM A CABEÇA LATEJANDO. Ou pelo menos deduziu que havia acordado. Estava tudo escuro. Um breu completo. Sentiu cheiro de terra e percebeu que estava de cara no chão, com lama grudada na pele. Debaixo do casaco, as roupas colavam no corpo nos pontos em que a chuva havia entrado. Sentia frio e náusea. Não conseguia parar de tremer. Onde estava? E onde estava Ben? Percebeu que os braços tinham sido amarrados nas costas. Estava na casa de Ben, então aquilo só podia ser o porão dele. Lembrou-se de ter sido carregada enquanto vagava entre a consciência e a inconsciência. E de Peter. De ouvir Peter. Não. De sentir o cheiro de Peter. Peter tinha estado por perto. Peter a havia carregado.

– Estou vendo que você acordou – disse Ben, de pé ao lado dela com uma lanterna.

– Peter? – chamou Clara com uma voz aguda.

Ben pareceu achar graça.

– Ótimo. Era isso que eu queria. Só que eu tenho más notícias, Clara. Peter não está aqui. Na verdade, você só vai receber más notícias esta noite. Adivinha onde a gente está?

Quando Clara não respondeu, Ben moveu a lanterna devagar, fazendo a luz passear pelas paredes, pelo teto e pelo chão. Ele não precisou ir muito longe para que Clara adivinhasse. Provavelmente ela sabia desde o início, mas estava em negação.

– Está ouvindo, Clara?

Ben ficou em silêncio de novo, e Clara ouviu. Um farfalhar. Um sibilar. E sentiu o cheiro delas. Um cheiro almiscarado e pantanoso.

Cobras.

Estavam na casa de Timmer. No porão de Timmer.

– Mas a boa notícia é que você não vai ter que se preocupar com elas por muito tempo – disse Ben, erguendo a lanterna para que ela pudesse ver o rosto dele. Clara notou que Ben usava um dos casacos de Peter. – Você veio aqui e caiu da escada – disse ele, com uma voz calma, como se esperasse que ela concordasse. – Gamache talvez ache suspeito, mas ninguém mais vai desconfiar. Peter nunca vai suspeitar de mim, vou consolá-lo por essa perda trágica. E todo mundo sabe que sou um homem bom. E eu sou mesmo. Isso aqui não conta.

Ele se virou e foi até a escada de madeira, fazendo a lanterna criar sombras surreais no chão de terra.

– A eletricidade foi desligada, você tropeçou e caiu. Estou trabalhando nos degraus agora. Estão velhos e bambos. Fiquei anos pedindo para mamãe consertar, mas ela era mesquinha demais para desembolsar a grana. Agora você vai pagar o preço trágico disso. Caso Gamache não acredite nessa história, eu espalhei pistas suficientes para incriminar Peter. Deve ter várias fibras do casaco dele em você agora. Você provavelmente inspirou algumas também. Eles vão encontrá-las quando fizerem a autópsia. Você vai ajudar a condenar o seu marido.

Clara se contorceu e conseguiu se sentar. Viu que Ben mexia na escada. Sabia que não tinha mais que alguns minutos, talvez segundos. Lutou contra a corda que atava seus pulsos. Felizmente, Ben não os tinha amarrado com muita força. Provavelmente não queria gerar hematomas. Conseguiu afrouxar a corda, mas não o bastante para soltar os pulsos.

– O que você está fazendo aí?

Ben virou a lanterna para Clara, que recuou para disfarçar os movimentos. As costas dela tocaram a parede, e algo roçou seu cabelo e pescoço. Depois foi embora. *Ai, meu Deus. Maria, mãe de Deus.* No instante em que a luz voltou aos degraus da escada, Clara trabalhou freneticamente, mais desesperada para se livrar das cobras do que de Ben. Podia ouvi-las sibilando, deslizando por entre as vigas e os dutos de ventilação. Finalmente, suas mãos estavam livres, e ela se moveu rápido na escuridão.

– Clara? Clara!

A luz se movia de um lado para outro, em uma busca desesperada.

– Eu não tenho tempo para isso.

Ben deixou a escada e começou uma busca frenética. Clara recuava cada vez mais no porão, na direção do cheiro ruim. Algo roçou a bochecha dela e depois caiu em seu pé. Ela mordeu o lábio para não gritar e o gosto metálico de sangue a ajudou a se concentrar. Chutou a coisa com força e ouviu um baque suave em uma parede próxima.

GAMACHE, BEAUVOIR e PETER vasculharam toda a casa de Jane, mas o inspetor sabia que ela não estaria lá. Se alguma coisa ruim tivesse que acontecer com Clara, não seria naquela casa.

– Ela está na casa do Hadley! – disse ele, voando para a porta.

Assim que saíram, Beauvoir e Peter ultrapassaram Gamache. Correndo em meio à tempestade, eles soavam como cavalos selvagens galopando em direção àquela casa com suas luzes convidativas.

CLARA NÃO SABIA SE O RUGIDO QUE havia escutado era Kyla, a furiosa Kyla, ou o barulho da própria respiração apavorada. Ou o sangue latejando nos ouvidos. Acima dela, a casa inteira parecia estremecer e gemer. Prendeu a respiração, mas o corpo gritava por oxigênio e, após um instante, ela acabou soltando o ar ruidosamente.

– Eu ouvi isso.

Ben se virou tão rápido que deixou cair a lanterna. Ela voou longe, aterrissando após quicar no chão uma vez. O primeiro baque fez a luz dançar, atingindo Clara bem no rosto. O segundo deixou o porão na escuridão total.

– Merda – murmurou Ben.

Ai, meu Deus, ai, meu Deus, pensou Clara. Total e completa escuridão. Estava petrificada. Ouviu um movimento à sua direita. Foi o suficiente para fazer com que se mexesse. Começou a engatinhar silenciosamente, devagar, para a esquerda, passando a mão pela base da parede áspera à procura de uma pedra, um cano, um tijolo, qualquer coisa. Mas...

Sua mão se fechou em volta de alguma coisa, que, por sua vez, se enrolou nela. Com um espasmo, Clara a arremessou na escuridão.

– Lá vou eu... – sussurrou Ben.

Clara percebeu que havia engatinhado bem na direção dele. Ben estava a um passo de distância, mas também andando às cegas. Ela se agachou e ficou imóvel, já se preparando para que as mãos dele a agarrassem. Em vez disso, ela o ouviu se afastar. Na direção da cobra arremessada.

– ONDE ELA ESTÁ? – SUPLICOU PETER.

Eles haviam vasculhado a casa de Ben e encontraram apenas uma poça. Agora Peter caminhava em círculos na sala de estar do amigo, chegando cada vez mais perto de Gamache, que estava parado no centro do cômodo.

– Fique quieto, por favor, Sr. Morrow.

Peter parou. As palavras foram proferidas calmamente, mas com autoridade. Gamache olhava para a frente. Mal conseguia ouvir os próprios pensamentos por causa da força da tempestade e da força do terror.

CLARA SABIA QUE TINHA DUAS OPÇÕES, o que já era mais do que tinha alguns minutos antes: ou encontrava a escada, ou encontrava uma arma e atingia Ben antes de ser pega por ele. Ela conhecia Ben. Ele era forte, mas lento.

Não sabia onde poderia encontrar uma arma. Mas, embora pudesse haver um tijolo ou um cano por ali, sabia que haveria outra coisa também. Ouviu Ben tropeçar a poucos metros de distância. Ela se virou e caiu de joelhos, avançando rápido pelo chão de terra, tateando no escuro e torcendo para pegar algo que não a agarrasse de volta. Mais uma vez, ouviu um estrondo e desejou que seu coração ficasse quieto, embora não completamente. Roçou a mão em algo que logo identificou. Mas era tarde demais. Com um estalo, a ratoeira golpeou seus dedos, quebrando dois e a forçando a soltar um grito de dor e choque. A adrenalina percorreu seu corpo, e ela imediatamente arrancou a armadilha da mão ferida e a jogou longe. Rolou para o lado, já que sabia que as ratoeiras eram armadas junto à parede. Devia haver uma parede logo à frente dela. Se Ben estava correndo na escuridão para pegá-la...

PETER OUVIU O GRITO DE CLARA e seu fim abrupto. Ele e os policiais haviam chegado um pouco antes e encontraram a porta da casa de Timmer escancarada. Gamache e Beauvoir tiraram lanternas dos casacos e direcionaram a luz para o piso de madeira. Pegadas molhadas os levaram ao coração da casa escura. Eles seguiram o rastro correndo. Assim que entraram na cozinha, ouviram o grito.

– Aqui! – disse Peter, abrindo uma porta para a escuridão.

Os três homens desceram a escada para o porão. Clara rolou no momento em que Ben avançou, indo direto contra a parede. Ela estava errada: ele era rápido. Quer dizer, agora não mais, depois de acertar em cheio a parede. O impacto fez o porão estremecer. Então Clara ouviu outro barulho.

O da escada se quebrando.

QUATORZE

Tudo pareceu acontecer em câmera lenta. Primeiro, a lanterna de Gamache caiu no chão e se apagou, mas não antes de ele ter um vislumbre de Beauvoir caído na escada agora destruída. Gamache tentou desviar dele e quase conseguiu. Um pé afundou entre os degraus da escada desabada e ele ouviu e sentiu a perna se quebrar com um estalo enquanto seu corpo cedia. O outro pé caiu sobre algo bem mais confortável, embora igualmente barulhento. Gamache ouviu Beauvoir gritar de dor, e então Peter também caiu. Ele mergulhou de cabeça, e Gamache sentiu o crânio de Peter se chocar contra o seu e viu o porão – ou o universo – se iluminar. Então desmaiou.

Quando acordou, pouco tempo depois, viu que Clara o observava, apavorada. Ela irradiava terror. Tentou se levantar para protegê-la, mas não conseguiu se mexer.

– Chefe? O senhor está bem? – Ele mexeu os olhos embaçados e viu que Beauvoir também o observava. – Eu já pedi ajuda pelo celular.

Beauvoir então segurou a mão do chefe. Por um instante.

– Eu estou bem, Jean Guy. E você? – perguntou Gamache, olhando para o rosto preocupado dele.

– Acho que um elefante caiu em cima de mim – respondeu ele, sorrindo de leve.

Um pouco de sangue vermelho-vivo escorreu pelo lábio de Beauvoir, e Gamache ergueu a mão trêmula para limpá-lo com cuidado.

– Você precisa tomar mais cuidado, garoto – sussurrou Gamache. – Peter?

– Estou preso, mas bem. O senhor bateu a sua cabeça na minha.

Aquele não era o momento de discutir quem havia batido em quem.

– Aí o barulho de novo. Esse farfalhar.

Clara havia encontrado uma lanterna, o que não tinha sido difícil, já que o porão agora estava cheio de lanternas e homens. Ela apontou a luz freneticamente para todos os cantos no chão e no teto e desejou que aquele objeto tivesse o poder de fazer mais que iluminar. Um bom lança-chamas seria bastante útil. Segurou a mão de Peter com a mão quebrada, oferecendo dor física em troca de apoio emocional.

– Ben? – chamou Gamache, torcendo para que logo fosse capaz de formular frases inteiras.

Sua perna e sua cabeça latejavam, mas ele sabia que ainda havia uma ameaça na escuridão do porão.

– Ele desmaiou – disse Clara.

Ela podia ter deixado os três ali. A escada havia desabado, mas havia uma escada de mão não muito longe, que ela poderia usar para subir.

Mas não fez isso.

Clara nunca havia sentido tanto medo. E raiva. Não de Ben, mas daqueles idiotas que deveriam tê-la salvado. E agora precisavam ser protegidos.

– Eu ouvi alguma coisa – disse Beauvoir.

Gamache tentou se apoiar nos cotovelos, mas a perna irradiou tanta dor para o resto do corpo que ele perdeu o fôlego e as forças. Deitou de novo e esticou as mãos, na esperança de encontrar alguma coisa para usar como arma.

– Foi lá em cima – disse Beauvoir. – Eles chegaram.

Gamache e Clara nunca tinham ouvido palavras tão belas.

UMA SEMANA DEPOIS, ELES SE REUNIRAM na sala de Jane, que estava começando a se tornar um lar para todos, inclusive para Gamache. Pareciam veteranos de guerra: Gamache com a perna engessada, Beauvoir curvado com costelas quebradas, Peter com a cabeça enfaixada e Clara com a mão imobilizada.

No andar de cima, Gabri e Olivier cantavam "It's Raining Men" bem baixinho. Na cozinha, Myrna cantarolava outra música enquanto preparava pão fresco e sopa. Lá fora, a neve caía em enormes flocos que derretiam assim que tocavam o chão e escorriam quando tocavam em bochechas. As últimas folhas de outono haviam caído das árvores, e as maçãs, tombado nos pomares.

– O chão está começando a ficar coberto de gelo – disse Myrna, trazendo os talheres e colocando mesas dobráveis ao redor do fogo crepitante.

Lá de cima, eles ouviram Gabri falar com entusiasmo sobre as coisas do quarto de Jane.

– Ganância. Desprezível – disse Ruth, indo rapidamente até a escada e subindo.

Clara observou Peter se levantar e atiçar o fogo da lareira, que já estava perfeito. Ela havia segurado a mão dele naquela noite, enquanto ele estava caído no chão de terra. Aquela tinha sido a última vez que chegara tão perto dele. Desde os eventos daquela noite horrível, Peter havia se retraído completamente em sua ilha. A ponte estava quebrada. Muros tinham sido erguidos. E agora Peter estava inacessível, até para ela. Fisicamente, sim, ela podia tocar a mão, a cabeça e o corpo dele, e tocava. Mas Clara sabia que não podia mais tocar seu coração.

Observou o belo rosto dele, agora cuidadosamente enfaixado e cheio de hematomas causados pela queda. Sabia que Peter havia saído muito machucado, talvez irreparavelmente.

– Eu quero isso aqui – disse Ruth, descendo as escadas.

Ela mostrou um pequeno livro antes de enfiá-lo em um bolso imenso do cardigã de lã surrado. No testamento, Jane havia pedido que cada um dos amigos pegasse um item da casa. Ruth tinha feito sua escolha.

– Como você soube que tinha sido o Ben? – perguntou Myrna, sentando-se e chamando os homens para almoçar.

Tigelas de sopa foram servidas e cestos com pãezinhos fumegavam sobre um baú.

– Eu percebi aqui mesmo, durante a festa – disse Clara.

– O que você viu que a gente não viu? – perguntou Olivier, juntando-se a eles.

– Foi o que eu não vi. Eu não vi Ben. Eu sabia que o *Dia de feira* era uma homenagem a Timmer. Todas as pessoas importantes para ela estavam no quadro...

– Menos o Ben! – disse Myrna, observando a manteiga derreter assim que tocou o pão. – Que idiota, eu nem percebi.

– Eu também demorei um bom tempo para notar – admitiu Gamache. – Só percebi depois de analisar o *Dia de feira* no meu quarto. Nada de Ben.

– Nada de Ben – repetiu Clara. – Eu sabia que a Jane não deixaria ele de fora de jeito nenhum. Mas ele não estava lá. A não ser que tivesse estado, e o rosto tivesse sido apagado.

– Mas por que Ben entrou em pânico quando viu o *Dia de feira*? Quer dizer, o que tem de tão terrível em ver o seu rosto em um quadro? – quis saber Olivier.

– Pense um pouco – disse Gamache. – Ben injetou uma dose fatal de morfina na mãe no último dia da feira, enquanto o desfile estava acontecendo, na verdade. Ele se certificou de ter um álibi: disse que estava em Ottawa em uma feira de antiguidades.

– E estava? – perguntou Clara.

– Ah, estava, até comprou algumas coisas lá. Depois veio correndo para cá; são só três horas de carro. Esperou o desfile começar...

– Sabendo que eu ia deixar a mãe dele sozinha? Como ele sabia disso? – perguntou Ruth.

– Ele conhecia a mãe, sabia que ela insistiria.

– E ela insistiu. Eu devia ter ficado.

– Você não tinha como saber, Ruth – disse Gabri.

– Continue – pediu Olivier, mergulhando o pãozinho na sopa. – Ele olhou para o quadro e...

– E se viu, no desfile – respondeu Gamache. – Nas arquibancadas. Ele achou que Jane sabia o que ele tinha feito, que ele tinha estado em Three Pines.

– Então ele roubou o quadro, apagou o próprio rosto e pintou outro no lugar – disse Clara.

– A mulher desconhecida estava sentada ao lado do Peter – completou Ruth. – Um lugar natural para Jane colocar Ben.

Peter fez um esforço consciente para não baixar os olhos.

– Naquela noite, na pousada, depois do vernissage, tudo se encaixou – disse Clara. – Ele não passou a trancar a porta depois do assassinato. Todo mundo fez isso, menos ele. Também tinha a velocidade, ou a falta de velocidade, com que ele estava revelando as paredes. E naquela noite quando vimos a luz acesa aqui, Ben disse que estava correndo atrás do prejuízo com o trabalho, mas depois eu achei essa desculpa meio boba, até mesmo para os padrões dele.

– Parece que ele estava vasculhando a casa de Jane atrás disto aqui – disse Gamache. Ele ergueu o envelope que Beauvoir havia encontrado na casa de Yolande. – Os desenhos que Jane fez de cada feira do condado por sessenta anos. Ben achou que poderia encontrar alguns esboços do *Dia de feira* na casa e estava procurando por eles.

– E os esboços mostram alguma coisa? – perguntou Olivier.

– Não, são muito simples.

– E também teve o lance das cebolas – disse Clara.

– Cebolas?

– Quando eu fui à casa do Ben, um dia depois de Jane ter morrido, ele estava fritando cebolas, fazendo *chili* com carne. Mas Ben nunca cozinha. Egocêntrica que eu sou, acreditei quando ele disse que era para me animar. Mas teve uma hora que eu fui até a sala e senti cheiro de produto de limpeza. Era aquele cheiro gostoso que diz que tudo está limpo e bem-cuidado. Eu achei que Nellie tivesse feito uma faxina na casa. Mas depois eu falei com ela e fiquei sabendo que Wayne estava tão doente que ela não fazia faxina havia uma semana ou mais. Ben devia ter usado solvente e estava fritando cebolas para camuflar o cheiro.

– Exatamente – confirmou Gamache, tomando um gole de cerveja. – Ele tirou o *Dia de feira* do prédio da Arts Williamsburg no sábado, logo depois do jantar de Ação de Graças de vocês, apagou o próprio rosto e pintou outro no lugar. Mas cometeu o erro de inventar um rosto qualquer. Ele também usou as próprias tintas, que eram diferentes das que Jane usava. Depois devolveu o quadro para o depósito, mas precisava matar Jane antes que ela notasse a mudança.

– Você me fez ter certeza – disse Clara a Gamache. – Vivia me perguntando quem mais tinha visto o trabalho da Jane. Daí eu lembrei que Ben tinha perguntado para Jane, durante o jantar, se ela se importava que ele fosse até a galeria para ver o quadro.

– Você acha que ele agiu de maneira suspeita naquela noite? – perguntou Myrna.

– Acho que ele estava um pouco inquieto. Talvez estivesse abalado pela consciência pesada. A cara dele quando Jane disse que o quadro tinha sido pintado durante o desfile e tinha uma mensagem especial... Ela olhou direto para ele.

– Ele também ficou estranho quando ela citou aquele poema – disse Myrna.

– Que poema? – perguntou Gamache.

– Do Auden. Ali, na pilha ao lado da sua cadeira, Clara. Estou vendo daqui – disse Myrna. – *Poemas de W. H. Auden.*

Clara entregou o pesado volume a Myrna.

– Aqui – disse Myrna. – Ela recitou a homenagem a Herman Melville:

O mal é pouco ordinário e sempre humano,
Compartilha a nossa cama e come à nossa mesa

Peter pegou o livro e leu o início do poema, a parte que Jane não havia recitado:

Perto do fim, navegou em uma incrível mansidão,
Ancorou em sua casa e foi até a esposa
E contornou o porto de sua mão
E foi todas as manhãs até o escritório
Como se aquela ocupação fosse outra ilha.
A bondade existia: esse era o saber novo.
Seu terror soprou a própria chama.

Peter olhou para o fogo, ouvindo o murmúrio daquelas vozes familiares. Delicadamente, marcou o livro com uma folha de papel e o fechou.

– Como todo paranoico, ele devia estar enxergando mensagens cifradas em tudo – disse Gamache. – Ben tinha oportunidade e habilidade para matar Jane. Ele morava praticamente ao lado da escola e podia ir até lá sem ser visto, entrar, pegar um arco recurvo e um par de flechas, mudar as pontas de tiro ao alvo para as de caça, depois atrair e matar Jane.

Aquele filme passou na cabeça de Peter. Dessa vez, ele baixou os olhos. Não conseguia encarar os outros. Como ele podia não conhecer o melhor amigo?

– Como ele atraiu Jane até lá? – perguntou Gabri.

– Ele ligou para ela – explicou Gamache. – Jane confiava totalmente nele. Ela não questionou quando Ben pediu para se encontrar com ela na trilha dos cervos. Disse a ela que o bosque estava cheio de caçadores ilegais e que era melhor deixar Lucy em casa. Ela foi sem pestanejar.

Isso que dá ter confiança, amizade, lealdade e amor, pensou Peter. *Você se ferra. É traído. Você se machuca tanto que mal consegue respirar, e às vezes até morre. Ou pior. As pessoas que você ama morrem.* Ben quase havia matado Clara. Peter confiava nele. Peter o amava. E deu nisso. Nunca mais. Gamache estava certo sobre Mateus 10:36.

– Por que ele matou a própria mãe? – perguntou Ruth.

– É a história mais velha do mundo – disse Gamache.

– O quê? Ben se prostituía? – exclamou Gabri.

– Essa é a *profissão* mais velha do mundo. O que você tem na cabeça? – perguntou Ruth. – Esquece, não precisa responder.

– Ganância – explicou Gamache. – Eu devia ter me tocado antes, depois da nossa conversa na livraria – disse ele a Myrna. – Você descreveu um tipo de personalidade. Pessoas que chamou de "natureza-morta", lembra?

– Lembro, sim. São pessoas que não crescem nem evoluem, que ficam imóveis. Elas raramente melhoram.

– Isso mesmo – disse Gamache. – Elas esperam que a vida aconteça sozinha. Querem que alguém as salve. Ou as cure. Não fazem nada por si mesmas.

– Ben – disse Peter.

Era praticamente a primeira coisa que ele falava o dia inteiro.

– Ben – repetiu Gamache, aquiescendo. – Jane viu isso, eu acho. – Ele se levantou e foi mancando até a parede. – Aqui. O desenho que ela fez do Ben. Vocês notaram que ele está de short? Como um garotinho? E tem a forma de uma estátua de pedra. Parado. Olhando para a casa dos pais, olhando para o passado. Agora faz sentido, é claro, mas eu não tinha pensado sobre isso antes.

– Mas por que a gente não viu? A gente convivia com ele todos os dias – disse Clara.

– Por que veriam? Vocês estavam cuidando da vida de vocês. Além disso, tem uma outra coisa aqui neste desenho dele.

Ele deixou todos pensarem um pouco.

– A sombra – disse Peter.

– Isso. Ele projeta uma sombra imensa e escura. E essa sombra influenciou outras pessoas.

– Me influenciou, o senhor quer dizer – afirmou Peter.

– É. E Clara também. Na verdade, quase todo mundo. Ele era muito inteligente, fingia ser tolerante e gentil, quando na verdade era bastante sombrio, bastante ardiloso.

– Mas por que ele matou Timmer? – perguntou Ruth mais uma vez.

– Ela ia mudar o testamento. Não ia excluir o filho completamente, mas deixaria só o suficiente para ele sobreviver. Ele ia ter que começar a fazer algo por si mesmo. Timmer sabia o tipo de homem que ele tinha se tornado, sabia das mentiras, da preguiça e das desculpas dele. Mas sempre se sentiu responsável. Até conhecer você, Myrna. Vocês conversavam sobre essas coisas. Acho que as descrições dos seus pacientes fizeram com que ela pensasse em Ben. Ela já sabia há muito tempo que ele tinha um problema, mas via isso como um problema sem importância. A única pessoa que ele estava prejudicando era a si mesmo. E à mãe, com as mentiras sobre ela...

– Ela sabia o que Ben falava dela? – perguntou Clara.

– Sabia. Ben contou para a gente no interrogatório. Ele admitiu que inventava histórias sobre a mãe desde que era criança, para que as pessoas ficassem com pena dele, mas não pareceu achar que tinha algo errado nisso. Ele disse que "podia muito bem ser verdade". Por exemplo – disse Gamache, virando-se para Peter –, ele disse para o senhor que a mãe o mandou para a Abbot's, mas a verdade é que foi ele que implorou para ir. Ele queria punir a mãe, fazê-la se sentir inútil. Acho que as conversas com você, Myrna, foram um verdadeiro ponto de virada na vida de Timmer. Até então, ela se culpava pelo que Ben tinha se tornado. Ela acreditava nas acusações dele de que ela era uma mãe horrível. E se sentia em dívida com ele. Foi por isso que o deixou morar na casa dela a vida inteira.

– Isso não te parecia estranho? – perguntou Myrna a Clara.

– Não. É inacreditável pensar nisso em retrospecto. Mas era só a casa do Ben. Além disso, ele dizia que a mãe se recusava a deixá-lo se mudar. Eu entendi que ela fazia chantagem emocional. Eu acreditava em tudo que ele dizia. – Clara balançou a cabeça, perplexa. – Quando Ben se mudou para o chalé do caseiro, falou para a gente que tinha sido expulso porque finalmente a tinha enfrentado.

– E vocês acreditaram nisso? – perguntou Ruth, baixinho. – Quem comprou tantos trabalhos seus, permitindo que vocês comprassem uma casa? Quem deu móveis para vocês? Quem convidou vocês para jantar nos seus primeiros anos aqui, apresentou vocês para todo mundo e serviu boas refeições quando sabia que vocês mal comiam? Quem dava as sobras do jantar para vocês levarem para casa? Quem ouvia vocês educadamente e fazia perguntas, toda interessada? Eu posso continuar a lista a noite inteira. Nada disso marcou vocês? Vocês são cegos?

Aquilo era bem pior do que os ferimentos que Ben havia lhe causado. Ruth os encarava com uma expressão dura. Como eles puderam ser tão ingênuos? Como as palavras de Ben tinham sido mais fortes que as ações de Timmer? Ruth estava certa. Timmer sempre havia sido paciente, gentil e generosa.

Com um calafrio, Clara percebeu que Ben tinha começado a matar a mãe havia muito tempo.

– Você tem razão. Eu sinto muito. Até nas cobras... Eu acreditei até nas cobras.

– Cobras? – disse Peter. – Que cobras?

Clara balançou a cabeça. Ben havia mentido para ela e usado o nome de Peter para dar legitimidade à história. Por que ele dissera a ela que havia cobras no porão da mãe? Por que tinha inventado aquela história sobre ele e Peter quando crianças? Porque aquilo corroborava sua imagem de vítima, de herói, percebeu. E ela estava mais do que disposta a acreditar. Pobre Ben, eles diziam. E era o que ele queria ser, o pobre Ben, embora não literalmente, ao que tudo indicava.

Uma vez restaurada a eletricidade, o porão de Timmer provou-se bem normal. Sem cobras. Não havia nenhum indício de que animais rastejantes tivessem passado por ali, com exceção do próprio Ben. As "cobras" penduradas no teto eram cabos, e ela havia chutado e arremessado pedaços de uma mangueira de jardim. O poder da imaginação nunca deixava de surpreender Clara.

– Eu também demorei a deduzir que era ele porque cometi um erro – admitiu Gamache. – Um erro grande. Achei que ele amasse você, Clara. Romanticamente. Eu até perguntei a ele. Esse foi o meu maior erro. Em vez de perguntar o que ele sentia por você, eu perguntei há quanto tempo ele te amava. Dei a desculpa de que ele precisava para justificar todos aqueles olhares furtivos. Ele não estava te observando por amor, mas por medo. Ele sabia que você é muito intuitiva e ia acabar descobrindo tudo. Mas eu me enganei e livrei a cara dele.

– Mas no fim você acabou descobrindo – disse Clara. – Ben tem noção do que fez?

– Não. Ben está convencido de que seus atos são totalmente justificáveis. O dinheiro dos Hadleys era dele. A propriedade dos Hadleys era dele. A mãe só estava guardando tudo para passar a ele depois. A ideia de não receber essa herança era tão inimaginável que ele sentiu que não tinha escolha a não ser matá-la. E, como foi ela quem o colocou nessa posição, não foi culpa dele. Ela mesma causou isso tudo.

Olivier estremeceu.

– Ele parecia tão gentil.

– E ele é – disse Gamache –, até você discordar dele ou não dar o que ele quer. Ben é como uma criança. Matou a mãe por dinheiro. E matou Jane porque pensou que ela fosse denunciar o crime com o *Dia de feira*.

– É irônico Ben ter pensado que o rosto dele no quadro denunciava o crime – disse Peter. – Se ele não tivesse mexido na pintura, jamais teria sido pego. Ele foi passivo a vida inteira. Na única vez que agiu, se condenou.

Ruth Zardo caminhou lenta e dolorosamente colina acima, com Daisy ao seu lado na coleira. Ela havia se oferecido para passear com a cadela de Ben, surpreendendo mais a si mesma do que a qualquer outra pessoa. Mas aquilo fazia sentido. Duas senhoras mancas e malcheirosas. Elas seguiram pelo caminho irregular, tomando cuidado para não escorregar na neve que se acumulava e torcer o tornozelo ou piorar a condição do quadril.

Ela ouviu antes de ver. O bastão de oração, com suas fitas coloridas dançando ao vento, fazendo voar os presentes, que se chocavam. Como verdadeiros amigos. Esbarrando-se e às vezes se machucando, mas sem querer. Ruth pegou a velha fotografia, quase apagada pela chuva e pela neve. Ela não olhava para aquela foto havia sessenta anos, desde o dia em que a havia tirado, na feira. Jane e Andreas, tão felizes. E Timmer atrás, olhando para a lente, para Ruth segurando a câmera, com ar de reprovação. Já fazia tempo que Ruth sabia que Timmer sabia. A jovem Ruth tinha acabado de trair Jane. E agora Timmer estava morta. Andreas estava morto e Jane estava morta. Ruth sentiu que talvez fosse hora de desapegar. Largou a velha fotografia, que rapidamente se juntou aos outros objetos, dançando e brincando junto deles.

Ruth enfiou a mão no bolso e pegou o livro que havia escolhido como presente de Jane. Tirou junto o envelope que Jane tinha deixado para ela. Dentro do envelope, havia um cartão desenhado à mão por Jane, quase uma cópia da imagem que estava na parede da sala dela. Mas, no lugar das garotinhas se abraçando, havia duas senhoras, velhas e frágeis. Duas mulheres idosas. Abraçadas. Ruth o colocou dentro do livro. O livrinho gasto que cheirava a perfume Floris.

Com voz trêmula, Ruth começou a ler em voz alta, e as palavras foram levadas pelo vento para brincar entre os flocos de neve e as fitas coloridas. Daisy olhava para ela com adoração.

GAMACHE ESTAVA SENTADO NO BISTRÔ, tendo ido se despedir e talvez comprar uma ou duas balas de alcaçuz antes de voltar a Montreal. Olivier e Gabri estavam tendo uma discussão acalorada sobre onde colocar a magnífica cômoda galesa que Olivier havia escolhido como presente de Jane. Ele tinha tentado escolher outro objeto. Teve uma conversa séria consigo mesmo sobre não ser ganancioso e não pegar a melhor coisa que encontrasse na casa de Jane.

Só desta vez, escolha algo simbólico, implorou a si mesmo. *Uma coisa pequena, só para se lembrar dela. Uma bela peça de porcelana chinesa famille rose ou uma bandejinha de prata. Não a cômoda galesa. Não a cômoda galesa.*

– Por que a gente nunca coloca as coisas bonitas na pousada? – reclamava Gabri, enquanto ele e Olivier andavam pelo bistrô procurando um lugar para a cômoda.

Ao ver Gamache, os dois foram até ele. Gabri tinha uma pergunta.

– O senhor suspeitou da gente em algum momento?

Gamache olhou para os dois homens, um imenso e alegre, o outro magro e retraído.

– Não. Acho que vocês já sofreram demais com a crueldade alheia para serem cruéis com os outros. Pela minha experiência, pessoas que foram machucadas ou se tornam abusivas ou desenvolvem uma grande bondade. Vocês não são do tipo que comete homicídios. Pena que eu não possa dizer o mesmo de todos aqui.

– Como assim? – perguntou Olivier.

– De quem o senhor está falando? – perguntou Gabri.

– Vocês não esperam que eu conte, não é? Além disso, talvez a pessoa nunca faça nada.

Aos olhos observadores de Gabri, Gamache não pareceu muito convencido disso e até demonstrava certo temor. Bem naquela hora, Myrna apareceu para tomar um chocolate quente.

– Eu tenho uma pergunta para o senhor – disse Myrna a Gamache, após fazer o pedido. – Qual foi a do Philippe? Por que ele se virou contra o pai daquele jeito?

Gamache ponderou o quanto deveria revelar. Isabelle Lacoste tinha enviado ao laboratório o item que estava colado atrás do pôster emoldurado do quarto de Bernard, e o resultado já havia saído. As impressões digitais de Philippe estavam por toda parte. Gamache não ficara surpreso. Bernard Malenfant estivera chantageando o garoto.

Mas Gamache sabia que o comportamento de Philippe havia mudado antes disso. Ele tinha deixado de ser um garoto feliz e gentil para se tornar um adolescente cruel, mal-humorado e triste. Gamache já tinha adivinhado o motivo, mas a revista havia confirmado. Philippe não odiava o pai. Não. Philippe odiava a si mesmo e estava descontando no pai.

– Desculpa – respondeu Gamache. – Eu não posso contar.

Enquanto Gamache vestia o casaco, Olivier e Gabri se aproximaram.

– Achamos que sabemos por que Philippe tem agido desse jeito – disse Gabri. – Escrevemos neste papel. Se estivermos certos, o senhor pode fazer que sim com a cabeça?

Gamache abriu o bilhete e leu. Então o dobrou de volta e o colocou no bolso. Ao sair pela porta, olhou para os dois homens parados lado a lado. Mesmo sabendo que aquilo não era prudente, fez que sim com a cabeça. E nunca se arrependeu disso.

Eles observaram Armand Gamache mancar até o carro e ir embora.

Gabri sentiu uma tristeza profunda. Conhecia Philippe havia um bom tempo. De uma maneira perversa, o incidente com o estrume havia confirmado suas suspeitas. Por isso tinham decidido convidar Philippe para saldar aquela dívida no bistrô. Onde eles podiam observá-lo, mas, o que era mais importante, onde o garoto podia observá-los. E ver que estava tudo bem.

– Bom – disse Olivier, sua mão roçando a de Gabri –, pelo menos você já tem outro munchkin, se quiser encenar *O mágico de Oz*.

– É exatamente do que esta vila precisa: de outro amigo da Dorothy.

– ISSO É PARA VOCÊ.

Clara tirou uma grande fotografia estilizada de trás das costas, frames de vídeo registrados como uma imagem fixa em seu Mac. Ela abriu um sorriso quando Peter olhou para a foto. Mas, lentamente, seu sorriso foi desaparecendo. Ele não entendeu. Isso não era incomum, ele raramente entendia o trabalho dela. Mas Clara achou que daquela vez seria diferente. Seu presente era tanto a fotografia quanto confiar nele o suficiente para mostrá-la. A arte dela era tão dolorosamente pessoal que a deixava completamente exposta. Depois de não contar a Peter sobre o esconderijo, a trilha dos cervos e outras coisas, ela agora queria mostrar a ele que se enganara. Ela o amava e confiava nele.

Peter olhou para aquela foto estranha. Mostrava uma caixa sobre palafitas, como se fosse uma casa na árvore. Dentro dela, havia uma rocha ou um ovo, Peter não sabia ao certo. Aquela ambiguidade era tão típica de Clara. E a coisa toda estava girando. Dava um pouco de náusea.

– É a casa-esconderijo – disse Clara, como se aquilo explicasse tudo.

Peter não sabia o que dizer. Na última semana, ele não tinha mesmo muito o que dizer a ninguém.

Clara se perguntou se deveria explicar que a pedra simbolizava a morte. Mas que o objeto também poderia ser um ovo. Símbolo da vida. O que era, afinal? Essa era a gloriosa tensão de sua obra luminosa. Até aquela manhã, a casa na árvore era estática, mas a conversa sobre pessoas de natureza-morta tinha dado a Clara a ideia de girar a casa, como um planeta, com sua própria gravidade, sua própria realidade. Como a maioria das casas, ela continha a vida e a morte, de maneira inseparável. E havia a alusão final. Casa como alegoria de nós mesmos. Um autorretrato das nossas escolhas. E dos nossos pontos cegos.

Peter não entendeu. Nem tentou. Deixou Clara parada ali com uma obra de arte que, embora nenhum dos dois soubesse, um dia a tornaria famosa.

Clara o observou vagar quase sem rumo até o próprio estúdio e fechar a porta. Ela sabia que um dia ele deixaria sua ilha segura e estéril e voltaria para aquele continente confuso. E, quando ele voltasse, ela estaria esperando, de braços abertos, como sempre.

Clara se sentou na sala de estar e tirou um papel do bolso. Estava endereçado ao pastor da Igreja de St. Thomas. Riscou o início do texto. Logo abaixo, escreveu cuidadosamente. Depois vestiu o casaco, saiu de casa, subiu a colina até a igreja de madeira branca, entregou o papel ao pastor e voltou para o ar fresco.

O reverendo James Morris desdobrou o papel e leu. Eram as instruções para a gravação da lápide de Jane Neal. No alto da página, estava escrito: "Mateus 10:36". Mas isso havia sido riscado e outra coisa tinha sido escrita logo abaixo. Ele pegou a Bíblia e consultou o texto de Mateus 10:36: "Os inimigos do homem serão os da sua própria família." Abaixo estava a nova instrução: "Surpreendida pela alegria".

NO TOPO DA COLINA, ARMAND GAMACHE parou o carro e desceu. Olhou para a cidadezinha lá embaixo e seu coração disparou. Observou os telhados e pensou nas pessoas boas, gentis e imperfeitas que estavam debaixo deles, enfrentando a vida. Pessoas que passeavam com o cachorro, varriam as implacáveis folhas do outono e brincavam na neve que caía suavemente. Elas faziam compras na mercearia de monsieur Béliveau e compravam baguetes da *boulangerie* de Sarah. Olivier surgiu na porta do bistrô e sacudiu uma toalha de mesa. A vida ali estava longe de ser de natureza atribulada. Mas tampouco era morta.

AGRADECIMENTOS

Dedico este livro a meu marido, Michael, que criou para nós uma vida cheia de amor e afeto. Ele possibilitou que eu deixasse meu trabalho e fingisse escrever, me elogiando generosamente mesmo quando o que eu produzia era baboseira. Percebi que qualquer um sabe fazer uma crítica, mas é preciso ser uma pessoa especial para fazer um elogio. Michael é assim. Assim como Liz Davidson, amiga maravilhosa e fonte de inspiração, que me permitiu roubar sua vida, seu tempo, sua poesia e sua arte brilhante. Em troca, ficou sabendo de cada arroto do meu bebê-livro. Que sorte. Agradeço ao marido dela, John Ballantyne, que também permitiu que eu roubasse a vida dele; a Margaret Ballantyne-Power – mais uma irmã que uma amiga –, pelo incentivo ao longo dos anos; e a Sharon e Jim, que nunca deixaram de comemorar. Agradeço às animadas e cafeinadas integrantes do *Les Girls*: Liz, France, Michele, Johanne, Christina, Daphne, Brigitte e Cheryl, que recebe um agradecimento especial pelo amor e pelo ritual com seu bastão de oração para o *Natureza-morta*. Agradeço ao No Rules Book Club e a Christina Davidson Richards, Kirk Lawrence, Sheila Fischman, Neil McKenty, Cotton Aimers e Sue e Mike Riddell. Obrigada, Chris Roy, pelas aulas sobre arco e flecha e por não debochar de mim, eu acho.

Meus irmãos, Rob e Doug, e suas famílias ofereceram amor e apoio irrestritos.

Natureza-morta nunca teria sido notado em meio a tantos outros maravilhosos romances não publicados que existem por aí se não fosse pela generosidade da Crime Writers' Association, no Reino Unido. A CWA criou o prêmio Debut Dagger para romances de estreia ainda não publicados. Tenho quase certeza de que o meu livro nunca teria sido notado se não tivesse sido pré-selecionado e, em seguida "altamente recomendado", conquistando o segundo lugar do prêmio em 2004. Foi uma das coisas mais incríveis que já me aconteceu. Eles são um grupo de autores de sucesso que dedicam tempo para ler e dar apoio e incentivo a novos escritores do gênero policial. Eles me deram uma oportunidade que muitos deles nunca tiveram, e vou ser eternamente grata por isso. Eu também sei que esse é um presente que deve ser passado adiante.

Kay Mitchell, da CWA, tem sido maravilhosa, e os romances dela têm me divertido muito. Agradeço também a Sarah Turner, uma heroína em nossa casa, e a Maxim Jakubowski.

A minha editora na Hodder Headline, Sherise Hobbs, e ao meu editor na St. Martin's Minotaur, Ben Sevier. Eles melhoraram muito o *Natureza-morta* com suas críticas, sugestões e entusiasmo. É um aprendizado e um prazer trabalhar com eles.

Obrigada, Kim McArthur, por me colocar debaixo da sua asa literária.

E, finalmente, a minha agente, Teresa Chris. É graças a ela que este livro está nas suas mãos agora. Ela é brilhante e engraçada, uma grande editora, extremamente enérgica e uma agente incrível. Tenho muita sorte de trabalhar com ela, levando-se em consideração que praticamente a atropelei quando nos conhecemos – uma estratégia que eu não recomendaria a novos escritores, embora aparentemente tenha funcionado.

Obrigada, Teresa.

Houve um tempo na minha vida em que eu não tinha muitos amigos, meu telefone nunca tocava e eu pensei que fosse morrer de solidão. Sei que a verdadeira bênção aqui não é ter publicado um livro, mas ter tantas pessoas a quem agradecer.

Leia um trecho de

GRAÇA FATAL

o próximo caso de Armand Gamache

UM

SE CC DE POITIERS SOUBESSE QUE SERIA assassinada, talvez tivesse comprado um presente de Natal para o marido, Richard. Talvez até tivesse ido à festa de fim de ano da filha na Escola para Garotas da Srta. Edward. Se CC de Poitiers soubesse que o fim estava próximo, talvez estivesse no trabalho e não no quarto mais barato que o hotel Ritz oferecia. Mas o único fim que sabia estar próximo era o de seu relacionamento com um homem chamado Saul.

– E então, o que achou? Gostou? – perguntou ela, equilibrando o livro na barriga muito branca.

Saul olhou para ele, não pela primeira vez. Nos últimos dias, ela vinha retirando o livro da enorme bolsa a cada cinco minutos. Em reuniões de trabalho, jantares e corridas de táxi pelas ruas nevadas de Montreal, CC de repente se curvava e emergia triunfante, segurando sua criação como se fosse um milagre divino.

– Gostei da foto – respondeu Saul, ciente de que aquilo era um insulto.

Ele é que havia tirado a foto. Sabia que ela estava pedindo, implorando por mais, mas sabia também que já não se importava em oferecer. E se perguntava quanto tempo ainda poderia passar com CC de Poitiers antes de se tornar uma versão dela. Não fisicamente, é claro. Aos 48 anos, CC era alguns anos mais jovem que ele. Era magra e de músculos definidos, com dentes incrivelmente brancos e cabelos incrivelmente louros. Tocá-la era como acariciar uma camada de gelo. Havia beleza naquilo e certa fragilidade que ele achava atraente. Mas havia também perigo. Se algum dia ela se quebrasse, se ela se estilhaçasse, acabaria por rasgá-lo em pedaços.

Mas o exterior dela não era o problema. Ao observá-la acariciar o livro com mais ternura do que jamais acariciara a ele, Saul teve medo de que a água gelada que a preenchia houvesse de alguma forma se infiltrado nele, talvez durante o sexo, e agora o estivesse congelando pouco a pouco. Já não sentia mais o tórax.

Aos 52 anos, Saul Petrov notava que os amigos não eram mais tão brilhantes, tão inteligentes nem tão magros. Na verdade, já começava a se cansar da maioria deles. E tinha flagrado um ou dois bocejos deles também. Os amigos estavam ficando gordos, carecas e entediantes e suspeitava que o mesmo estivesse acontecendo com ele próprio. O problema não era que agora as mulheres raramente olhassem para Saul, que ele pensasse em trocar o esqui *downhill* pelos *cross-country* ou que o médico tivesse solicitado o primeiro exame de próstata. Isso tudo ele podia aceitar. O que acordava Saul Petrov às duas da manhã e sussurrava em seus ouvidos com a mesma voz que durante a infância o avisava sobre monstros debaixo da cama era a certeza de que as pessoas agora o achavam um chato. Em jantares, ele inspirava fundo o ar escuro da noite, tentando se convencer de que o bocejo prontamente abafado do seu companheiro de mesa tinha sido causado pelo vinho, pelo *magret de canard* ou pelo interior abafado do restaurante, já que os dois estavam embrulhados em seus devidos suéteres.

Mas a voz noturna continuava a rosnar, alertando-o dos perigos à frente. Do desastre iminente. De contar histórias repetidas, de receber atenção por cada vez menos tempo, de se acostumar a perceber expressões de enfado. De olhares discretos para o relógio – quando seria razoável ir embora? De rostos observando o entorno, desesperados por uma companhia mais interessante.

Então ele permitira que CC o seduzisse. Seduzisse e devorasse, de modo que o monstro debaixo da cama se tornara um monstro em cima da cama. Começava a suspeitar que aquela mulher egocêntrica havia finalmente terminado de sugar tudo que podia do marido e até do desastre que era sua filha e agora fazia o mesmo com ele.

Já havia se tornado cruel na companhia dela. E começara a desprezar a si mesmo. Mas não tanto quanto desprezava CC.

– É um livro brilhante – disse ela, ignorando Saul. – Sério. Quem não vai querer ler? – Ela sacudiu o volume perto do rosto dele. – Vão devorá-lo. Tem tanta gente problemática por aí. – CC se virou e olhou pela janela do hotel

para o prédio em frente, como se contemplasse a tal "gente problemática".
– Eu escrevi por essas pessoas. – E, ao dizer isso, CC se voltou para ele com os olhos muito abertos e sinceros.

Ela realmente acredita nisso?, perguntou-se Saul.

Saul havia lido o livro, é claro. O título era *Mantenha a calma*, mesmo nome da empresa fundada por CC alguns anos antes – uma piada, considerando-se a pilha de nervos que era aquela mulher. As mãos tensas e nervosas, sempre arrumando e endireitando as coisas. As respostas cortantes, a impaciência que resvalava em raiva.

Calma não era uma palavra aplicável a CC de Poitiers, apesar de seu exterior plácido e frio.

Ela havia oferecido o livro a todas as editoras, começando pelas mais proeminentes de Nova York e terminando na Publications Réjean et Maison des Cartes, em St. Polycarpe, um vilarejo do tamanho de um alfinete, localizado no caminho da via expressa que ligava Montreal a Toronto.

Todas recusaram, reconhecendo imediatamente o manuscrito como uma mistureba de filosofias ridículas de autoajuda embaladas em supostos ensinamentos budistas e hindus e cuspidas por uma mulher que, na foto de capa, parecia capaz de devorar os próprios filhos.

"Nenhuma droga de iluminação", dissera ela a Saul em seu escritório em Montreal no dia em que várias cartas com respostas negativas chegaram, rasgando-as em pedaços e os jogando no chão para os empregados limparem. "Este mundo está perdido, vou te contar. As pessoas são cruéis e insensíveis, só querem ferrar umas com as outras. Não existe mais amor ou compaixão. Isto aqui", ela brandiu o livro no ar violentamente, como se fosse um martelo mítico ancestral avançando sobre uma bigorna implacável, "vai ensinar as pessoas a encontrar a felicidade."

Ela falava baixo, as palavras cambaleando sob o peso do veneno. CC publicara o livro por conta própria, fazendo questão de que saísse a tempo do Natal. E, embora ele falasse muito sobre luz, Saul achou interessante e irônico que, por um acaso, fosse lançado no solstício de inverno. O dia mais escuro do ano.

Ele não se conteve:

– Qual é mesmo a editora? – Ela ficou em silêncio. – Ah, lembrei. Ninguém quis publicar. Deve ter sido horrível. – Ele fez uma pausa, pensando se deveria enfiar o dedo ainda mais fundo na ferida. Ah, sim. Deveria. – Como você se sentiu?

Aquela careta foi imaginação dele?

Mas CC manteve o silêncio eloquente, o rosto impassível. Quando ela não gostava de algo, essa coisa deixava de existir. E isso incluía o marido e a filha. Incluía todas as coisas desagradáveis, as críticas, as palavras ríspidas que não fossem ditas por ela e as emoções. CC vivia, como Saul bem sabia, em um mundo só dela, onde era perfeita e podia esconder seus sentimentos e suas falhas.

Quanto tempo levaria para aquele mundo explodir? Ele queria estar por perto para ver. Mas não tão perto assim.

As pessoas são cruéis e insensíveis, ela havia dito. Cruéis e insensíveis. Não fazia muito tempo, antes de assinar o contrato como seu fotógrafo free-lance e virar amante dela, Saul considerava o mundo um lugar bonito. Todas as manhãs, acordava cedo para começar um novo dia em que tudo parecia possível e via como Montreal era encantadora. Via as pessoas sorrindo umas para as outras ao comprar cappuccinos nos cafés, flores frescas ou baguetes. No outono, via as crianças colhendo castanhas caídas para jogar *conkers*. Via as senhoras idosas caminhando de braços dados pela rua.

Ele não era tão idiota nem tão cego a ponto de não ver também os homens e mulheres sem-teto ou os rostos quebrantados que remetiam a uma noite longa e vazia e a um dia ainda mais longo pela frente.

Mas no fundo acreditava que o mundo era um lugar encantador. E suas fotos refletiam isso, capturavam a luz, o brilho, a esperança. Bem como as sombras que naturalmente desafiavam a luz.

Ironicamente, essa tinha sido a qualidade que chamara a atenção de CC e a levara a oferecer o trabalho a ele. Uma matéria em uma revista de moda o havia descrito como um dos fotógrafos "mais quentes do momento", e CC sempre queria o melhor. Era por isso que eles sempre pegavam um quarto no Ritz. Um quarto apertado e mal-iluminado em um andar baixo, sem vista nem charme, mas no Ritz. CC colecionava os xampus e outros artigos de toalete do hotel para provar seu valor, assim como colecionava Saul. Usava aqueles objetos só para demonstrar algo obscuro a pessoas que não davam a mínima e fazia a mesma coisa com ele. Depois, em algum momento, ela descartava tudo. Do mesmo jeito que havia deixado de lado o marido, do mesmo jeito que ignorava e ridicularizava a filha.

O mundo era um lugar cruel e insensível.

E agora Saul acreditava nisso.

Ele odiava CC de Poitiers.

Levantou-se da cama e a deixou ali admirando o livro, seu verdadeiro amante. Quando olhou para ela, CC parecia entrar e sair de foco. Inclinou a cabeça de lado, pensando se tinha, mais uma vez, exagerado na bebida. Ela parecia borrada, depois nítida, como se ele estivesse olhando através de um prisma para duas mulheres diferentes, uma linda, glamurosa e cheia de vida e a outra esquálida e desgastada. E perigosa.

– O que é isso? – perguntou Saul, pegando do lixo um portfólio.

Na mesma hora ele reconheceu a apresentação do trabalho de um artista. Tinha sido bela e cuidadosamente encadernada e impressa em papel de alta qualidade. Folheou o volume e ficou sem fôlego com o que viu.

Uma série de trabalhos luminosos e claros brilhava no papel. Saul sentiu uma agitação no peito. Eles mostravam um mundo tão belo quanto ferido. Mas, principalmente, um mundo onde a esperança e o afeto ainda existiam. Aquele era claramente o mundo que o artista via todos os dias, onde ele vivia. Assim como Saul um dia tinha vivido em um mundo cheio de luz e esperança.

Os trabalhos pareciam simples, mas na verdade eram muito complexos. Imagens e cores tinham sido sobrepostas umas às outras. Horas e horas, dias e dias deviam ter sido gastos em cada um daqueles trabalhos para que o efeito desejado fosse atingido.

Saul observou a obra que tinha diante de si naquele momento. Uma árvore majestosa se elevava até o céu, como se procurasse o sol. De alguma forma, o artista havia capturado a sensação de movimento sem tornar a imagem desorientadora. Pelo contrário: era graciosa, pacífica e, sobretudo, poderosa. As pontas dos galhos pareciam derreter ou desfocar, como se mesmo em sua confiança e em seu desejo trouxessem em si uma pequena dúvida. Era brilhante.

Saul esqueceu CC completamente. Ele subiu naquela árvore, o tronco áspero quase lhe fazendo cócegas, como se estivesse no colo do avô e sentisse sua barba por fazer. Como o artista tinha alcançado aquele efeito?

Não conseguiu identificar a assinatura. Folheou as páginas e, lentamente, sentiu um sorriso se abrir no rosto gelado, alcançando seu coração endurecido.

Talvez um dia, se conseguisse se livrar de CC, pudesse retomar seu trabalho pessoal e fazer coisas assim.

Saul exalou toda a escuridão alojada no peito.

– E aí, gostou? – perguntou CC, balançando o livro para ele.

DOIS

CRIE VESTIU A FANTASIA COM CUIDADO, tentando não rasgar o chiffon branco. A apresentação de Natal já havia começado. Ela ouvia as meninas menores cantando "Bate o sino pequenino", embora na verdade parecessem dizer, de maneira suspeita, "Bate o sino bem nutrido". Por um segundo Crie se perguntou se era uma indireta. Estavam zombando dela? Mas logo afastou o pensamento e continuou a se vestir, cantarolando baixinho.

– Quem está fazendo isso? – ecoou a voz de madame Latour, a professora de música, na sala cheia e agitada. – Quem está cantarolando?

O animado rosto aquilino da professora apareceu no canto para onde Crie tinha ido discretamente a fim de se trocar sozinha. Por instinto, Crie agarrou a fantasia e tentou cobrir o corpo seminu de 14 anos. Claro que era impossível. Muito corpo para pouco chiffon.

– É você?

Crie apenas olhou para a professora, assustada demais para responder. Bem que a mãe avisara. Tinha lhe dito para ela nunca cantar em público.

Mas agora, traída por um coração alegre, havia deixado escapar aquele som baixinho.

Madame Latour olhou para a garota obesa e se sentiu mal. Ela tinha um corpo rechonchudo, cheio de dobrinhas, que escondiam a roupa de baixo. O rosto petrificado da menina a encarava fixamente. Monsieur Drapeau, o professor de ciências, havia comentado que Crie era a melhor aluna da turma, embora um colega cruel tivesse dito que ela certamente havia devorado os livros quando ele abordara o tópico "vitaminas e minerais".

Mesmo assim, lá estava ela na apresentação de fim de ano, então talvez estivesse saindo do casulo, ainda que isso demandasse um esforço imenso.

– É melhor correr. Você vai entrar daqui a pouco.

A professora foi embora sem esperar resposta.

Crie estava na Escola para Garotas da Srta. Edward fazia cinco anos, mas aquela era sua primeira apresentação de Natal. Nos anos anteriores, enquanto os outros alunos confeccionavam fantasias, ela murmurava desculpas. Ninguém nunca tinha tentado fazê-la mudar de ideia. Em vez disso, Crie havia recebido a tarefa de ligar as luzes do palco, já que, segundo madame Latour, tinha jeito para coisas técnicas. Coisas inanimadas, para ser mais preciso. Então, todo fim de ano, Crie assistia às apresentações sozinha no escuro dos bastidores, enquanto lindas, sorridentes e talentosas garotas dançavam e cantavam a história do milagre de Natal, aquecendo-se na luz que Crie oferecia a elas.

Mas não dessa vez.

Ela vestiu a fantasia e se olhou no espelho. Um enorme floco de neve de chiffon a encarou de volta. Estava esplêndida. As outras garotas tinham recebido a ajuda das mães, mas Crie havia feito tudo sozinha. *Para surpreender mamãe*, dissera a si mesma, tentando abafar outra voz em sua cabeça.

Quando olhava o tecido de perto, via pequenas manchas de sangue nos pontos em que seus dedos indelicados haviam se atrapalhado com a agulha, fazendo com que ela se espetasse. Mas Crie tinha perseverado até finalmente terminar a fantasia. Então teve um insight. Na verdade, a ideia mais brilhante de todos os seus 14 anos.

A mãe reverenciava a luz, ela sabia disso. A luz era, Crie tinha escutado a vida toda, aquilo a que todos almejavam. Por isso o aperfeiçoamento espiritual se chamava iluminação. Por isso ser brilhante era o mesmo que ser inteligente. E por isso as pessoas magras eram bem-sucedidas. Afinal, elas não bloqueavam a luz com seu tamanho.

Era tão óbvio.

E agora Crie interpretaria um floco de neve. A mais clara e leve de todas as intempéries. Seu brilho próprio? Tinha até ido à loja de 1 dólar e comprado um potinho de purpurina com a mesada. Tinha até conseguido passar direto, firme e forte, pelas barras de chocolate. Crie já estava de dieta fazia um mês e tinha certeza de que logo a mãe notaria.

Havia passado a cola e a purpurina e agora observava o resultado.

Pela primeira vez na vida, Crie se achou bonita. E sabia que, dentro de apenas alguns minutos, a mãe acharia o mesmo.

CLARA MORROW OLHOU POR ENTRE OS MONTINHOS congelados na janela da sala, contemplando a cidadezinha de Three Pines. Inclinando-se para a frente, raspou um pouco do gelo do vidro. Agora que eles tinham algum dinheiro, pensou, precisava trocar as janelas. Mas, embora soubesse que isso era o mais sensato a fazer, suas decisões não costumavam ser muito sensatas. Ao menos combinavam com a vida dela. E agora, observando o globo de neve que havia se tornado Three Pines, pensou que adorava olhar para a paisagem através dos belos desenhos que o gelo fazia no vidro antigo.

Tomando um gole de chocolate quente, observou os moradores encapotados passearem pela neve que caía devagar, acenando uns para os outros com as mãos enluvadas e de vez em quando parando para conversar, as palavras saindo em meio a nuvens de vapor como se fossem personagens de quadrinhos. Alguns iam até o Bistrô do Olivier para tomar um *café au lait*, outros precisavam de pão fresco ou de uma *pâtisserie* da *boulangerie* da Sarah. A livraria Livros da Myrna, Novos e Usados, ao lado do bistrô, já tinha fechado. Com uma pá, monsieur Béliveau retirava a neve da calçada da mercearia e acenava para o grande e dramático Gabri, que atravessava correndo o jardim da pousada, na esquina. Para um estranho, aquelas pessoas seriam anônimas e até mesmo assexuadas. No inverno da província do Quebec, todos ficavam parecidos. As pessoas formavam grandes massas agasalhadas, abafadas por penas de ganso ou forro sintético, que caminhavam como pinguins. Os magros pareciam gordos, e os gordos, enormes. Era como se todo mundo fosse mais ou menos igual. A única diferença eram os chapéus. Clara viu o gorro verde com pompom de Ruth acenar para a boina multicolorida de Wayne, tricotada por Pat em longas noites de outono. Todas as crianças dos Lévesques usavam tons de azul enquanto patinavam de lá pra cá no lago congelado, atrás de um disco de hóquei. A pequena Rose tremia tanto na rede do gol que até Clara via a touquinha azul-piscina dela tremelicando. Mas os irmãos a amavam – cada vez que corriam para o gol, fingiam tropeçar e, em vez de dar uma tacada violenta, deslizavam devagar até ela, até que todos terminavam num amontoado confuso e feliz na cara do gol. Parecia uma daquelas imagens de paisagem da Currier and Ives que Clara observava por horas a fio quando era criança e nas quais sonhava entrar.

Three Pines estava vestida de branco. Nas últimas semanas, haviam caído

30 centímetros de neve e todas as casas ao redor da praça central tinham recebido um toque do mais puro branco. A fumaça das chaminés flutuava como se as casas estivessem respirando e falando, e guirlandas de Natal enfeitavam portas e portões. À noite, a pacata cidadezinha da região de Eastern Townships brilhava com as luzes das decorações de Natal. Uma leve agitação tomava conta do local enquanto crianças e adultos se preparavam para o grande dia.

– Talvez o carro dela tenha dado defeito – disse Peter, marido de Clara, entrando na sala.

Alto e magro, ele parecia um executivo da revista *Fortune*, assim como o pai. Mas Peter passava os dias debruçado sobre um cavalete, sujando os cachos grisalhos de tinta a óleo enquanto criava, devagar, obras de arte abstratas minuciosamente detalhadas. Eram vendidas para colecionadores internacionais por milhares de dólares, mas, como ele produzia apenas uma ou duas por ano, o casal vivia em constante penúria. Até pouco antes, pelo menos. As pinturas de Clara, que mostravam úteros guerreiros e árvores derretendo, ainda não haviam encontrado um mercado.

– Ela vai vir – disse Clara.

Peter fitou os olhos azuis e calorosos da esposa e aqueles cabelos outrora escuros que também já ficavam grisalhos, embora ela ainda não tivesse chegado aos 50. Clara estava começando a engordar na barriga e nas coxas e nos últimos tempos falava em voltar para as aulas de ginástica de Madeleine. Ele era esperto de não responder quando ela lhe perguntava se era uma boa ideia.

– Tem certeza que eu não posso ir? – perguntou ele, mais por educação do que por um real desejo de ir se sacudindo até a cidade espremido no perigosíssimo carro de Myrna.

– Claro que tenho. Eu vou comprar o seu presente de Natal. Além disso, não tem lugar no carro para Myrna, eu, você e os presentes. Teríamos que deixar você em Montreal.

Um carro minúsculo parou diante do portão aberto e dele saiu uma enorme mulher negra. Aquela era a parte preferida de Clara, ver Myrna entrar e sair daquele carrinho. Clara tinha certeza de que Myrna era maior que o veículo. No verão, era um acontecimento vê-la se contorcer enquanto o vestido subia até a cintura. Myrna apenas ria. No inverno era ainda mais divertido, já que ela usava uma parca rosa exuberante e quase dobrava de tamanho.

"Eu sou das ilhas, garota", dissera ela. "Sou friorenta."

"Você é da ilha de Montreal", contestou Clara.

"É verdade", admitiu Myrna, com uma risada. "Mas do extremo sul. O inverno é o único momento do ano em que a minha pele fica rosada. O que você acha? Eu consigo passar?"

"Passar pelo quê?"

"Por branca."

"E você quer?"

Myrna de repente olhou séria para a amiga, depois sorriu.

"Não. Não, não mais. Humm."

Ela parecia satisfeita e até um pouco surpresa com a própria resposta.

Envolta em camadas de cachecóis em cores vivas, usando um gorro roxo com pompom laranja, Myrna avançava ruidosamente até a casa pelo caminho recém-aberto a pá na neve.

Elas logo estariam em Montreal. Era uma viagem curta, de menos de uma hora e meia, mesmo com neve. Clara estava ansiosa pela tarde de compras de Natal, mas o ponto alto da viagem, aliás, de todas as viagens a Montreal naquela época, era um segredo dela. Um deleite particular. Clara Morrow estava louca para ver a vitrine de Natal da Ogilvy.

A consagrada loja de departamentos no centro de Montreal tinha a vitrine de Natal mais mágica do mundo. Em meados de novembro, a vitrine ficava vazia e as enormes vidraças eram cobertas por papel. Então a brincadeira começava: quando as maravilhas do fim do ano seriam reveladas? Durante a infância, Clara ficava mais animada com isso do que com o Papai Noel. Quando ouvia falar que a Ogilvy havia finalmente retirado o papel, corria para o centro e ia direto conferir a vitrine encantada.

E lá estava ela, sempre. Clara corria até a loja, mas parava de repente, pouco antes de a vitrine entrar em seu campo de visão. Fechava os olhos e se recompunha, para depois dar um passo à frente e abri-los. Ali estava: a vila de Clara. O lugar para onde a garotinha sensível ia quando as decepções e a crueldade crescente a atordoavam. Fosse verão ou inverno, bastava fechar os olhos para ver a vitrine. Com ursos bailarinos, patos patinadores e sapos em trajes vitorianos pescando do alto de uma ponte. À noite, quando os espíritos grunhiam, bufavam e arranhavam o chão do quarto com suas garras, ela apertava os olhinhos azuis e entrava pela janela mágica da vila, onde eles nunca a encontrariam, porque a bondade era a guardiã da entrada.

Mais tarde na vida, uma coisa maravilhosa aconteceu. Ela se apaixonou por Peter Morrow e decidiu adiar os planos de ficar famosa em Nova York. Em vez disso, concordou em se mudar para um vilarejo do sul de Montreal. Era uma região com a qual a garota da cidade não estava familiarizada, mas o amor que sentia por Peter era tão grande que ela sequer hesitou.

E foi assim que, 26 anos antes, a inteligente e cética estudante de artes recém-formada desceu de seu carro barulhento e começou a chorar.

Peter a havia levado para a cidade encantada de sua infância. A vila que ela havia esquecido na atitude e importância da vida adulta. No fim das contas, a vitrine de Natal da Ogilvy era real e se chamava Three Pines. Eles compraram uma casinha em frente à praça central e criaram uma vida mais mágica do que Clara jamais imaginaria.

Alguns minutos depois, Clara abriu o zíper da parca no calor do carro e ficou vendo a paisagem nevada do campo passar pela janela. Aquele era um Natal especial, por razões tanto trágicas quanto maravilhosas. Sua querida amiga e vizinha Jane Neal tinha sido assassinada pouco mais de um ano antes, deixando todo o seu dinheiro para Clara. No Natal anterior, Clara estava culpada demais para gastá-lo, sentindo que havia lucrado com a morte de Jane.

Myrna olhou para Clara e seus pensamentos viajaram pelos mesmos caminhos. Lembrou-se da querida amiga Jane Neal e do conselho que dera a Clara depois do assassinato. Myrna estava acostumada a dar conselhos. Havia sido psicóloga em Montreal, até perceber que a maioria dos pacientes não queria melhorar de verdade. Queria uma pílula e a garantia de que o problema não era culpa deles.

Então Myrna largou tudo e foi embora. Encheu o carrinho vermelho de livros e roupas e atravessou a ponte, indo da ilha de Montreal rumo à fronteira com os Estados Unidos. Ia se sentar numa praia da Flórida e descobrir o que fazer.

Mas o destino – e a fome – intervieram. Myrna estava em sua jornada havia apenas uma hora em meia, dirigindo sem pressa por pitorescas vias secundárias, quando de repente sentiu fome. Subindo uma colina, ao longo de uma estrada esburacada, encontrou uma cidadezinha escondida entre montanhas e florestas. Ficou tão surpresa e arrebatada que parou e desceu do carro. Era fim de primavera e o sol estava começando a ganhar força. Um riacho desaguava a partir de um velho moinho de pedra, passava por uma capela de madeira branca e serpenteava ao redor de um dos lados do vilarejo. A cidadezinha era um círculo de onde saíam estradas de terra nas quatro direções. No meio havia uma praça com um amplo gramado, cercado por casas antigas, algumas no estilo quebequense – com telhados de metal inclinados e águas-furtadas estreitas – e outras de tábuas de madeira, com amplos alpendres. E pelo menos uma delas era de pedra, construída à mão com pedras retiradas dos campos por um pioneiro que tentava se antecipar ao avassalador inverno que se aproximava.

Ela viu um laguinho na praça e três pinheiros majestosos em uma extremidade.

Myrna pegou o mapa do Quebec. Após alguns minutos, dobrou-o cuidadosamente e se recostou no carro, maravilhada. O vilarejo não estava no mapa. Ele mostrava lugares que não existiam fazia décadas, incluindo minúsculas vilas de pescadores e qualquer comunidade com pelo menos duas casas e uma igreja.

Mas não aquela.

Myrna viu os moradores cuidando do jardim, passeando com o cachorro e lendo em um banco perto do laguinho. Talvez o lugar fosse como Brigadoon. Talvez só aparecesse a cada poucos anos e apenas para as pessoas que precisavam vê-la. Mesmo assim, Myrna hesitou. Certamente o local não teria o que ela queria. Quase deu meia-volta na direção de Williamsburg, que estava no mapa, mas decidiu arriscar.

Three Pines tinha o que ela tanto queria.

Tinha croissants e *café au lait*. Bife com fritas e *The New York Times*. Uma padaria, um bistrô, uma pousada e uma mercearia. Paz, calma e risadas. Uma grande alegria, uma grande tristeza e a habilidade de aceitar ambas. Companheirismo e gentileza.

E tinha uma loja vazia com um loft no segundo andar. Esperando. Por ela.

Myrna nunca saiu de lá.

Em apenas uma hora, ela foi de um mundo de reclamações a um mundo de satisfação. E isso já fazia seis anos. Agora ela dispensava livros novos e usados, além de conselhos batidos.

"Pelo amor de Deus, acorda pra vida", tinha sido seu conselho a Clara. "Já faz meses que a Jane morreu. Você ajudou a esclarecer o assassinato. E sabe muito bem que Jane ficaria irritada de saber que te deu todo o dinheiro dela para você não aproveitar nada. Ela devia ter dado para mim." Myrna balançou a cabeça, fingindo perplexidade. "Eu saberia o que fazer com essa grana. Já estaria lá na Jamaica, com um rastafári bem gato, um bom livro…"

"Espera aí. Você está com um cara gato e lendo um livro ao mesmo tempo?"

"Ué, eles têm funções diferentes. Por exemplo, os homens são ótimos duros, os livros, não."

Clara riu. Elas compartilhavam um desprezo por livros de capa dura, que eram difíceis de segurar, principalmente na cama.

Então Myrna havia convencido a amiga a aceitar a morte de Jane e gastar o dinheiro. E era o que Clara planejava fazer hoje. Finalmente, o banco de trás do carro receberia pesadas sacolas de papel coloridas, decoradas com alças de tecido e nomes em alto-relevo como Holt Renfrew e Ogilvy. Nem um único saco plástico amarelo fluorescente da Dollar-rama – embora Clara no fundo adorasse a loja de bugigangas.

Em casa, Peter olhou pela janela, tentando se obrigar a se levantar para fazer algo produtivo, entrar no estúdio e trabalhar no quadro que estava pintando. Então notou que o gelo tinha sido raspado de uma parte da janela. Em formato de coração. Sorriu e aproximou um olho, observando Three Pines tocar sua vida tranquila. Então ergueu o olhar para a velha casa labiríntica da colina. A antiga casa dos Hadleys. Enquanto olhava, o gelo voltou a crescer, preenchendo seu coração.

Para saber mais sobre os títulos e autores da Editora Arqueiro,
visite o nosso site e siga as nossas redes sociais.
Além de informações sobre os próximos lançamentos,
você terá acesso a conteúdos exclusivos
e poderá participar de promoções e sorteios.

editoraarqueiro.com.br